ANNE PÄTZOLD

Right Now (Keep Me Warm)

ANNE PÄTZOLD

RIGHT
KEEP ME WARM
NOW

Roman

LYX

LYX in der Bastei Lübbe AG
Dieser Titel ist auch als E-Book und Hörbuch erschienen.

Die Bastei Lübbe AG verfolgt eine nachhaltige Buchproduktion. Wir verwenden Papiere aus nachhaltiger Forstwirtschaft und verzichten darauf, Bücher einzeln in Folie zu verpacken. Wir stellen unsere Bücher in Deutschland und Europa (EU) her und arbeiten mit den Druckereien kontinuierlich an einer positiven Ökobilanz.

MIX
Papier aus verantwortungsvollen Quellen
FSC® C014496
FSC www.fsc.org

Originalausgabe

Dieses Werk wurde vermittelt durch die Michael Meller Literary Agency GmbH, München.

Textredaktion: Stephanie Röder
Covergestaltung: Jeannine Schmelzer
Coverabbildung: © Shutterstock (RedGreen; tomertu; Park Wontae; ch123; Bokeh Blur Background; Alexey Klijatov; Bobkov Evgeniy; ArtHaus)
Coverillustration: © Lorena Lammer
Satz: Greiner & Reichel, Köln
Gesetzt aus der Adobe Caslon
Druck und Einband: GGP Media GmbH, Pößneck

Printed in Germany
ISBN 978-3-7363-1590-7

1 3 5 7 6 4 2

Sie finden uns im Internet unter: lyx-verlag.de
Bitte beachten Sie auch: luebbe.de und lesejury.de

Liebe Leser:innen,

bitte beachtet, dass *Right Now* Elemente enthält,
die triggern können. Diese sind:
Angststörung, Angst- und Panikattacken, soziale Phobie, Agoraphobie, DPDR, Erwähnungen von Mobbing, Trauma, PTBS, Depressionen, Erwähnungen von Alzheimer-Demenz

Wir wünschen uns für euch alle das bestmögliche Leseerlebnis.

Eure Anne und euer LYX-Verlag

Für all meine fiktiven comfort characters.

Was würde ich tun, wenn ich mich nicht immer wieder in ihren Geschichten verlieren könnte?

PLAYLIST

Emily Watts – La Vie En Rose
Kodaline – Big Bad World
BTS – Black Swan
Hikaru Utada, Skrillex – Face My Fears (Japanese Version)
Janet Suhh – In Silence
Hiroyuki Sawano – Vogel im Käfig
I See Stars – Calm Snow
Imagine Dragons – Wrecked
ONE OK ROCK – The Beginning
Thomas McNeice, Janine Shilstone – Cruel
Ai Higuchi – 悪魔の子 (Akuma no Ko)
Hiroyuki Sawano – Call of Silence
BTS – We Are Bulletproof: the Eternal
Eve – Aisai
RADWIMPS – Grand Escape (feat. Toko Miura)
TPR – Dearly Beloved

1. TEIL

Denial

1. KAPITEL

Marleigh

»Ja, Mom, ich schlafe jeden Tag acht Stunden.«

Ich stieß mich mit den Füßen vom Boden ab und drehte mich in meinem Schreibtischstuhl langsam im Kreis. Die Sterne an meiner Decke leuchteten im Halbdunkel meines Zimmers schwach und bildeten eine Galaxie über meinem Kopf.

»Und du isst auch genug, ja? Oder muss ich erst zu dir hochgefahren kommen und mich drei Tage lang mit dir durch die Lieferservices essen?«, wollte Mom von mir wissen.

»Ich esse genug für drei Leute«, antwortete ich. »Und vielleicht solltest du noch mal überdenken, wie du mich zu einem gesünderen Lebensstil überreden willst. Ich bezweifle, dass Essen vom Lieferservice dafür ein guter Anfangspunkt ist.«

Mom wirkte von dieser Information kein bisschen abgeschreckt. »Wir sterben so oder so irgendwann alle. Warum sollte ich mir die begrenzten Tage, die ich auf diesem Planeten mit so viel leckerem Essen habe, eine Diät aufzwingen? Das kannst du mir gern intravenös einführen, wenn ich nicht mehr kauen kann, aber bis dahin bestehe ich auf meine freitägliche Pizza.«

Ich schnaubte. »Wow. Und die Leute fragen sich, warum aus mir so ein merkwürdiger Mensch geworden ist.«

Der Themenwechsel schien Mom wie gerufen zu kommen. Sie schnappte ohne zu zögern danach. »Welche Leute denn? Deine Freunde? Weißt du, dass du mich ganz schön hängen lässt? Ich möchte meine Jugendzeit noch einmal durch dich ausleben und du gibst mir nur kleine Bruchstücke vom aufregenden Universitätsleben.«

Ich lachte gezwungen, als sie die Universität erwähnte. Weil ich wusste, dass jede andere Reaktion sie argwöhnisch machen würde. Es war verhaltener, als ich es normalerweise in der Gegenwart von Mom tat – aber das bekam sie zumindest nicht mit. »Möchtest du, dass ich mich dafür entschuldige, dir nicht jeden Tag einen Herzinfarkt zu bereiten, weil ich dir davon erzähle, welche neue Droge ich ausprobiert habe?«

»Nein«, sagte Mom sofort. »Du bist doch gerade erst ausgezogen.«

»Vor fast zwei Jahren.«

»Du bist noch viel zu jung für Drogen.«

»Ich bin letzten Monat achtzehn geworden.«

»Wie bitte?«, rief sie, als hätte es sie wirklich überrascht.

Der riesige Karton, in den sie alle möglichen großen und kleinen Geschenke getan hatte, stand immer noch neben meinem Schreibtisch und strafte sie Lügen.

»Ich kann nicht glauben, dass du schon zwei Jahre an der Universität bist«, fuhr sie kurz darauf fort. »Meine Überfliegerin.«

»Mir kommt es auch noch nicht so lange vor«, sagte ich. Wobei es nicht die ganze Wahrheit war. Manchmal fühlte es sich wie ein halbes Leben an. Als wäre es eine andere Marleigh gewesen, die mit noch nicht ganz sechzehn die Highschool abgeschlossen und für ein Studium nach Winnipeg gezogen war.

»Wie auch immer. Gib mir wenigstens noch ein Jahr zur Vorbereitung, bevor du dich an Drogen wagst, okay?« Der leichte Ton verschwand aus Moms Stimme und sie nahm einen sanfteren Klang an. »Du musst auf keine Partys gehen, das weißt du. Solange du glücklich bist, kannst du dir auch die Haare in allen Farben des Regenbogens färben und nackt durch die Straßen laufen.«

»Ich befürchte, dass andere Leute in der Stadt da etwas dagegen haben könnten.«

»Du weißt, was ich meine«, erwiderte sie. Ich sah sie vor mir – wie sie wegen meiner Wortklauberei die Augen verdrehte und trotzdem lächelte, weil sie einfach nicht anders konnte. »Wenn du zufrieden bist, bin ich es auch.«

Ich stoppte die Bewegung des Stuhls langsam. Wandte mich von meinem ganz eigenen Sternensystem ab und starrte aus dem Fenster. Auf die Dächer, die ich von hier aus gerade noch erkennen konnte und die Hochhäuser, die in der Ferne in den Himmel ragten. Der Himmel war ein Farbenspiel aus Lila, Pink und feurigem Orange, wo die Sonne hinterm Horizont verschwand.

Es war eine Aussicht, die ich in den vergangenen zwei Monaten häufig gesehen hatte – und trotzdem freute ich mich jedes Mal wieder darüber. Wenn ich sah, wie der Himmel abends langsam rosa wurde, kuschelte ich mich auf die breite, mit Kissen ausgelegte Fensterbank, die links und rechts von Dachschrägen eingerahmt war. Ich schob die dünnen Gardinen beiseite und erlaubte mir ein paar Minuten lang, alle Gedanken zu ignorieren, während ich dabei zusah, wie Tag und Nacht sich die Hände gaben.

Ich träumte davon, dem Himmel näher zu sein. Nach den Wolken greifen zu können an einem Ort, an dem ich nachts Sterne statt der Lichter einer Großstadt sah. Aber um das erleben zu können, musste ich meine eigenen vier Wände verlassen und das … war keine Option.

Ich rieb mir über die Brust, um das Engegefühl darin zu vertreiben, und konzentrierte mich wieder auf Mom.

»Sicher, dass dir das reicht?«, fragte ich sie ein paar Sekunden zu spät. »Ich meine, bei unserem letzten Gespräch etwas von einem netten Mann gehört zu haben, der dich gerade beschäftigt hält.«

»Das …« Sie stockte. »Das ist goldrichtig. Aber Frederick ist quasi die Kirsche auf der Sahnetorte. Und wenn der Kuchen darunter schon wackelig ist, überlebt es die Kirsche darauf auch nicht lange.«

Ich runzelte die Stirn. »Mom. Weißt du selbst überhaupt, was du gerade gesagt hast?«

»Absolut nicht.«

Immerhin war sie ehrlich. »Übrigens kann ich es immer noch nicht glauben, dass du dir Captain Frederick Wentworth als Objekt deiner Begierde ausgesucht hast.« Mom war die größte Jane-Austen-Liebhaberin, die es auf dieser Welt gab. Als sie mir den Namen des Mannes verraten hatte, mit dem sie sich im Augenblick traf, musste ich dreimal nachfragen, um sicherzugehen, dass ich sie richtig verstanden hatte.

»Er sieht ganz anders aus als Captain Wentworth.«

»Er ist blond«, widersprach ich.

»Ja.«

»Gut gebaut.«

»Schon …«

»Er ist nicht reich geboren, aber hat dank seiner Arbeit ein gutes Einkommen, das ihn zu ausgezeichnetem Heiratsmaterial macht.«

»Hallo, das neunzehnte Jahrhundert ruft an, es möchte seine Vorstellungen der Lebensziele einer Frau zurückhaben.«

»Mom! Er heißt Frederick Williams. Mit wie vielen Zaunpfählen muss das Universum winken?«

»Wentworth und Williams sind jetzt nicht unbedingt so ähnlich, dass ich dahinter irgendeine Seelenverwandtschaft sehen würde.«

Ich stöhnte und lachte gleichzeitig. Diese Telefonate mit ihr waren meine Silberstreifen am Horizont. So viele Bauchschmerzen sie mir auch bereiteten – es war die Liebe und Zuneigung, die ich von ihr spürte, allemal wert.

»Na gut, wie du meinst«, gab ich nach. »Denk nur dran, dass Vancouver ein paar Stunden entfernt ist und ich nicht sofort da sein kann, wenn du ihm das sagst und ihr euch daraufhin gegenseitig das Herz brecht.«

»Ich frage mich wirklich, woher du diesen Hang zur Dramatik hast.«

»Ich nicht.« Dafür erinnerte ich mich zu deutlich an den ein oder anderen Abend mit großen Eimern voller Eiscreme und Playlists, auf denen Oasis, Coldplay und London Summer einen abwechselnd zum Weinen brachten. Meistens dann, wenn ein Besuch bei Moms Eltern anstand, den sie immer so lange wie möglich hinauszögerte.

»Apropos Hang zur Dramatik. Marleigh, meine wundervolle Lieblingstochter, weißt du schon, wann du mich mal wieder besuchen kommst?«

Die glänzenden Erinnerungen verschwanden und ein Kloß machte sich in meinem Hals breit. Er versperrte allen Worten den Weg. Unbewusst legte ich meine Hand auf meinen Bauch – es war nur eine Frage der Zeit, bis er wieder wehtun würde.

»Ähm …« Ich suchte vergeblich nach einer Ausrede, die ich noch nicht verwendet hatte. Die glaubhaft war und sie nicht verletzen würde. Denn die Wahrheit war: Ich wollte meine Mama sehen. Ich wollte sie in die Arme schließen und mich an ihr festhalten, weil alles andere sich viel zu schnell und zu stürmisch zu bewegen schien.

Nur dauerte ein Flug bis nach Vancouver mindestens anderthalb Stunden. Die Fahrt zum Flughafen, das Einchecken, die ganzen Passagiere …

Wir wollen dich nicht dabeihaben, Marleigh.

Die schneidenden Worte hallten in meinem Kopf wider. Ausgesprochen vor so vielen Monaten, dass sie eigentlich schon verblasst sein sollten. Aber sie, genauso wie alle anderen, waren so präsent wie am ersten Tag.

Ich kniff die Augen zu, als mein Magen sich verkrampfte.

»Ich hab gerade viel zu tun«, brachte ich hervor. »Das Semester ist fast zu Ende und ich weiß noch nicht, wie ich die Hausarbeiten schaffen soll …«

»Alles gut«, beruhigte Mom mich sofort. »Ich weiß doch, wie es ist, wenn man erwachsen wird. Man möchte mehr Zeit mit Freunden und Freundinnen und dem eigenen Leben verbringen, statt stundenlang durch das halbe Land tuckern zu müssen, um die Familie zu besuchen.«

Sie machte mir keinen Vorwurf. Im Gegenteil. Mom war mir gegenüber schon immer unendlich verständnisvoll gewesen. Ich wollte ihr sagen, dass es nicht daran lag – immerhin war sie meine beste Freundin, seit ich denken konnte.

Aber kein einziger Laut schaffte es über meine Lippen. Stattdessen wurden meine Magenkrämpfe noch schlimmer. Ich beugte den Oberkörper nach vorn und atmete so tief und ruhig ich konnte.

»Spätestens zu deinem Geburtstag im Sommer siehst du mich wieder«, scherzte ich schwach. Ich hoffte, dass sie nicht bemerkte, wie aufgesetzt meine Fröhlichkeit klang. »Wer sonst würde mit dir so viel Cranachan essen, dass uns beiden am Nachmittag schlecht ist?«

»Ehrlich, Marleigh, Cranachan ist nicht unbedingt die höchste Form meines kulinarischen Könnens. Ich weiß nicht, warum du darauf bestehst, dass ich uns das statt einer Torte zum Geburtstag vorsetze. Zu meinem Geburtstag, wohlgemerkt.«

»Der Whisky«, sagte ich. »Es muss am Whisky liegen.«

Stille drang durch die Leitung. »Du bist also doch meine Tochter. Dabei gibt es hier bei Weitem nicht so guten wie zu Hause.«

Zu Hause. Sie musste es nicht aussprechen, damit ich wusste, dass sie von Glasgow redete. Vor vier Jahren waren wir nach Vancouver gezogen. Mom sagte, weil wir mal eine Abwechslung brauchten, aber ich wusste, dass es daran lag, dass sie so viel Abstand wie möglich zwischen sich und ihre Eltern bringen wollte. Meine Großeltern waren liebevoll und fürsorglich, wenn es um mich ging – und absolut grauenhaft, wenn es Mom betraf.

Vancouver war für uns beide eine einfache Entscheidung gewesen, als ein Umzug zum Thema wurde. Für Mom, weil ihre Schwiegereltern dort lebten, zu denen sie trotz ihrer Scheidung ein wesentlich besseres Verhältnis hatte als zu ihrer eigenen Familie. Und für mich, weil Dad mir von klein auf eine Faszination für diese Stadt mit in die Wiege gelegt hatte.

Er hatte mir ständig davon erzählt, wie offen die Menschen dort waren, wie schnell man von der Stadt in die Natur fand. Von dem tollen Essen, den Bergen und dem Ozean und diesem wilden Mix aller möglichen Leute, die in den Nachbarschaften nebeneinanderlebten. Für die meisten klang es sicher wie eine Beschreibung jeder anderen Stadt auch. Für mich leuchtete sie. Daran konnte auch der verschwindend geringe Kontakt zwischen Dad und mir nichts ändern.

Daher hatte es mich nicht gestört, meine Secondaryschool zu verlassen und in Vancouver auf die Highschool zu gehen. Um mir den Wechsel leichter zu machen, hatte Mom mich bei einer mit Schwerpunkt auf darstellende Künste angemeldet.

Und jetzt? Jetzt lebte ich allein in Winnipeg. Weil die Wellington Crescent University eine Chance gewesen war, die ich nirgends sonst bekommen hätte. Eine private Universität, die vor allem für ihre Musikfakultät bekannt war. Mit erfolgreichen Personen aus der klassischen Musikbranche, die dem Nachwuchs ihr Wissen vermittelten. Ein volles Stipendium. Die Möglichkeit, alles über die Musik zu lernen, was ich jemals hatte lernen wollen.

Es war die Erfüllung eines Traums gewesen, von dem ich nie gewagt hatte zu träumen: Als ich den Brief der WCU in den Händen gehalten hatte. Als ich Mom ungläubig davon erzählt hatte – und wir uns mehrfach hatten zwicken müssen, um zu realisieren, dass es wirklich wahr war.

Reine Verzweiflung breitete sich in mir aus, als mir bewusst wurde, wie viel andere Leute dafür geben würden, diesen Traum leben zu dürfen. Und wie sehr er mich gerade erdrückte.

»Apropos Whisky. Frederick hat mich auf ein Abendessen und einen anschließenden Besuch in einer neuen Bar in Downtown eingeladen«, holte Mom mich aus meinen Gedanken zurück.

»So viel dazu, dass du deine Jugendzeit durch mich noch mal erleben möchtest«, merkte ich an. Ich bemühte mich, möglichst normal zu klingen. Fröhlich. Glücklich. So wie Mom mich kannte. »Du scheinst das ganz gut allein hinzubekommen.«

»Aber wenn du es für uns beide übernimmst, muss ich mich immerhin nicht mit der Outfitwahl herumschlagen.«

»Das grüne Kleid«, riet ich ihr sofort. »Das mit der Spitze am Ausschnitt und dem ausgestellten Rock.«

»Du wirst mich niemals zum Fan von Kleidern konvertieren, Marleigh.«

»Muss ich nicht, um zu wissen, dass du meinen Rat trotzdem annehmen wirst, weil du weißt, dass ich recht habe.«

Mom grummelte nur etwas Unverständliches.

»Bleib nicht zu lange aus. Mach nichts, das ich nicht auch tun würde. Lass niemanden an dein Getränk, dem du nicht vertraust. Und hab viel Spaß«, sagte ich in meiner besten Mom-Stimme.

»Wird gemacht. Ich hab dich lieb.«

»Ich dich auch.«

Ich wartete, bis Mom aufgelegt hatte, schlang mir einen Arm um den Bauch und beugte mich so weit nach vorn, dass meine Stirn meine Knie berührte. Mich so klein wie möglich zu machen half meistens dabei, die Bauchschmerzen zu vertreiben.

Als sie mich nicht mehr in die Knie zwangen, stand ich auf und ging in die kleine Küche, die direkt an das eine Zimmer grenzte, das das Juwel meiner kleinen Wohnung war. Es war alles: Schlaf-, Wohn- und Arbeitszimmer in einem. Die Wände waren in einem hellen Grün gestrichen und jeder Zentimeter übersät von Zeichnungen der unterschiedlichsten Blumen und Grünpflanzen.

Mein Bett stand unter einer Dachschräge direkt neben der Tür, die in mein winziges Ankleidezimmer führte. Die Tür stand zur Hälfte offen, weil Mom mich mitten im Umziehen unterbrochen hatte und ich aus der kleinen Kammer zu meinem Schreibtisch am anderen Ende des Raums hatte stürmen müssen, um sie nicht zu verpassen.

Das war vor einer guten Stunde gewesen. Während unseres Gespräches hatte ich es immerhin geschafft, mich aus meiner Strumpfhose zu befreien, die mich den ganzen Tag schon schier in den Wahnsinn getrieben hatte, weil sie ständig rutschte. Der dicke Stoff meines Kleids spielte deswegen bei jedem Schritt um meine Beine, bis ich in der Küche stehen blieb.

Ich stellte den Wasserkocher an und kramte meine Wärmflasche hervor, die nie weiter als einen Handgriff entfernt war. Auf den Füßen vor und zurück wippend, sah ich dabei zu, wie das Wasser langsam zu blubbern anfing. Am liebsten hätte ich mir dazu noch einen Tee gekocht, aber weil ich mit der Bestellung meiner Lebensmittel diesmal so lange gewartete hatte, war nur noch Früchtetee übrig.

Ich verzog den Mund. Lieber trank ich gar nichts als warmes Wasser mit dem Geschmack falscher Früchte.

Die Wärmflasche an den Bauch gedrückt, lief ich zurück in mein Zimmer. Mein Laptop stand aufgeklappt auf dem Schreibtisch, ein Video von Aaron Reid auf YouTube geöffnet, das im Hintergrund lief, bevor Mom mich angerufen hatte.

Es war eingefroren bei einer Aufnahme der Sonne, die, eingerahmt von unzähligen Ästen, hinter dem Stamm eines Baumes hervorblitzte. Es war eines von sechs Videos, die er auf seinem Kanal hochgeladen hatte. Und jedes war auf diese Weise gestaltet: Ausschnitte dieser Welt da draußen, von kleinen und großen Dingen, die Aaron Reid durch die Kamera ins Auge zu fallen schienen.

Ich war vor etwas über einem Monat auf seinem Kanal gelandet. Es kam nicht allzu häufig vor, dass ich mehr als ein Video von einem Künstler schaute. Wenn ich mir auf YouTube die Zeit vertrieb, wollte ich abschalten. Mein Hirn nicht mehr benutzen. Meistens ließ ich sie einfach durchlaufen und hoffte, dass dabei irgendwie der Tag verging.

Aber als das erste Video von Aaron Reid angelaufen war, hatte etwas in mir die Luft angehalten. Die Schnipsel aus Natur, Architektur und fremden Leuten hatten eine gewaltige Sehnsucht in mir ausgelöst, bei der mein Herz noch heute aufgeregt flatterte. Es war das erste Mal seit langer Zeit gewesen, dass ich das Verlangen gespürt hatte, den sicheren Komfort meiner Wohnung hinter mir zu lassen.

Ich wackelte an der Maus, als der Bildschirm langsam dunkel wurde. Rief meine E-Mails auf und ignorierte die drei ungelesenen Nachrichten dabei gekonnt. Darin war ich mittlerweile begnadete Meisterin. Stattdessen suchte ich nach der Bestätigungsmail des Lieferanten, der mir jede Woche meine Lebensmittel bis vor die Wohnungstür brachte.

Es störte ihn nicht, dass ich nur wenige Worte rausbekam, wenn er mir die Tüten überreichte – genauso wenig, wie es mir etwas ausmachte, wenn ein Apfel während des Transports zu Mus verarbeitet wurde. Wir ließen beides unkommentiert und gingen nach drei Minuten unbeholfenen Schweigens unserer Wege.

Was mich zu dem Punkt brachte, der mich stocken ließ: Normalerweise konnte ich die Uhr nach dieser Lieferung stellen. Punkt siebzehn Uhr elf schreckte mich jeden Freitag ein Klingeln aus meiner Trance. Mittlerweile war es kurz vor halb sechs und bei meinem kurzen Blick aus dem Fenster hatte ich weit und breit keinen knallgrünen Transporter gesehen, der quer auf der Straße parkte und den restlichen Verkehr behinderte.

Ich überflog die Bestätigungsmail, klickte auf den dort hinterlegten Link, der mich auf die Seite des Supermarktes führte, loggte mich ein und …

Keine Lieferung möglich.

Meine Wärmflasche rutschte von meinem Schoß und landete mit einem Platschen auf dem Boden.

»Nein, nein, nein«, murmelte ich und klickte mich einmal quer durch die Website. Allerdings konnte ich die Seite so oft neu laden, wie ich wollte – das Ergebnis blieb das gleiche.

Ich rutschte seitlich von meinem Stuhl, lief zurück zur Küche und riss die Kühlschranktür auf. Nur, um von gähnender Leere begrüßt zu werden. Wütend warf ich sie wieder zu, gedanklich bereits am Überlegen, ob ich es mir leisten konnte, zum vierten Mal diese Woche Essen bei einem Lieferservice zu bestellen. Ich hörte mein Konto bereits leise weinen.

Mit beiden Händen schob ich mir meine Haare aus dem Gesicht. Ich zog eine der roten Locken gerade, ließ sie los und zurück in ihre Form springen. Das tat ich wieder und wieder und wieder, den Blick starr auf die Wand vor mir gerichtet.

Bis zum nächsten Supermarkt waren es, was – sieben Minuten zu Fuß? Ich musste nicht einmal viel kaufen, nur genügend, um die nächsten zwei, drei Tage zu überleben. Wenn ich mich beeilte, wäre ich in einer halben Stunde wieder zu Hause und könnte mich dann mit dem neuen Video von Aaron Reid belohnen. Es war erst heute Morgen online gegangen, und ich hatte es mir extra für den Abend aufgehoben.

Ja. Ja, das klang gut. Ich könnte mir Schokolade kaufen und eine große Flasche Sprite und so viele Donuts, wie ich tragen konnte. Sie waren es auch schließlich, die mich dazu brachten, meine Füße vom Boden zu lösen.

Ich dachte daran, wie Mom früher mit einer riesigen Schachtel Donuts nach Hause gekommen war und wir mit Unmengen an Zucker und Agatha Christie den Abend verbracht hatten, und zog meine Strumpfhose wieder an.

Ich erinnerte mich, wie wir uns als Erstes, nachdem wir nach Vancouver gezogen waren, durch die besten Donut-Läden probiert hatten und abends nicht mehr wussten, ob die Bauchschmerzen von dem vielen Gebäck oder unserem Lachen kamen, und schlüpfte in meine Jacke.

Mom hatte mir letzten Monat zu meinem achtzehnten Geburtstag einen Donut aus Plüsch geschenkt, der so groß und gemütlich war, dass ich quasi darauf lebte. Es war unsinnig – mit etwas Essbaren so viel zu verbinden. Vielleicht liebte ich es genau deswegen umso mehr.

Die Erinnerungen trugen mich bis an die Wohnungstür. Einen Jutebeutel über die Schulter geschwungen, legte ich meine Hand an die Klinke ... und hielt inne.

Meine Beine waren am Boden festgewachsen. So schwer, als bestünden sie aus Zement. Mein Herz galoppierte wild in meinem Brustkorb. Ich merkte nicht, wie ich die Luft anhielt. Wie ich kurz darauf viel zu flach atmete. Es ging unter in dem Rauschen, das meine Ohren erfüllte.

Bleib doch lieber zu Hause. Da kannst du zumindest niemanden stören.

Es war nicht meine Stimme, die ich flüstern hörte. War es nie. Oder vielleicht doch? Ich war mir nicht sicher, welche Gedanken meine waren und welche sich lediglich als meine eigenen tarnten.

Meine Hand rutschte langsam von der Klinke.

Ich entfernte mich einen Schritt von der Tür.

Dann noch einen.

Drehte ihr den Rücken zu und tat, als wüsste ich es nicht. Als wäre mir nicht klar, dass sie nicht dafür da war, etwas draußen zu halten – sondern mich hier drin einsperrte.

Es war mir egal.

Zu Hause bist du immerhin in Sicherheit.

2. KAPITEL

Aaron

Drei Monate war es her, seit ich das letzte Mal auf dem Eis gestanden hatte.

Es fühlte sich nicht an, als wären bereits so viele Wochen vergangen. Wenn etwas Einschneidendes passierte, wurde Zeit plötzlich zu Sand, der einem unaufhaltsam durch die Finger rann. Die Tage waren zu lang, die Nächte zu dunkel. Und sosehr man auch versuchte, den Rest der Welt zum Stillstand zu zwingen – es ließ die Verzweiflung nur größer werden, wenn es nicht passierte und man als Einziger an diesem Punkt in seinem Leben einfror.

Hätte mir jemand vor einem Jahr gesagt, dass ich es mehrere Monate aushalten würde, nicht eiszulaufen, hätte ich der Person nicht geglaubt.

Aber hier war ich nun. Im Krankenhaus, um mir ein letztes Mal anzuhören, dass ich bei meinem Sturz verdammt viel Glück gehabt hatte und froh darüber sein sollte, wie unkompliziert die Heilung verlaufen war.

Unkompliziert. Das Wort war mir bereits beim ersten Mal aufgestoßen, als mein behandelnder Arzt es verwendet hatte. Er hatte mir gegenübergesessen in seinem weißen Kittel mit einem freundlichen Lächeln, das ich vielleicht erwidert hatte oder vielleicht auch nicht. Ich konnte mich nicht daran erinnern.

Nichts an dieser Situation war unkompliziert, sosehr ich es mir auch wünschte. Sosehr ich betete und hoffte und nachts mit freudig pochendem Herzen aufwachte, weil ich mir sicher war, dass es sich bei all dem nur um einen langen Traum handelte, aus dem ich endlich aufgewacht war.

Aufgewacht war ich – nur stellte sich dabei heraus, dass die Realität manchmal der schlimmere Albtraum sein konnte.

Ich gab meinem Arzt die Hand und verließ sein Zimmer, ohne seine Worte wirklich wahrgenommen zu haben. Ich wusste, dass er mir das Okay gegeben hatte, mit dem Training weiterzumachen. In meinem Innersten kramte ich nach der Freude, von der ich mir sicher war, dass ich sie bei dieser Nachricht empfinden sollte. Finden konnte ich sie allerdings nicht. Da war nur … Leere. Und ein Gefühl des Fallens, das mich so hilflos zurückließ, als wäre ich gerade erst auf dem Eis aufgeprallt.

Ich ließ das Krankenhaus so schnell ich konnte hinter mir. Dieser beißende Geruch von Desinfektionsmittel und mittäglichem Kantinenessen, Krankheit und Enttäuschung, der mir jedes Mal in die Nase stieg, sobald ich das Foyer betrat. Als die Glastüren sich hinter mir schlossen, stieß ich all die Luft aus, die ich auf dem Weg angehalten hatte. Immer, wenn ich das Krankenhaus betrat, atmete ich so flach wie möglich, weil ich es nicht aushielt.

Die frische Luft verdrängte die Erinnerungen, die mit diesen Gerüchen an den hintersten Winkeln meines Bewusstseins kratzten. Wenn ich die Augen schloss, konnte ich sie sehen: Bleiche, knochige Finger, die sich nach mir reckten. Die sich um meinen Hals legten, um meinen Brustkorb, meine Beine und darauf warteten, zuzudrücken.

Vielleicht hielt ich sie in Schach, vielleicht sie mich – mittlerweile war ich mir da nicht mehr sicher.

Mein Wagen wartete in der hintersten Reihe des Parkplatzes

auf mich. Ein dunkelgrünes Monster eines Fahrzeugs, das ich letztes Jahr geschenkt bekommen hatte, nachdem Emilia und ich bei der Skate Canada Challenge ausgeschieden waren. So kurz vor dem Sieg, dass ich die Qualifikation für die kanadischen Meisterschaften schon hatte spüren können.

Auf dem Beifahrersitz lag meine Kamera und wartete darauf, dass ich eine Abzweigung nahm, die mich in unbekannte Ecken Manitobas führte. Berge hinauf, an Seen entlang, leere Straßen hinunter, auf denen ich so fest auf das Gaspedal treten konnte, wie es mich verlangte.

Denn das tat es. Der Wunsch, schneller und schneller zu werden, bis die Welt um mich verschwamm, bis mein Herz in meinen Magen sackte und kurz darauf begann, in einem Takt zu pochen, den es normalerweise nur anschlug, wenn ich auf dem Eis hoch genug sprang, dass die Welt für einen kurzen Augenblick aufhörte, sich zu drehen.

Ich unterdrückte das Verlangen, so gut es ging. Statt ihm zu folgen und die Stadt zu verlassen, fuhr ich vom Parkplatz des Krankenhauses und überquerte den Red River im dämmrigen Licht des Abends. In dem Auto war es bis auf das Brummen des Motors still. Ich verlor mich beim Fahren in den Lichtern der Straßen und in meinen Gedanken und vergaß gleich darauf, was mir durch den Kopf gegangen war.

Mit einer Hand hielt ich das Lenkrad fest, die andere hob ich an meine Schläfe. Ein Pochen hatte sich dahinter festgesetzt, das keine Schmerztablette lindern konnte. Es verschwand seit Wochen nicht mehr vollständig. Mittlerweile hoffte ich einfach, mich irgendwann daran zu gewöhnen.

Ich hielt direkt vor unserem Haus – im Ohr Dads Stimme, die sagte, dass er sich mit dieser Villa den Traum eines Herrenhauses erfüllt hatte, den er schon seit Kindheitstagen hegte. Ob Anya diesen Wunsch teilte, wusste ich bis heute nicht.

Ich war mit einem Bein aus dem Wagen ausgestiegen, als die Eingangstür aufging. Jean stand in seiner gewöhnlichen Jeans und dem schwarzen Hemd im Türrahmen und wartete darauf, dass ich die wenigen Stufen nahm, um mit ihm auf einer Augenhöhe zu sein.

»Wie war dein Arzttermin?« Mit einfachen Begrüßungen hatte er sich schon immer schwergetan.

»So aufschlussreich wie erwartet«, erwiderte ich und trat an ihm vorbei in den Eingangsbereich.

»Das heißt? Du kannst wieder aufs Eis?«, hakte er hoffnungsvoll nach. Ich wusste, dass er seit Wochen dafür betete, dass ich endlich wieder eislaufen konnte. Jean war mein größter Fan, mein bester Freund – er wusste, was es mit mir tat, nicht aufs Eis gehen zu können.

Ich zögerte. Spielte mit dem Gedanken, ihm zu erzählen, dass man mir grünes Licht gegeben hatte, dass ich wieder aufs Eis konnte, aber nicht wusste, wie ich den ersten Schritt machen sollte, wenn der Gedanke allein dafür sorgte, dass eisige Finger mein Rückgrat hinunterfuhren.

Ich würde es ihm erzählen und dann … was? Mit ihm zusammen feststellen, dass mein Kopf nicht mehr wie vorher funktionierte? Dass irgendwas darin passiert sein musste, als ich auf dem Eis aufgekommen war, dass jetzt alles dunkel und kalt wurde, wenn ich die Eishalle betrat? Wie sollte ich etwas erklären, für das ich selbst keine Worte fand?

»Noch nicht.« Die Lüge kam mir viel zu leicht über die Lippen. Mein Herz donnerte in meiner Brust, als wollte es mich darauf hinweisen, dass ich etwas Falsches tat.

Als wüsste ich das nicht selbst gut genug.

Mitleid breitete sich auf Jeans Gesicht aus, sosehr er auch versuchte, es zu verstecken. Ich erkannte es daran, wie er den Blick für ein paar Sekunden abwandte. Seine rechte Hand in die Hosentasche schob, damit ich nicht sah, wie er sie zu einer Faust ballte.

Es fühlte sich schlimmer an als meine Lüge selbst.

»Tut mir leid, Aaron«, sagte er leise. Er sah mich an, sein Blick aufmerksam, als erwartete er, dass ich etwas darauf erwiderte. Aber wie sollte ich, wenn alle Worte in meinem Hals feststeckten und mir die Luft zum Atmen nahmen?

Als ich nichts sagte, deutete Jean über seine Schulter. »Möchtest du was mit mir essen? Wir könnten rausgehen, das neue Restaurant die Straße runter soll großartige vegane Ramen machen.«

Ja. Ich wollte – mit Jean reden, etwas unternehmen, lachen, einen Abend genießen. Doch der viel größere Teil von mir wollte sich zurückziehen. Allein sein. »Ich hole mir was, wenn ich Hunger habe«, entkam es mir, bevor ich weiter darüber nachdenken konnte. Ich wandte mich der geschwungenen Treppe zu, die in den ersten Stock führte.

»Aaron.« *Sprich mit mir.*

Die Hand auf dem Geländer abgelegt, hielt ich inne. »Ich hole mir was, wenn ich Hunger habe«, wiederholte ich und fügte still hinzu: *Wenn ich mich dazu aufraffen kann.*

Jeans Seufzen verfolgte mich bis in mein Zimmer. Es blieb an meinen Wänden kleben und sah dabei zu, wie ich mich auf die Kante meines Betts setzte. Die Vorhänge waren beinahe vollständig geschlossen, der Raum so dunkel, als wäre es draußen bereits Nacht. Ein einzelnes Licht erhellte von der Steckdose aus mein Zimmer. Es war ein einfaches Nachtlicht, das auf Bewegungen reagierte. Solange ich auf meinem Bett saß und mich nicht rührte, blieb es gedimmt. Ging ich daran vorbei, wurde es heller und warf verzerrte Schatten an die Wände.

Aus Gewohnheit wollte ich meine Haare nach hinten streichen – bis mir einfiel, dass nicht mehr viel davon übrig war.

Stattdessen tastete ich nach der Narbe an meinem Hinterkopf, spürte dem Schauer hinterher, der bei der Berührung durch meinen Körper schoss, und ließ meine Hand wieder sinken.

Ein Klopfen an der Tür ließ mich zusammenzucken. Jean kam herein, ohne meine Antwort abzuwarten, ein Tablett in der Hand.

»Ich hab gesagt, dass ich mir etwas hole, wenn …«

»Du Hunger hast, ja«, beendete er meinen Satz und reichte mir das Tablett, auf dem zwei Teller mit Sandwiches standen. Er bedeutete mir, Platz zu machen und setzte sich dann neben mich auf das Bett. Ein Bein hatte er dabei vor seinem Körper angewinkelt, das andere stand fest auf dem Boden. Er nahm einen Teller und balancierte ihn auf seinem Knie. »Aber ich habe keine Lust, schon wieder allein zu essen, also tu mir den Gefallen und wirf mich erst aus deinem Zimmer, wenn ich aufgegessen habe.«

»Ich hatte nicht vor, dich rauszuwerfen«, merkte ich an. Er antwortete nicht, viel zu sehr damit beschäftigt, das Sandwich zu inhalieren. Es schien, als hätte er mindestens genauso lange wie ich nichts mehr gegessen.

Ich betrachtete das Sandwich auf meinem Teller. Jeans Ausrede war offensichtlich fadenscheinig – er schien sich nicht einmal darum zu kümmern, sich eine auszudenken, die mich überzeugte. Und ich brachte es nicht über mich, ihn völlig auszusperren.

Jean war eine Konstante in meinem Leben. Seine Mom und mein Dad hatten sich vor etwas über zwölf Jahren kennengelernt und kurz darauf geheiratet. Soweit ich mich erinnern konnte, war das die längste Beziehung, die Dad bisher hatte.

Ich erinnerte mich noch sehr lebhaft an meine erste Begegnung mit Jean. Unsere Eltern hatten beschlossen, dass es an der Zeit war, uns einander endlich vorzustellen, und in ein schickes Restaurant ausgeführt.

Als Dad und ich dort ankamen, warteten beide schon auf uns. Und das Erste, was Jean tat, war, sich auf die merkwürdigste Weise vorzustellen, die ich mir ausmalen konnte. Seine Worte hatten mich so aus der Bahn geworfen, dass ich mich bis heute noch klar und deutlich an sie erinnern konnte: »Hey, ich bin Jean und ja, das ist Französisch, aber nein, außer Oui und Non kann ich selbst keins sprechen.«

Ich hatte ihn angestarrt, mehr als ein wenig verwirrt und mindestens ebenso fasziniert von einer Person, die mit jedem Detail, das ich über sie lernte, mehr zu unzähligen Widersprüchen zu werden schien.

Ein sanftes Lächeln und kinderhaft leuchtende Augen, die nicht ganz zu den Tattoos und Piercings passen wollten, die ihn schmückten. Ein großer, schlanker Körperbau, hinter dem sich eine Person verbarg, die nicht mal im Ansatz sportlich war. Jemand, der auf den ersten Blick aussah, als könnte er jede Person um den Finger wickeln, aber sofort rot wurde und anfing vor Verlegenheit zu stammeln, wenn tatsächlich jemand mit ihm flirtete.

Ich hatte mir nie vorgestellt, Geschwister zu haben – aber irgendwie war aus dieser ersten Begegnung eine Freundschaft geworden, die die Stille, die mich hin und wieder in diesem riesigen Haus heimsuchte, mehr als erträglich machte.

Ich nahm einen Bissen von meinem Sandwich. Wir aßen schweigend, und Jean sah sich in meinem Zimmer um, als wäre er nicht jeden zweiten Tag mit einem neuen Vorwand hier, um mich aus dem Bett zu bekommen. Ich registrierte den Geschmack des Essens nicht wirklich. Das Brot war weich, der Salat darauf knackig, die Tomaten saftig. Hätte ich die Augen zugemacht, wäre mir vermutlich nicht mal bewusst gewesen, dass es ein Sandwich war, das ich aß.

»Mom hat mir geschrieben«, sagte Jean in meine Gedanken. »Weil sie in ein paar Tagen nach Hause kommen werden.«

Mein Herz setzte einen Schlag aus. »Davon hat Dad bei seinem letzten Anruf nichts erzählt.« Mein Sandwich verlor nun auch den letzten Hauch Geschmack.

»Ich glaube, die Entscheidung war relativ kurzfristig. Vermutlich bleiben sie nicht lange, weil das nächste Projekt kurz darauf startet.«

Entgegen meiner ersten Reaktion freute ich mich darüber, Anya und Dad wiedersehen zu können. Es war nur so schwer. Mehr Leute, die ich anlügen musste, wenn ich nicht schnell herausfand, wie ich das, was mit mir nicht stimmte, reparieren konnte.

Ich unterdrückte ein erschöpftes Ausatmen. Jean war so empathisch wie sonst kaum eine Person, die ich kannte. Er hätte selbst mit diesem kleinen Geräusch sofort gewusst, dass etwas nicht stimmte.

»Danke, dass du mir davon erzählt hast.«

Er rieb die Hände über seine Hose, wischte die letzten Krümel seines Sandwiches damit von den Handflächen ab und drückte sich anschließend von meinem Bett hoch. Seine Hand kam auf meinem Kopf zum Liegen und rieb mir über die kurzen Haare. »Ich wollte nur nicht, dass dir das Herz stehen bleibt, wenn du ihre Autos in der Einfahrt siehst. Ich weiß, dass du immer erst mal etwas Zeit brauchst, dich wieder umzugewöhnen, wenn das Haus etwas voller wird.«

Ich schob seine Hand beiseite. »Ich brauche Zeit, meinen Magen auf das viele Essen vorzubereiten, das Dad kochen wird.«

Er sah fragend zu mir hinunter. »Als wärst du das nicht

jeden Tag deines Lebens. Cornflakes und Sandwiches und Pasta mit Pesto schmecken nicht für immer.«

»Sagst du«, scherzte ich. »Aber wenn die andere Wahl ist, zu hungern, schmecken Nudeln und Brot plötzlich einmalig, versprochen.«

»Du sagst das, als wäre der Kühlschrank nicht immer voll mit Essen, das du dir nur kochen müsstest.«

»Eben – ich müsste es kochen«, warf ich ein. »Tut mir leid, aber dafür reicht meine Geduld leider nicht aus.«

Er öffnete den Mund, um etwas zu erwidern, überlegte es sich allerdings schnell anders. »Hast du heute noch was vor? Ansonsten habe ich mir nämlich endlich den dritten Teil von *Life is Strange* gekauft und bin bereit, mich emotional fertigmachen zu lassen.«

»Sorry, ich kann nicht.« Sosehr ich auch mit ihm Videospiele spielen wollte … »Ich hab noch eine Hausarbeit vor mir, die ich schon die ganzen Semesterferien aufschiebe, und Emilia wartet darauf, dass ich in der Eishalle auftauche und ihr erzähle, wie der Arzttermin gelaufen ist.«

»Was meinst du, wie sie reagieren wird, wenn sie erfährt, dass du weiter aussetzen musst?«, fragte Jean mich.

Mit Wut. Enttäuschung. Mitleid. Alles, was ich an ihrer Stelle auch empfinden würde. Kurz vor meinem Unfall hatten wir uns darüber unterhalten, was wir im nächsten Jahr erreichen wollten. Wir hatten mit Sponsoren gesprochen, die wir jetzt Woche um Woche vertrösten mussten. Wegen mir. Wegen … dem, was in mir wütete.

Mein Blick blieb an dem gerahmten Bild auf meinem Nachttisch hängen. Emilia und ich nach unserem allerersten Wettkampf, an dem wir als Team angetreten waren. Wir beide grinsten breit und schmiedeten innerlich bereits Pläne für unsere Zukunft, die an dem Tag so hell gestrahlt hatte.

Mittlerweile schien sie noch nie weiter entfernt gewesen zu sein. Ich schob den Gedanken beiseite. »Vermutlich genauso gut wie ich.«

Sein offener Gesichtsausdruck fiel in sich zusammen. Er nickte und nahm mir das leere Tablett kommentarlos aus der Hand.

Jean war die Art Person, die anderen immer zuerst helfen musste. Und wenn das keine Möglichkeit war, wurde er unruhig und nervös, weil er keine Ahnung hatte, was er tun konnte, um anderen ihre Last abzunehmen. Ich war mir nicht sicher, ob es für ihn ein Segen oder ein Fluch war. Manchmal kam es mir vor, als käme er zwischen all dem Helfen selbst oft zu kurz.

Ich stand auf. Ich hatte mir nicht mal die Mühe gemacht, meine Jacke auszuziehen – die ganze Zeit war mir überaus bewusst gewesen, dass die schwerste Aufgabe mit Emilia heute noch auf mich wartete.

Jean begleitete mich den Flur entlang zurück zum Eingangsbereich. Er blieb stehen, statt rechts in Richtung Küche abzubiegen, eine Hand in der Hosentasche, die andere das Tablett umfassend. »Viel Glück.«

»Danke.« Ich deutete auf das Tablett. »Auch für das Essen.«

Ich sah noch, wie er nickte. Eine langsame Bewegung, während er meinen Blick suchte. Aber statt ihn zu erwidern, tat ich, als hätte ich es nicht mitbekommen und machte das, was ich in letzter Zeit besonders gut konnte:

Ich lief weg.

3. KAPITEL

Aaron

Mein Nacken kribbelte, als ich den Supermarkt betrat. Es war, als könnte ich die Blicke der Leute wie Nadelstiche auf meiner Haut fühlen.

Es passierte nicht oft, aber hin und wieder kam es vor, dass Leute mich erkannten. Winnipeg hatte trotz seiner knapp siebenhundertfünzigtausend Einwohnenden mehr Kleinstadtcharakter als die meisten Kleinstädte selbst – oder vielleicht war das auch nur meine ganz eigene Wahrnehmung der Stadt.

Man ging in einen Supermarkt, und die Mutter eines Freunds rief quer durch den Laden »Hallo«. Oder ein Eiskunstlauf begeisterter Fan erkannte mich aus dem Video eines Interviews, Auftritts, Wettkampfs. Irgendetwas gab es immer.

Normalerweise genoss ich es. Die Aufmerksamkeit, die staunenden Blicke, das Rampenlicht, das jedes Mal ein wenig heller zu strahlen schien, wenn ich mit Emilia einen Preis gewann. Aber seit ein paar Monaten … seit diese furchtbare Panik in meinem Hinterkopf feststeckte, war es anders.

Wann immer jemand meinen Namen sagte, klang es für mich nach einem Fluch, der mich das Weite suchen ließ. Die Sorge, jemand könnte Fragen stellen, die ich selbst nicht zu beantworten wusste, war zu groß. Wann würde ich wieder auf dem Eis stehen? Wann würde ich mit Emilia wieder bei Wettkämpfen antreten?

Ich weiß nicht. Ich weiß es nicht.

Ich lief die Gänge schnell ab, in Gedanken bereits vor der Eishalle. Ich musste mit Emilia reden, mit unserem Coach, konnte mir im Augenblick allerdings nichts Schlimmeres vorstellen, als ihnen Rede und Antwort stehen zu müssen. Machte mich das zu einem egoistischen Menschen? Ja. Offensichtlich. Nur konnte ich daran nichts ändern. Ich wünschte, ich hätte gewusst, wie.

Mit einer großen Tafel von Emilias Lieblingsschokolade im Gepäck fuhr ich zur Century Arena. Ich lenkte mich mit den Songs im Radio ab, die ich mittlerweile auswendig konnte. Draußen war es so kalt, dass die Fensterscheiben leicht beschlugen. Gleichzeitig schien die Sonne erbarmungslos durch das Seitenfenster in mein Gesicht und blendete mich, bis ich auf den Parkplatz der Eishalle fuhr.

Den Motor ausstellte.

Mich in den Sitz lehnte und wartete.

Worauf? Das wusste ich selbst nicht. Auf einen Anflug von Mut. Auf eine Eingebung, wie ich mit den Fragen, die in der Halle auf mich warteten, umgehen sollte.

Ich fuhr mir über meine Haare – über das, was von ihnen übrig geblieben war, nachdem ich sie kurz rasierte hatte. Die Bewegung beruhigte mich zumindest so weit, dass ich mich aus dem Auto kämpfte. Meine Beine trugen mich nur langsam vorwärts.

Ich sagte mir, dass es genug war. Es reichte aus, einen Schritt nach dem anderen zu tun, solange ich irgendwie vorwärtskam. Meine Frustration sagte etwas anderes, doch nach drei Monaten, die wir Hand in Hand verbracht hatten, wurde mir langsam bewusst, dass ich mich auf den kurzen Motivationsschub, den sie mir brachte, nicht verlassen konnte.

Im Eingangsbereich schlug mir der Geruch nach Bratfett,

Schweiß und dem Bodenbelag entgegen und rief eine Erinnerung nach der anderen wach. Geglückte Hebefiguren und Sprünge. Emilias Lachen, das wie ein defekter Scheibenwischer klang, wenn wir unsere Choreografie ohne Fehler schafften. Dieses unverwechselbare Gefühl von Stolz und Ehrgeiz, das mich immer vorangetrieben hatte. Nur blieb es diesmal nicht dabei. Die positiven Gefühle zogen einen Schatten nach sich, der das letzte Mal während der Eisdisco über mich hinweggerollt war.

Von der Narbe an meinem Hinterkopf breiteten sich Phantomschmerzen in meinem gesamten Kopf aus. Ich sah mich selbst fallen und auf dem Eis liegen, als wäre dieser Unfall nicht mir passiert, obwohl sich jeder Muskel in meinem Körper nur zu gut daran zu erinnern schien.

»Aaron?«

Ich zuckte zusammen. Die Bilder verschwanden. Hinterließen kaum wahrnehmbare Spuren, bis sie das nächste Mal aus dem Nichts auftauchten.

Emilia stand vor mir, als hätten meine Gedanken sie heraufbeschworen. Zwischen ihren blonden Augenbrauen bildete sich eine Falte, die immer tiefer wurde, je länger sie mich ansah. So, wie sie mich betrachtete, hatte sie erwartet, dass ich mich vor ihrer Nase in Luft auflöste. Ich hatte einen ähnlichen Wunsch, aber nach mehreren Sekunden, in denen nichts passierte, war ich mir sicher, dass das Universum gerade zu abgelenkt war, um uns diesen Gefallen zu tun.

Ich setzte ein Lächeln auf. Wappnete mich. Wartete auf Anschuldigungen, weil ich kaum auf ihre Nachrichten reagierte und ihre Anrufe meistens klingeln ließ, bis sie aufgab. Nichts dergleichen kam. Stattdessen machte sie einen Schritt auf mich zu, breitete die Arme aus, als wollte sie sie um mich schließen und entschied sich im letzten Moment dagegen.

Dabei wünschte ich mir eine ihrer Luft abdrückenden Umarmungen. So sehr, dass es beinahe wehtat. Ich wollte es ihr sagen, aber … es ging nicht. Ich tat, als würde ich es nicht mitbekommen und verschränkte die Arme vor der Brust. Mein Herz stach schmerzhaft, als Emilia daraufhin ein gezwungenes Lächeln aufsetzte.

Wir kannten uns, seit wir klein waren. Als ich sieben oder acht war, ist ihre Familie nach Winnipeg gezogen. Sie war unserem Verein beigetreten und neben mir, Lucy und Sofia mittlerweile am längsten dabei. Emilia war eine meiner engsten Freundinnen. Wir verbrachten die meiste Zeit miteinander, stritten uns, trainierten zusammen, munterten uns auf, wenn wir fielen und feierten jeden Sieg zusammen. Dennoch verstummte ich bei ihrem Anblick.

»Bist du hier, um mir zu sagen, dass ich endlich nicht mehr allein trainieren muss?«, fragte sie hoffnungsvoll in die Stille. Sie war kaum einen Kopf kleiner als ich und musste sich nicht mal anstrengen, um mir in die Augen zu sehen. »Coach Roy ist schon in der Halle und drangsaliert die zwei Neuzugänge, die vor ein paar Tagen ihren Test für das Senior Level bestanden haben.«

Sie gab mir gar keine Chance, zu antworten, packte mich einfach an der Hand und zog mich hinter sich her. Ich fühlte mich wie eine Puppe ohne eigenen Willen – viel mehr noch, als wir die Halle betraten und die Kälte des Eises mir entgegenschlug.

»Em …« Ich war viel zu leise. Meine Stimme verschwand unter der Geräuschkulisse, die hier herrschte. Mein Herz hämmerte mir in der Brust. »Em«, versuchte ich es noch einmal. Drängender.

Sie sah über ihre Schulter zu mir. Ihre blonden Haare waren länger, als ich sie in Erinnerung hatte. »Coach Roy wird sich freuen, dich zu sehen. Himmel, *ich* freue mich wie ein kleines Kind. Das Training macht nur halb so viel Spaß, wenn ich niemanden habe, mit dem ich mich streiten kann.«

Sie tat es nicht absichtlich und trotzdem traf jedes ihrer Worte einen wunden Punkt in mir. Einen, der vor lauter schlechtem Gewissen jeden Tag ein bisschen unerträglicher und erstickender wurde.

Emilia führte mich den Gang entlang, als wäre ich hier nicht mein halbes Leben Tag für Tag durchgelaufen. Ich versteifte mich, je näher wir dem Eis kamen. Sieben Meter, sechs, fünf … In der Sekunde, in der ich aufsah und mein Blick auf die Bahn fiel, schaltete mein Körper auf Autopilot. Mein Herz dröhnte mir in den Ohren, und ich blieb so abrupt stehen, dass Emilias Griff von meiner Hand abrutschte. Sie ging ein paar Schritte weiter, bis sie bemerkte, dass ich ihr nicht länger folgte.

Aus den Augenwinkeln bekam ich mit, wie sie sich verwirrt zu mir umdrehte. Ich bemerkte, wie sie näher zu mir trat, meinen Namen sagte und mich etwas fragte. Was genau das war, nahm ich allerdings nicht wahr.

Ich fühlte mich wie hypnotisiert. Nicht vom Anblick des Eises, sondern von der puren, ungefilterten Panik, die daraufhin durch mich hindurchschoss. Sie kroch mir den Nacken hinunter und erfüllte meinen gesamten Körper auf eine Weise, die mich erstarren ließ.

»Aaron?«, drang ihre Stimme irgendwann zu mir durch. Emilia stand direkt vor mir, einen besorgten Ausdruck auf dem Gesicht. Ich wusste, dass sie ihn mir nicht zeigen wollte. Wie sie die Lippen aufeinanderpresste, um sich möglichst keine Regung anmerken zu lassen, machte das deutlich.

Aber ich kannte sie. Lange und gut genug, um jede Veränderung aus ihrem Gesicht lesen zu können. Und das Wissen, dass sie mir meine Panik anmerken musste, entfachte diese nur noch mehr.

»Ich kann noch nicht zurück zum Training kommen.«

Ich hörte kaum, wie die Worte meinen Mund verließen. Der einzige Hinweis, dass ich sie tatsächlich ausgesprochen hatte, war die Verwirrung, die sich auf Emilias Gesicht abzeichnete. Sie wurde abgelöst von Enttäuschung, von unendlich vielen Fragezeichen und dann von einer Resignation, die ich von ihr nicht kannte. Zwischen ihr und mir war es immer sie, die bis zum Ende an ihrem Optimismus festhielt.

»Dein Arzt hat dir immer noch nicht sein Okay gegeben?«, fragte sie. »Dein Sturz ist fast drei Monate her. Waren die Verletzungen doch schlimmer, als du uns erzählt hast? Sonst sollten sie doch längst verheilt sein, oder nicht?«

»Ich …« Die Worte blieben mir im Hals stecke. In ihrer Stimme schwang nicht ein Hauch von Misstrauen mit. Sie wusste, wie sehr ich es liebte, eiszulaufen. In ihrem Kopf bestand keine Möglichkeit, dass ich sie belügen könnte.

Du lügst deine Partnerin an, weshalb? Weil du Angst hast?

Ich beantwortete ihre Frage mit einem leichten Nicken. Lachte beinahe über mich selbst. Über die Tatsache, dass ich keine Ahnung hatte, wie ich damit umgehen sollte – und die Schuld auf diese Weise einfach von mir schob.

»Ich hab immer noch Schmerzen in meinem Bein, wenn ich es zu lange ohne Pause belaste«, sagte ich. »Mein Arzt …« Ich räusperte mich. »Ich will nicht riskieren, dass es wieder schlimmer wird. Immerhin wartet eine Saison voller Goldmedaillen auf uns, oder?«

Es war nicht die ganze Wahrheit, aber auch keine aus der Luft gefischte Lüge. Hin und wieder fühlte ich einen Schmerz durch meinen Unterschenkel ziehen – ich war mir nur nicht sicher, ob es wirklich wehtat oder mein Kopf es mir vorspielte.

Emilia senkte den Blick. Sie sah mein Bein an, als wollte sie die einzelnen Muskelfasern darin mit reiner Willenskraft dazu überreden, wieder problemlos zu funktionieren. Bei dem Anblick wurde mir warm ums Herz – zumindest für drei Sekunden. Bis das Gefühl von diesen klebrigen, düsteren Gefühlen aufgefressen wurde.

Sie kräuselte die Nase, wischte die Enttäuschung aus ihrem Gesicht und nickte. »Skate Canada, kanadische Meisterschaften, Olympia.«

Ich stieß ein Lachen aus. Hoffentlich hörte sie nicht, wie verzweifelt es klang. »Nur kein Druck oder so.«

Sie knuffte mir leicht gegen den Oberarm und grinste. »Ich weiß, dass du das Eis rocken wirst, sobald du wieder drauf kannst«, erwiderte sie. »Ich habe mir nicht umsonst den besten Partner von allen ausgesucht.«

Meine Hände kribbelten, meine Beine waren angespannt. Alles in mir wollte weglaufen. Vor dem bedingungslosen Vertrauen, das Emilia und ich in den ganzen Jahren, die wir zusammen eisliefen, aufgebaut hatten. Vor ihrem Optimismus, von dem ich mir wünschte, dass er ansteckend war. Der mich aber stattdessen nur mit einem flauen Gefühl im Magen zurückließ.

Ich tat es nicht. Weglaufen, meine ich. Natürlich nicht – wie hätte ich es auch erklären sollen? Mein Körper war gefangen zwischen Taubheit und Alarmbereitschaft und pingte im Sekundentakt dazwischen hin und her. Es wunderte mich nicht mal, dass ich mich mit jeder Minute erschöpfter fühlte.

»Hat dein Arzt gesagt, wie lange es sich noch ziehen kann, bis du ohne Schmerzen wieder trainieren kannst?«

»So ein, zwei Wochen …« Ich verschluckte mich beinahe an der Aussage. Atmete langsam aus der Nase aus, weil – mein Gott, eine Woche? Es klang nach zu wenig Zeit, um mich vorzubereiten. Um herauszufinden, wie ich die Kontrolle über meinen Kopf und Körper wieder zurückbekam, wenn die Zügel mir im Augenblick nur immer weiter entglitten.

»Okay. Bis dahin werde ich es schon irgendwie ohne dich beim Training aushalten«, sagte Emilia. Ein fröhlicher Glanz hatte sich in ihre Augen geschlichen. »Außer Coach Roy lässt mich noch mehr Himmelspirouetten drehen. Dann kann ich für nichts garantieren.«

»Du weißt, dass du sie eigentlich magst.«

Emilia winkte ab. »Jaja.« Sie zuckte betont gleichgültig mit den Schultern. Dabei war mir nur zu deutlich bewusst, was es für sie bedeutete, so lange ohne Partner trainieren zu müssen.

Es war kein Schritt zurück – immerhin konnte sie sich auf sich selbst konzentrieren. Ihre Sprünge und Figuren weiter perfektionieren. Aber genauso wenig war es einer nach vorn. Und wenn überhaupt, war es das, was mich am meisten traf: Dass ich es war, der sie dabei aufhielt, nach den Sternen zu greifen. Obwohl ich nie mehr gewollt hatte, als mit ihr hoch zu fliegen.

»Du willst bestimmt mit Coach Roy reden, oder?«, holte sie mich aus meinen Gedanken zurück.

»Kein Gespräch, auf das ich mich sonderlich freue«, merkte ich trocken an.

»Ach komm, bisher hat er alles sehr gut aufgenommen. Er hatte nur einen winzig kleinen Nervenzusammenbruch, als ihm bewusst geworden ist, dass ich allein keine Hebefiguren üben kann.«

Ich lächelte, auch wenn es sich etwas gezwungen anfühlte. »Du könntest dir für die Zeit einen anderen Partner suchen.«

Emilias entspannter Gesichtsausdruck verschwand auf meine Aussage hin. Sie schob die Augenbrauen zusammen und presste die Lippen aufeinander. »Keine Chance. Du würdest das an meiner Stelle auch nicht tun.«

Ja. Ich wusste es. Und ich hörte auch die Worte, die sie nicht aussprach: *Wir beide. Zusammen.* Ein Schwur, den wir uns nach unserem ersten Wettkampf gegeben hatten. Wir waren beide noch grün hinter den Ohren gewesen, nicht mal annähernd gut genug, um eine Trophäe mit nach Hause zu nehmen. Aber uns beiden war schon damals klar, dass dieses blinde Vertrauen, das wir von Anfang an ineinander hatten, besonders war. Und dass weder Emilia noch ich jemals darüber nachdenken wollten, wie es sein würde, nicht miteinander auf dem Eis zu stehen.

Nach dem Unfall hatte ich auch nicht darüber nachdenken wollen. Und trotzdem tat ich es die ganze Zeit. Ich hatte den Vorschlag in der egoistischen Hoffnung ausgesprochen, dass sie den Gedanken teilen und all meine Probleme lösen würde, indem sie sich einen neuen Partner suchte. Gleichzeitig war ich erleichtert, dass sie es nicht getan hatte.

Ich verstand mich selbst nicht.

»Kannst du Coach Roy sagen, dass ich in seinem Büro auf ihn warte?«, bat ich Emilia.

Sie hob beide Augenbrauen an. Sah zur Halle zurück, dann wieder zu mir. »Möchtest du nicht reingehen und allen Hallo sagen? Sofia ist auch da.«

»Sofia würde ihr Training nicht unterbrechen, um mir Hallo zu sagen«, gab ich zurück. Ich schickte ein schiefes Lächeln hinterher, für den Fall, dass meine Worte zu scharf klangen. Meine Ausrede zu einstudiert.

Für einen Moment sah es aus, als wollte Emilia widersprechen. Sie verstand nicht, dass ich nicht in die Eishalle gehen konnte – wie sollte sie auch? Ich wollte nicht, dass sie davon erfuhr, wie panisch mein Herz schlug, wenn ich an die Eisbahn dachte. Wenn mir die Kälte in den Sinn kam, die das letzte Mal, als ich dort mitten auf der Bahn gelegen hatte, bis in meine Knochen gekrochen war und jetzt zwischen meinen Rippen feststeckte.

Manchmal wünschte ich, ich könnte dorthin greifen und sie einfach aus mir herausziehen.

Was auch immer Emilia hatte sagen wollen: Sie behielt es für sich. Sie wippte auf den Füßen vor und zurück, und ich konnte genau sehen, dass ihr Worte auf der Zunge lagen, von denen sie sich nicht sicher war, ob sie sie aussprechen oder für sich behalten sollte.

Nach einigem Zögern seufzte sie leise und schien ihre Entscheidung getroffen zu haben. »Tust du mir einen Gefallen?«

Unruhig rieb ich meine Fingerkuppen übereinander. »Das kommt darauf an, um was du mich bittest.«

»Eine deiner Nieren«, sagte sie völlig ernst. Dann verdrehte sie die Augen und hob die Mundwinkel an. »Zumindest könnte es für dich auf das Gleiche hinauslaufen.«

Beruhigend.

»Antwortest du mir bitte ab und zu auf meine Nachrichten?«, fragte sie vorsichtig. »Ich weiß, gerade ist alles sehr anstrengend. Ich kann mir nicht vorstellen, wie es mir an deiner Stelle gehen würde, so lange das Training aussetzen zu müssen. Aber du und ich – wir sind ein Team. Und du kannst immer auf mich zählen, wenn du etwas brauchst.«

Gegen all die möglichen Dinge, die mir gerade durch den Kopf geschossen waren, fühlte sich »auf Nachrichten antworten« sehr machbar an. Ich nickte. Wenigstens das war ich ihr schuldig. »Tut mir leid, dass ich die letzten Wochen nicht sehr gesprächig war.«

Emilia zuckte mit den Schultern. »Ich muss mich einfach daran gewöhnen, jetzt die Rolle der Quasselstrippe einzunehmen. Vielleicht lernst du dann endlich mal, richtig zuzuhören.«

»Haha.«

»Na gut«, wechselte sie das Thema. »Dann schick ich dir Coach Roy gleich hinterher, ja?«

»Danke.«

Ich wollte mich abwenden, als sie mich noch einmal aufhielt. »Und Aaron?«

»Ja?«

»Keine Sorge. Egal, wie lange du fehlst, wir kriegen das hin«, versuchte sie mich aufzumuntern. Vielleicht auch sich selbst. »Und grüß Jean von mir.«

Sie verabschiedete sich mit einer Umarmung von mir. Fast hätte ich sie nicht losgelassen – das Gefühl war so vertraut, der Geruch ihres Shampoos so beruhigend, dass meine Nerven für einen kurzen Augenblick aufhörten, ununterbrochen zu summen.

Ein Stechen fuhr durch meinen Brustkorb, als sie mich wieder losließ und in die Halle ging.

Ich rieb mir durch mein Sweatshirt über die Brust. Als könnte ich das Ziehen auf diese Weise lindern.

Konnte ich natürlich nicht. Es verfolgte mich den gesamten Weg bis in Coach Roys Büro.

Es war nur ein kleiner quadratischer Raum. In der Mitte fand ein breiter Schreibtisch Platz, davor zwei Stühle, die so unbequem waren, wie sie aussahen. Die Wand links von mir war übersät mit Auszeichnungen, die Coach Roy während seiner Zeit als aktiver Eiskunstläufer erhalten hatte.

Nur wenige Minuten vergingen, bis die Tür mit einem Quietschen aufging. Aus Gewohnheit wollte ich sofort aufstehen, aber Coach Roys Stimme hielt mich davon ab.

»Bleib sitzen«, beruhigte er mich. Er schloss die Tür hinter sich und umrundete seinen Schreibtisch mit langen Schritten, um sich mir gegenüber hinzusetzen. Hundertmal hatte ich in diesem Stuhl gesessen – nie hatte es sich so qualvoll angefühlt wie heute.

Ich versuchte mich abzulenken, während er die Arme auf dem Tisch ablegte und die Hände vor sich verschränkte. Angestrengt starrte ich auf die Urkunden, Trophäen und Medaillen an den Wänden. Jede Woche polierte Coach Roy sie voller Stolz. Ich war mir nicht sicher, ob es mich beruhigte, zu sehen, dass sich das nicht geändert hatte – oder ob es mich nervöser machte, weil jeder Winkel in diesem Raum normal schien, obwohl ich mich alles andere als das fühlte.

»Emilia hat erzählt, dass du noch nicht zurück zum Training kommen kannst?« Er sah an mir hinunter, als könnte er meine Verletzungen unter der Kleidung erspähen und auf diese Weise herausfinden, was noch nicht verheilt war.

Unwillkürlich fing ich an, mit dem Daumen an der Haut um den Nagel meines Zeigefingers herum zu kratzen. Als es mir auffiel, ballte ich meine Hände zu Fäusten. »Ja, noch … noch nicht.«

»Und ab wann wirst du wieder trainieren können?«

»Es ist noch nicht ganz sicher.« Unschlüssig hob ich eine Schulter an. »Eine oder zwei Wochen. Vielleicht drei. Sobald die Schmerzen weg sind«, sagte ich und tippte zur Verdeutlichung auf mein rechtes Bein.

Stille. Coach Roy antwortete nicht sofort und ich wurde das Gefühl nicht los, als würde er mich mit seinem Blick durchlöchern. Ich fühlte mich unwohl. Coach Roy sah mehr, als mir lieb war – das hatte er schon immer. Ich musste sehr an mich halten, nicht mit der Wahrheit herauszuplatzen.

Seine ewig grimmige Miene ließ ihn nicht sonderlich zugänglich wirken. Zumindest bis zu dem Moment, in dem er anfing, über seine Familie zu reden. Sobald seine bessere Hälfte zum Gesprächsthema wurde, glänzten seine Augen und aus dem großen Brummbär wurde ein großer Teddybär.

Coach Roy lehnte sich in seinem Stuhl zurück. Legte den Kopf nachdenklich schief. »Gibt es etwas, worüber du reden möchtest?«

Ich öffnete den Mund. All die Dinge der vergangenen zwei Monate auf der Zunge, über die ich bisher mit niemandem gesprochen hatte. Bevor ich jedoch dazu kam, machte ich den Fehler, in Coach Roys Gesicht zu schauen. Ich sah Emilia vor mir und ihr bedingungsloses Verständnis, dass ich noch nicht zurück aufs Eis konnte.

Meine Stimme verschwand, bevor ich etwas sagen konnte. Sosehr ich auch wollte, so verzweifelt meine Lippen die Worte bereits formen wollten – so wenig ließ dieser eine Teil in mir es zu, sie auszusprechen.

Ich zögerte nur kurz. Schüttelte den Kopf. Und Coach Roy blieb nichts anderes übrig, als mir zu glauben.

Er seufzte leise. Tippte mit dem Zeigefinger einen Rhythmus auf den Schreibtisch, der die Stille des Raums für kurze Zeit als Einziges erfüllte.

»Ich möchte, dass du trotzdem zum Training kommst«, sagte er dann.

Ich erstarrte. »Ich kann wirklich nicht …«

»Ich weiß«, unterbrach er mich. »Aber du kannst zusehen. Wenn du dir auf diese Weise die Schrittfolgen besser einprägst, ist das mehr, als ich mir unter den momentanen Umständen wünschen kann.«

Unter den momentanen Umständen.

Was er wohl sagen würde, wenn er erfuhr, dass alle Verletzungen laut meines Arztes bereits verheilt waren? Die Vorstellung drehte mir den Magen um. Sein Vorschlag war das

Mindeste, was ich tun konnte, um nicht an diesem schlechten Gewissen zu ersticken.

Ich nickte, ohne mich wirklich dazu entschieden zu haben. Coach Roy brachte mich kurz darauf bis zu der Tür seines Büros. Sagte mir, dass ich mich melden sollte, hätte ich irgendwas, über das ich reden wollte. Seine Tür würde immer offen stehen.

Doch alles, woran ich denken konnte, als ich den Gang hinunter und nach draußen ging, war, dass ich keine Ahnung hatte, wie ich dem Training zusehen sollte, ohne vor Sehnsucht zu vergehen.

Ohne vor Angst zu zerfallen.

Ich merkte erst, als ich wieder im Auto saß, dass ich Emilia die Schokolade nicht gegeben hatte.

4. KAPITEL

Marleigh

Mein Magen grummelte.

Verzweifelt stöhnte ich in mein Donut-Kissen.

Ich war mir sicher, dass jemand mein Leben als schlechtes Filmskript verwendete und sich köstlich darüber amüsierte. Wie hoch war die Chance, dass meine Bestellung bei der falschen Pizzeria eingegangen war und die mich erst nach einer Stunde hatten informieren können, dass sie mein Wohngebiet gar nicht belieferten?

Gab es ein kosmisches Gesetz, das so etwas regelte? Wenn man sie am dringendsten brauchte, bekam man keine Pizza?

Mein Donut-Kissen bekam direkt noch ein Seufzen ab.

Ich legte mir meine dicke Kuscheldecke über den Kopf und hielt sie unter meinem Kinn mit beiden Händen zusammen. Dann stoppte ich den Anime, den ich mir gerade angesehen hatte, mitten in der Folge und schlurfte in meinem Umhang zur Küche. In meinem Kühlschrank herrschte weiterhin gähnende Leere. Wie überraschend – es waren nicht plötzlich auf magische Weise Lebensmittel darin aufgetaucht.

Kurz spielte ich mit dem Gedanken, einfach schlafen zu gehen. Immerhin würde ich meinen Hunger dann nicht bemerken. Aber stattdessen füllte ich mir ein Glas mit Wasser und gab die Bestellung meiner Pizza erneut auf. Diesmal bei der richtigen Filiale.

Hoffte ich.

Ich startete eine Playlist mit den unterschiedlichsten Songs, um mich vom Hunger abzulenken. Schnappte mir den Koffer meiner Querflöte, der wie immer an das Kopfteil meines Betts gelehnt stand. Ich packte das Instrument aus. Schraubte die einzelnen Teile mit geübten Handbewegungen zusammen und hob sie dann an meinen Mund. Ich verlor mich darin. Nein, das stimmte nicht ganz. Ich fand mich selbst darin. In der Begleitung, die ich zu den Liedern spielte, die aus den Lautsprechern dröhnten. In der Bewegung meiner Finger. In der Musik.

Am liebsten hätte ich die Augen geschlossen und mich von den Melodien davontragen lassen. Aber seit einer Weile funktionierte das nicht mehr sonderlich gut. Sobald ich das tat, rückten Dinge in den Vordergrund, die ich dort nicht haben wollte. Die ich mit aller Gewalt zu unterdrücken versuchte. Daher ließ ich die Augen offen und spielte, bis es klingelte und das Essen endlich kam.

Ich trug den Pizzakarton zu meinem Bett und griff auf dem Weg nach meinem Laptop. Mein Donut-Kissen legte ich mir in den Rücken und machte es mir gemütlich. Zog die Beine an den Oberkörper und stellte den Laptop direkt vor meinen Füßen ab. Die Lautstärke so hoch eingestellt, wie es nur ging. Den Bildschirm so hell wie möglich, damit ich jedes Detail sah, als ich Aaron Reids neuestes Video abspielte.

Es waren nur drei Minuten.

Drei Minuten Freiheit, die mir diese Person mit ein paar zusammengeschnittenen Eindrücken aus der Welt dort draußen schenkte. Er zeigte mir Orte in Winnipeg, von denen ich noch nie gehört hatte. Verschneite Straßen, zugefrorene Teiche. Es sah auf eine Weise märchenhaft aus, dass man fast nicht anders konnte, als sich Geschichten dazu auszudenken. In den eigenen Tagträumen zu verschwinden und an diese Orte zu fliehen, die wie aus Narnia gegriffen wirkten.

Keine Ahnung, wie oft ich es abspielte. Ich betätigte die Replay-Taste so häufig, dass ich aufhörte zu zählen, stoppte zwischenzeitlich nur kurz, um meine Pizza zu inhalieren. Draußen war es bereits dunkel. In meinem Zimmer flackerte nur das Licht des Laptopbildschirms, wenn die Szenen wechselten.

Ich schob den Pizzakarton auf den Boden, nachdem ich alles aufgegessen hatte. Streckte mich auf meinem Bett aus. Mit jedem Abspielen wurden meine Augenlider schwerer. Ich fühlte mich träge, beinahe schwerelos, während ich *Talos* zuhörte. Seine sanfte Stimme, die schwere, melancholische Wörter leicht klingen ließ. Ich merkte kaum, wie ich ganz langsam einschlief.

Ein Pingen weckte mich um acht Uhr morgens. Ich lag mit dem Kopf an der Fußseite meines Betts. Mein Kleid hatte sich um meine Beine gewickelt und sorgte beinahe dafür, dass ich über meine eigenen Füße stolperte, als ich aufstand. Meine Haare hingen mir kreuz und quer ins Gesicht und mein Laptop lag gefährlich nah am Rand der Bettkante.

Ich schnappte ihn mir, ließ mich vor das Bett auf den Teppich fallen und machte mich auf die Suche nach dem Übeltäter, der mich geweckt hatte. Ich fand ihn schneller, als mir lieb war. Eine neue E-Mail in meinem Postfach – das rote Ausrufezeichen leuchtete mir wie ein Warnschild entgegen. Und als ich den Absender erkannte, wurde mir schlecht.

Sehr geehrte Miss MacKay,

*da Sie sich weder telefonisch noch auf die letzten E-Mails, die ich Ihnen geschickt habe, zurückgemeldet haben, hier eine letzte Erinnerung für Sie. Ihre Dozent*innen haben uns ge-*

meldet, dass Sie in den vergangenen zwei Monaten bei keinen Vorlesungen, Seminaren und Veranstaltungen anwesend waren. Bitte beachten Sie, dass ihr Stipendium an der Wellington Crescent University mit der Bedingung an Sie vergeben wurde, an allen Pflichtveranstaltungen teilzunehmen und das Studium in der Regelstudienzeit mit einem hohen Notendurchschnitt zu absolvieren. Eine Nichterfüllung von Ihrer Seite ist Grund für eine Exmatrikulation.
Daher lade ich Sie auf ein Beratungsgespräch ein, in dem wir zusammen schauen, ob der Studiengang für Sie die richtige Wahl ist. Gern können wir dabei auch noch einmal über alle Erwartungen von unserer Seite sprechen. Für etwaige Sorgen von Ihrer Seite haben wir bei dem Termin ebenfalls ein offenes Ohr. In einem gesonderten Schreiben werden Ihnen dazu noch einmal alle wichtigen Unterlagen zugeschickt.
Ich freue mich, Sie morgen im Verwaltungsgebäude begrüßen zu dürfen. Alle Infos zur Uhrzeit und den Unterlagen, die Sie mitbringen können, finden Sie anbei.

Mit freundlichen Grüßen

A. King
– Studienberaterin –

Am liebsten hätte ich die E-Mail gelöscht und so getan, als hätte ich sie nie gesehen. Die Anrufe auf meinem Handy, die ich einfach ignoriert hatte. Die ungelesenen Mails, über die ich gar nicht nachdenken wollte.

Exmatrikulation.

Mein Atem war viel zu flach.

Wie sollte ich zu dem Termin gehen und ihr erklären, dass ich an den Seminaren und Vorlesungen nicht teilnehmen konnte, weil jeder Winkel meines Körpers sich dabei anfühlte, als stünde er in Flammen?

Dass es nicht daran lag, dass es der falsche Studiengang war – ich hatte jede Sekunde in den Vorlesungen geliebt. Jede Minute, in der ich mehr über Musik lernte.

Es war nicht das Studium, sondern die Leute darin. Nicht die Inhalte oder Anforderungen, sondern das leise und laute Flüstern, das mich auf Schritt und Tritt verfolgt hatte. Das Wissen, dass ich nicht dazugehörte. Dass ich viel jünger war. Dass niemand sich die Mühe machte, mich kennenlernen zu wollen. Die Panik in mir, als es mir wirklich bewusst geworden war.

Ich schämte mich – dafür, dass andere Stimmen so viel lauter in meinem Kopf waren als meine eigene –, dass ich mir nicht sicher war, ob ich meiner Studienberaterin gegenüber überhaupt ein Wort würde rausbringen können. Ich wusste nicht mal, ob sie es verstehen würde.

Ich seufzte. Lange und tief und jetzt schon erschöpft von meinem gedanklichen Hin und Her.

Ich stellte meinen Laptop neben mir auf dem Boden ab und schlang die Arme um meine Knie. Innerlich fühlte ich mich so zerrissen, dass ich kaum atmen konnte. Ich wusste, dass ich dorthin musste. Ich wusste, dass ich studieren *wollte.* Aber kaum dachte ich darüber nach, im Vorlesungssaal zwischen all den anderen Studierenden zu sitzen, kratzte die Panik an mir. Und mittlerweile hatte sie mich so arg unter Kontrolle, dass ich nicht anders konnte, als mich von ihr überschwemmen zu lassen.

Den ganzen Tag dachte ich darüber nach, wie ich mich aus dem Termin mit der Studienberaterin reden konnte. Wie ich es schaffen würde, mein Stipendium an der Uni zu behalten, auf das Mom unendlich stolz gewesen war, als wir davon erfahren hatten.

Und als ich immer verzweifelter wurde, mischte sich noch ein anderer Gedanke darunter: Wie sollte ich es überhaupt schaffen, dorthin zu kommen?

Die Uni war von hier etwa fünfzehn Minuten mit dem Bus entfernt. Der Termin war früh am Morgen angesetzt – ich würde mitten in den Berufsverkehr und damit zwischen alle Pendler geraten. Ich könnte laufen, wäre dann allerdings mindestens eine Stunde pro Strecke unterwegs.

Mein Blick glitt zum Flur. Ich sah die Wohnungstür nicht, aber in meinem Kopf schwebte sie wie der Endboss eines Videospiels über mir. Groß und bedrohlich und viel zu stark. Nur hatte ich keine Wahl. Ich musste dorthin kommen und Mrs King eine Erklärung geben. Mir noch eine, mit etwas Glück zwei Wochen erkämpfen, die ich dafür nutzen konnte, um mich vorzubereiten.

Ich redete mir gut zu. Beim Essen, beim Fernsehen, als ich mich fürs Bett fertig machte. Doch sosehr ich mich auch an meinen Optimismus klammern wollte: Die Nacht über machte ich kaum ein Auge zu. Ich wälzte mich von einer auf die andere Seite und wenn ich es zwischendurch dann mal schaffte einzuschlafen, träumte ich von Gelächter, das mich nur noch mehr auslaugte.

5. KAPITEL

Aaron

Die ganze Nacht wälzte ich mich hin und her. Das Gespräch mit Emilia, das mit Coach Roy – sie gingen mir beide nicht aus dem Kopf. Die Lügen, die ich erzählt hatte, raubten mir den Schlaf, und ich hasste die Erleichterung, die mich jedes Mal überkam, wenn ich daran dachte, dass sie sie mir geglaubt hatten.

Die Selbstgeißelungen trugen nicht unbedingt zu einem guten Schlaf bei. Wenn ich nicht gerade damit beschäftigt war, den gesamten Tag gedanklich Revue passieren zu lassen, schloss ich die Augen und zwang mich dazu, mich zu entspannen. Ein Oxymoron, das gar nicht funktionieren konnte.

Ob ich mich irgendwann daran gewöhnte, dass ich mich nicht einfach hinlegen und einschlafen konnte? Früher war ich besser darin gewesen. Als mein Kopf noch leiser gewesen war, mein Körper weniger angespannt. Momentan war ich froh, wenn ich es schaffte, mehrere Stunden am Stück zu schlafen, ohne zwischendurch aufzuwachen.

Es war acht Uhr morgens, als ich mich dazu entschloss, aufzustehen. Mein Zimmer war dank der dicken Vorhänge größtenteils noch in Dunkelheit getaucht. Ein wenig kam ich mir wie ein Vampir vor, als ich sie aufzog und vor der Sonne zurückschreckte, die mir mitten ins Gesicht schien.

»Ich mache mir erst Sorgen, wenn meine Eckzähne wachsen«, murmelte ich auf dem Weg in mein angrenzendes Ankleidezimmer vor mich hin. Die Wände waren voller Klamotten, von denen ich die eine Hälfte fast nie trug, die andere dafür viel zu häufig. Ich griff mir eine Jeans und ein weißes Shirt, das mir ein wenig zu groß war, und nahm beides mit ins Badezimmer, um mich fertig zu machen.

Der Vorteil an einem so riesigen Haus wie dem, in dem ich lebte, war, dass man meistens Ruhe vor anderen Leuten hatte. Selbst bei großen Gruppen, die zu Besuch waren, lief ich nur hin und wieder jemandem über den Weg. Als Kind ein großartiger Ort, um Verstecken zu spielen.

»Hast du versucht, die Küche in die Luft zu jagen?«, fragte ich, als ich Jean in genau der fand. Mit zwei Topflappen bewaffnet, holte er eine kleine runde Auflaufform aus dem Ofen und stellte sie auf der Arbeitsplatte ab. Überall standen Zutaten herum. Auf der Kochinsel fiel die Packung Haferflocken gerade nach vorn und verstreute ihren Inhalt auf der gesamten Arbeitsfläche. Zwei leere Packungen Heidelbeeren stapelten sich neben einem halb vollen Glas Apfelmus. Und die Dose mit Zucker war bei meiner letzten Suche nach einem Snack auch noch voller gewesen.

Ich war mir ziemlich sicher, dass Jean seine Kochkünste wieder mal überschätzt und sein Frühstück mehrmals hatte machen müssen. Das, oder er hatte so viel Hunger, dass er es sich schon zum dritten Mal machte.

Die schwarzen Reste in der Auflaufform, die mir am nächsten stand, wiesen eher auf meine erste Vermutung hin.

»Ich habe versucht, für uns Frühstück zu machen, aber …« Er sah sich seine gescheiterten Backversuche ebenfalls an. Dann drehte er sich zu mir um. Das Piercing in seiner Augenbraue blitzte unter seinem Pony hervor. »Sieht aus, als würdest du ausnahmsweise auf Cornflakes ausweichen müssen.«

»*Ausnahmsweise*«, wiederholte ich ungläubig. »Das ist das vierte Mal an vier Tagen, Jean.«

»Das nächste Mal kannst du ja um sechs Uhr morgens aufstehen und dich ums Essen kümmern.«

»Meine Motivation, vor der Sonne aufzustehen, hält sich in Grenzen.«

»Dann beschwer dich nicht, dass du kein Essen bekommst.«

»Ich hab mich nicht …« Ich schüttelte den Kopf. »Ist gut.«

Im Vorbeigehen griff ich eine Schüssel aus einem Hängeschrank und suchte mir eine Packung Cornflakes aus dem Vorratsschrank, der immer bis zum Zerbersten voll war. Ich befüllte meine Schüssel und setzte mich dann mit ihr an den Esstisch. Jean ertränkte sein Essen noch in Ahornsirup, ehe er mir gegenüber Platz nahm.

In den vergangenen drei Monaten hatte jeder Morgen so ausgesehen. Wenn ich aus meinem unruhigen Schlaf aufwachte, schleppte ich mich aus meinem Zimmer und traf Jean auf dem Weg oder in der Küche, wo er versuchte, etwas Essbares hinzubekommen und meistens kläglich scheiterte. Er tat, als hätte er ohnehin nicht vorgehabt, mir etwas abzugeben, ich aß meine morgendliche Portion Cornflakes und wenn wir beide in der Stimmung dazu waren, redeten wir währenddessen über das, was uns in den Sinn kam.

»Ich treffe mich heute Nachmittag mit einer Freundin auf einen Kaffee«, sagte Jean, nachdem er den ersten Bissen seines Essens probiert hatte. »Wenn du Lust hast, kann ich dir vorher zeigen, welchen Park ich gemeint habe, als du letztes Mal nach Plätzen zum Filmen gefragt hast.«

Jean war die einzige Person in meiner Familie, die wusste, dass ich kleine Filme drehte. Sie waren nicht mal besonders gut. Die alte Kamera hatte ich gefunden, als ich vor ein paar Wochen aus purer Langeweile die gesamte Villa abgelaufen war. Das Schnittprogramm hatte Anya mir irgendwann auf dem Laptop installiert. Es hielt mich beschäftigt – und damit jegliche Gedanken zurück, mit denen ich mich nicht auseinandersetzen wollte. Konnte.

»Du musst wirklich nicht so viel Zeit mit mir verbringen, nur, weil ich gerade zu Hause festsitze«, sagte ich. »Disney+ und Netflix haben genügend Unterhaltung. Und meine Hausarbeit wartet weiterhin auf mich.«

»Die, die du gestern schreiben wolltest?«

»Die, die ich gestern anfangen wollte«, erwiderte ich. »Was ich getan habe.«

Jean hob eine Augenbraue an, als würde er mir meine Aussage nicht ganz abkaufen. Es wunderte mich nicht – ich war begnadet darin, Hausarbeiten für die Uni bis auf den letzten Drücker aufzuschieben.

»Schau nicht so, ich meine das ernst. Ich habe einen sehr interessanten Text gelesen, in dem anhand des Beispiels der weiblichen Anopheles-Mücke gezeigt wird, wie schädlich Parasitismus für einen Wirt sein kann«, erklärte ich und musste mein Lachen zurückhalten, als ich sah, wie Jean seinen Löffel voller Baked Oats wieder sinken ließ. »Sie saugt dein Blut und gibt dir in manchen Fällen dabei sogar noch eine Krankheit, die zum Tod führen kann. Wie ein winziger Vampir.«

Jean verzog das Gesicht. »Erinnere mich daran, nie wieder nach deinem Studium zu fragen.«

Jetzt brach das Lachen doch aus mir hervor. Jean schüttelte den Kopf, aber ich sah ein amüsiertes Lächeln um seine Lippen spielen. Er nahm seinen Löffel wieder auf und schob sich das Essen in den Mund.

Nachdem er aufgekaut hatte, runzelte er die Stirn. »Sekunde, Parasitismus lernst du gerade in deinem Bioinformatik-Studium? Hatten wir das nicht schon in der Highschool?

Heißt das, ich kann mich dort auch einschreiben, ohne mega schlau zu sein?«

»Ich bin mega schlau, vielen Dank«, erwiderte ich. »Und nein, ich bin bei meiner Recherche gestern nur in merkwürdige Ecken abgerutscht. Vierzehn Seiten über die Anopheles-Mücke waren da noch harmlos.«

Jean verzog keine Miene. »Du bist merkwürdig.«

»Wer von uns war es noch mal, der letztens zwei Stunden damit verbracht hat, eine Analyse über Black Widow und warum sie die stärkste Marvel-Heldin ist, zu lesen?«

Darauf wusste er nichts zu erwidern. Er kaute nur stumm auf seinen Baked Oats herum, bis er zurück zum eigentlichen Thema kam. »Übrigens weiß ich, dass ich keine Zeit mit dir verbringen *muss*. Es ist freiwillig. Mit wem soll ich sonst über Filme diskutieren und ihn für seine Wahl des Studiengangs aufziehen?«

Ich stöhnte genervt auf. »Es war eine logische Entscheidung.«

»Logisch wäre, wenn du dir, ich weiß nicht, irgendwas mit Sport ausgesucht hättest.«

»Du meinst also, weil ich im Eiskunstlaufen gut bin und es liebe, heißt das, dass ich keine anderen Interessen in meinem Leben haben kann?«

»Genau.«

Ich verdrehte die Augen und reagierte gar nicht erst darauf. Seine Aussagen waren zur Hälfte nur Scherze, aber mir war mehr als bewusst, dass die andere Hälfte sein voller Ernst war.

Er verstand nicht, dass ich durchdrehen würde, wenn ich keinen Ausgleich zum Eiskunstlaufen hätte. Wenn ich Tag und Nacht nur daran denken würde, mich zu verbessern, mehr zu erreichen, höher zu springen … All die Dinge, die mir ohnehin die ganze Zeit durch den Kopf flogen. Immerhin ließen sie mich an der Uni für ein paar Stunden in Ruhe – weil ich wusste, dass ich im allergrößten Notfall einen Plan B hatte.

Als ich mich vor zwei Jahren dazu entschieden hatte, doch noch ein Studium anzufangen, war die Auswahl der Dinge, die mich interessierten, begrenzt gewesen. Ich wusste, dass ich den Sport dort nicht auch mit einbringen wollte. Künstlerische Sachen lagen mir nicht, außer ich hatte eine Kamera in der Hand, und neben Physik und Mathe war Biologie immer der einzige Unterricht gewesen, der meine Aufmerksamkeit hatte halten können.

Nicht, weil ich eine große Leidenschaft für die Thematik verspürte. Nicht, weil ich unbedingt in dem Bereich arbeiten wollte. Sondern einfach, weil es mich am meisten ansprach. Nicht mehr und nicht weniger.

»Ich möchte einfach nicht, dass du das Gefühl hast, meinen Babysitter spielen zu müssen«, sagte ich. Ich wollte nicht, dass Freunde und Familie aus Mitleid Zeit mit mir verbrachten. Eine irrationale Sorge, die ich nicht ganz abschütteln konnte.

»Falls es jemals so weit kommt, frage ich deinen Dad nach einem guten Stundenlohn«, dachte Jean laut nach.

»Ah, verstehe.« Ich deutete mit meinem Löffel auf ihn. »Du hattest heute also wieder einen Clown zum Frühstück.«

Er grinste. Aß den letzten Bissen, brachte die Auflaufform zum Geschirrspüler und wusch sich danach die Hände. Eine merkwürdige Angewohnheit – es war nicht so, als hätte er etwas Dreckiges berührt. Er hatte sie sich selbst nie erklären können.

Nachdem er sich die Hände abgetrocknet hatte, kam er zurück zum Esstisch und setzte sich wieder auf seinen Platz mir gegenüber. Er stützte sein Kinn auf der Hand ab und betrachtete mich nachdenklich. Falten erschienen auf seiner Stirn, und ich wusste schon, bevor er den Mund überhaupt öffnete, dass ich mir wünschte, mich aus dem Gespräch beamen zu können.

»War das Gespräch mit Coach Roy gestern in Ordnung?« Er verzog das Gesicht, als hätte er etwas Schlechtes gegessen. »Wieso klinge ich, als wäre ich fünfzig, wenn ich so was frage?«

»Du klingst wie Dad«, fügte ich hinzu. »Wenn dich das beruhigt.«

»Vielen Dank. Tut es tatsächlich kein bisschen. Aber die Frage nehme ich trotzdem nicht zurück.«

»Auch wenn ich dir sage, dass ich keine zufriedenstellende Antwort darauf habe?«

»Die hast du nie«, erwiderte er und zuckte mit den Schultern. Spielte mit dem silberfarbenen Ring an seinem Zeigefinger. »Hat es mich je davon abgehalten, dir alles aus der Nase zu ziehen?«

»Zu meinem Leidwesen nicht, nein.«

Er machte eine Handbewegung, wie um zu sagen: *Dann schieß mal los.*

Mein erster Instinkt war, mit Sarkasmus zu antworten. Ihn irgendwie abzutun. Aber ich wusste nur zu gut, dass er sich davon nicht abspeisen lassen würde. Einer der Nachteile daran, bereits seit mehreren Jahren befreundet zu sein und zusammenzuleben.

»Es war okay«, sagte ich schließlich. »Emilia war nicht begeistert und Coach Roy möchte, dass ich beim Training wenigstens zusehe, aber … Es war okay.«

Jean nickte. Er senkte den Blick auf seine Hände, zwischen denen er den Silberring immer noch hin und her drehte, bis er ihn wieder auf seinen Finger zurückschob. »Tut mir leid, dass du noch nicht wieder mit Emilia trainieren kannst.«

Die Musterung vom Holz des Tisches war mit einem Mal unendlich interessant. »Du kannst nichts dafür.«

»Nimm mein Mitgefühl ausnahmsweise einfach an, Dummkopf«, sagte er – und ich wurde das Gefühl nicht los, dass er versuchte, meine Stimmung damit etwas zu heben.

»Sag mir lieber, an welchen Ort du mich diesmal bringen wolltest«, wechselte ich das Thema. Ich war heilfroh, als er darauf einging. Jean zückte sein Handy und rief darüber Google Maps auf. Er legte es flach auf den Tisch, damit ich den Bildschirm ebenfalls sehen konnte, und ich beugte mich über die Tischplatte, um einen besseren Blick darauf zu haben.

»Whiteshell Provincial Park?«, fragte ich und sah ungläubig zu ihm auf. »Deine letzten Vorschläge bringen immer längere Fahrzeiten mit sich. Kann es sein, dass du mich aus Manitoba vertreiben willst?«

Er war so in die Karte auf seinem Handy vertieft, dass er geistesabwesend anfing zu nicken, bevor er meine Frage richtig registrierte. Sofort stellte er seine Kopfbewegung ein. »Mit wem soll ich dann *She-Ra und die Rebellen-Prinzessinnen* weitergucken?«

»Claas oder Matilda oder irgendwer von deinen Freunden, die deine Interessen teilen«, sagte ich. Cartoons und ich waren zu Jeans Leidwesen bisher noch nicht die besten Freunde geworden.

»Tu nicht so, als würdest du den Opening-Song nicht jedes Mal aus voller Seele mitsingen.«

»Jaja«, erwiderte ich. »Also? Welchen besonderen Ort gibt es im Whiteshell Provincial Park, den ich nicht verpassen sollte?«

Mehr Motivation brauchte es nicht, um ihn zum Reden zu bringen. Jean verfiel sofort in Schwärmereien über seine Wanderung zu den Pine Point Rapids. Im Frühling und Sommer war der Weg dorthin laut seinen Beschreibungen über und über mit Wildblumen versehen. Im Januar dagegen befand man sich in einem Winterwunderland.

»Die ganze Landschaft ist mit Schnee bedeckt, die Bäume glänzen wegen all des Raureifs und direkt davor hast du die Stromschnellen, die dagegen unerwartet zeitlos wirken«, beschrieb er mir das, was er bei seiner letzten Wandertour gesehen hatte. An seinen freien Tagen war das seine Lieblingsbeschäftigung: Orte in der Natur finden, die einen bleibenden Eindruck hinterließen. Wenn er einen fand, schrieb er ihn sich auf, und hin und wieder teilte er seine Entdeckung mit mir – wie den Whiteshell Provincial Park.

»Ich hab ungefähr zweieinhalb Stunden für die neun Kilometer gebraucht, aber ich glaube, du kannst es auch schneller schaffen, wenn du früh genug losfährst, um vor allen anderen anzukommen.«

Ich warf einen Blick auf meine Uhr. Es war kurz nach halb neun. Bis ich mich fertig gemacht hatte und losfuhr, wäre es sicher neun Uhr – was bedeutete, dass ich nicht vor elf dort ankommen würde. »Das Risiko, anderen Leuten über den Weg zu laufen, gehe ich ein.«

Wenn die andere Variante war, zu Hause zu bleiben und die Wand anzustarren, war mir das wesentlich lieber. Unter fremden Leuten konnte ich verschwinden. Sie vergaßen mich so schnell wie ich sie – ganz anders als bei meinen Freunden und meiner Familie. Leuten, die Fragen stellten und sichergehen wollten, dass es mir gut ging, wenn alles, was ich gerade tat, war, sie zu belügen.

Jean nahm sein Handy wieder an sich und schob es in die Hosentasche seiner schwarzen Jeans. »Na ja, vielleicht hast du Glück und es taucht niemand weiter auf. Laut Wetterbericht soll es in ein paar Stunden anfangen zu schneien und den Rest des Tages nicht mehr damit aufhören.«

Ich runzelte die Stirn. »Hast du vergessen, dass wir in Kanada sind? Es wird mehr als genügend Leute geben, die auch bei Schnee und Eis wandern gehen.«

»Und du bist auch noch einer davon.« Jean schüttelte sich, als würde er bereits bei dem Gedanken frieren. »Ich werde mich in der Zeit an den Kamin setzen und hoffen, dass mir kein Zeh abfriert.«

Ein Lachen entkam mir. »Du brauchst dich nicht an den Kamin zu setzen. Wir haben etwas, das sich Heizung nennt. Sogar im Fußboden.« Ich schob meinen Stuhl zurück, griff nach meiner nun leeren Schüssel und brachte sie zum Geschirrspüler. »Ich weiß, dass Dad dir dreimal gezeigt hat, wie sie funktioniert, sonst würde ich nicht jeden zweiten Tag aufwachen und mich mitten in einer Sauna befinden.«

»Ich möchte zu Hause halt nicht mit einem Parka rumlaufen müssen.«

»Und ich nicht nackt.«

»Niemand hat verlangt, dass du nackt herumläufst.«

»Als hätte ich eine Wahl, wenn es dreihundert Grad im Haus sind.«

Jean verdrehte nur die Augen und schüttelte den Kopf über mein Gejammer. Ich schmunzelte vor mich hin, als ich die Küche verließ und zurück zu meinem Zimmer ging, um mich fertig zu machen.

6. KAPITEL

Marleigh

Ich quälte mich mit dem Aufstehen am nächsten Morgen. Es dauerte eine ganze Weile, bis das Summen und Brummen in meinem Kopf überhandnahm und ich wusste, dass ich nicht länger liegen bleiben konnte. Als ich aufstand, war ich bereits so erschöpft, dass jede Tätigkeit das Doppelte an Energie abverlangte. Tee kochen. Kleidung raussuchen. Frühstücken.

Meine Wohnung war still, als ich an meinem kleinen Tisch direkt neben dem Dachfenster saß und mir mein Brot schmierte. Jeder Bissen schmeckte pappiger und ließ sich schwerer schlucken. Der Tee half auch nur begrenzt gegen die Magenschmerzen, die sich bereits ankündigten.

Trotzdem bekam ich es irgendwie hin. Meine Hände waren eiskalt, ich fror und schwitzte abwechselnd und hatte das Gefühl, dass meine Knie sich viel mehr nach Pudding anfühlten als sonst. Ein leichtes Unwohlsein überkam mich, als ich die Wohnung verließ – nichts, das ich nicht aushalten konnte.

Meine Kopfhörer spielten leise Musik. Gedanklich ging ich den Weg zur Bushaltestelle durch und in welche Linie ich steigen musste. Ich hatte meinen Morgen so geplant, dass ich nirgends allzu lange Wartezeiten hatte: Ich kam an der Haltestelle an und fünf Sekunden später fuhr der Bus um die Ecke. Ich zeigte mein Ticket, suchte nach einem Platz, auf dem ich mich klein machen und verstecken konnte. Am liebsten so weit wie möglich von den Türen entfernt, wo die wenigsten Leute vorbeikamen.

Leider fiel mir genau in dem Moment auf, dass ich über eine Sache keine Gewalt hatte: Wie viele Personen außer mir mit dem Bus fuhren. Mit jeder Haltestelle wurden es mehr – und das, obwohl die Wellington Crescent University sich nicht einmal im Stadtzentrum befand.

Hin und wieder tauchte der Assiniboine River links von mir auf. Er blitzte zwischen den Bäumen hervor und glitzerte im Licht der Sonne, als wir ihn kreuzten. Er wollte meine Aufmerksamkeit auf sich ziehen, aber ich schaffte es einfach nicht, mich auf den Ausblick zu konzentrieren.

Jeder Sitz war besetzt. Die Gespräche nahmen mir die Luft zum Atmen. Jedes Klingeln und Vibrieren der Handys schoss mir durch den Kopf. Ich hatte das Gefühl, die Blicke der anderen wie Nadelstiche in meinem Nacken zu spüren.

So gut es ging, drückte ich mich an das Fenster. Ich konzentrierte mich auf meinen Atem, auf meinen Herzschlag, die kühle Scheibe. Blendete die anderen Leute aus.

Jeder Luftzug war durcheinander, mein Herz setzte einen nervösen Schlag aus und ich spürte ganz deutlich, wie die Panik sich wieder meinen Nacken hinunterschlich. Meine Wirbelsäule entlang und von dort aus in jeden Zentimeter meines Körpers.

Ich wusste, dass es für sie keinen Grund gab. Ich wusste, dass ich in diesem Bus keiner Gefahr ausgesetzt war. Dass niemand hier lachte oder mich mit abschätzenden Blicken bedachte. Aber mein Körper hörte nicht auf mich, egal, wie sehr ich versuchte, mich zu beruhigen, und meine Gedanken summten wie ein ganzer Bienenschwarm.

Das Schlimmste waren die kurzen Momente, in denen ich

das Gefühl hatte, alles würde gut werden. In denen mein Atem sich normalisierte, mein Herz ein bisschen langsamer schlug und diese elendige Klammer, die meine Lungen zusammendrückte, sich lockerte.

Ich sah auf, weil ich das Gefühl hatte, es ertragen zu können. Weil ich mir sicher war, dass das der Moment war, in dem sich das Gefühl verflüchtigte und ich, wie früher, ganz normal in diesem Bus sitzen, aus dem Fenster gucken und die wechselnde Szenerie genießen konnte, die ich auf der Fahrt zur WCU immer genossen hatte.

Ich stellte mir vor, wie ich vor der Uni ausstieg, wie ich in das Gebäude ging und alles in Ordnung war. Wie ich mit meiner Studienberaterin sprach, wieder anfing, zu Vorlesungen zu gehen und mich ganz normal mit den anderen aus meinem Studiengang unterhielt.

Mit den anderen …

Mein Magen krampfte sich mit einem Mal zusammen. Ich beugte mich nach vorn, presste meine Hand auf meinen Bauch und wollte schreien, so laut ich konnte. Innerlich tat ich es schon. Aber kaum dachte ich darüber nach, prallten die Geräusche wieder auf mich ein – lauter als zuvor. Sie bohrten sich in meinen Kopf, bis ich das Gefühl hatte, nichts anderes mehr wahrnehmen zu können.

Nur ein drängender Gedanke wiederholte sich immer wieder: *Ich muss hier raus, ich muss nach Hause. Ich muss hier raus, ich muss nach Hause, hier raus, nach Hause …*

Ich stand auf, ohne mich bewusst dafür entschieden zu haben. Griff nach meinem Rucksack, als ich schon halb stand und betete, dass meine Knie nicht unter mir nachgaben, bis ich draußen war. Ich drückte den Stop-Knopf immer wieder mit zitternden Fingern und schob mich mit gesenktem Kopf schnell an allen vorbei, als der Bus endlich hielt.

Ich hatte keine Ahnung, wo ich ausstieg. Es war mir egal. Die Erleichterung, frische, kalte Luft einzuatmen, war zu groß – hielt aber auch nur für einen kurzen Moment an. Ich hockte mich neben die Bushaltestelle, machte mich so klein wie möglich, in der Hoffnung, mich einfach aufzulösen. Mit dem nächsten Windstoß in Hunderte Partikel zu zerfallen und mich nicht länger so schwer zu fühlen.

Ich wollte, dass es aufhörte.

Ich wollte, dass alles wieder normal war.

Ich wollte, dass *ich* wieder normal war.

Aaron

Es dauerte nicht lange, bis ich im Auto saß. Ich packte mir lediglich etwas Proviant ein, meine Kamera, Wasser und war um kurz nach neun bereit loszufahren.

Mein Navi schickte mich auf dem Weg zum Whiteshell Provincial Park einmal quer durch Winnipeg. Die Straßen waren voll, die Bürgersteige noch voller und ein paar Schneeflocken fielen bereits vom Himmel auf meine Frontscheibe.

Ich sah aus einiger Entfernung, wie die nächste Ampel rot wurde, ging vom Gas und ließ mich die letzten Meter nur noch rollen. Als mein Wagen zum Stehen kam, drehte ich das Radio leise, weil das Lied, das gerade lief, mich störte und ich keine Ambitionen hatte, den Sender zu wechseln.

Ich sah zurück zur Ampel, die mir immer noch rot entgegenleuchtete, und dann aus dem Seitenfenster auf der Beifahrerseite. Mein Blick glitt über die Leute, die auf dem Gehweg von A nach B hetzten, und die Bushaltestelle direkt neben mir hinweg zum Einkaufscenter, aus dem noch mehr Leute ein und aus strömten.

Ich runzelte die Stirn. Schaute zurück zur Bushaltestelle, als mir bewusst wurde, was ich gesehen hatte. Direkt neben der Überdachung hockte jemand, so still, dass ich es im ersten Moment nicht richtig realisiert hatte.

Wenn mich später jemand gefragt hätte, weshalb ich den Blick von der Person nicht loslösen konnte – ich hätte keine Antwort darauf gehabt. Ich sah rote Haare, ich sah eine Person, die zusammengekrümmt neben der Haltestelle hockte, so klein, als wollte sie ihre Existenz vor allen anderen verstecken.

Vor allem sah ich eins: Wie der Rest der Welt es einfach ignorierte. Die Leute sahen sich neugierig, manche besorgt um, aber niemand hielt an, um zu helfen. Niemanden schien es zu interessieren, ob mit der Person alles in Ordnung war.

Und ich war kurz davor, selbst weiterzufahren. Aber vor meinen Augen tauchte plötzlich ein Bild von mir selbst auf. Wie ich allein zu meinem ersten Arztbesuch gegangen war, ein paar Tage nachdem ich aus dem Krankenhaus entlassen wurde.

Wie die Panik mich danach überkommen hatte. Und wie sehr ich mir gewünscht hatte, jemand – irgendjemand – würde mir eine Hand reichen und mich nach Hause, in Sicherheit, bringen.

Das alles ging mir in wenigen Sekunden durch den Kopf. Von dem Moment an, in dem ich an der roten Ampel gehalten und sie entdeckt hatte – bis zu dem, in dem die Ampel grün wurde. Ich war in meinem Zwiespalt gefangen und bemerkte dabei nicht, wie die Autos vor mir wieder ins Rollen kamen. Erst das penetrante Hupen des Fahrers direkt hinter mir weckte mich aus meiner Starre.

Ich setzte meinen Blinker, ohne mich bewusst dafür entschieden zu haben. Fuhr auf die rechte Spur auf und bog in die Nebenstraße ein, um dort zu parken. Meine Jacke warf ich mir im Aussteigen über und schob mich an den ganzen Leuten vorbei, die es so eilig hatten, an der rothaarigen Person vorbeizukommen.

Ich hockte mich vor sie, einen guten Meter entfernt, weil ich keine Ahnung hatte, was los war, und ich sie nicht erschrecken wollte. Erst da kamen Zweifel in mir auf.

Vielleicht wollte sie nicht, dass jemand mit ihr sprach. Vielleicht wollte sie allein sein. Aber wäre sie dann nicht längst von hier verschwunden, wo so viele Menschen unterwegs waren, dass sie sich fast gegenseitig auf die Füße traten?

Mit einer Hand stützte ich mich auf dem Asphalt ab. Suchte ihren Körper nach irgendwelchen Verletzungen ab und stieß erleichtert den Atem aus, als ich vorerst keine fand. Sie machte nicht den Eindruck, als hätte sie Schmerzen – zumindest keine, die von einer Verletzung kamen.

»Alles in Ordnung?«, fragte ich leise.

Sie reagierte nicht. Sie schien nicht mal bemerkt zu haben, dass ich direkt vor ihr saß.

Der Schnee wurde stärker, kam auf ihren Haaren zum Liegen. Sie machte keine Anstalten, ihn von sich zu schütteln. Ich wiederholte die Frage. Als von ihr wieder keine Reaktion kam, tippte ich mit dem Zeigefinger dreimal ganz leicht gegen ihren Handrücken. Sie zuckte zusammen, zog die Hand automatisch zurück – immerhin brachte es sie dazu, zu mir aufzusehen.

Ihre Augen waren rot umrandet, aber trocken. Die Haare fielen ihr kreuz und quer ins Gesicht und ihr Blick war merkwürdig verhangen. Nicht ganz da.

»Alles in Ordnung?«, versuchte ich es ein drittes Mal. Sie betrachtete mich, als könnte sie meinen Worten keine Bedeutung entnehmen. »Kann ich jemanden für dich anrufen? Jemand, der dich abholen kann?«

Nur ganz langsam schüttelte sie den Kopf. Einmal, dann fiel ihr Blick auf den Asphalt zwischen uns. Sie zog die Schultern fast bis an die Ohren und stieß den Atem aus, was unendlich angestrengt klang. Mit glasigem Blick sah sie wieder auf. Als würde sie sich in diesem Augenblick nur mit Mühe und Not davon abhalten, in tausend Teile zu zerfallen.

»Ich will nach Hause.«

Ihre Stimme brach beim letzten Wort.

Ich zögerte. Dachte nach, wie sie in diesem Zustand nach Hause kommen sollte, wenn sie niemanden hatte, der sie abholen konnte. Ich konnte sie selbst fahren, aber was, wenn sich ihr Zustand verschlimmerte? Ich konnte einen Krankenwagen rufen. Ich konnte …

Eine Berührung an meinem Handgelenk ließ mich zusammenzucken. Sie umfasste es mit ihren Fingern – so fest, dass sich ihre Nägel in meine Haut bohrten.

»Ich will nur nach Hause«, flüsterte sie drängender.

Ein Stich fuhr durch meinen Brustkorb.

Kurz sah ich mich um, als könnte jemand stehen geblieben sein und eine andere Lösung für mich haben. Aber jede Person, die meinen Blick kreuzte, wandte sich in Sekundenschnelle wieder ab. Was blieb mir also anderes übrig, wenn ich sie nicht hier sitzen lassen wollte?

»Okay.« Ich legte meine Hand auf ihre und löste sie vorsichtig von meinem Handgelenk.

»Kannst du aufstehen?«, fragte ich sie.

Sie nickte sofort. Drückte sich aus ihrer zusammengekauerten Position hoch. Ihre Arme schlang sie um den Bauch. Sie blinzelte mehrere Male und schwankte ein wenig. Bei jedem Hupen, jedem lauten Geräusch, das von der Straße ertönte, zog sie die Schultern noch weiter an.

»Ist es okay, wenn ich dir etwas um die Schultern lege?«, fragte ich. Diesmal sah sie mich tatsächlich an. Mehrere Sekunden lang und wenn ich mich nicht täuschte, wurden ihre

Augen kurz darauf etwas größer. Kaum war es mir aufgefallen, sah sie jedoch wieder weg. Nickte.

Ich zog meine Arme aus meiner Jacke. Trat einen Schritt an sie heran und legte sie vorsichtig auf ihren Schultern ab, ehe ich den Abstand zwischen uns wieder vergrößerte.

»Die Jacke hat eine Kapuze«, erklärte ich. Ich versuchte, meine Stimme ruhig klingen zu lassen, war mir allerdings nicht sicher, wie gut es mir gelang. In Wahrheit trommelte mein eigenes Herz in meiner Brust, als wollte es mir sagen, dass diese Situation zu bekannt war, zu schmerzhaft, zu sehr dem glich, was mich in den Momenten überkam, wenn ich allein war und alle Narben wieder aufrissen. »Du kannst sie dir über den Kopf ziehen, wenn du möchtest.« Dabei machte ich eine Bewegung, als wollte ich mir selbst eine imaginäre Kapuze aufsetzen. »Es hilft, die Geräusche etwas zu dämpfen.«

Sie löste ihre Arme vom Bauch, griff rechts und links an ihrem Kopf vorbei nach der Kapuze und zog sie sich tief ins Gesicht.

»Mein Auto steht da vorn«, sagte ich und deutete auf meinen Geländewagen. Sie hob den Kopf kurz, um meinem Finger folgen zu können, und senkte ihn dann wieder. Einen Fuß vor den anderen setzend, lief sie langsam auf den Wagen zu.

Die Tatsache, dass sie nicht einmal zögerte, obwohl sie mich nicht kannte, saß mir schief im Magen. Ich beeilte mich, das Auto vor ihr zu erreichen, öffnete die Beifahrertür und wartete, bis sie eingestiegen war.

Ich umrundete den Wagen und stieg auf der Fahrerseite ein. Die Türen verriegelten sich und die Geräusche von draußen verstummten beinahe vollständig. Unschlüssig rieb ich mit dem Daumen über meinen Autoschlüssel.

»Möchtest du jemanden anrufen?« Als ich mich ihr zuwandte, hatte sie den Kopf bereits gegen die Fensterscheibe gelehnt, die Kapuze immer noch auf dem Kopf und die Augen fast geschlossen.

Ihr Kopfschütteln tat nicht viel dafür, mein Gewissen zu beruhigen. *Ich* wusste, dass ich ihr nur helfen wollte. Aber wie konnte sie sich sicher sein? Oder war es ihr im Moment völlig egal? »Eine Nachricht schreiben? Wenn du möchtest, gebe ich dir meinen Ausweis, damit du …«

Sie drehte den Kopf in meine Richtung. Die Kapuze rutschte dabei ein paar Zentimeter nach hinten und legte ihr Gesicht frei. In diesem einen Moment hatte ich das Gefühl, den ganzen Schmerz, den sie spürte, gegen den sie anzukämpfen versuchte, in ihren Augen erkennen zu können. Es ließ mich abrupt verstummen.

Ich wollte ihn nicht sehen. Weil es sich anfühlte, als würde er meinen eigenen Sturm anfeuern. Als würde alles, was ich zu unterdrücken versuchte, angestachelt werden und an die Oberfläche drängen, sollte ich ihr zu lange in die Augen sehen.

Ich wandte den Blick ab. Ballte meine Hände um das Lenkrad zu Fäusten. »Wohin kann ich dich bringen?«

Sie lehnte sich auf ihrem Sitz ein wenig nach rechts, zog ein Handy aus ihrer Jackentasche.

Also hatte sie doch eins.

Aus den Augenwinkeln sah ich, wie sie Google Maps öffnete und ihre Adresse eingab, ehe sie sie mir reichte. Ihr Zuhause befand sich mitten in Beaumont und damit in einem Stadtteil nicht allzu weit von der Eishalle entfernt.

Ich startete den Motor, gab die Adresse in mein eigenes Navi ein und wendete meinen Wagen, um die Nebenstraße zu verlassen. Das Radio war leise, das Innere des Autos unglaublich stumm. Die Stille dröhnte in meinen Ohren.

Sie hielt meine Jacke vor ihrer Brust mit einer Hand zusammen. Hin und wieder warf ich ihr einen Seitenblick zu, aber jedes Mal war das Bild gleich: Wie sie starr aus dem Fenster sah, wie ihr Zittern immer schlimmer wurde, je länger die Fahrt dauerte. Ich sah, wie sie die freie Hand auf ihrem Oberschenkel zu einer Faust ballte. Sie löste. Immer und immer wieder, als würde sie es nicht ertragen, still zu sitzen.

Ich haderte mit mir – sollte ich etwas sagen? Sollte ich einfach so tun, als würde ich nicht mitbekommen, wie es ihr ging? Als wüsste ich nicht haargenau, wie es sich anfühlte, in einer Haut zu stecken, die sich an manchen Tagen zu eng anfühlte? Zu erdrückend?

Ich wusste nicht, was die Panik bei ihr ausgelöst hatte, nur, dass Teile von mir sich darin klar und deutlich wiedererkannten. In den angestrengten Atemzügen, die mal zu schnell gingen und mal völlig stoppten.

Vielleicht zögerte ich deswegen so lange. Aber je mehr Sekunden vergingen, desto schlimmer fühlte es sich an, es einfach zu übergehen. Ich bog rechts ab, als mein Navi mir den Hinweis gab. Packte das Lenkrad fester.

»Es ist schrecklich, oder?« Die Worte verließen meinen Mund nur schwer. Es war ungewohnt, sie zu formen. Ungewohnt, darüber zu sprechen. »Die Kontrolle über seinen eigenen Körper zu verlieren. Das Gefühl, langsam zu ersticken. Die pure Angst davor, nichts dagegen unternehmen und es nur aussitzen zu können.«

Eine Gänsehaut bildete sich auf meinen Armen. Es war das erste Mal, dass ich laut davon erzählte. Über die Minuten und Stunden, die ich mich in meinem Zimmer einschließen musste, weil alles mich zu erdrücken schien.

Ich erwartete nicht wirklich, dass sie antwortete oder anders reagierte. Umso mehr überraschte es mich, als sie es doch tat.

»Gefangen in meinem eigenen Körper«, sagte sie. Ganz leise nur – ihre Stimme ging beinahe im Brummen des Motors unter. Trotzdem drangen ihre Worte klar und deutlich zu mir durch.

Sie befanden sich viel zu nah an der Wahrheit, als dass ich sie einfach hätte überhören können. Trotzdem erwiderte ich nichts darauf. Weil ich nicht konnte, nicht wollte, nicht wusste, wie.

Die Fahrt dauerte nur eine Viertelstunde, aber nach diesen wenigen Sätzen, die wir gesprochen hatten, fühlte sie sich wie eine Unendlichkeit an. Mein Navi wies mich an, links abzubiegen – in die Straße, in der sich ihr Zuhause befinden musste. Und kaum fuhren wir an ein paar Häuserblocks vorbei, kam Leben in sie.

Ich hielt direkt am Straßenrand, wollte aussteigen und sie zu ihrer Wohnung begleiten. Aber sie hatte den Gurt so schnell gelöst, die Beifahrertür aufgestoßen und fluchtartig das Auto verlassen, dass ich einen Augenblick lang gar nicht wusste, wie ich reagieren sollte.

Halb stolperte, halb rannte sie den Weg bis zum Gebäude hoch.

Sie flieht, kam es mir in den Sinn.

Sekunden später war sie bereits in dem Haus verschwunden. Mein Blick hing länger an der Tür, als mir lieb war. Ich sah dabei zu, wie sie hinter ihr langsam zufiel. Wie diese Person dahinter verschwand, die viel zu genau zu verstehen schien, wie ich mich fühlte.

Mit einem Seufzen lehnte ich mich in meinem Sitz zurück. Legte die Hände zurück ans Lenkrad – doch statt loszufahren und die letzte halbe Stunde hinter mir zu lassen, sah ich mich zu dem Gebäude um. Unwillkürlich fragte ich mich, was dort drin auf sie wartete. Ob sie jemanden hatte, der ihr helfen, die sie beruhigen konnte. Von was auch immer heute passiert war.

»Du kannst dich nicht mal selbst beruhigen, Aaron«, murmelte ich vor mich hin und riss mich von dem Haus los. Schaltete mein Auto auf Drive. Ich fuhr gerade an, als ein Blinken auf dem Beifahrersitz meine Aufmerksamkeit erregte.

Ihr Handy.

Eine Sekunde verging. Dann zwei.

Ich seufzte. Meine Stirn sank gegen das Lenkrad. Ich sah zurück zu dem Hochhaus, das sicher fünfzehn, zwanzig Stockwerke in die Höhe ragte. »Ich hab keine Ahnung, wie sie heißt.«

Der Whitestone Provincial Park rückte für heute in weite Ferne.

7. KAPITEL

Marleigh

Es ist nur in deinem Kopf.
Es ist nur in deinem Kopf.
Es ist nur in deinem Kopf, es ist nur in deinem Kopf, nur in deinem Kopf, in deinem Kopf, in deinem Kopf, indeinemKopf …

Ich sagte es mir, bis die Worte keinen Sinn mehr ergaben, die Bedeutung falsch und verzerrt wirkte.

Die Tür fiel hinter mir zu und in meiner Eile, in die Wohnung zu kommen und alles und jeden hinter mir auszusperren, stolperte ich mehrmals über meine eigenen Füße. Mit der Schulter stieß ich gegen die Tür der Abstellkammer und es war dieser kurze Schmerz, der mich für einen Augenblick aufweckte. Mich wieder klar sehen ließ.

Die verschlossene Wohnungstür schien mich zu verhöhnen. Ich starrte sie an, als könnte sie etwas dafür, dass der Gedanke an das, was sich außerhalb befand, mir Angst bereitete. Meine Beine waren so gummihaft, so zittrig, dass ich mich mit dem Rücken gegen die Wand direkt neben der Abstellkammer lehnte.

Ich senkte den Kopf auf meine Brust. Atmete. Atmete. Atmete.

Es war alles okay. Es gab nichts, wovor ich Angst haben musste. Ich wusste es. Ich wusste es und trotzdem war dieser rationale Gedanke nichts gegen den Ansturm an irrationaler Sorge, die mich beherrschte.

Hier in meiner Wohnung fiel es mir leichter, es zu ignorieren. So zu tun, als wäre nichts. Mein Kopf wurde leiser, die Anspannung wich Stück für Stück. Sie sickerte aus meinen Knochen und nahm jegliche Energie mit, die ich noch übrig hatte. Ein Rascheln zog durch meine Wohnung, als ich an der Wand nach unten rutschte.

Niemand sah mich hier. Keine Blicke auf mir. Kein Kichern in meinen Ohren.

Ganz langsam verschwand das kribbelnde Gefühl auf meinen Armen und in meinem Nacken. Alles, was zurückblieb, war ein Kloß in meinem Hals. Das war der schlimmste Teil: Jedes Mal, wenn diese Flut an Emotionen mich überkam und meine Augen trocken blieben, wurde der Kloß ein bisschen größer. Ich schaffte es nicht, die Gefühle aus mir herauszuspülen, weil ich keine einzige Träne vergoss.

Also stauten sie sich an. Und schienen mich dabei förmlich zu ersticken.

Die Kontrolle über seinen eigenen Körper zu verlieren. Das Gefühl, langsam zu ersticken. Die pure Angst davor, nichts dagegen unternehmen und es nur aussitzen zu können.

Ich senkte die Stirn auf meine Arme. Spürte, wie mein Brustkorb sich hob und senkte, während die Worte, die er gesagt hatte, durch meinen Kopf zogen.

Je mehr der Nebel sich verzog, desto deutlicher wurde mir bewusst, was gerade passiert war. Wer mir gerade geholfen hatte. Und es war ironisch – die Tatsache, dass zwischen tausenden von Menschen, die täglich an diesem Ort vorbeifuhren oder -liefen, ausgerechnet Aaron Reid es war, der anhielt und mir die Hand reichte.

In dem Moment war es mir wie ein merkwürdiger Fiebertraum vorgekommen. Die Person vor mir stehen zu sehen, deren Videos mich durch die längsten Nächte getragen hatten.

Dass ich ausgerechnet auf ihn gestoßen war … Zwischen all den anderen Dingen, die mir durch den Kopf gingen, bekam ich den Hauch an Dankbarkeit kaum zu fassen.

Eine Hand legte ich auf meinen Brustkorb – es war mein Herzschlag, der mir die meiste Ruhe brachte. Jedes Pochen gab mir deutlicher zu verstehen, dass ich hier war. Dass ich existierte, obwohl ich mich löchrig und ausgefranst fühlte wie ein Traum, den man nach dem Aufwachen langsam vergaß.

Ich saß so lange auf dem Boden, dass ich die Zeit vergaß. Es hätten Minuten sein können, vielleicht auch Stunden. Im Moment war es mir völlig egal.

Poch. Poch. Poch.

Unter meinen Herzschlag mischte sich ein anderes Geräusch. Es dauerte mehrere Sekunden, bis mir bewusst wurde, dass jemand an der Tür klopfte. Ich hob den Kopf, machte allerdings keine Anstalten aufzustehen. Ich war mir nicht mal sicher, ob ich es gekonnt hätte, hätte ich gewollt.

Ein Klingeln hallte durch die Wohnung. Direkt danach noch einmal. Ich wartete, dass die Person verschwand – was auch immer sie von mir wollte – und seufzte in die Stille, die kurz darauf folgte.

Meine Augen wurden immer schwerer. Wenn ich nicht aufpasste, schlief ich mit Sicherheit gleich im Flur ein.

Gerade wollte ich mich von meinem Platz hochdrücken, als ein anderes Geräusch meine Aufmerksamkeit erweckte. Die alte Briefklappe an der Tür quietschte leise. Ein Rascheln erklang. Im nächsten Moment flatterte ein Stück Papier vor mir zu Boden und dumpfe Schritte entfernten sich den Gang hinunter.

Ich schob mich näher zur Eingangstür, hob das Papier auf. Die Seiten waren eingerissen und genauso schief wie die

Schrift auf dem Zettel. Kantige, kaum leserliche Buchstaben waren mit einem schwarzen Kuli darauf geschrieben. Es dauerte eine Weile, bis ich die Worte entzifferte.

Du hast dein Handy in meinem Auto vergessen. Ich habe ein paar deiner Nachbarn beim Mittagessen gestört, um herauszufinden, wo du wohnst. Tut mir leid, falls sie sich beschweren sollten.
Dein Handy findest du im Hauseingang in deinem Briefkasten.
– Aaron (der dich nach Hause gefahren hat)

Die Worte, die danach kamen, waren noch krakeliger. Als hätte er sie erst nachträglich dazugeschrieben – als wäre er sich bei jedem einzelnen Buchstaben unsicher gewesen, ob er ihn auf diese Weise mit dem nächsten zusammenfügen wollte.

PS: Ignorier den Teil einfach, falls er zu merkwürdig ist. Aber für den Fall, dass du niemanden hast und eventuell jemanden zum Zuhören oder Reden brauchst: Das hier ist meine Nummer …

Ein ungläubiges, gehauchtes Lachen entkam mir. Ich starrte den Zettel an – las das PS wieder und wieder, weil ich nicht glauben konnte, dass darauf eine Zahlenfolge stand, die wirklich eine Handynummer ergeben sollte. Mein Hirn wollte es als Wunschdenken abtun. Nicht nur die Nummer – die gesamte Erfahrung, meine Wohnung verlassen zu haben.

Zwischen all den Menschen in Panik ausgebrochen zu sein.

Von einer fremden Person nach Hause gebracht worden zu sein.

Von *Aaron* nach Hause gebracht worden zu sein.

Als würde die Tatsache es nicht noch unwirklicher erscheinen lassen.

Langsam stand ich vom Boden auf, den Zettel weiterhin in der Hand. Ich war mir sicher, dass er sich auflösen würde, sobald ich ihn losließ. Dass die Buchstaben sich anders aneinanderreihen würden, wenn ich den Blick davon löste.

Jemanden zum Zuhören.

Ich setzte mich auf die Kante meines Betts. »Wie erschöpft kann man sich fühlen?«, fragte ich mich selbst laut. Die Antwort meines Körpers war ein deutliches »Ja«, als ich mich in meine Kissen fallen ließ. Ich rieb mir über die Augen, fühlte mich wie achtzig statt achtzehn und wollte nichts lieber tun, als hier und jetzt einzuschlafen und den Rest des Tages im Bett zu verbringen.

Ich zwang mich eine ganze Weile dazu, es nicht zu tun – mir war nur zu bewusst, dass ich die Nacht andernfalls wieder hellwach sein würde. Aber noch während ich darüber nachdachte, wurde es immer schwerer, meine Lider nach dem Blinzeln zu öffnen. Und irgendwann gab ich es völlig auf und ließ mich in die willkommene Leere fallen.

Es war genauso, wie ich befürchtet hatte: Kaum wurde es dunkel, wachte ich auf. Ich streckte mich in meinem Bett, zog den Zettel von meiner Wange, auf dem ich allem Anschein nach eingeschlafen war. Ich hielt ihn mir über den Kopf, sicher, dass ich das, was Aaron daraufgeschrieben hatte, geträumt haben musste. Aber selbst im schwummrigen Licht der Nachttischlampe sah ich auf Anhieb, dass die Schrift darauf nicht plötzlich verschwunden war.

Was hatte ihn dazu gebracht, dieses PS zu schreiben? Hatte ich so bemitleidenswert gewirkt, als hätte ich niemand anderen, mit dem ich reden konnte? Der Gedanke war mir peinlich:

einsam genug auszusehen, dass eine wildfremde Person das Bedürfnis verspürte, mir ihre Zeit anzubieten.

Mit einem Seufzen legte ich den Zettel auf meinen Nachttisch und setzte mich auf. Ich brauchte mehrere Minuten, um mich aufzuraffen und die Motivation anzusammeln, um die Wohnung kurz zu verlassen und mein Handy zu holen. Es lag, wo Aaron geschrieben hatte: in meinem Briefkasten und blinkte dort vor sich hin. Mom hatte mir geschrieben und zweimal versucht, mich anzurufen.

Ich lief zurück in meine Wohnung, das Treppenhaus hinauf, in dem zum Glück niemand sonst unterwegs war, und wählte ihre Nummer, bevor die Tür richtig hinter mir zugefallen war. Nach dem dritten Klingeln nahm sie ab.

»Ich habe Pizza, ich schaue einen Film. Aber irgendwie ist es nicht das Gleiche, wenn ich es allein tue«, begrüßte sie mich. »Was hast du zu deiner Verteidigung zu sagen?«

Ich lachte leise und ließ mich auf meinen Schreibtischstuhl fallen. Meine Gliedmaßen waren schwer. »Bist du nicht froh, dass ich dir nichts von deiner Pizza wegesse?«

»Nein«, kam es sofort von ihr. »Weil ich genau weiß, dass ich eine große Pizza allein nicht schaffe und trotzdem aus lauter Gewohnheit immer eine bestelle.«

»Verstehe.« Ich überlegte, ob ich einen Scherz machen sollte. Oder vorschlagen, dass sie Frederick einladen könnte. Aber ehrlicherweise wollte ich in dieser Sekunde nichts lieber, als neben ihr zu sitzen.

Mein Herz wurde schwer bei dem Gedanken – ich hatte es nicht mal geschafft, bis zur Uni zu kommen. Wie sollte ich es bis nach Vancouver, bis zu meiner Mom schaffen?

Ich biss mir auf die Unterlippe. Ich wollte nicht schon wieder weinen.

»Und? Wie war dein Tag?«, fragte Mom mich.

»Ach.« Ich sagte es, um Zeit zu schinden. Weil ich es nicht über mich brachte, meine Mom heute neben all dem, was passiert war, auch noch anzulügen. »Anstrengend. Einer dieser Tage, an denen man sich wünscht, einfach im Bett geblieben zu sein.«

»Oh nein.« Ihre Stimme wurde unendlich sanfter. »Möchtest du darüber reden? Oder lieber eine Ablenkung? Oder nichts von beidem?«

»Ablenkung klingt gut.«

»Okay«, erwiderte sie. »Vorher schicke ich dir aber die größte Umarmung, die du je durchs Telefon bekommen hast, in Ordnung?«

Ich nickte, auch wenn sie es nicht sehen konnte. Ich hatte Angst, dass sie mir anhören konnte, wie kurz ich davor war, zu zerbrechen.

Mom gab mir die Zeit, mich zu sammeln. Als spüre sie, dass ich es brauchte. Sie fing an, über ihre Arbeit im Hotel zu sprechen. Wie unhöflich das eine Pärchen war, das heute für ihre Flitterwochen bei ihnen eingecheckt hatte. Und wie sehr Mom hoffte, sie nicht noch mal sehen zu müssen, während sie in Vancouver waren.

Ich hörte ihr mit einem halben Ohr zu, dankbar, dass sie meine Stille füllte.

Unser Gespräch ging nicht sonderlich lang – einerseits, weil Mom morgen früh rausmusste, und andererseits, weil ich es nicht schaffte, allzu viel zur Unterhaltung beizutragen. Es reichte dennoch, um mir ein bisschen von der Normalität wiederzugeben, die heute vollkommen abhandengekommen war.

»Übrigens hab ich von der Arbeit einen kleinen Bonus bekommen letzten Monat«, erzählte Mom. »Und weil ich weiß, dass du es mir ausgeredet hättest, sage ich es dir erst jetzt: Ich habe dir ein bisschen davon auf dein Konto überwiesen.«

»Mom …«

»Pscht. Nimm es als verspätetes Neujahrsgeschenk. Vielleicht kannst du deine Freundinnen davon zu einem Essen einladen oder ihr unternehmt mal irgendetwas außerhalb des Studiums«, meinte sie fröhlich.

Ich verstummte sofort. Zog an meinen Haaren.

»Marleigh?«

»Ja?«

»Ich meine das ernst. Hab ein bisschen Spaß mit den anderen. Du hast es dir verdient.«

Mit welchen anderen, Mom?

Wenn du wüsstest, wie wenig ich es verdient habe.

Wenn du wüsstest, dass die anderen, von denen ich dir erzählt habe, gar nicht wirklich existieren.

Wenn du wüsstest, dass ich nicht mal meine Wohnung verlassen kann, ohne in Panik auszubrechen.

Ich wollte es aussprechen – aber je verzweifelter ich mich dazu zwang, wenigstens eines der Worte zu formen, desto schwerer wurde meine Zunge. Bis der Moment verstrich. Bis ich nicht mehr wusste, wo ich anfangen sollte, meine Lügen aufzudröseln.

»Ist gut«, sagte ich daher nur. Und fühlte mich, nachdem wir aufgelegt hatten, genauso elendig wie jedes Mal, wenn ich mit Mom telefonierte und es nicht über mich brachte, etwas zu sagen.

Ich fuhr mir mit beiden Händen durch die Haare. Stützte meine Stirn in den Handflächen ab und kniff die Augen zu, weil ich nicht wollte, dass heute noch einmal alles über mir zusammenbrach. Es dauerte mehrere Minuten, bis ich es schaffte, das schlechte Gewissen zurückzudrängen.

Ohne es bewusst zu tun, streckte ich meine Hand nach dem Laptop aus und klappte ihn auf. Nachdem ich das Passwort eingegeben hatte, erschien auf dem Bildschirm das letzte Video, das ich von Aaron angeschaut hatte. Die Aussicht auf einen See, umringt von kahlen Bäumen. Im Hintergrund ragten Berge bis in den grauen Himmel. Wolken streiften tief über die Berggipfel. Es war kein besonderes Bild, aber selbst dieser Anblick reichte, um meinen Kopf ein wenig zu beruhigen.

Ich tippte auf die Leertaste, um das Video zu starten, und verschränkte meine Arme auf dem Schreibtisch, um meinen Kopf darauf ablegen zu können.

Kurz schloss ich die Augen, um mich nur auf die tiefe, volle Stimme des Sängers zu konzentrieren. Das Lied klang wie die Einladung eines Bösewichts, sich einfach fallen zu lassen: reizvoll. Düster. Etwas, das selbst alle tief liegenden Emotionen an die Oberfläche zog und vor einem ausbreitete.

Nach dem heutigen Tag war es ein Song, der gleichzeitig wehtat und tröstlich war. Eine Mischung, die ich viel zu häufig in Liedern von Künstlern fand, die ihr ganzes Wesen in die Musik einfließen ließen.

Ich öffnete die Augen, als seine Stimme für ein paar Sekunden verstummte. Auf dem Bildschirm wechselte ein glänzender, reißender Fluss zu dem ruhigen Bild einer verschneiten Landschaft, die sich bis zum Horizont erstreckte. Ich streckte die Hand danach aus, als könnte ich durch den Bildschirm dorthin gelangen. Als wäre es ein Fenster in die Außenwelt.

Das Video endete, der letzte Ton verklang. In mir hallte die Musik nach. Der Wunsch, durch den Bildschirm zu steigen. An andere Orte, andere Städte und Länder, in denen all die Last von mir abfiel und in den tiefsten Meeren versank.

Der Bildschirm meines Laptops wurde dunkel und ich klappte ihn zu. Ich streckte mich auf meinem Stuhl, hörte, wie das Knarzen durch meine stille Wohnung hallte. Mein Handy lag direkt neben mir und die Versuchung, meiner Mom zu schreiben, war groß. Ich wollte mich ablenken, nicht weiter nachdenken müssen, weil mein Kopf in letzter Zeit ein viel zu erdrückender Ort war. Nur wusste ich bereits allzu gut, dass das Schuldgefühl dann wieder mit voller Wucht zurückkommen würde. An Tagen wie heute tat die Normalität mehr weh als alles andere.

Aber für den Fall, dass du niemanden hast und eventuell jemanden zum Zuhören oder Reden brauchst …

Ich haderte mit mir. Viel zu lange, wenn man bedachte, dass er es selbst angeboten hatte. Es sollte mich nicht so viel Überwindung kosten, eine Nachricht zu schreiben. Trotzdem saß ich eine halbe Stunde an meinem Schreibtisch, starrte mein Handy an, als könnte es mir die Antworten auf all meine Fragen bieten.

Es dauerte noch einmal so lange, bis ich Aarons Nummer endlich eingespeichert und den Chat angeklickt hatte. Ich schrieb eine Nachricht, formulierte sie um und war viel zu frustriert, weil in meinen Ohren alles komisch klang, sich jedes Wort stolpernd las und ich keine Ahnung hatte, was ich mir davon überhaupt erwartete.

»Komm schon, Marleigh«, redete ich mir selbst gut zu. »Es ist nur eine Nachricht. Wenn er nicht darauf antwortet, geht die Welt nicht unter. Im schlimmsten Fall hast du das alles in ein paar Monaten vergessen.«

Ich sagte es zwar – glauben tat ich mir aber selbst nicht wirklich. Solche Situationen hatten die unschöne Eigenschaft, noch Jahre später in den Momenten, in denen ich es am wenigsten erwartete, zurück in meinen Kopf zu schießen.

Ein genervtes Seufzen entkam mir. Ich starrte die Nachricht an, bis ich selbst nicht mehr wusste, ob die Worte überhaupt Sinn ergaben. Und in einem Anflug von unerwartetem Mut und Frustration tippte ich auf Absenden.

Ein Haken, als die Nachricht bei Aaron ankam.

Noch einer, als er sie las.

Von dem unerwarteten Mut war plötzlich weit und breit nichts mehr zu sehen.

8. KAPITEL

Aaron

Was hatte mich geritten, meine Handynummer auf diesen Zettel zu schreiben?

Ausgezeichnete Frage.

Je öfter ich darüber nachdachte, desto weniger verstand ich es. Ich hatte vor ihrer Wohnungstür gestanden – vor *Marleighs* Wohnungstür –, nachdem ich die Hälfte ihrer Nachbarn abgelaufen war, um herauszufinden, wie das rothaarige Mädchen hieß, das irgendwo in diesem Haus leben musste.

Nachdem sie auf mein Klingeln nicht reagiert hatte, war ein Bild vor meinen Augen immer deutlicher geworden: wie sie hinter dieser Tür allein saß. Und es hatte mir nicht gefallen. Das Wissen, dass ich an einem anderen Tag, an einem anderen Ort diese Person hätte sein können.

War es Mitleid? Mitgefühl? Mir kamen viele Worte in den Sinn, aber keins schien richtig zu beschreiben, was in mir vorging. Bis ich es irgendwann aufgab, es herausfinden zu wollen.

Zumindest in der Theorie.

In der Praxis war es abends, ich stand vor der Eishalle und redete mir seit mehreren Minuten ein, dass mein Herz nicht aufgeben würde, weil es so heftig schlug. Meine Hände und Füße waren eiskalt, obwohl ich bisher nie anfällig für Kälte gewesen war.

Ich sah auf meine Uhr. Das Training hatte schon längst angefangen. Ich war viel zu spät dran und hatte keine Ausrede, außer, dass ich es prokrastiniert hatte, hierherzukommen.

Ich atmete ein. Stieß die Luft aus. Und ging dann endlich in die Halle. Kälte schlug mir entgegen. Das Geräusch von Kufen, die auf dem Eis kratzten. Gespräche, die aus allen Richtungen zu mir hallten. Ich sah Emilia am anderen Ende der Bande entlanglaufen und wie sie kurz neben Sofia anhielt, um sich mit ihr zu unterhalten.

Ich schob mich auf die unbequeme Zuschauerbank direkt neben mir – so weit wie möglich vom Eis entfernt. Meine Hände stopfte ich in die Jackentaschen und wippte mit den Beinen auf und ab. Mein Körper war angespannt und voller Unruhe, und ich senkte den Blick in meinen Schoß. Es war leichter, wenn ich mir einreden konnte, dass vor mir keine Eisbahn war.

Als würde ein Bienenschwarm durch meinen Kopf jagen – so fühlte es sich die ganze Zeit über an. Ich versuchte, meinen Atem zu kontrollieren. Zählte die Sekunden, weil das gerade das Einzige war, das es schaffte, mich beschäftigt zu halten.

Vier Sekunden einatmen.

Vier Sekunden halten.

Vier Sekunden ausatmen.

Dann fing ich wieder von vorn an.

Es war eine einfache Aufgabe. Hin und wieder wollten meine Gedanken zum Eis wandern. Zu dem Unfall – oder zu dem, was mein Kopf aus dem Unfall gemacht hatte. Mich auf diese winzige Tätigkeit zu konzentrieren half, nicht völlig aus meiner Haut zu fahren.

Den größten Teil des Trainings verbrachte ich auf diese Weise. Ignorierte die Leute, die an mir vorbeiliefen und mir neugierige Blicke zuwarfen. Winkte Emilia, als sie mich entdeckte.

Ich drehte mein Handy zwischen den Händen hin und her, sah unbewusst immer wieder auf die Uhr – in der Hoffnung, dass die Zeit so schneller vergehen würde.

Emilia fuhr währenddessen in die Mitte des Eises. Das Lied wechselte zu Ludovico Einaudis *Experience* – der Song für unsere Kür. Emilia hatte es schon vorher häufig genug in meiner Gegenwart gespielt oder gesummt, dass ich heute noch manchmal mit einem Ohrwurm aufwachte.

Das letzte Mal, dass ich es gehört hatte, war kurz vor meinem Unfall gewesen. Eine Gänsehaut breitete sich auf meinen Armen aus und mir wurde noch kälter. Es half nicht, dass das Lied mit jeder Sekunde dramatischer wurde. Oder dass Emilia allein über dem Eis fuhr – auf eine Weise, die mir deutlich machte, dass ich an ihrer Seite fehlte. Die Schrittfolgen waren bis ins kleinste Detail trainiert. Die Figuren perfekt zur Musik abgestimmt. Doch sie waren nur zur Hälfte vollständig.

Emilia sah ständig zu mir hoch. Ihre Bewegungen waren nicht so präzise wie sonst, nicht ganz sauber in der Ausführung. Und als sie schließlich mitten im Song stehen blieb und sich ihren Pferdeschwanz ruckartig neu band, wurde mir klar, weshalb. Sie war unendlich frustriert. Sowenig sie es auch in meiner Gegenwart zeigen wollte.

Ich sah dabei zu, wie sie zu Coach Roy fuhr, der ihr von der Bande aus Kritik zugerufen hatte. Zählte innerlich weiter meine Atemzüge. Ich stellte mir vor, zu ihnen zu gehen. Meine Schlittschuhe anzuziehen, wie ich es schon hundertmal getan hatte, und wieder aufs Eis zu treten.

Statt der Leichtigkeit, die ich sonst gefühlt hatte, brachte der Gedanke Kälte mit sich. Eisige Finger, die sich um meinen Kopf legten und die Narbe an meinem Hinterkopf pochen ließen.

Gefangen in meinem eigenen Körper.

Ich rieb mir über die Schläfen. Marleighs Worte klangen in meinen Ohren nach, als würde sie direkt neben mir sitzen. Wie ironisch, dass jemand, mit dem ich nur eine Handvoll Sätze ausgetauscht hatte, es schneller verstand als alle anderen.

Ich sah noch einmal auf die Uhranzeige meines Handys – und hätte es fast fallen lassen, als ich eine Nachricht einer unbekannten Nummer darauf entdeckte.

Hallo, hier ist Marleigh. Vielen Dank, dass d…

Die Vorschau endete dort. Ich konnte mich nicht erinnern, jemals so lange gezögert zu haben, eine Nachricht zu öffnen. Aber jetzt gerade hätte ich alles genommen, das meine Gedanken in irgendeine andere Richtung lenkte.

Unbekannt: Hallo, hier ist Marleigh. Vielen Dank, dass du mich gestern nach Hause gebracht hast. Tut mir leid für die Umstände – ich hoffe, dass du deswegen keinen wichtigen Termin oder Ähnliches verpasst hast.

Meine Finger schwebten über der Tastatur. Mir wollte beim besten Willen keine Erwiderung einfallen, die nicht unglaublich gestelzt klang. Was sagte man zu jemandem, der sich dafür bedankte, von einer wildfremden Person an der Bushaltestelle aufgesammelt worden zu sein? Ich war mir sehr sicher, dass die Situation zu spezifisch war, als dass ich auf diese Frage eine Antwort über Google hätte finden können.

Ich: Hey Marleigh. Keine Sorge, ich war nur zu einem kleinen Ausflug unterwegs. Ich hoffe, dir geht es besser. – Aaron

Eine Sprechblase mit drei Punkten tauchte links unten in dem Chat auf. Kurz darauf verschwand sie. Tauchte wieder auf. Verschwand noch einmal. Ich sah quasi vor mir, wie sie ein Wort schrieb, es wieder löschte und das Ganze dann noch mal von vorn begann. Mehrere Minuten vergingen auf diese Weise.

Meine Finger trommelten einen unregelmäßigen Rhythmus auf meinen Oberschenkel. Alle paar Sekunden tippte ich auf den Bildschirm meines Handys, um ihn davon abzuhalten, dunkel zu werden.

Unbekannt: Ja, danke.

Die knappe Antwort ließ mich schmunzeln. Es hatte den Anschein gemacht, als wäre sie dabei gewesen, einen ganzen Roman zu verfassen. Was sie wohl eigentlich hatte schreiben wollen?

Ich schob das Handy in meine Hosentasche. Bemerkte, wie Emilia in dem Moment zum Ausgang der Eisbahn lief, um sich noch einmal kurz mit Coach Roy zu unterhalten. Die letzten Minuten über hatte ich kaum von meinem Smartphone aufgesehen – es war eine willkommene Ablenkung gewesen. Nur wusste ich, dass sie sich rächen würde, als Emilia schnellen Schrittes auf mich zukam.

»Ich schwöre, seit ich allein laufe, habe ich verlernt, wie Pirouetten funktionieren«, zeterte sie sofort los. Mit einem Schnaufen ließ sie sich neben mich auf den freien Platz fallen und wischte sich den Schweiß von der Stirn. »Hast du gesehen, wie ich aus der letzten gestolpert bin? So schlimm taumele ich nicht mal, wenn ich getrunken habe.«

»Was getrunken?«, fragte ich zurück. »Apfelsaft, der zu lange gegoren ist? Du trinkst keinen Alkohol oder hast du das vergessen?«

Emilia hatte eine ausgeprägte Angst vor Kontrollverlust. Nachdem sie vor ein paar Jahren bei ihrem Geburtstag ein paar Shots zu viel getrunken und danach einen Blackout gehabt hatte, hatte sie keinen Alkohol mehr angerührt.

»Dann setz den Satz einfach ins Präteritum«, meckerte sie. Sie rutschte auf ihrem Sitz nach unten, bis sie ihren Kopf auf der Lehne ablegen konnte, und stöhnte. »Die Aussage bleibt die gleiche.«

»Hast du darüber gerade mit Coach Roy gesprochen?«

Emilia nickte. »Er meinte, es ist nur logisch, dass mir ein bisschen die ›Orientierung fehlt‹, wenn ich ›plötzlich ohne jemand anderen laufe‹.« Mit ihren Fingern machte sie Anführungszeichen in die Luft und sah nicht gerade glücklich mit der Aussage unseres Trainers aus.

»Es ist ja nicht für immer.« *Hoffe ich.* Ich versuchte, das Ziehen in meinem Brustkorb zu ignorieren. Ihre Worte ließen das Summen nur lauter werden.

»Ich weiß«, erwiderte sie. »Es fühlt sich einfach gerade nach einer Ewigkeit an.« Sie wandte sich mir zu und drückte sich auf ihrem Platz wieder nach oben, um mich besser ansehen zu können. »Lucy war übrigens letztens hier.«

»Hat sie sich wieder für das Training angemeldet?« Jules hatte davon erzählt – von ihrem Sturz beim letzten Wettkampf und wie sie danach aus dem Verein ausgetreten war.

»Nein. Sie war mit Jules hier, um Mika abzuholen. Der hat übrigens nach dir gefragt.«

»Mika?«

»Jules.«

»Ah.«

»Ich hoffe, du hast nicht erwartet, dass dein Einsiedlerkrebsverhalten unbemerkt an uns vorbeigeht«, merkte Emilia an. Sie pustete sich ein paar Haarsträhnen aus dem Gesicht. »Die

Familie ist nur halb vollständig, wenn der Sonnenschein fehlt, weißt du.«

Aus dem Mund jeder anderen Person hätte es unglaublich kitschig geklungen. Aber ich kannte Emilia. Ich wusste, dass sie nichts sagte, was sie nicht meinte. Und genau deswegen traf es mich auch an einem wunden Punkt.

Sie wartete nicht ab, bis ich etwas fand, das ich darauf erwidern konnte. »Hast du Lust, mit mir einen Kaffee trinken zu gehen? Ich schwöre, ich verbringe auch keine halbe Stunde unter der Dusche vorher. Du musst dir also nicht mal die Beine in den Bauch stehen.« Sie hob ihre geröteten Finger zwischen uns. »Auch wenn meine Gliedmaßen es mir danken würden.«

»Ich ...« Zögernd sah ich mich in der Eishalle um. Ich wollte den Nachmittag mit Emilia verbringen – wie wir es schon hundertmal zuvor getan hatten. Aber da war diese Sorge. Die Angst, sie könnte mir, wenn wir zu viel Zeit miteinander verbrachten, von der Stirn ablesen, dass etwas nicht mit mir stimmte.

»Heute nicht«, antwortete ich also. Und dachte: *Feigling. Aaron, du Feigling.* »Tut mir leid. Ich muss für die Uni noch ein Projekt erledigen, das ich die ganze Zeit vor mir herschiebe.«

Wir taten beide so, als würde der enttäuschte Ausdruck auf Emilias Gesicht nicht existieren. Als hörte ich das leise Seufzen nicht, das sie ausstieß.

»Du warst schon immer viel zu gut im Prokrastinieren«, erwiderte Emilia mit einem leichten Lächeln. »Aber vergiss dabei nicht, dich auszuruhen, okay? Im Februar ist der nächste Wettkampf und ...«

»Ich weiß«, unterbrach ich sie. »Allein kannst du nicht antreten. Allein kommst du nicht zur Skate Canada Challenge.«

»Oder zu den Olympischen Spielen.«

Ich schnaubte leise. »Oder zu den Olympischen Spielen.«

Unser Austausch schien sie ein wenig zu beruhigen. Vielleicht waren es die ein, zwei Wochen, die sie sich vor Augen hielt. Die Zeit, die ich ihr genannt hatte, bis ich wieder mit dem Training beginnen konnte.

Die Zeit, in dem das Netz aus Lügen, auf dem ich balancierte, immer dünner werden würde. Ich konnte nur hoffen, dass es nicht zerriss.

Emilia drückte sich von ihrem Platz hoch. Sie umarmte mich fest und ging dann weiter zur Garderobe, um sich umzuziehen.

Ich rieb mir über die Stirn in dem Versuch, das leichte Pochen damit zu vertreiben. Es funktionierte nicht sonderlich gut. Meine Hand landete in meinem Schoß und mein Blick auf der Eisbahn, die meine Augen magisch anzog. Die *mich* magisch anzog.

Meine Beine kribbelten. Als wollten sie mich auch gegen meinen Willen zum Eis ziehen. Ich sah, wie Sofia ihren dreifachen Rittberger sprang und danach grinste, als hätte sie den größten Spaß der Welt.

Und ich wusste – ich wusste genau, dass es so war. Ich konnte mit völliger Sicherheit sagen, dass es Spaß machte, ständig über mich selbst hinauszuwachsen. Höher zu springen, mehr Umdrehungen zu schaffen und bessere Choreografien mit meiner Partnerin auf die Beine zu stellen. Also warum fuhr mir ein Schauer den Rücken hinunter, als ich darüber nachdachte, aufzustehen und näher zu gehen? Warum wurde mein Brustkorb plötzlich eng?

Ich versuchte, es auszuhalten – und ergriff kurz darauf die Flucht. Innerhalb weniger Sekunden hatte ich das Gebäude verlassen, mich in mein Auto gesetzt und den Motor gestartet.

Die Straßen waren so voll, dass es mich das Doppelte an Zeit kostete, um von der Eishalle nach Hause zu kommen. Meine Hände um das Lenkrad geklammert, fuhr ich unsere

Auffahrt hinauf und parkte unter dem Carport direkt neben dem Haus. Es stand kein weiterer Wagen darin – Jean war also nicht zu Hause.

Ich ging rein, durchquerte den Eingangsbereich; meine Schritte hallten durch den offenen Raum. Es hätte ein Widerspruch sein sollen, aber die Größe des Hauses sorgte dafür, dass man die Abwesenheit anderer Personen noch deutlicher spürte. Heute war ich froh darum. Die Stille, in die ich mich zurückziehen konnte. Ich der ich so tun konnte, als wäre alles in Ordnung.

Ich lief geradewegs in mein Zimmer. Lehnte die Tür hinter mir an. Dann trat ich mir die Schuhe von den Füßen – etwas, worüber Anya und Dad sich minutenlang aufgeregt hätten, wären sie hier.

Der Blick auf mein Handy war reine Gewohnheit. Früher hatte immer eine Nachricht von Jean, Emilia oder Jules darauf auf mich gewartet. Heute war es statt der Namen meiner Freunde die unbekannte Nummer – Marleigh –, von der ich eine weitere Nachricht erhielt.

Unbekannt: Darf ich fragen, wohin dein Ausflug gehen sollte?

Ich runzelte die Stirn. Las meine letzte Nachricht noch einmal durch, um mich zu erinnern, was ich geschrieben hatte. Das war es, was sie wissen wollte?

Ich: Zum Whitestone Provincial Park.
Unbekannt: Oh.
Unbekannt: Noch nie gehört.
Unbekannt: Was nicht unbedingt was zu bedeuten hat. Ich kenne hier so gut wie nichts.
Ich: Warum?

Unbekannt: Ich wohne noch nicht lange hier und neben der Uni hatte ich bisher keine Gelegenheit, irgendetwas zu sehen. Deswegen hat es mich interessiert.
Unbekannt: Ohne irgendwelche Hintergedanken.
Unbekannt: Wobei ich befürchte, dass jemand mit Hintergedanken das auch sagen würde.
Unbekannt: Aber ich hab keine.
Unbekannt: Hintergedanken, meine ich. Ich wollte nur wissen, welche Orte empfehlenswert sind.
Unbekannt: Tut mir leid, ich glaube, ich mache die Situation immer komischer. Danke noch mal, dass du mich nach Hause gefahren hast.

Was für eine merkwürdige Person. Ich wollte mein Handy weglegen, aber das Gespräch war eine willkommene Ablenkung von meinen Gedanken, die weiter und weiter Kreise zogen. Ich erwischte mich dabei, wie ich noch im gleichen Moment eine Antwort tippte.

Ich: Ich weiß nicht, ob ich den Park als großes Highlight betrachten würde. Mit dem Auto braucht man auch ein ganzes Stück hin. Wenn du die Stadt selbst erkunden willst, halt dich am besten an die Sehenswürdigkeiten, die ausgeschrieben sind. Damit machst du nichts falsch.
Unbekannt: Ah, okay. Verstehe.
Ich: Außer Osborne Village. Viele Seiten listen es mit auf, aber ich finde, wegen der vielen leeren Gebäude hat es mittlerweile seinen Charme verloren.
Unbekannt: Ich dachte, im »Künstlerviertel« ist immer viel los?
Ich: Sicher, wenn du Gefallen an einem Haufen 18-jähriger Personen findest, die die Top 40 der Charts hoch- und runterlaufen lassen und dazu feiern.

Unbekannt: Ich … kann nicht behaupten, dass ich das tue, nein.
Ich: Die Musik oder der Haufen 18-jähriger Personen?
Unbekannt: Die Musik. Zu dem Haufen 18-jähriger Personen zähle ich selbst.
Ich: Oh. Sorry.
Unbekannt: Schon gut.
Ich: Corydon ist interessant – falls du eine Empfehlung möchtest. Dort gibt es die besten Restaurants.
Unbekannt: Du kennst dich ziemlich gut in der Stadt aus, oder?
Ich: Ich bin hier aufgewachsen. Irgendwann kennt man alle Ecken und Winkel.

Für ihre Antwort brauchte sie diesmal etwas länger. Ich scrollte zurück zum Anfang unserer Nachrichten und speicherte ihren Namen ein, um nicht die ganze Zeit ihre Nummer anstarren zu müssen.

Marleigh: Das muss schön sein. Einen Ort so gut zu kennen.
Ich: Warum? Du hast gesagt, du bist noch nicht lange in Winnipeg. Bist du viel rumgereist?

Im selben Moment, in dem ich es abschickte, fragte ich mich, warum es mich interessierte. Allerdings zog das die Frage nach sich, weshalb ich an der Kreuzung überhaupt angehalten hatte, um ihr zu helfen. Und wenn ich ehrlich mit mir war, hatte ich darauf keine Antwort.

Oder zumindest keine, mit der ich mich auseinandersetzen wollte.

Marleigh: Ja, schon. Bevor meine Mom und ich nach Kanada gekommen sind, sind wir in Schottland viel hin und her gezogen. Mein Dad wurde in seinem Job häufig versetzt.
Marleigh: Oh, aber sie sind mittlerweile geschieden, deswegen habe ich relativ lange in Vancouver gelebt.
Marleigh: Nicht, dass es eine wichtige Info ist, dass meine Eltern geschieden sind … na ja. Du hast es schon gelesen, deswegen kann ich die Nachricht leider nicht mehr löschen.
Ich: Wie lange bist du denn schon in Winnipeg?
Marleigh: So … knapp zwei Jahre.
Ich: Und du hast es noch nicht geschafft, dir ein paar Sehenswürdigkeiten anzugucken?
Marleigh: Es ist immer was dazwischengekommen. Uni und so … Sich dazu aufzuraffen ist anstrengender als erwartet.

Im Gegenteil – für mich war es im Moment das Einfachste auf der Welt, die Schuhe anzuziehen und loszufahren. Es war eine Notwendigkeit, wenn ich nicht wollte, dass mir die Decke jeden Tag auf den Kopf fiel.

Ich dachte noch darüber nach, wie ich das in einem Text verpacken konnte, als es an meiner Tür klopfte. Jean schob sie nach meinem »Ja?« auf, kam quer durch das Zimmer auf mein Bett zugelaufen und ließ sich mit dem Gesicht voran darauf fallen. Seine Beine baumelten ein paar Zentimeter über dem Boden.

Er nuschelte etwas Unverständliches in meine Bettdecke. Ich legte mein Handy auf dem Nachttisch ab und beugte mich vor, als könnte ich sein Gemurmel auf diese Weise besser identifizieren.

»Weißt du, Konversation funktioniert für mich immer am besten, wenn ich auch hören kann, worauf ich reagieren sollte«, sagte ich. Ich stupste ihn mit dem Fuß leicht an, aber er rührte sich kein bisschen. »Jean?«

Mit einem Seufzen, das tief aus seiner Seele zu kommen schien, hob er den Kopf an. »Sag mir noch mal, warum ich denke, in meinem Alter auf Dates mit Leuten zu gehen, die ich online kennengelernt habe, sei auch nur ansatzweise eine gute Idee.«

»In deinem Alter?«, wiederholte ich. »Du erinnerst dich, dass du genauso alt bist wie ich? Vierundzwanzig? Die Blüte des Lebens?«

Er drehte seinen Kopf in meine Richtung, um mir einen bösen Blick zuzuwerfen.

Ich hob die Hände unschuldig in die Höhe. »Weil du ein hoffnungsloser Romantiker bist?«

»Hoffnungslos vor allem.«

»Bist du wieder versetzt worden? Ich dachte, der Bäcker, mit dem du dich gerade unterhalten hast, war ganz nett?«

»War er auch«, erwiderte Jean aufgebracht und rollte sich auf den Rücken. »Er war süß und zuvorkommend und höflich und sah gut aus und hat die Rechnung bezahlt und mir die Tür aufgehalten.« Er unterbrach seine wilden Handgesten kurz, um mir kopfüber einen verzweifelten Blick zuzuwerfen. *»Er hat mir die Tür aufgehalten!«*

»Okay.« Ich zögerte. »Das ist natürlich sehr problematisch.«

»Ich traue dem Braten nicht«, erklärte er. »Erste Dates sind immer katastrophal. Und wenn sie es nicht sind, stellt sich spätestens beim dritten heraus, dass die Leute eine Leiche im Keller haben.«

Ich schaffte es kaum, mir mein Lachen zu verkneifen, und kassierte einen zweiten bösen Blick dafür. »Sorry. Für mich klingt es, als spreche deine Bindungsangst da mehr aus dir als tatsächliche Fakten.«

»Das mag sein.«

»Aber?«

Er runzelte die Stirn. »Kein ›Aber‹. Das mag sein. Ich finde es merkwürdig, wenn Leute ohne Grund nett sind. Das ist mehr als verdächtig.«

Beinahe hätte ich ihm von Marleigh erzählt – davon, wie ich sie an der Bushaltestelle getroffen und nach Hause gebracht hatte. Ich verwarf den Gedanken gleich darauf. Es fühlte sich falsch an, einen Moment, in dem sie so verletzlich gewesen war, einfach mit jemand anderem zu teilen. Egal, ob wir Fremde oder Freunde waren.

»Gib ihm eine Chance«, sagte ich daher nur. »Wer weiß, vielleicht ist alles, was du in seinem Keller findest, eine geheime Bäckerei, in der er dir den lieben langen Tag Kuchen backt.«

Jeans Augen nahmen einen verträumten Ausdruck an. »Ich würde mich selbst darin einsperren und nie wieder von mir hören lassen.«

»Wow«, meinte ich trocken. »Mir war nicht klar, dass ich dir so viel bedeute.«

Als wollte er mich beruhigen, tätschelte er meinen Fuß. »Keine Sorge, ich mache nur Spaß. Ich lass dich in diesem großen Haus sicher nicht allein.« Er runzelte die Stirn. »Übrigens hast du mich angelogen.«

Ich stockte. Sah ihn verwirrt an. »Angelogen?«

»Du hast gesagt, dass du *She-Ra* ohne mich nicht weitergucken wirst. Und rate mal, was ich heute gefunden habe, als ich in deinem Netflix-Account rumgeschnüffelt habe?«

Ich öffnete den Mund sprachlos. »Du hast in meinem Netflix-Account rumgeschnüffelt?«

Jean wedelte abweisend mit der Hand. »Konzentrieren wir uns auf den Punkt meiner Aussage.«

»Dass du in meinem Netflix-Account rumgeschnüffelt hast.«

»Um zu sehen, ob du *She-Ra* weitergeschaut hast.« Er wedelte mit dem Zeigefinger vor meinem Gesicht herum. »Was du getan hast.«

»Der Beweis wäre vor Gericht nichts wert, weil du etwas Illegales getan hast.«

»Mich in deinem Netflix-Account umzusehen ist nicht illegal.«

»Ich bin mir sicher, dass es irgendwo ein Gesetz über Privatsphäre gibt.«

»Ich bezahle das Abo, du Nase«, warf Jean ein.

Ich verschränkte die Arme vor der Brust. Leider hatte er damit nicht ganz unrecht.

»Also? Was hast du zu deiner Verteidigung zu sagen?«

»Dass es nur eine Folge war.«

»Die vorletzte Folge in der letzten Staffel!«

Ich hob die Schultern an. »Ich wollte nur wissen, ob Adora …«

»STOPP!« Jean setzte sich ruckartig auf. »Wehe, du erzählst mir jetzt noch einen Spoiler.«

»Eigentlich wollte ich nur sagen, dass ich neugierig war, ob Adora und …«

»AARON!«

Ich lachte. Jean zu ärgern war eine meiner liebsten Beschäftigungen. Er ließ sich zurück auf das Bett fallen und zückte sein Handy. Offensichtlich hatte er meine Erklärung, die ich nicht mal hatte aussprechen dürfen, für gut genug befunden.

Ich sah, wie auf dem Bildschirm seines Handys eine Nachricht von *Daniel (Danny)* auftauchte, und hatte, im Gegensatz zu ihm, den Anstand, seine Privatsphäre nicht weiter zu verletzen. Auch wenn ich mehr als neugierig war, was er mit Daniel (Danny) schrieb, nachdem dieser sich bei dem Date heute so schrecklich zuvorkommend verhalten hatte.

Ich nahm mein eigenes Handy vom Nachttisch und sprang zu der letzten Nachricht, die Marleigh mir geschrieben hatte. Las sie mir noch einmal durch und tippte dann eine Antwort, während Jean mit seinem Date beschäftigt war. Als er sein Handy auf das Bett fallen ließ und anfing, mit mir über den Fluch von Spoilern zu diskutieren, legte ich meins ebenfalls beiseite und lehnte mich an das Kopfteil des Betts. Das konnte ein langer Abend werden.

2. TEIL

Anger

9. KAPITEL

Marleigh

Aaron: Wenn du möchtest, zeige ich dir die Stadt.

Ich rieb mir mehrmals über die Augen, weil ich mir sicher war, dass Aarons letzte Nachricht, genauso wie der gesamte Chatverlauf davor und der Notizzettel, nicht echt waren. Dass ich beim Aussteigen aus dem Bus hingefallen war und mir den Kopf angestoßen hatte, weswegen ich jetzt diese Dinge träumte.

Es ergab hinten und vorn keinen Sinn. Er kannte mich nicht, und das Einzige, was ich von ihm wusste, war, dass er Filme drehte, die mich durch Nächte führten, die sich anfühlten, als wollten sie nie enden. Welchen Grund hatte er, mir dieses Angebot zu machen? Mitleid? Vielleicht. Dass er mich an der Bushaltestelle eingesammelt hatte, würde dafür sprechen – aber die Begründung fühlte sich nicht richtig an.

Du könntest Ja sagen, Marleigh, schoss es mir durch den Kopf. *Du kannst die Chance ergreifen.*

Ich wollte zurückschreiben. Wollte es wirklich. Aber meine Finger erstarrten über der Tastatur auf meinem Handy. Sie krampften sich um das schwarze Gehäuse. Und jedes Mal, wenn ich sie dazu zwingen wollte, ein Wort zu tippen, zog mein Brustkorb sich weiter zusammen. Wurde mein Atem flacher, das Ziepen in meinem Bauch stärker.

Mein Körper rief mir so laut zu, dass es eine schlechte Idee war, sein Angebot anzunehmen, dass ich es nicht ignorieren konnte. Die Sekunde, in der ich mein Handy beiseite legte, nahmen die Empfindungen ab.

Ich seufzte erleichtert.

Gleichzeitig nagte etwas an mir. Die Enge meiner Wohnung. Die Erleichterung selbst, die ich bei dem Gedanken verspürte, nicht das Haus verlassen zu müssen. Es war verwirrend und nichts, womit ich mich wirklich befassen wollte. Aber es kratzte dort, wo mein rationaler Teil die letzten Wochen begraben lag.

Mein Handy vibrierte neben mir. Einmal, dann noch mal. Ich nahm es zur Hand, bevor ich es mir ausreden konnte.

Aaron: Mir wird gerade bewusst, dass das etwas merkwürdig klingt, von jemand Fremdem kommend.

Aaron: Aber hast du eine Liste mit Orten, die du sehen möchtest?

Ich zögerte. Es wäre einfach gewesen, Nein zu sagen. Mich auf seine Ausrede zu beziehen, dass ich ihn nicht kannte.

Ich tat es nicht. Zumindest nicht sofort. Ich hielt mir diesen kleinen Funken irregeführter Hoffnung offen, irgendwann stark genug zu sein, zuzusagen. Auch wenn ich keine Ahnung hatte, wann ich das jemals sein sollte.

Ich: Nicht wirklich.

Aaron: Ich habe im Augenblick Semesterferien und allgemein nicht so viel zu tun wie normalerweise, also kommt die Abwechslung sehr gelegen.

Aaron: Es war auch nur eine Idee. Ohne zeitliche Begrenzung.

Meine neu antrainierte Paranoia schlug aus. Mir war klar, dass Winnipeg eine große Stadt war – die Wahrscheinlichkeit, dass Aaron und ich uns schon einmal begegnet waren, war verschwindend gering. Dennoch wurden meine Fingerspitzen eiskalt, als ich mir vorstellte, dass er es wusste. Dass er wusste, wer ich war. Was an der WCU passiert ist.

Ich rief mich zur Ordnung. Tippte die Frage, die mir auf der Zunge brannte.

Ich: Du studierst auch?

Mein Herz pochte so laut, dass es mir in den Ohren dröhnte, während ich auf seine Antwort wartete. Und rutschte schließlich bis in meinen Magen, als sie kam.

Aaron: Ja, an der Wellington Crescent.

Ich starrte die fünf Worte an. Hoffte, dass ich den vertrauten Namen meiner Uni nicht wirklich las. Dass das hier ein böser Albtraum war, aus dem ich gleich aufwachen würde.

Ich stellte mir vor, wie er an seinem Handy saß und lachte. Wie das eine Mal, als ich mich bei einer Aufführung verspielt hatte. Über das Mädchen, das keine Ahnung hatte, wie die Welt funktionierte.

Ich atmete zittrig aus. Legte mein Handy weg und rollte mich auf meinem Bett zusammen. Ich zog mir die Decke über den Kopf, kniff die Augen zu und konzentrierte mich vollkommen auf meine Atmung – bis der Schlaf mich von meinen kreisenden Gedanken befreite.

Mein Morgen begann mit einem ausgiebigen Frühstück. Avocado, die ich zu Guacamole zerdrückte. Apfelsaft. Frisch aufgekochtem Tee aus meiner French Press. Toast mit Rührei. Ich bereitete alles zu, was mein Kühlschrank hergab und damit viel zu viel für eine Person. Alles nur, um mich abzulenken.

Als ich mich allerdings auf dem Boden vor meinen üppig gedeckten Couchtisch setzte, war Appetit ein Fremdwort. Ich knabberte lustlos an dem Toast, obwohl er mit jedem Bissen trockener zu werden schien.

Mein Handy lag unter meinen Kissen vergraben. Ich hatte es bisher nicht über mich gebracht, noch einmal darauf zu schauen. Mein Kopf redete mir ein, dass ich eine Nachricht von Aaron darauf finden würde, die in etwa die Worte »Haha, erwischt« beinhaltete.

Mein Kopf war heute nicht sonderlich rational aufgestellt.

Ein Klingeln weckte mich aus meinen Gedanken. Ich runzelte die Stirn, sicher, dass ich kein Paket oder eine Essenslieferung erwartete, und legte meinen Toast zurück auf den Teller. Den Blick durch den Spion sparte ich mir – er hatte schon seit meinem Einzug einen Sprung und zeigte mir nur verzerrte Bilder – und zog die Tür stattdessen direkt auf.

Ein Mädchen stand mitten im Hausflur, ungefähr in meinem Alter. Sie trug einen grauen, weit geschnittenen Pullover. Darunter ein weißes Hemd, das am Kragen und den Handgelenken hervorblitzte. Die dunkelgraue Anzughose, die sie dazu anhatte, wollte nicht ganz zu den Converse-Schuhen an ihren Füßen passen. Es waren keine Kleidungsstücke, die ich an mir kombiniert hätte, aber mit ihren welligen, fast unordentlich wirkenden kurzen Haaren und der Art, wie sie sich ihre Tasche lässig über die Schulter gehängt hatte, war ich fast versucht, sie zu fragen, woher sie ihre Klamotten hatte.

»Bist du Marleigh MacKay?«, fragte sie mich mit freundlicher Stimme.

Ich nickte zögernd. »Ja?«

»Die Post hat gestern etwas bei mir abgegeben, als du vermutlich nicht da warst«, sagte sie und hielt ein kleines Päckchen in die Höhe. »Ich hatte den ganzen Tag Vorlesungen, sonst hätte ich schon früher versucht, es dir zu bringen.«

Sie überreichte es mir, ohne sich an meinen wenigen Worten zu stören. »Oh, ich heiße übrigens Romie. Ich hab gar nicht gewusst, dass ich eine Nachbarin in meinem Alter habe. Die meisten Leute, die ich bisher hier habe ein- und ausgehen sehen, sind … na ja. Sagen wir, es könnten entweder meine Eltern oder Großeltern sein.«

Womit sie genau den Grund gefunden hatte, weshalb ich hierher gezogen war. Es war kein Stadtteil von Winnipeg, in dem sich lauter Studierende tummelten. Die Chance, jemandem von meiner Uni über den Weg zu laufen, war verschwindend gering … hatte ich angenommen.

»Es ist ruhig«, sagte ich und räusperte mich, weil meine Stimme rau klang. Meine Finger strichen nervös über das Holz auf meiner Seite der Wohnungstür. Kurzer Small Talk mit Nachbarn oder Leuten von der Post war in Ordnung. Längere Gespräche waren mir außer mit meiner Mom mittlerweile allerdings fremd. Sie fühlten sich an, als hätte mich jemand auf hoher See ohne Kompass ausgesetzt.

»Das kannst du laut sagen. Ich bin so froh, hier eine Wohnung bekommen zu haben. Auch wenn ich mich diesen Sommer jeden zweiten Tag dafür verflucht habe, im Dachgeschoss zu wohnen. Ich war kurz davor, meine Badewanne mit Eis zu füllen und darin zu übernachten.«

Ein kleines Lachen entkam mir. Genau so hatte ich mich im Sommer auch gefühlt. Ich spürte, wie meine Anspannung sich bei Romies warmherzigem Lächeln ein klein wenig zurückzog. »Das klingt nicht sehr angenehm.«

Romie grinste breit. »Immerhin bin ich jetzt immer mit genügend Eis ausgerüstet. Du kannst einfach klingeln, wenn du mal welches brauchst.«

Ich umfasste das Päckchen, das sie mir gegeben hatte, fester. Hielt es zwischen uns in die Höhe. »Danke, dass du es mir vorbeigebracht hast.«

»Nicht dafür. Man sieht sich.« Sie wandte sich ab, ging ein paar Schritte den Flur hinunter – vermutlich auf dem Weg zurück zu ihrer eigenen Wohnung.

Ich atmete erleichtert aus und wollte meine Tür gerade schließen, als sie anhielt und noch einmal zu mir zurückgeeilt kam. Ich fühlte mich wie ein erschrockenes Reh im Scheinwerferlicht eines Autos – und vermutlich schaute ich auch genauso.

»Sag mal«, begann sie, als sie vor mir stehen blieb. »Auf die Gefahr hin, dass ich super merkwürdig und unsympathisch wirke, wenn ich dich damit so überfalle, wo wir uns nicht kennen. Aber ich bin fast ein halbes Jahr hier in Winnipeg und hab irgendwie noch nicht wirklich Leute gefunden, mit denen ich etwas unternehmen kann. Hast du vielleicht mal Lust auf einen Kaffee? Ich mache das beste Bananenbrot, wenn Gebäck ein Anreiz für dich ist.«

»Ich …« Ich schluckte nervös. Am liebsten hätte ich meine Tür zugeschlagen und wäre nie wieder aus meiner Wohnung gekrochen. Und ich fühlte mich hundeelend deswegen. Mein Körper und mein Kopf befanden sich in einem Krieg, bei dem ich zwischen den Fronten stand.

»Ich hab im Moment nicht so viel Zeit«, sagte ich leise und schaffte es nicht mal, Romie dabei in die Augen zu sehen. Stattdessen war mein Blick auf die Stelle zwischen ihren Augenbrauen gerichtet.

»Alles gut, keine Sorge«, erwiderte sie sofort. Sie hob die Schultern an, als würde es ihr tatsächlich nichts ausmachen, dass ich sie abwies. Sie schob sogar die Hand in ihre Tasche, förderte ihr Handy daraus hervor und tippte ein paarmal darauf herum. »Du kannst mir einfach deine Nummer geben, und wir schauen, wann es uns mal passt?«

Sie sah mich so hoffnungsvoll an – ich konnte nicht anders, als ihr Handy entgegenzunehmen, um meine Telefonnummer einzutragen. Als sie es wieder an sich nahm, grinste sie mich fröhlich an. Und hörte schnell wieder damit auf, als sie einen Blick auf den Bildschirm ihres Handys warf.

»Oh Gott, meine Vorlesung«, murmelte sie vor sich hin. Sie sah zu mir auf. »Sorry, ich muss wirklich los. In meiner Freude, eine potenzielle neue Freundschaft zu schließen, habe ich vergessen, dass ich zu spät für meine Vorlesung dran war.« Sie hob die Hand, um mich mit einem Winken zu verabschieden, stolperte im Weggehen dabei über ihre eigenen Füße und rief mir ein »Alles in Ordnung« über die Schulter zu, ehe sie in die Richtung der Aufzüge eilte.

Ich schloss die Tür hinter mir. Froh, dass mich meine Wohnung mit Stille begrüßte. Kramte mein Handy unter dem Kissenberg auf dem Bett hervor und sah es bereits blinken. Ich wusste, ohne den Bildschirm zu entsperren, dass die Nachricht von Romie sein würde, und wollte es erst ignorieren … Doch meine Neugier war größer – und mit Leuten zu schreiben war eine der wenigen Arten der Kommunikation, die mir nicht ganz so schwer fielen.

Romie: Ich habe meinen Bus erwischt, aber ich bin zu 99% sicher, dass ich jetzt weiß, warum ich bisher noch keine Freunde in der Stadt gefunden habe.

Ich ließ mich mit einem kleinen Lachen auf mein Bett fallen.

Ich: Es war nett, dich kennenzulernen.

Kaum abgeschickt, fragte ich mich, ob es zu aufgesetzt klang. Zu abweisend, zu einladend, zu gewollt, zu lustlos. Dass mein Hirn sich selbst nicht entscheiden konnte, machte mich verrückt.

Romie: Du hast dich nicht gezwungen gefühlt, mir deine Nummer zu geben, oder?? Wenn ja, lösche ich sie sofort und wir tun so, als hätte ich nie danach gefragt.
Ich: Nein, gar nicht! Sonst hätte ich etwas gesagt oder im Zweifelsfall nicht geantwortet.
Ich: Tut mir leid, falls das zu ehrlich war.
Romie: Nein, das war genau richtig. Ich schätze Ehrlichkeit – und hätte es an deiner Stelle genauso gemacht. Beim Online-Dating rege ich mich jedes Mal drüber auf, wenn mich jemand ignoriert … und dann ghoste ich Leute selbst.
Romie: T_T
Ich: Es gibt auch wirklich merkwürdige Menschen im Internet. Du bist damit bestimmt nicht die Einzige.
Ich: Ghosten und geghostet werden.
Romie: Ah, Shakespeare. Ein Klassiker. Ein sehr eindrucksvolles Zitat aus Hamlet.
Romie: Oder auch – um aus dem gleichen Stück, Akt 2, Szene 4, Vers 48 zu zitieren: »Nein!«
Ich: Weißt du wirklich aus dem Kopf, dass er das exakt dort sagt?
Romie: Tatsächlich, ja. Es ist ein Witz, den ich vermutlich noch auswendig kann, wenn ich achtzig bin, weil ich ihn in der Uni so oft höre.
Ich: Wo studierst du denn?

Ich versuchte, die Frage so beiläufig wie möglich zu stellen. *Bitte sag nicht WCU, bitte sag nicht WCU …*

Romie: An der MU. English Literature. Ich liebe es sehr, aber der Humor wurde seit Shakespeares Zeiten nicht mehr überholt.

Ich stieß den Atem aus. Schüttelte die Nervosität aus meinen Händen und rief mir in Erinnerung, dass nicht alle jungen Leute an der WCU studierten. Dass mir nicht alle meine Panik von der Nasenspitze ablesen konnten.

Vielleicht wirkte ich auf andere sogar wie ein normaler Mensch. Und vielleicht konnte ich zumindest mit meinen Textnachrichten dieses Bild aufrechterhalten. Nur für ein bisschen. Nur, um etwas durchzuatmen.

Ich: Ist das Essen da genauso schlecht wie an allen anderen Lehreinrichtungen, in denen ich jemals gegessen habe?
Romie: Absolut. Letztens gab es Kartoffelbrei, und ich bin mir sicher, dass er allein von meinem Teller gekrochen wäre, wenn ich ihn nicht so schnell aufgegessen hätte.
Ich: Ich hoffe, dir ging es danach nicht schlecht?
Romie: Nein, zum Glück hab ich einen Magen wie ein Pferd.
Ich: Haha.
Romie: Und du?
Ich: Ich habe keinen Magen wie ein Pferd.
Ich: Wusstest du übrigens, dass sie eigentlich sogar eine sehr empfindliche Verdauung haben? Das Sprichwort ist ein bisschen irreführend.
Romie: Hihi, ich meinte eigentlich, ob du auch an der MU studierst. Aber das mit den Pferdemägen wusste ich nicht. Warum sagt man es dann?

Ich: Oh. Nein, ich studiere nicht.

Das »gerade« ließ ich absichtlich weg. Ich wusste, dass die nächste Frage sonst wäre, an welche Uni ich normalerweise ging. Weshalb ich im Moment zu keiner Vorlesung ging, was genau ich studierte … Dinge, bei denen ich die Wahrheit beugen und strecken müsste, bis sie kaum noch erkennbar wäre.

Es war einfacher so. Es war einfacher.

Romie: Ich frag mich auch mindestens einmal am Tag, warum ich mir das antue. Ich kann also sehr gut verstehen, weshalb man sich das Geld und die Nerven spart. Was machst du stattdessen?

Romie: »Stattdessen« klingt, als wäre ein Studium immer Weg A und alles andere nur Zweitpläne. Das meine ich gar nicht. Streich das Wort. Was machst du?

Ich

Mein Daumen schwebte über der Tastatur. Ich löschte das Wort und tippte es noch einmal, blieb aber wieder dort stecken.

Was tat ich? Filme, Serien und Animes schauen und YouTube durchgucken und mir auf Social Media die Zeit vertreiben. Querflöte spielen, wann immer ich kann. Die Stimmen in meinem Kopf klein zu halten, kläglich darin zu scheitern. Und als wäre das alles nicht schon genug, glitt mir mein Stipendium – das, wofür ich so verdammt hart gearbeitet hatte – aus den Fingern.

Ich starrte mein Handy an. Merkte erst mit einiger Verspätung, dass mein Atem ganz flach war. Mein Hals eng. Ich zwang mich dazu, tief einzuatmen, auch wenn ich wusste, dass es nichts brachte. Obwohl mir klar war, dass erst wieder Minuten und Stunden würden vergehen müssen, bis mein Körper und mein Kopf sich beruhigt hatten und ich das Gefühl loswurde zu ersticken.

Der Gedanke an mein Stipendium drückte sich mehr und mehr in den Vordergrund. Ich versuchte, es zu ignorieren. Versuchte zu verdrängen, dass ich mein E-Mail-Postfach mied, als wäre es verflucht, weil ich nicht nachsehen wollte, ob Mrs King mir noch einmal geschrieben hatte.

Ich brauchte mit meiner Antwort so lange, dass Romie eine zweite Nachricht hinterherschickte.

Romie: Wundere dich nicht, wenn ich jetzt erst mal nicht reagiere. Mein Tag ist so vollgepackt, dass ich mich heute Morgen nach dem Aufwachen schon wieder erschöpft gefühlt habe.

Der Druck auf meinem Brustkorb schwand etwas. Ich griff sofort verzweifelt nach dem Ausweg, den sie mir bot, um nicht auf ihre Frage reagieren zu müssen.

Ich: Wenn du magst, schlafe ich ein paar Stunden für dich mit. Ein Nickerchen klingt gerade traumhaft.
Romie: Ich weiß nicht, ob mir die Arbeitsteilung so gut gefällt. Aber vermutlich ist es besser, wenn zumindest eine von uns ausgeruht ist.
Romie: Meine Dozentin guckt mich böse an. Ich pack lieber mein Handy weg. Bis später!

Ich schickte ihr die gleiche Verabschiedung. Tippte mich aus dem Chat und hielt an, als mein Blick auf die unbeantwortete Nachricht von Aaron fiel. Mein Cursor blinkte und blinkte vor sich hin, während ich mir den Kopf zerbrach, was ich schreiben sollte. Wie ich antworten konnte, wenn die Sorge – die Angst an mir knabberte, dass unser Gespräch ein riesiger Witz war, den er sich auf meine Kosten erlaubte.

Keine Ahnung, was mich ritt, die Nachricht einfach unbeantwortet zu lassen. Was mich dazu trieb, ihm eine Frage zu stellen, die meinen Puls in die Höhe schießen ließ.

Aber ich tat es. Und betete, dass ich mit dem, was auch immer danach passierte, umgehen konnte.

10. KAPITEL

Aaron

Marleighs Nachricht erreichte mich, als ich auf dem Parkplatz des Whiteshell Provincial Parks gerade aus meinem Wagen ausgestiegen war.

Ich hatte nicht mehr damit gerechnet, dass sie noch reagieren würde. Nachdem ich den Chat gestern hundertmal geöffnet hatte – denn nein, sie hatte mir um drei Uhr morgens keine Nachricht geschickt –, war ich mir sicher gewesen, dass das Gespräch zu einem Stillstand gekommen war.

Was in Ordnung gewesen wäre. Offensichtlich. Aber …

Ich schob meine Cap etwas höher und las mir ihre Frage zweimal durch, bevor ich darauf reagierte.

Marleigh: Was studierst du?
Ich: Bioinformatik.
Marleigh: Oh.
Ich: Nicht, was du erwartet hast?
Marleigh: Nein.
Marleigh: Ich meine, doch.
Marleigh: Also, ich habe gar nichts erwartet, weil ich dich nicht gut genug kenne, um einschätzen zu können, was für Interessen du hast.
Ich: So ziemlich jede Person in meinem näheren Umfeld war überrascht, als ich es verkündet habe, wenn das hilft. Mein

Stiefbruder war sich sicher, dass ich im Game Design oder Game Developement anfangen würde.

Marleigh: Warum das?

Ich: Weil er die Hoffnung nie aufgegeben hat, dass ich irgendwann bei Square Enix lande und seine Idee für ein Game pitche, von dem er, seit ich denken kann, redet.

Marleigh: In was für eine Richtung geht es denn?

Ich: Ganz ehrlich? Ich bin mir nicht sicher. Ein RPG im Stil von Final Fantasy. Er hat tausend Notizen in seinem Zimmer hängen, die teilweise so zusammenhanglos wirken, dass ich es aufgegeben habe, es verstehen zu wollen.

Marleigh: Sein Herz muss gebrochen sein, als du ihm von deinem Studiengang erzählt hast.

Ich: Das ist gar kein Ausdruck. Drei Wochen Welpenblicke, sobald ich in seinem näheren Umfeld war, um mir deutlich zu machen, wie groß sein Leid ist.

Marleigh: Haha. Oh je, der Arme.

Ich: Zu meiner Verteidigung: Ich wäre kein guter Game Designer. Ich habe in meinem Leben noch nichts gezeichnet, das über ein Strichmännchen hinausgeht. Künstlerische Gebiete liegen mir nicht sonderlich.

Ich: Und niemand sagt, dass er seine Idee nicht trotzdem jemandem pitchen kann. Das kann ich ihm nicht abnehmen.

Marleigh: Ich stelle mich selbstlos als Testspielerin zur Verfügung.

Ich: Du magst Videospiele?

Marleigh: Ähm … Schon, irgendwie. Ich habe mal Life is Strange angefangen und von dem zehnten Teil von Final Fantasy ein Let's Play gesehen.

Marleigh: Was man halt so tut, wenn man zu viel Zeit hat.

Ich: Den ersten Life is Strange?

Marleigh: Es gibt mehrere??

Lachend sah ich von meinem Handy auf – und bemerkte, dass ich seit ungefähr zehn Minuten an meinem Auto lehnte und mit Marleigh schrieb, statt meine Wanderung zu starten. Ich schulterte meinen Rucksack und lief einen kleinen Trampelpfad entlang, der völlig zugeschneit war.

Ich: Drei Teile mittlerweile. Der zweite ist nicht so gut gewesen wie der erste, aber der dritte Teil soll wohl wieder großartig sein.
Marleigh: Wow … zwei Teile, die völlig an mir vorbeigezogen sind.
Ich: Mein Stiefbruder, Jean, besteht immer darauf, dass er emotionale oder gruselige Games nicht allein spielen kann. Deswegen kenne ich die ersten zwei Teile.
Marleigh: Sonst hättest du es nicht gespielt?
Ich: … doch, vermutlich schon. Ich bin mir nicht sicher, warum ich die Info wichtig fand.
Marleigh: Hihi. ☺

Als ich das nächste Mal aufsah, war ich von kahlen Bäumen umgeben. Zwischen den Lücken blitzte hin und wieder eine von Schnee bedeckte Landschaft auf, und meine Schuhe knirschten bei jedem Schritt. Mein Atem bildete kleine Wölkchen vor meinem Mund, und mit jedem Atemzug von dieser kalten, klaren Luft schien sich der Nebel, der meine Sinne sonst immer dämpfte, zu lichten. Nur selten kam mir jemand entgegen. Einzelne Personen, die die Ruhe hier genauso auskosteten wie ich.

Ich sah auf mein Handy, dachte darüber nach, was ich schreiben sollte. Dabei stolperte ich mehrmals über kleine Wurzeln oder rutschte fast aus und landete mit dem Gesicht voran im Schnee, sodass ich mich entschied, dass Textnachrichten gerade nicht der beste Weg zur Kommunikation waren.

Ich wählte Marleighs Nummer. Es klingelte und klingelte und klingelte – und genau in der Sekunde, in der ich auflegen wollte, nahm sie endlich ab.

»Hallo?« Ihre Stimme klang vorsichtig. Beinahe ein wenig atemlos.

»Störe ich?«

Bevor sie antworten konnte, rumpelte es laut durch den Hörer. Ihre Stimme war dumpf, als deckte sie das Mikro ihres Handys zu, damit ich sie nicht hören konnte. Ich lachte in mich hinein. Ihre Flüche waren trotzdem laut und deutlich zu vernehmen.

Kurz raschelte es. Ein Räuspern. Dann hörte ich sie wieder klar. »Nein, gar nicht. Ich hab nur keinen Anruf erwartet.«

»Sorry für den Überfall«, sagte ich. »Ich bin gerade unterwegs, und meine Koordination nimmt dramatisch ab, wenn ich auf mein Handy gucke und nebenbei laufe.«

»Multitasking ... ja. Darin bin ich auch nicht gut«, erwiderte sie. Stockte. »Kann ich fragen, wo du unterwegs bist?«

Sie stellte ihre Frage zögernd – fast, als ginge sie davon aus, dass ich etwas dagegen haben könnte. »Erinnerst du dich an den Park, den ich letztes Mal erwähnt habe?«

»Der Whiteshell Provincial Park«, antwortete sie sofort.

»Genau. Ich hole heute meinen Ausflug nach, den ich letztes Mal nicht geschafft habe, weil ...« Ich verstummte und verzog das Gesicht über mich selbst. Wäre ich an ihrer Stelle gewesen, hätte ich ziemlich sicher keine Erinnerung an den Tag gewollt. Ich überlegte, wie ich mich aus dem Fettnäpfchen wieder herausmanövrieren konnte. Aber allem Anschein nach hatte Marleigh meinen Versprecher nicht mal wirklich wahrgenommen.

»Wie ist es dort?«, fragte sie. Ihre Stimme klang näher. Aufgeregter. »Ich hab mir Bilder im Internet angeguckt und, ich meine, die Hälfte davon wurde sicher mit Lightroom bearbeitet, aber an der Aussicht selbst dürfte sich ja trotzdem nichts ändern, oder?«

»Es kommt darauf an, was für Bilder du dir angeschaut hast.« Ihre Begeisterung war … süß. Unerwartet und genau deswegen auch ein wenig ansteckend.

»*Alle*«, sagte sie mit einer solchen Inbrunst, dass ich nicht anders konnte, als darüber zu lachen.

»Ich kann dir nicht versprechen, dass meine Route den schönsten Teilen des Parks gerecht wird. Jetzt gerade lichten die Bäume sich ein wenig. Ich glaube, in ein paar Hundert Metern sollte ich einen Fluss sehen.«

»Es sieht bestimmt aus wie im Winterwunderland, oder?«

Mein Blick glitt über die Landschaft. »Ja, ziemlich.«

Ein paar Herzschläge lang schwieg sie. Ich gab mehrmals fast dem Drang nach, sie zu fragen, worüber sie gerade nachdachte. Stattdessen bahnte ich mir einen Weg durch den Park. Stieg über Wurzeln und Äste und gab mein Bestes, den rutschigen, festgetretenen Schnee zu umgehen.

»Kann ich dich um etwas bitten?«, fragte Marleigh. Auf einmal wirkte sie wieder wesentlich zurückhaltender. Ein Hin und Her ihrer Persönlichkeit, das mich mit Fragezeichen zurückließ, auf die ich gern Antworten hätte.

»Natürlich. Um was geht's?«

»Beschreibst du mir, wie es aussieht?«

Ich antwortete nicht sofort – auf der Suche nach Worten, mit denen ich ihr durch das Telefon erklären konnte, was ich vor mir sah. »Ich glaube, ich habe eine bessere Idee.«

Ich wartete ihre Erwiderung nicht ab, sondern nahm mein Handy vom Ohr und wechselte zu einem Videoanruf. Wieder klingelte es mehrere Male. Ich war sicher, dass ich hier draußen immer noch Empfang hatte und wartete dann, bis sie abnahm.

»Ich dachte kurz, du hast dein Handy zum Fenster rausgeworfen«, nahm ich unser Gespräch wieder auf.

»Ich hab darüber nachgedacht …«

Mein Lachen konnte ich nur mit einiger Mühe unterdrücken. »Tut mir leid für den Überfall. Schon wieder. Ich sehe dich übrigens noch nicht. Funktioniert deine Kamera nicht?«

»Nein, ich habe …« Stille. »Ist es okay, wenn ich sie nicht anmache? Ich weiß, ein Videoanruf ergibt ohne Video nicht wirklich Sinn, aber ich fühl mich gerade nicht bereit, mit jemandem zu reden, während ich der Person ins Gesicht sehe.«

»Solange ich deine Stimme höre, bin ich zufrieden«, sagte ich, ohne nachzudenken. Und war froh, dass meine Kamera die Hitze, die meinen Nacken bei der Aussage hinaufkroch, nicht aufnehmen konnte. »Außerdem siehst du mein Gesicht gleich nicht mehr, Sekunde«, schob ich schnell hinterher.

Ich tippte auf den Bildschirm, um auf die Rückkamera zu wechseln. Einige Sekunden lang war das Bild überbelichtet – man erkannte absolut nichts, bis es sich reguliert hatte und die Landschaft langsam Gestalt annahm.

Ich schwenkte die Kamera einmal nach rechts und links, um die gesamte Umgebung einzufangen. Marleigh war in der Zwischenzeit verdächtig still geworden.

»Hat es dir die Sprache verschlagen?«, fragte ich.

»Kann man so sagen«, antwortete sie.

Ich sah mir auf meinem Handybildschirm an, was sie gerade sah. Der schiefe Baum direkt vor mir, der sich dem Boden entgegenneigte, als würde er sich verbeugen. Dahinter die Sonne, vor die sich langsam Wolken schoben und alles ein wenig trister wirken ließen.

Ich konnte das Rauschen des Flusses bereits hören, brauchte

nur die niedrig hängenden Äste zur Seite schieben, um ihn endlich sehen zu können. Eine dünne Eisschicht hatte sich hier und da auf dem Wasser gebildet, brach wegen der Strömung aber immer wieder auf.

Es juckte mich in den Fingern, meine Kamera aus dem Rucksack zu holen, um eine kleine Aufnahme dieses Moments damit festhalten zu können. Aber Marleighs staunendem Schweigen nach zu urteilen, hatte sie sich noch nicht sattgesehen.

»Ich glaube, es ist eindrucksvoller, wenn man hier steht und es sich anguckt. Die Kamera zeigt den blauen Himmel nicht, und schau mal, da.« Ich streckte den Arm aus, damit man ihn im Bild sehen konnte, und zeigte auf das andere Ufer des Flusses. »Eigentlich sieht man dort, wie sich die Bäume im Wasser spiegeln.«

»Ich würde es auch gern mit eigenen Augen sehen«, sagte sie. »Aber jetzt gerade ist das Video mehr als genug. Danke.«

Wie ernst und gleichzeitig glücklich sie klang, als sie das letzte Wort sagte … Es machte mich unerwartet verlegen. Ich räusperte mich leise.

»Zeigst du mir noch mehr?«

»Sieh mich einfach als deinen persönlichen Kameramann«, sagte ich. »Wo soll ich langgehen?«

Marleigh bat mich, dem Fluss aufwärts zu folgen. Der Schnee wurde dort tiefer – vermutlich, weil nicht viele Leute diesen Abzweig nahmen. Meine Füße versanken immer weiter darin und ich war froh, mich heute Morgen für meine Wanderschuhe entschieden zu haben. Die Kälte drang kaum bis zu meinen Zehen durch.

Je weiter ich lief, desto unbeschwerter fühlte ich mich. Ob es an der Anstrengung lag oder dem Gefühl, weit weg von allem zu sein, das normalerweise auf mir lastete, wusste ich nicht. Beides war mir recht.

Marleigh sprach währenddessen kaum. Hin und wieder drang ein Rascheln durch den Lautsprecher und verriet mir, dass sie noch nicht aufgelegt hatte. Dabei war ich mir fast sicher, dass ich ihre Abwesenheit auch so mitbekommen hätte. Obwohl wir nicht miteinander redeten, spürte ich ihre Präsenz deutlich. Ich sah sie nicht, aber war mir sicher, dass sie in Winnipeg an ihrem Handy hing und jedes Detail aufsaugte, das ich ihr zeigte.

Ich genoss die Ruhe. Das Schweigen mit dem Wissen, dass ich trotzdem nicht allein hier war.

»Meine Mom und ich waren mal wandern«, zerbrach Marleigh unerwartet die Stille. »Elf Tage durch die Highlands, angefangen in Inverness. Von Loch Ness bis zur Halbinsel Ardnamurchan haben wir alles mitgenommen. Und dort waren kaum Leute – ich glaube, ich hab mich noch nie so einsam und gleichzeitig frei gefühlt wie auf dieser Halbinsel.«

Danach schwieg sie wieder. Ich behielt jeden Gedanken, der in mir aufkam, für mich, mehr daran interessiert, zu hören, was ihr noch durch den Kopf ging.

»Ich kann dir nicht sagen, warum ich mich ausgerechnet daran gerade erinnert gefühlt habe«, schob sie nach wenigen Minuten hinterher. Ein Kichern drang an mein Ohr.

»Ich bin noch nie in Schottland gewesen, aber was du beschrieben hast, klingt sehr danach, wie es mir geht«, erwiderte ich. »Ich glaube, ich habe seit einer guten Stunde keinen anderen Menschen mehr gesehen.«

»Das klingt traumhaft.«

»Bist du nicht gern unter Leuten?«

»Unter Leuten, die ich kenne und mag und die mir nahestehen? Doch, schon. Alle anderen?« Sie schwieg kurz. »Nicht so richtig.«

»Verstehe.«

»Und du? Lernst du gern neue Leute kennen?«

»Normalerweise schon«, erwiderte ich. »Ich mag es, mich mit anderen auszutauschen, andere Sichtweisen und Meinungen zu hören und dadurch neue Dinge zu lernen. Ich glaube, mein Horizont wäre wesentlich kleiner, wenn ich das nicht tun würde. Getan hätte, meine ich.«

Den letzten Teil schob ich nachträglich hinterher – es war schon eine Weile her, seit ich mich länger mit jemand anderem unterhalten hatte. Es fiel mir schwer, weil ich nie wusste, wie ich reagieren sollte, wenn das Gespräch aufs Eiskunstlaufen hinauslief. Und das tat es immer. Es war so sehr Teil meines Lebens, dass es selbst jetzt – selbst mit den Wochen und Monaten, die ich das Eis gemieden hatte – keinen Weg daran vorbei gab.

»Und trotzdem bist du allein in den Park gefahren«, holte Marleigh mich aus meinen Gedanken.

»Nicht ganz allein.«

»Körperlose Stimmen zählen nicht.«

Ich schmunzelte. »Du lässt es klingen, als würde ich mich mit einem Geist unterhalten.«

»Ich könnte einer sein.«

»Du vergisst, dass ich dich schon live und in Farbe gesehen habe«, erinnerte ich sie. »Da hast du nicht wie ein Geist auf mich gewirkt.«

Schweigen.

»Marleigh?«

»Buh.«

Schweigen.

»So machen Geister doch, oder?«

Bevor ich überhaupt darüber nachdenken konnte, zu antworten, stolperte ich über meine eigenen Füße und landete fast im Schnee. Ich schaffte es im letzten Moment, mich und mein Handy zu retten, indem ich mich an einem dünnen

Baum abfing, der unter meinem Gewicht gefährlich anfing zu schwanken.

Erst nachdem ich mich wieder aufgerichtet hatte, wurde mir bewusst, dass das Geräusch, das ich hörte, Marleighs Lachen war. Sie hatte mich zwar nicht sehen können, aber das verwackelte Bild musste Erklärung genug gewesen sein.

»Amüsiert dich mein Beinahetod?«

»Dann wären wir zumindest beide Geister.«

»Ich befürchte, ich muss dich enttäuschen. Wenn ich nicht nach Hause komme, schickt Jean ziemlich sicher die Kavallerie raus, weil ich versprochen habe, heute Abend Essen zu kochen. Das würde ich gern umgehen.«

»Oh, verstehe. Das möchte ich ihm nicht antun.«

»Ah«, sagte ich amüsiert. »Du möchtest es *ihm* nicht antun? Was ist mit meinem Schicksal?«

Stille. Stille. Stille.

»Ich bin zu egoistisch, um mich dafür schlecht zu fühlen.«

»Egoistisch? Weshalb?«

»Na ja, weißt du«, begann sie. Irgendetwas an ihrer Tonlage ließ mich aufhorchen. »Das Leben als Geist kann ziemlich einsam sein.«

Sie sagte es im Scherz. *Versuchte,* es im Scherz zu sagen. Aber es war so bemüht locker, dass ich darüber stolperte. Der einzige Grund, weshalb ich nicht nachhakte, war, weil ich nicht bereit war, im Gegenzug Fragen zu beantworten.

Es war leicht, mit ihr zu sprechen – und ich redete mir ein, dass es daran lag, dass wir uns nicht kannten. Kein Gewicht lastete auf unserer Unterhaltung. Keine Erwartung. Kein Wissen über das Eiskunstlaufen oder meinen Unfall und keine Lügen, die im Raum standen.

Andererseits … Mir kam es vor, als wäre ich mir gegenüber damit nicht völlig ehrlich. Es war nicht nur die Anonymität –

es lag auch an Marleigh. Ich mochte den Klang ihrer Stimme. Wie sie zwischen ihren Sätzen nachdenkliche Laute von sich gab, die sie nicht zu bemerken schien. Die Sanftheit, die in ihren Worten mitschwang. Die gerollten »R«'s, die lang gezogenen »O«'s. Ein leichter, schottischen Akzent, der mehr herauszukommen schien, wenn sie nicht erst darüber nachdachte, was sie sagte.

»Ich weiß nicht, ob es hilft«, begann ich nach einigen Herzschlägen. »Aber das Angebot, dass ich dir Winnipeg zeige, besteht immer noch.«

Und wieder war sie still. Es schien ein Teil von ihr zu sein – das Schweigen, das ihren Worten folgte.

»Ich weiß nicht, ob …«

»Du hast gesagt, du hast einiges zu tun. Fühl dich nicht gezwungen«, warf ich sofort dazwischen. »Nur von einem Geist zum anderen: Winnipeg ist eine ziemlich schöne Stadt. Es lohnt sich, sie zu entdecken.«

Wieder sagte sie nichts. Und diesmal tat ich es ihr gleich. Ich wollte sie zu nichts überreden, das ihr zuwider war. Wenn ich mir eine Sekunde Zeit genommen hätte, hätten sich um meinen Kopf vermutlich selbst erst einmal hundert Fragezeichen gebildet.

Was hat dich geritten, ihr das vorzuschlagen?

Weshalb wünschst du dir heimlich, dass sie zusagt?

Ich vertrieb die Gedanken mit einem Kopfschütteln. Wann immer ich nachgab und zu viel grübelte, endete das prinzipiell darin, dass ich mich hilflos und ohnmächtig fühlte. Etwas, auf das ich gut und gern verzichten konnte.

Nicht, dass ich allzu viel Mitspracherecht hatte.

»Was …« Marleigh räusperte sich. Setzte noch mal von neuem an. »Was genau schwebt dir vor?«

»Beim Sightseeing?«

»Ja, ich meine – vielleicht muss es kein Sightseeing sein?«

Verwirrt strich ich mir über die Stirn. »Wie willst du sonst die Sehenswürdigkeiten entdecken?«

»Ich finde, die meisten Sehenswürdigkeiten sagen nicht viel über eine Stadt aus. Oder über die Menschen, die darin leben. Über den Alltag. Die ganzen Dinge, die man nur kennenlernt, wenn sich etwas ab vom Schuss bewegt.«

»Also möchtest du Winnipeg wie eine Person kennenlernen, die hier lebt?«, fragte ich nach. »Ich glaube, das machen andere Leute nicht anders als du. Sobald man in einem Alltagstrott ist, verschwindet die Magie eines neuen Ortes.«

»Das ist Magie für mich«, gab sie zu bedenken. »Schneematsch auf den Gehwegen, Kaffeeflecken auf dem Shirt. Leere Spielplätze, an denen noch ein Hauch Kinderlachen hängt.«

Mein Blick schweifte über die Umgebung. Richtig wahrnehmen, was ich mir ansah, tat ich allerdings nichts, während ich ihre Worte gedanklich hin und her drehte. »Die kleinen Dinge also?«

»Ja«, sagte Marleigh sofort. »Die kleinen Dinge.«

11. KAPITEL

Marleigh

Vor Erleichterung sackte ich in mir zusammen. Ich drückte das Donut-Kissen, auf das ich meine Ellenbogen bisher gestützt hatte, an mich und strich mir die Haare hinters Ohr.

Die kleinen Dinge.

Das klang doch schon wesentlich machbarer.

Oder nicht?

Wie beim Pingpong sprangen meine Gedanken von einer Ecke in die andere und dann wieder zurück.

Ich spürte dieses deutliche Kribbeln in meinem Brustkorb. In meinem Nacken und zwischen meinen Schulterblättern. Ein Gefühl, das mich sofort in Anspannung versetzte, weil ich genau gelernt hatte, darauf zu achten.

Wenn es auftauchte, waren die Bauchschmerzen nicht weit. War der Schwindel nur einen Schritt entfernt.

Aber ich sah auf den Bildschirm. Das Video von der Landschaft, die Aaron mir zeigte, wackelte hin und her. Und mein Herz stach aus einem ganz anderen Grund.

Ein Wunsch. Ein Verlangen. Eine Sehnsucht nach einem Ort, der nicht meine Wohnung war. Nach freiem Himmel, kalter Luft und tiefen Atemzügen, die in meinen Lungen brannten. Nach einem Ausblick, der nicht von Wänden versperrt war. Einem Himmel, der sich der Erde am Horizont entgegenneigte.

Die Sehnsucht war so lebendig in mir, dass sie mir die Sprache verschlug. Und sie vermischte sich auf eine Art und Weise mit den anderen Gefühlen, dass ich mehrmals tief durchatmen musste, bevor ich mich überhaupt mit meinen Gedanken auseinandersetzen konnte.

»Marleigh?«

»Ja? Ich bin da.«

»Ich hatte kurz Sorge«, sagte Aaron. Mit einer Leichtigkeit in der Stimme, die ich mir auch wünschte. Nach der ich greifen und sie egoistischerweise für mich allein beanspruchen wollte.

»Nein, ich hab nur nachgedacht.«

»Ist dabei etwas herausgekommen?«, fragte er nach. Nicht stochernd, sondern einfach interessiert. »Das du mit mir teilen möchtest?«

Ich stieß die Luft in einem Seufzen, Stöhnen, Lachen aus, das voller Verzweiflung war, und fragte mich, wann etwas so Leichtes wie ein Gespräch und Sightseeing so hart geworden war.

»Wie viel Zeit hast du?«

Statt darauf zu antworten, stoppte das Wackeln des Videos plötzlich. Er drehte sich einmal im Kreis, um mir zu zeigen, wie weit sich die mit Schnee bedeckten Flächen in jede Himmelsrichtung erstreckten.

»So zwei bis fünfzehn Stunden«, sagte er, als er weiterstapfte.

Ich erstickte mein Grinsen in meinem Donut-Kissen. »Fünfzehn Stunden Wanderung klingen ziemlich hart.«

»Wenn du mich fragst, klingt das vor allem nach einem erholsamen Schlaf heute Nacht.«

»Hast du damit Probleme? Zu schlafen?«

Ich hörte die Worte in meinem Kopf nachhallen. Am liebsten hätte ich sie wieder aus der Luft geschnappt und zurück in meinen Mund gestopft. Sie klangen … stolpernd. Eine zu private Frage für jemanden, den man kaum kannte.

Aaron machte sich daraus allerdings nichts. »Na ja. An meiner Schlafzimmerdecke kann ich nur so viele Schatten interpretieren, bis mir die Ideen ausgehen.«

»Ich hab mal versucht, ein Theater mit Schattenbildern meiner Hand zu machen. Das hat mich ein paar Stunden beschäftigt.«

»Und das hat geklappt?«

»Also … nein.«

Aaron lachte.

»Ich glaube, Shakespeare hat sich währenddessen im Grab umgedreht. Und leider musste ich feststellen, dass ich mit den Handverknotungen auch keine Shikigamis beschwören konnte.«

»Shikigamis?«

»Ja. Wie in dem Anime, *Jujutsu Kaisen*.«

Ominöse Stille dominierte plötzlich unser Gespräch.

»Du schaust keine Animes, oder?«

»Doch, doch. *Naruto. One Piece*.«

»*Attack on Titan?*«

»Die erste Folge.«

»… und dann? Was ist passiert?«

»Die erste Folge einer anderen Serie. Und dann die erste von der nächsten. Und die nächste. Und …«

»Oh Gott. Du bist ein chronischer Serien-Abbrecher.«

»Ich glaube, es ist eher chronische Angst davor, etwas zu verpassen.«

»Aber das tust du doch!«, rief ich ins Telefon. Hoffentlich hatte er seine Lautstärke nicht ganz aufgedreht. Ansonsten tat mir sein Trommelfell gerade leid. »Du kannst ja nie eine

Verbindung zu den Charakteren aufbauen und mitfiebern und wirst auch nie erfahren, wie ihre Geschichten zu Ende gehen.«

»Ich meine … Dafür gibt es Episodenzusammenfassungen.«

Fast hätte ich mein Handy fallen lassen. Mehr als ein empörtes Lachen brachte ich gar nicht mehr hervor. Gerade hatte ich mich noch gefreut, dass es ein Thema gab, das wir beide kannten. Eins, bei dem es mir nicht schwerfiel, stundenlang darüber zu reden, wenn man mir den Raum und die Zeit gab. Was ich auch tat, zum Leidwesen meiner Mom, die mit Animes trotz all meiner Bemühungen nichts anfangen konnte.

Aber kaum war die Freude aufgekommen, zerbrach er sie mit dieser Aussage.

»Ich mag es einfach nicht, so viel Zeit für eine Story investieren zu müssen, wenn sie mich nicht von Anfang an packt. Es gab diesen einen Anime, wie heißt er … Bruder und Schwester, sie wird in einen Dämonen verwandelt?«

»Demon Slayer.«

»Ja, genau«, sagte er. »Jedenfalls meinte Jean, dass er ab Folge sechzehn richtig gut wird und er vorher auch nicht dachte, dass es sich lohnt.« Das Wackeln der Kamera wurde etwas aggressiver. »Sechzehn Folgen! Das sind sechs Stunden meines Lebens – wofür?« Er legte eine Pause ein, als wartete er darauf, dass ich etwas sagte. »Möchtest du die Story nicht verteidigen?«

»Nie gesehen«, gab ich zu. »Und meinetwegen, vielleicht hast du bei der einen Serie recht, aber komm schon, du verpasst dabei so viele Meisterwerke.«

»Welche denn?«

»Na, *Jujutsu Kaisen*.«

»Und?«

»Attack on Titan.«

»Und?«

»Und …«

Aaron lachte. Ich hörte es über den Wind, der durch den Lautsprecher rauschte, kaum. Dennoch gab es mir ein warmes Kribbeln. Eins, das sich ähnlich wie das Ziehen in meinem Bauch anfühlte – aber dann auch wieder gar nicht.

»Okay, was hältst du davon«, begann Aaron. »Du schickst mir eine Liste mit deinen Top Five Animes. Und ich such mir einen aus, den ich davon durchgucke.«

»Einen?«

Er lachte schon wieder. Und irgendwie erfüllte mich diese Tatsache mit Stolz. Weil ich es war, die jemanden zum Lachen gebracht hatte. *Ich.*

»Lass mich langsam anfangen, okay? Niemand verändert sich über Nacht.«

»Na gut«, gab ich widerstrebend nach. Wenn ich mich für etwas begeisterte, wollte ich die Leute immer damit zuschütten, bis sie keine Wahl hatten, als sich auch dafür zu interessieren. Bisher hatte ich noch nicht viele Möglichkeiten gehabt, um diese Taktik auszuprobieren – dafür lernte ich zu selten neue Leute kennen. Vielleicht freute ich mich gerade deswegen umso mehr, dass Aaron sich ebenfalls für das Thema interessierte.

»Du hast übrigens sehr gut von meiner Frage abgelenkt«, sagte er da.

Ich zog den Kopf ein, auch wenn er es nicht sehen konnte. *Erwischt.* »Ich glaube, du musst meine Erinnerungen kurz auffrischen«, erwiderte ich – wohl wissend, wovon er redete.

»Die Stadt entdecken. Kleine Dinge«, half er mir auf die Sprünge. »Was sind für dich kleine Dinge, außer Kaffeeflecken und Schneematsch? Wenn es darum geht, die Stadt zu entdecken?«

Ich wandelte seine Frage für mich ab. Was für Orte in der Stadt gab es, an die ich mich traute? An denen ich Blicke und Gespräche ertragen konnte und nicht das Gefühl hatte, unter ihnen zu ersticken?

Die Liste war auf einmal um einiges kürzer.

»Ein … Spaziergang?«, begann ich. Ich wollte selbstbewusst klingen, doch meine Stimme rutschte am Ende unsicher nach oben.

»Ein Spaziergang?«, wiederholte Aaron. »Okay. Meinst du so etwas wie durch den Assiniboine Park?«

»Eher durch meine Nachbarschaft«, sagte ich leise. Gott, es war mir peinlich. Warum war es mir peinlich? Aaron hatte keine Ahnung, dass das Kriterium, nach dem ich diesen Vorschlag gerade gemacht hatte, der Frage unterlag, wie weit ich mich von meiner Wohnung entfernen musste.

Aber ich wusste es. Und das war schlimm genug.

Er erwiderte nichts, und in meinen Ohren dröhnte das Schweigen. Ich hatte das Gefühl, dass es sich ausdehnte und größer und bedrohlicher wurde, je länger es dauerte.

»Fühlst du dich damit wohl?«, fragte Aaron da.

Für einen kurzen Augenblick blieb mein Herz stehen.

Für eine winzige Sekunde schoss mein Hirn Warnzeichen und Alarmsignale ab wie Feuerwerkskörper zu Silvester, weil ich dachte: *Er weiß es. Er weiß es er weiß es er weiß es.*

»Mit einer fremden Person in einer so ruhigen Nachbarschaft, meine ich«, erklärte er – und mir wurde ein wenig schwindlig vor Erleichterung.

»Du weißt theoretisch eh schon, wo ich wohne«, gab ich zurück.

»Aber ich würde nie einfach hinfahren und bei dir klingeln, wenn du es nicht möchtest. Deswegen habe ich gerade an den Park gedacht. Mitten in der Öffentlichkeit. Viele Leute. Du weißt schon. Für den Fall, dass sich einer von uns als Massenmörder herausstellt.«

Ich zwang mich, darüber zu lachen. Er konnte nicht wissen, dass es das genaue Gegenteil von dem war, was ich hören wollte. »Nein, schon in Ordnung. Ich glaube, ich fange lieber klein an und arbeite mich in den Rest der Stadt vor. Außerdem«, fügte ich schnell hinzu. »Wir reden schon eine Weile. Wenn du ein Massenmörder wärst, hätte ich es bestimmt schon bemerkt.«

»Ich bezweifle, dass das so funktioniert. Und das sage ich als jemand, der definitiv kein Massenmörder ist.«

»Was absolut jemand sagen würde, der in Wahrheit ein Massenmörder ist.«

Er lachte. »Touché. Und du bist dir sicher, dass dir ein Spaziergang reicht? Ich könnte dir auch das Café mit den besten Zimtschnecken zeigen.«

»Du kannst es mir ja vielleicht trotzdem irgendwann zeigen«, sagte ich leise. »Für den Anfang hätte ich lieber keine langen, unangenehmen Schweigephasen, bei denen wir uns gegenübersitzen und nicht fliehen können für den Fall, dass wir uns gar nicht verstehen.«

»Du hast wirklich jedes Detail durchdacht, oder?«, wollte er wissen. »Wobei ich anmerken möchte, dass wir uns schon ziemlich lange unterhalten und ich nicht einmal daran gedacht habe, zu fliehen. Im Gegenteil.«

Im Gegenteil. Im Gegenteil? Was bedeutete »im Gegenteil«? »Gerade müssen wir uns aber auch nicht ins Gesicht sehen.«

»Du könntest deine Kamera anmachen.«

»Ich könnte auch nackt durch meine Wohnung laufen, aber tue es nicht.«

Er gab einen erstickten Laut von sich. »Ich – … Ja, okay. Das ist fair. Der Vergleich hinkt allerdings ein wenig.«

»In meinem Kopf hat er Sinn ergeben.«

Aaron lachte leise. Zu gern hätte ich gesehen, was für einen Gesichtsausdruck er dabei machte. »Aus Erfahrung kann ich sagen, dass in meinem Kopf einiges wesentlich mehr Sinn ergibt als in der Realität.«

»Du klingst, als hättest du direkt ein Beispiel zur Hand.«

»Habe ich wirklich«, sagte er. Ich spielte mit einem losen Faden an meinem Kissen, während ich darauf wartete, dass er weitersprach. »Beispielsweise dachte ich früher mal, es wäre eine großartige Idee, aus ein paar Metern Höhe vom Baum zu springen, weil das Gras darunter ziemlich weich aussah und ich mir sicher war, dass es mein Aufkommen abfedern würde.«

»Das Beispiel zählt nicht«, meinte ich. »Ich kenne kaum ein Kind, das sich nicht wenigstens einmal den Arm gebrochen hat, weil es dachte, es könnte fliegen.«

Einen Augenblick lang schwieg Aaron. Das Knirschen seiner Schuhe auf dem Schnee und sein Atem waren die einzigen Geräusche zwischen uns.

»Wer hat behauptet, dass das passiert ist, als ich ein Kind war?«

»Oh.« Ich setzte mich aufrecht hin. Der Faden an meinem Kissen war auf einmal wesentlich uninteressanter. »Oh, die Story möchte ich hören.«

Er lachte, und mein Magen verknotete sich aus einem unbekannten, warmen Gefühl. »Dahinter gibt es ehrlicherweise keine große Story. Ich fürchte, in mir steckt einfach noch der Aaron, der nichts daraus gelernt hat, als er sich den Arm mit fünf Jahren gebrochen hat, weil er dachte, er könnte fliegen.«

»Bis zum Punkt, an dem du dir deinen Arm gebrochen hast – hattest du wenigstens Spaß dabei?«

»Ich hatte auch mit dem gebrochenen Arm noch Spaß.«

»Dann muss er das auf jeden Fall wert gewesen sein.«

Ich hörte das Schmunzeln in seiner Stimme, als er darauf antwortete. »War es wirklich. Auch wenn ich glaube, dass mein Trainer …« Er brach mitten im Satz ab. Von jetzt auf gleich wurde es für einige Sekunden beinahe ohrenbetäubend still. »Ich meine – meine Freunde fanden es vermutlich nicht so unterhaltsam.«

Aaron hatte das Wort »Trainer« nicht zu Ende gesprochen, aber es reichte, um zu erahnen, was er meinte. Seinen Trainer im Eiskunstlaufen. Der Gedanke kam mir kaum, als sich schon Schuldgefühle in mir breitmachten. Weil Aaron keine Ahnung hatte, dass ich bereits einige Dinge von ihm wusste.

Ich wusste, dass es falsch war, ihm nichts zu sagen. Einfach für mich zu behalten, dass ich seine Videos kannte und in dem Zuge auch erfahren hatte, was seine große Leidenschaft war. Die Worte lagen schwer auf meiner Zunge und wollten ausgesprochen werden. Doch die Angst, er könnte dann einfach auflegen, ließ mich zögern. Nicht nur, weil er mir ein Fenster nach draußen gab – sondern vor allem auch, weil ich, einmal angefangen, nicht aufhören wollte, mit ihm zu reden.

Seine Stimme brachte meine Gedanken zum Verstummen. Ich wusste genau, dass ich süchtig nach diesem Gefühl werden könnte, wenn ich nicht aufpasste. Aber für den Augenblick war es mir wirklich egal. Ich wollte es nicht aufgeben – ich hatte keine Ahnung, wann ich sonst wieder die Chance dazu haben würde, das Karussell in meinem Kopf zu stoppen.

War es falsch von mir? Ja. Die Schuldgefühle schrien mir das zumindest entgegen. Doch mein egoistischer Wunsch wog mehr als mein schlechtes Gewissen. Und als hätte Aaron das gehört, beeilte er sich, über sein Stolpern hinwegzutäuschen.

»Also – spazieren gehen?«, fragte er und brachte uns damit zum eigentlichen Thema zurück.

Ich schluckte die klebrigen Gefühle runter. Lenkte mich ab, indem ich mir noch einmal vor Augen führte, was es bedeuten würde, wenn ich jetzt zusagte. Eine unbekannte Ecke von Winnipeg. Meinen sicheren Hafen verlassen. Magenschmerzen, die immer und überall auftreten konnten.

Ich starrte auf meinen Handybildschirm, als wäre es eine Offenbarung. Bemühte mich so sehr, die andere Seite zu sehen. Die grüne – na ja. Oder im Fall der verschneiten Landschaft eher die weiße. Eine Seite dieser Welt, in der ich mich wohlfühlte. In der ich meinen Platz gefunden hatte und frei und unbeschwert atmen konnte.

Es war das Bild, an dem ich mich festkrallte. Verzweifelt, ja. Verzweifelt hoffnungsvoll. »Es ist vielleicht nicht der spannendste, erste Punkt«, begann ich. »Aber … Wenn du dabei bist, bin ich es auch?« Ich kreuzte die Finger. Hoffte, dass er zustimmte und gleichzeitig auch nicht. Mein Herz klopfte nervös.

»Ich kann dir nicht versprechen, dass ich viele Fakten über deine Nachbarschaft auf Lager habe. Falls du historisch interessiert bist, wirst du mit mir als Tourguide vermutlich nicht glücklich.«

»Das ist okay«, sagte ich, bevor ich es mir anders überlegen konnte. »Geschichte ist ohnehin nicht meine Stärke.«

»In dem Fall kann ich mir sämtliche Fakten einfach aus dem Ärmel ziehen.«

»Perfekt.«

Ich hörte sein Lachen. »Wieso kommt es mir vor, als hätte ich dich übers Ohr gehauen? Der Deal wirkt so unausgeglichen.«

»Ist er nicht«, erwiderte ich. »Keine Sorge.« Wenn überhaupt, war ich es, die sich mit dieser Last rumschlagen sollte, nicht er.

»Okay«, sagte er. »Hast du morgen Zeit?«

Stumm starrte ich mein Handy an. Sag was. Komm schon, Marleigh, sag Ja.

Aber *morgen* war nur ein paar Stunden entfernt, die im Flug vergehen würden. Wie sollte ich mich vorbereiten? Wie sollte ich in der Zeit üben, nach draußen zu gehen? Üben, mit Leuten zu sprechen? Üben, alle Eindrücke, die die Welt mir bot, auf einmal wahrzunehmen und zu verarbeiten, ohne dass mein Kopf dabei platzte?

»Das … ist sehr kurzfristig.«

»*Zu* kurzfristig?«

Tu es, tu es, tu es. Sei mutig. »Nein.« Es war ein Quieken, aber ich hatte es ausgesprochen. Mein Körper war unsicher, ob er mich mit Symptomen für Panik oder Freude überfluten sollte.

»Vielleicht bilde ich es mir ein, aber du klingst nicht völlig überzeugt. Zwing dich nicht dazu, okay?«

»Nein, alles gut«, antwortete ich und bemühte mich, dabei ruhig und gelassen zu klingen. »Ich hab nur in meinen Terminplan geschaut und überlegt, ob es gut reinpasst.« *Oh, du elende Lügnerin.* »Was es tut. Es passt super. Wirklich.«

»Sehr gut. Dann schreib mir einfach im Laufe des Tages eine Zeit, die für dich passt.«

»Mach ich.« Ich starrte meinen Handybildschirm an. War das das Ende unseres Gesprächs? Es fühlte sich nach einem Ende an. Oder bildete ich mir das nur ein? Andererseits war er sicherlich nicht in den Park gefahren, um die ganze Zeit zu telefonieren. »Tut mir leid, dass ich dich so lange gestört habe.«

»Hast du nicht«, sagte er. Und klang dabei fast schon erstaunt. »Du störst nicht.«

Ich rieb mir über den Nacken. Zog an meinen Locken.

Er konnte nicht ahnen, wie sich seine Aussage in mein Hirn bohrte. Wie auch? Aber das, was ich mir jeden Tag versuchte zu sagen, von jemand anderem zu hören – es hatte eine andere Wirkung als meine eigene Stimme.

Du störst nicht.

Ich atmete leise aus. Die Momente, in denen es mir am schwersten fiel, mich selbst zu trösten, waren die, in denen ich am meisten hoffte, dass jemand anderes es für mich tat. Dass jemand anderes mich an die Hand nahm. Mich umarmte, mir sagte, dass alles gut werden würde und ich keine Angst haben brauchte. Es war wie ein Reflex: mich in Fantasien zu flüchten, die mir halfen, mit der Realität umzugehen.

»Danke«, kam meine Antwort viel zu spät. »Auch für die Tour durch den Park.«

»Gern. Wir sehen uns morgen?«

»Ja«, erwiderte ich. »Bis morgen.«

»Bis morgen, Marleigh.«

Einige Sekunden passierte gar nichts. Aaron war in der Zwischenzeit stehen geblieben – das Video zeigte einen Ausschnitt der Landschaft. Bäume. Schnee. Sonne. Ich sog den Anblick in mich auf. Gab mir eine Sekunde. Zwei. Drei. Dann beendete ich den Anruf.

Wie gern wäre ich noch im gleichen Augenblick nach draußen gegangen.

Wie gern wollte ich die Landschaft mit eigenen Augen sehen, die Aaron mir gezeigt hatte.

Obwohl der Wunsch so groß war, blieb ich sitzen. Obwohl ich es so dringend wollte, sagte ich mir selbst, dass kleine Schritte besser waren. Der Spaziergang zuerst und wenn das gut lief, konnte ich mir immer noch größere Dinge vornehmen.

Ich wusste nicht, ob ich deswegen lachen oder weinen sollte. Jetzt gerade war mir vor allem danach, diese Emotionen rauszulassen – am liebsten hätte ich das gesamte Haus zusammengeschrien.

Ich tat es nur deshalb nicht, weil ich viel besser darin war, solche Gefühle zu unterdrücken. Ich schob sie von mir, so weit es ging. Ignorierte, wie sie sich nach mir streckten. Und tat so, als würde ich sie nicht sehen.

In der Hoffnung, dass sie mich auf diese Weise auch vergaßen.

12. KAPITEL

Aaron

Nachdem Marleigh aufgelegt hatte, erkundete ich den Park noch etwas für mich. Ich schob es vor mir her, nach Hause zu fahren – und tat so, als hätte ich einen guten Grund dafür, indem ich meine Kamera herausholte und anfing, die Landschaft damit einzufangen. Ich hatte bereits das Lied im Kopf, mit dem ich die kurzen Szenen unterlegen wollte.

Erst, als die Sonne fast den Horizont berührte und der Himmel sich in ein rosa-blaues Farbenmeer verwandelte, machte ich mich auf den Weg nach Hause. Die Fahrt über hatte ich die Musik so laut, dass sie alles war, das ich hörte. Ich blendete meine Gedanken damit mittlerweile aus reiner Gewohnheit aus – auch wenn ich heute nicht das Gefühl hatte, es unbedingt tun zu müssen.

Seit meinem Unfall verspürte ich einen seltsamen Widerwillen, immer wenn ich nach Hause fuhr. Weil dort Fragen lauerten. Erinnerungen. Jean und manchmal Dad und Anya, die mir nur ins Gesicht zu sehen brauchten und – wenn ich nicht aufpasste – sofort sahen, dass etwas mit mir nicht stimmte.

Ich fuhr unsere Auffahrt hoch. Als ich Dads Auto sah, wurde mein Griff um das Lenkrad unwillkürlich stärker. Ich spielte mit dem Gedanken, umzudrehen und wieder zurückzufahren. Zum Park. Zur Einsamkeit, die keine gewesen ist, solange ich mit Marleigh telefoniert hatte.

Jean konnte ich ausweichen. Eine Person von einem Thema abzulenken war leicht. Ihm Lügen aufzutischen und die Wahrheit tief in mir zu vergraben funktionierte, weil ich ihm aus dem Weg gehen konnte, wenn ich es nicht mehr aushielt.

Aber Dad und Anya? Die zwei Personen, denen ich am allerwenigsten Sorgen bereiten wollte? Allein die Vorstellung, mit ihnen zu reden, erschöpfte mich. Dabei wollte ich nichts mehr, als mich in ihrer Umgebung fallen lassen zu können, zu lachen und alles Erlebte mit ihnen auszutauschen. Wie früher.

Ich parkte mein Auto direkt hinter Dads BMW X5 M, den er liebevoll seinen Alltagswagen nannte. Die Musik verstummte mit dem Motor, und es kostete mich mehrere Minuten Überredungsarbeit und motivierende Monologe, um auszusteigen.

Meine Kamera schob ich tief in meinen Rucksack, hängte ihn mir über eine Schulter und machte mich auf den Weg nach drinnen. Die Haustür fiel hinter mir zu und meine Schritte hallten in dem Eingangsbereich wider, als ich ihn durchquerte. Ich lauschte, versuchte herauszufinden, wo Jean und unsere Eltern sich aufhielten, und wurde schließlich in der Küche fündig. Im Zweifelsfall war das immer der Ort, an dem ich meine Familie fand.

Jean und Anya saßen an der Kochinsel und unterhielten sich angeregt, während Dad mit Kochen beschäftigt war. Wenn er mehrere Wochen am Stück nicht nach Hause kommen konnte, war das meistens das Erste, was er tat: sich und uns ein Essen kochen. Zum Ausgleich für das viele Essen aus Restaurants und vom Lieferdienst, das er und Anya zu sich nahmen, wenn sie außerhalb von Winnipeg für einen Dreh zuständig waren.

Anya entdeckte mich als Erste. Sie sprang von ihrem Platz auf, ein breites Lächeln auf dem Gesicht, legte ihre Arme fest um mich und drückte mich an sich. Anya war circa zwei Köpfe kleiner als ich und trotzdem schaffte ich es selten, ihren

Umarmungen zu entkommen. Jean hatte mir bereits kurz nach unserem ersten Kennenlernen erklärt, dass ich es einfach über mich ergehen lassen sollte.

»Du siehst anders aus«, sagte sie anstelle einer Begrüßung, als sie mich losließ.

»Ich sehe genauso aus wie beim letzten Mal, als du das gesagt hast.«

Über Anyas Schulter hinweg sah ich, wie Jean den Kopf leicht schief legte. »Deine Haare sind ein wenig gewachsen.«

»Witzig.« Meinen Haaren hatte ich in den vergangenen zwei Monaten nie die Chance gegeben, mehr als ein paar Millimeter zu wachsen. Erst, weil es mich gestört hatte, dass an der Stelle, wo die Platzwunde gewesen war, keine Haare nachwuchsen. Und mittlerweile, weil ich mich daran gewöhnt hatte, mich nicht weiter um sie kümmern zu müssen. »Macht euch nur lustig. Ich bin die einzige Person in diesem Haushalt, die morgens nicht mehr meckert, weil sie mit nassen Haaren ins Bett gegangen ist.«

Jean zog den Kopf ein. »Schuldig.«

»Schuldig«, sagte Anya.

»Absolut schuldig«, kam es von meinem Dad. Die drei sahen sich eine Sekunde an und brachen dann in Lachen aus. Ich stimmte ebenfalls ein, auch wenn es sich falsch anfühlte. Warum? Ich liebte meine Familie. Warum fühlte es sich also plötzlich an, als würde ich sie durch eine Fensterscheibe beobachten?

Das war die Ironie, die mich seit Wochen begleitete: Jean. Anya. Dad. Sie waren liebevoll und immer für mich da. Lachten viel. Dad interessierte sich immer für das, was ich zu sagen hatte. Anya wollte immer wissen, wie es mir ging. Und Jean war nicht nur mein Stiefbruder, sondern auch mein bester Freund.

Nur ... war es genau das, was mich seit meinem Unfall ständig dazu brachte, ihre Nähe zu meiden. Die Tatsache, dass sie nach meinem Sturz genauso geschockt und sprachlos gewesen waren wie ich. Dass sie während der Physiotherapie für mich da waren. Sich um mich gekümmert und jeden Erfolg gefeiert hatten. Dass sie die Ersten wären, die an der Bande stehen und mich laut anfeuern würden, sobald ich wieder einen Fuß auf das Eis setzte.

Nicht ahnend, dass ich schon längst wieder trainieren konnte, wenn ich es gewollt hätte.

Nicht ahnend, dass ich sie belog, weil ich zwischen all den Dämonen, die mir durch den Kopf geisterten, nicht zu mir selbst zurückfand.

Das Schuldgefühl, das meine Schultern nach unten drückte, war ein vertrautes. Es löste keine blinde Angst mehr in mir aus. Lediglich Resignation.

Ich wünschte, ich wäre etwas stärker.

Ein wenig mutiger.

Ich hatte nur keine Ahnung, wie ich das sein konnte, wenn mein erster Instinkt mir immer zur Flucht riet – und ich nicht anders konnte, als mich ihm zu beugen.

»Ich denke …«, begann ich viel zu leise. Anya, Jean und Dad hörten mich über ihre Gespräche hinweg nicht einmal annähernd. »Ich bin in meinem Zimmer, falls ihr mich sucht.«

Das zog ihre Aufmerksamkeit auf mich.

»Willst du nicht mitessen?«, fragte Dad und deutete auf die Töpfe vor sich.

Ich zögerte. Ja, ich wollte mitessen. Mit Jean und Dad und Anya in der Küche sitzen und reden, bis es spät abends war und wir in ein Wohnzimmer umsiedelten. Aber meine Augen fühlten sich jetzt schon schwer an. Mein Körper wie aus Blei.

»Ich hab mir auf dem Rückweg schon was zu essen geholt«, hörte ich mich sagen. Ich sah, wie Anya verstehend nickte. Hörte, wie Dad mir eine gute Nacht wünschte.

Ich wartete nicht ab, um zu sehen, wie Jean die Stirn runzelte. Ich wusste auch so, dass er es tat und floh, bevor er ansetzen konnte, zu reden.

Die Treppe hinauf, den Flur entlang und bis in mein Zimmer, in dem ich die Tür schloss, um mich abzuschotten. Mein Rucksack landete direkt neben meinem Schreibtisch, und mit einem Seufzen ließ ich mich auf den Stuhl davor fallen.

Außer meinem Laptop stand nicht viel darauf. Eine kleine Lampe, ein halb volles Glas Wasser, das ich heute morgen nicht mehr geschafft hatte auszutrinken. Ein Stapel Bücher übers Eiskunstlaufen – manche davon alt genug, dass die Rücken bereits brachen und es nicht mehr lange dauern konnte, bis die Seiten zu Staub zerfielen.

Ich startete den Laptop, öffnete mein Schnittprogramm und holte meine Kamera aus dem Rucksack, um das Videomaterial auf meinen Computer zu spielen. Es dauerte ein paar Minuten. Nach dem Telefonat mit Marleigh hatte ich mehr gefilmt, als mir bewusst gewesen war.

Ich klickte mich durch die kurzen und langen Szenen, suchte das Lied raus, das den ganzen Tag bereits mein Ohrwurm war.

Der Song. Die Videos. Marleighs Erzählungen von der Wandertour mit ihrer Mom, die mir die ganze Zeit durch den Kopf gingen. Das waren die Dinge, auf die ich mich konzentrierte. So lange, bis das Lied sich in meinen Kopf gebrannt hatte und vermutlich nie wieder daraus verschwinden würde.

Ich verbrachte so viel Zeit mit diesem Video, dass ich irgendwann nur noch all die Fehler sah: Diese eine Stelle, an der die Szene nicht auf den Takt des Songs wechselte, sondern erst kurz danach. Oder die Frage, ob ein anderer Einstieg nicht doch flüssiger wäre.

Mir war bewusst, dass das der Moment war, in dem ich einen Schritt zurück machen und kurz durchatmen sollte. Nur fiel es mir schwerer als erwartet, daraus aufzutauchen. Innerlich kämpfte ich mit mir, wollte eine Minute – nur noch eine Minute länger daran arbeiten.

Diese kleinen Filme waren seit dem Unfall die einzige Möglichkeit, meinen inneren Perfektionisten zu katalysieren, während der Rest von mir in Flammen aufging.

Kurz vor Mitternacht lehnte ich mich in meinem Stuhl zurück. Ich rieb mir über die Augen und wusste, dass ich es morgen mit Kopfschmerzen bereuen würde, meine Brille nicht aufgesetzt zu haben, bevor ich mit dem Schneiden angefangen hatte. Ich drehte mich auf meinem Stuhl von links nach rechts und zurück, dachte darüber nach, ins Bett zu gehen, aber …

Mein Handy lag mit dem Bildschirm nach unten gedreht direkt neben meiner Maus. Ich griff beinahe unbewusst danach. Entsperrte es und schickte mir das Video vom Laptop selbst zu.

Ich ignorierte die ungelesenen und unbeantworteten Nachrichten von Emilia, Jules und all den anderen Leuten, deren Sorge mich schier erdrückte, um den Chat mit Marleigh aufzurufen.

Unwillkürlich lachte ich über das GIF, das sie als Letztes geschickt hatte: Anna aus *Frozen*, wie sie sich am Ende des Films freute. Es passte zu ihr.

Den kleinen Film hängte ich an eine neue Nachricht. Ich dachte viel zu lange darüber nach, was ich dazu schreiben sollte – und entschied mich dann für die allererste Sache, die mir in den Kopf kam.

Ich: Für den Fall, dass du das Winterwunderland vermisst.

13. KAPITEL

Marleigh

Wie oft hatte ich das Video schon abgespielt? Keine Ahnung. Ich hatte aufgehört zu zählen. Die zusammengeschnittenen Szenen machten mich viel glücklicher, als vermutlich gut war. Nicht, dass ich mir darüber gerade den Kopf zerbrach.

Dass Aaron mir dieses Video von seinem Ausflug zum Whiteshell Provincial Park zuschickte, bevor er es online stellte, hob meine Laune sogar noch etwas mehr an.

Ich wollte es mit Mom teilen – ihr zeigen, was ich heute gesehen hatte. Bis mir wieder einfiel, dass ich gar nicht selbst dort gewesen war und es einer Lüge sehr nah gekommen wäre. Und wenn es eine Person gab, der ich nicht noch mehr Lügen auftischen wollte, dann war das meine Mom.

Ich machte mir meinen üblichen Tee und verzog mich damit ins Bett. Versuchte, mich in einem Buch zu verlieren. Dann in einem Anime.

Weil nichts davon half, holte ich meine Querflöte hervor. Spielte darauf und ließ mich für ein paar Minuten von den Melodien, die mir in den Sinn kamen, davontragen. Musik war immer meine letzte Rettung. Das, was winzige Teile in mir heilte, von denen ich selbst nicht gewusst hatte, dass sie zerbrochen waren.

Ich schlief viel zu früh ein und wachte viel zu früh auf. Meine Augen waren noch geschlossen, weil ich immer versuchte, die wenigen Sekunden beim Aufwachen so weit wie möglich hinauszuzögern, in denen ich noch zu schlaftrunken war, um mich an irgendetwas zu erinnern. Es hielt nicht sehr lange an – meistens überfiel mich alles, noch bevor ich meine Lider öffnen konnte. Aber es waren die kurzen Momente, für die ich lebte.

Ich streckte den Arm über meinen Kopf aus und tastete blindlinks nach meinem Handy. Mein Herz setzte ungefähr drei Schläge aus, als ich sah, dass eine Nachricht von Aaron auf mich wartete.

Aaron: Ich hatte zwar gesagt, dass du mir eine Zeit schreiben kannst, wenn es dir passt … aber ist heute später am Nachmittag in Ordnung?
Ich: Ja, natürlich. Ich hab nichts vor.
Ich: 17 Uhr?

Aaron erwiderte darauf nur ein »Okay« und einen lächelnden Smiley – und ich verbrachte die nächsten Stunden damit, immer wieder darüber nachzugrübeln, ob Letzterer eine tiefere Bedeutung hatte. Schlimmer wäre nur gewesen, hätte er ausschließlich mit einem Smiley geantwortet. Sie ließen mir viel zu viel Raum für Interpretation. Und aus Erfahrung konnte ich sagen, dass mein Hirn in diesem Feld olympisches Gold verdient hatte.

Ich ließ den ganzen Tag über Videos auf YouTube laufen. Make-up-Tutorials, Backvideos, Tierdokus … die Wiedergabeliste war endlos und hielt mich beschäftigt, während ich aufräumte, frühstückte und mir schließlich Sachen aus meinem Schrank suchte, um mich für das Treffen mit Aaron fertig zu machen.

Als es spät genug war, unterbrach ich die Sprecherin im Video mitten in ihren Ausführungen über die Anatomie der

Oktopoden, zog mir meine Schuhe an und verließ nach einigen tiefen Atemzügen meine Wohnung. Ich lief das Treppenhaus hinunter, weil ich nicht auf den Fahrstuhl warten wollte.

Ein stolperndes Herz, ein verknoteter Magen – so kam ich im Eingangsbereich an. Ich war mir nicht sicher, ob es Aufregung war oder Angst oder beides oder ganz was anderes, das sich in mir breitmachte. Hin und wieder fühlte sich das alles so ähnlich an, dass ich Schwierigkeiten hatte, es auseinanderzuhalten.

Ich zwang mich, ruhig zu atmen. Versuchte mir selbst einzureden, dass es definitiv Vorfreude war, weil ich endlich die Wohnung verließ.

Kühle Luft schlug mir entgegen, als ich die Haustür aufzog. Mein Atem bildete kleine Wölkchen vor meinem Mund, und ich schob die Hände tief in meine Jackentaschen. Eine Gänsehaut brach auf meinen Armen aus. Wegen der Kälte, wegen der Anspannung? Wer wusste das schon? Und zu allem Übel drängte sich die Erinnerung hoch, wie ich das letzte Mal die Wohnung verlassen hatte.

Die Panik, als der Bus immer voller wurde. Gepaart mit dem Wissen, dass ich mich mit jeder Sekunde weiter von zu Hause entfernte. Es kam mir lächerlich vor. So lächerlich klein. Etwas, das ich hätte abschütteln können müssen. Das mich nicht so hätte einschränken sollen.

Hätte, würde, könnte … Mein Leben war eine Aneinanderreihung von Konjuktiven.

Ich konzentrierte mich auf mein Umfeld. Lief ein paar Schritte nach links, ein paar nach rechts und fragte mich, wie es für andere Leute aussehen musste, dass ich vor der Haustür auf und ab lief. Der Gedanke verschwand schnell wieder. Es war mir egal. Alles war besser, als still an einer Stelle stehen zu bleiben.

Ich war so damit beschäftigt, mich selbst abzulenken, dass ich erst verspätet wahrnahm, wie jemand näher kam. Als es mir auffiel, setzte ich ein Lächeln auf, trat ein Stück zur Seite, um der Person den Weg ins Haus nicht zu versperren. Statt an mir vorbeizugehen, hielt sie an – und ich tat es ihr unwillkürlich nach. Ich blieb ruhig stehen und sah zu ihr auf.

Romie stand direkt neben mir. Die Haare ein lockiges Durcheinander, mit einer offen stehenden Jacke und einem breiten Lächeln auf den Lippen.

»Hey Marleigh«, begrüßte sie mich. »Wartest du auf jemanden?«

Ich nickte, um meine Antwort hinauszuzögern. Wenn ich vollkommen in meinen Kopf vertieft war, dauerte es manchmal, bis die Worte, die ich aussprechen wollte, den Weg zu meinem Mund fanden. »Ja. Auf einen …« Ich stockte. War es in Ordnung, Aaron als Freund zu bezeichnen? Ein zufälliger Bekannter?

Romie überging den Satz, der halb fertig in der Luft hing, als sie bemerkte, dass von mir nichts mehr kommen würde. »Ich bin so froh, dass ich dich gerade sehe. Ich weiß, wir hatten noch nichts ausgemacht und wenn ich dich damit zu sehr überfalle, sag mir das auf jeden Fall. Aber ich komme gerade von meinem Dad und er hat mir so viel Kuchen mitgegeben, dass ich mich im Zweifelsfall das restliche Jahr über davon ernähren muss.« Sie hielt einen großen Jutebeutel in die Höhe, in dem eine Dose über die andere gestapelt zu sein schien. »Hast du vielleicht Lust, morgen bei mir vorbeizukommen und mir beim Essen zu helfen? Ich hab alles. Wirklich alles.«

Romie sah mich so hoffnungsvoll an … Ich brachte es nicht über mich, ihre Einladung sofort auszuschlagen. Nicht jetzt, wenn ich kaum geradeaus denken konnte. Nicht, wenn ich mich eigentlich sehr gern mit ihr treffen wollte. Ich wollte Freundschaften schließen. Mehr Leute kennenlernen. Mit ihnen aus ganzer Seele lachen.

Ich wollte irgendwo dazugehören.

Daher hörte ich mich fragen: »Auch Erdbeertorte?« Und freute mich, als ihr Grinsen daraufhin breiter wurde.

»Auch Erdbeertorte.« Sie warf einen Blick in ihren Beutel. »Schokokuchen auch. Ich glaube, ich dürfte sogar ein paar Brownies haben, wenn ich mich nicht täusche.«

»Mit denen kann ich dir bestimmt helfen.«

»Perfekt«, erwiderte Romie. »Komm einfach vorbei, wenn es bei dir passt. Ich bin ab Mittag zu Hause und prokrastiniere meine Hausarbeiten.«

Ich spiegelte ihr Lächeln. »So wie vermutlich jede studierende Person auf dieser Welt.«

»Eben«, gab sie mir recht. »Deswegen hab ich auch kein schlechtes Gewissen. Oder ertränke es im Zweifelsfall in Kuchen. Die Möglichkeiten mit dem Essen, das mein Dad mir mitgegeben hat, sind endlos.«

Ein Lachen entkam mir. Was Romie sagte, kam mir viel zu bekannt vor.

»Na gut, ich lass dich jetzt in Ruhe. Liebe Grüße an deinen Bekannten«, sagte sie und deutete mit einem Nicken über meine Schulter. Bevor ich reagieren konnte, verschwand sie im Hauseingang.

Ich sah mich im gleichen Augenblick über meine Schulter um – und tatsächlich stand Aaron einige Meter entfernt an sein Auto gelehnt. Er richtete sich auf, als er meinen Blick bemerkte, und kam auf mich zu.

Seinen Mantel trug er offen, einen karierten Schal um den Hals gelegt. Ich konnte einen braunen Pullover darunter erkennen, der warm und gemütlich aussah – aus irgendeinem

Grund schlug mein Herz noch schneller als vorher. Ich atmete tief ein und aus, um es und mich zu beruhigen.

Aaron blieb vor mir stehen, die Hände, wie ich, in den Jackentaschen. »Habt ihr euer Gespräch wegen mir beendet?«

»Nein«, erwiderte ich ehrlich. »Nein, gar nicht. Das war eine Nachbarin von mir. Sie war eh gerade auf dem Weg in ihre Wohnung.«

Er schaute sich nachdenklich zur Haustür um, wo Romie gerade verschwunden war, ehe er wieder mich ansah.

»Ehrlich«, beteuerte ich. »Sie hat mich nur zum Kuchenessen morgen eingeladen.«

Eine seiner Augenbrauen wanderte in die Höhe. »Meinst du, sie sucht vielleicht noch eine dritte Person? Ich bin hilfsbereit genug, mich für so eine schwere Aufgabe freiwillig zu melden.«

»Ich frag sie gern«, gab ich zurück. »Aber ich kann nichts versprechen.«

»Schon okay. Auf uns warten irgendwo in der Zukunft ohnehin noch ein paar Zimtschnecken.« Er nahm die Hände aus den Taschen und rieb sie sich warm. »Wohin führt uns unser Spaziergang heute?«

Das … war eine ausgezeichnete Frage, über die ich bisher noch nicht nachgedacht hatte. Ich sah mich in der Gegend um, als könnte irgendwo ein Schild mit großem blinkenden Pfeil darauf auftauchen und mir den Weg weisen.

Ich streckte den Arm aus und deutete auf einen Punkt leicht rechts von mir. »Ich meine, dass wir irgendwann auf einen Park stoßen, wenn wir in die Richtung laufen.«

Aaron sah meine Hand an. Dann drückte er seinen Zeigefinger gegen meinen Oberarm und änderte auf diese Weise die Richtung, in die ich deutete.

Ich räusperte mich, nickte, als hätte ich es die ganze Zeit

gewusst. »Wenn wir in die Richtung laufen, stoßen wir irgendwann auf einen Park.«

Ein Lächeln war seine Antwort. Er senkte den Kopf dabei leicht, als wollte er nicht, dass ich es sah. Und vielleicht hätte ich es übersehen, hätte ich ihn nicht so genau angeschaut. Das Lächeln strahlte nicht über sein ganzes Gesicht. Stattdessen tauchte es in seinen Mundwinkeln auf. Als kleine Grübchen in seinen Wangen.

Ich wandte den Kopf schnell ab, als er mich wieder ansah. Es kam mir vor, als könnte ich seinen Blick auf meiner Haut spüren. Und … es war nicht völlig unangenehm. Nicht so wie vor Monaten in den Vorlesungen. Im Bus. Auf dem Weg über den Campus.

Aaron machte den ersten Schritt in Richtung des Parks, nachdem ich den Arm gesenkt hatte. Wir liefen schweigend nebeneinander her, mit einem knappen Meter Abstand zwischen uns.

Ich bemühte mich, mich auf die Umgebung zu konzentrieren, aber es war schwer. Anstrengend, mich aus meinem Kopf zu kämpfen, wenn er laut um meine Aufmerksamkeit schrie.

Auf unserem Weg kamen uns kaum Leute entgegen, der Himmel färbte sich langsam orange und rot und kündigte das Ende des Tages an. Ich überlegte, das Wetter anzusprechen, kam mir dabei aber so klischeehaft vor, dass ich es direkt sein ließ.

Am Telefon war unser Gespräch einfacher gewesen. Natürlicher. Die Sicherheit, die die ausgeschaltete Kamera mir gegeben hatte, war nicht mehr aufzufinden.

»Findest du es merkwürdig?«, fragte ich schließlich, als ich die Stille nicht mehr aushielt. »Hier ohne Ziel spazieren zu gehen?«

Er hob die Schultern an. »Wird es nicht erst dann merkwürdig, wenn wir es merkwürdig machen?«

»Du meinst, wenn wir so tun, als wäre es völlig normal, dass du eine quasi fremde Person beim Spazieren begleitest?«

»Du warst mit mir im Provinzpark«, gab er zu bedenken. Als er bemerkte, dass ich etwas erwidern wollte, fuhr er schnell fort. »Virtuell zählt auch. Wir haben uns trotzdem unterhalten. So fremd bist du mir also gar nicht mehr.«

Ich runzelte die Stirn, hatte aber nichts, das ich erwidern konnte. Er hatte nicht unrecht. Das Einzige, was es merkwürdig machte, war meine Nervosität gepaart mit dem Unvermögen, Situationen wie diese durchzustehen, ohne mich von besagter Nervosität auffressen zu lassen.

»Ich glaube, ich weiß, was helfen könnte«, sagte Aaron. Er sah sich kurz um und bedeutete mir dann, einen Augenblick zu warten, ehe er sich von mir entfernte. Er lief über die Straße und blieb vor einem Getränkeautomaten stehen.

Fast hätte ich gelacht, als er mit zwei Flaschen Sprite in den Händen zu mir zurückkam. Allerdings reichte er mir eine und sah dabei fast schon ein bisschen stolz auf sich aus.

»Deine Idee war etwas zu trinken?«

»Meine Idee war Beschäftigung, wenn uns die Gesprächsthemen ausgehen«, erklärte er. Auf meinen verwirrten Gesichtsausdruck hin rieb er sich über den Hinterkopf. »Wenn du dich unwohl fühlst, kannst du einfach einen Schluck trinken und so tun, als würdest du deswegen nichts sagen.« Kurz zögerte er. »Oder ist das etwas, das nur mir hilft? Ich frage mich gerade ehrlich, ob das eine merkwürdige Angewohnheit ist, die ich besser für mich behalten hätte.«

Ich grinste in mich hinein und umfasste die Flasche mit beiden Händen. »Wenn es eine merkwürdige Angewohnheit ist, dann zumindest eine, die wir teilen.«

Aaron atmete erleichtert aus. »Ich habe mir kurz Sorgen gemacht.«

»Aber Sprite mag ich nicht.«

Wie angewurzelt blieb er stehen. Es passierte so plötzlich, dass ich noch ein paar Schritte lief, ehe ich ebenfalls anhielt und mich zu ihm umdrehte. Er hatte die Augen leicht zusammengekniffen und betrachtete mich argwöhnisch. »Du hast versucht, einen Scherz zu machen, oder?«

Ich nickte.

Er schüttelte den Kopf und kam zurück an meine Seite.

»War er so schlecht?«, fragte ich ihn.

»Ich war kurz davor, zurück zum Automaten zu gehen und jedes Getränk einmal zu holen.«

»Das wäre ein bisschen übertrieben gewesen.«

Ein Schulterzucken. »Wenn es dir geholfen hätte, dich etwas wohler zu fühlen.«

Ich tat so, als würde ich mich an den kahlen Bäumen sattsehen. In Wirklichkeit spielte ich seine Worte in Dauerschleife in meinem Kopf ab. Es war ungewohnt, jemanden zu haben, der Rücksicht nahm auf … mich.

Ich betrachtete das Label der Sprite zwischen meinen Händen, unerwartet schüchtern in Anbetracht seiner Aufmerksamkeit. »Danke für das Video, das du mir gestern geschickt hast«, sagte ich. »Ich hab es mir viel zu oft angeguckt. Du hast wirklich Talent – soweit ich das als Laie beurteilen kann.«

»Ich habe einfach einen unfairen Vorteil«, wies er mein Kompliment ab. »Mein Dad arbeitet in der Filmbranche. Ich hatte keine Wahl, als von klein auf damit konfrontiert zu werden.«

»Aber hätte es dir nicht gefallen, hättest du dich nie weiter damit beschäftigt, oder?«

»Die letzten Monate habe ich einfach etwas gebraucht, das mich ablenkt«, erwiderte er. »Die Uni hat nicht wirklich gereicht – jetzt gerade noch weniger, weil Semesterferien sind. Und als die alte Kamera meines Dads mir in die Hände gefallen ist, habe ich angefangen, mich damit etwas auszuprobieren. Eins kam zum anderen …«

»Und tada – ein perfekt geschnittenes Video.«

Ein Grinsen. »So in etwa.«

»Alle Leute, die jahrelang hart gearbeitet haben, um das Gleiche hinzubekommen, hassen dich bestimmt für diese Aussage.«

»Warum sollte mich die Meinung von Leuten interessieren, die ich nicht kenne?« Er legte den Kopf schief und sah neugierig zu mir herunter, als würde ihn meine Antwort wirklich interessieren.

Du brauchst dich nicht für etwas Besseres zu halten, weil du dein Instrument ganz gut beherrschst, Marleigh.

Ich rieb mir über die Stirn. Drängte die Erinnerungen zurück, weil hier kein Platz für sie war – weil ich ihnen hier keinen Platz geben wollte.

Ich hob den Kopf an, sah aus den Augenwinkeln einen winzigen Spielplatz, auf dem gerade so zwei Schaukeln Platz fanden. Außer uns war niemand hier, und mein erster Impuls war, Aaron zu fragen, ob er Lust hatte, sich mit mir dorthin zu setzen.

Oder war es zu kindisch? War es überhaupt wichtig, welchen Eindruck er von mir hatte, wenn ich das erste Mal seit Wochen draußen war – wirklich draußen – und nicht das Bedürfnis hatte, sofort zurück in meine Wohnung zu flüchten?

»Möchtest du dich auf die Schaukeln setzen?«, fragte Aaron plötzlich.

Ertappt zog ich die Schultern an. »War es so offensichtlich?«

»Du hattest kleine Herzaugen, als du in die Richtung gesehen hast.«

So viel zu meinem Pokerface … »Hast du was dagegen?«

Er schüttelte den Kopf und schlug die Richtung einfach ein. Wir umrundeten den Zaun, der die Schaukeln vom Rest des Parks abtrennte, und ich merkte, wie meine Schritte automatisch schneller wurden, je näher wir kamen. Ich suchte mir die rechte Schaukel aus, setzte mich darauf und begann, leicht vor- und zurückzuschwingen. Die Ketten quietschten dabei leise.

Für einen Moment stand Aaron vor mir und sah mir dabei zu. Ich hatte nicht das Gefühl, als würde er über mich lachen – eher, als amüsierte ihn die Situation. Als könnte er selbst nicht glauben, dass er auf diesem Miniatur-Spielplatz stand und dabei war, sich auf die Schaukel zu setzen.

Er tat es trotzdem. Ohne sich zu beschweren. Mit einer Hand hielt er die Kette umfasst und stieß sich mit den Füßen ab, um ein wenig Schwung zu bekommen. »Das letzte Mal, dass ich auf einer Schaukel gesessen habe, muss ungefähr zehn Jahre her sein.«

»Wir hatten zu Hause eine im Garten«, erwiderte ich. »Meine Mom und ich haben ständig drauf gesessen und uns bis spät in die Nacht die Sterne angeguckt.«

»Zu Hause in Vancouver oder zu Hause in Glasgow?«

»Glasgow. In Vancouver haben wir in einer Wohnung gelebt, weil es sich nicht gelohnt hätte, für uns beide allein ein ganzes Haus zu kaufen.«

Er zögerte kurz. »Und dein Vater?«

»Lebt mit seiner neuen Frau irgendwo in England.« Ich stieß mich stärker vom Boden ab. »Wir haben nicht viel Kontakt, aber ich glaube, er fühlt sich dort wohl. Schottland war nie der Ort, an dem er sich vorstellen konnte, für den Rest seines Lebens zu bleiben.«

»Und du?«

Ich drehte den Kopf in Aarons Richtung. »Was ist mit mir?«

»Vermisst du Schottland?«

Ich nahm mir etwas Zeit, um wirklich darüber nachzudenken. Schottland war meine Heimat. Mein Herz schlug dafür, weil ich alles daran liebte. Die Menschen, die Kultur, das Essen. Aber machte es mir etwas aus, so weit von dort weg zu sein?

»Das kommt darauf an, wann du mich fragst«, erwiderte ich. »Wenn es mir gut geht, vermisse ich es nicht. Dann freue ich mich, die Chance zu haben, ein anderes Land und andere Städte kennenzulernen. Ich hab so viel Spaß daran, neues Essen auszuprobieren und mich in unbekannten Orten zu verlieren, dass ich gar keinen Platz in mir habe, um darüber nachzudenken, ob ich es vermisse.«

»Und wenn es dir nicht gut geht?« Seine Stimme war etwas leiser geworden.

»Dann fühle ich mich so leer, dass ich nichts lieber möchte, als in den Flieger zu steigen«, antwortete ich ehrlich. Ich spürte, wie mir die Hitze in die Wangen stieg, weil es so kindlich klang.

»Jetzt gerade …« Er zögerte, konnte sich wohl nicht entscheiden, ob er mir die Frage tatsächlich stellen wollte oder nicht. »Bist du leer oder voll?«

Er sah mich nicht dabei an, als er die Frage stellte. Stattdessen betrachtete er seine Schuhe, die tiefe Spuren im Sand und der Schneedecke darauf hinterließen, und wartete, wartete, wartete. Als wäre für ihn gerade nichts wichtiger, als zu hören, was ich zu sagen hatte.

Der Drang, ihm eine rosarote Version meines Lebens aufzutischen, verpuffte. Löste sich in Rauch auf und ließ nur die nackte Wahrheit zurück.

Ich senkte den Kopf. Nutzte meine Haare als Schutzschild. »Es fühlt sich an, als könnte mich der schwächste Windstoß wegwehen«, sagte ich. »Weil mich nichts füllt, nichts hier hält und ich seit Monaten in dieser Stadt wohne und mich trotzdem fühle, als wäre ich ein … Als wäre ich ein …«

»Geist«, beendet Aaron meinen Satz.

Ich stieß meinen Atem aus. »Ja.«

Er nickte. Einmal, zweimal hintereinander – beinahe gedankenverloren in der Art, wie er dabei nicht mal in meine Richtung schaute.

Aaron erwiderte nichts darauf … und irgendwie war ich froh darüber. Es war ein einvernehmliches Schweigen, das mir die Zeit gab, das, was ich gerade gesagt hatte, einzuordnen.

Ein Geist. Durchsichtig. An den Rändern ausgefranst und nicht ganz in dieser Welt verankert. Ja. Der Vergleich passte wirklich sehr gut.

»Ich hätte meine Kamera gern dabei«, sagte er in meine Gedanken und richtete den Blick auf den feuerroten Himmel. »Dann könnte ich ein Video aufnehmen oder ein Bild schießen und dir beweisen, dass du kein Geist bist.«

Ich folgte seinem Blick, froh darüber, dass er das Gespräch wieder aufnahm. »Machst du deine YouTube-Videos aus einem ähnlichen Grund?«

Aaron antwortete mir mit einem langen Schweigen. Und es dauerte und dauerte und dauerte, bis mir bewusst wurde, dass ich nie auch nur angedeutet hatte, zu wissen, dass er seine Videos online mit der Welt teilte.

»Ich meine«, versuchte ich, die Situation zu retten. »Ich meine, du hast mir gestern das Video geschickt und ich habe … also, deswegen habe ich angenommen, dass du …«

»Marleigh?«

Ich verstummte. »Ja?«

Aaron drehte den Kopf in meine Richtung. Die Schatten der Bäume wurden immer länger, je tiefer die Sonne sank – es war gerade noch hell genug, um zu erkennen, dass er mich abschätzend betrachtete. »Woher weißt du, dass ich die Filme online stelle?«

Ich spielte mit dem Gedanken, ihm eine Ausrede aufzutischen. Nur war ich mir fast sicher, dass er es sofort bemerken würde und ich den Elefanten, der sich zwischen uns hingesetzt hatte, nur noch größer machen würde.

Unglücklich verzog ich das Gesicht und dachte darüber nach, wie ich es ihm erklären konnte. Ohne wie ein Groupie zu klingen – oder, noch schlimmer, wie ein Stalker.

Die Schaukel quietschte mit jedem Vor und Zurück leise und unterstrich damit nur, wie lang sich die Stille zog.

»Ich hab sie vor einer Weile entdeckt«, begann ich leise, den Blick auf meine Füße gerichtet, weil ich es wirklich nicht sehen wollte, falls meine Erklärung das Gegenteil erreichen und ihn verärgern würde. »Sie wurden mir vorgeschlagen, als ich mir auf YouTube die Zeit vertrieben habe.«

Schweigen.

Ich packte die Ketten der Schaukel fester. »Ich fand sie schön. Die Orte, die du gezeigt hast. Die Musik, die du ausgewählt hast. Es hat mir geholfen, ein bisschen abzuschalten.« Ich tippte einmal kurz gegen meine Schläfe. »Das Karussell, meine ich. In letzter Zeit fällt es mir schwer, das zu tun. Deine Filme haben es leichter gemacht.«

»Woher wusstest du, dass die Videos von mir sind?« Emotionen konnte ich aus seiner Stimme nicht lesen. Was auch immer ihm gerade durch den Kopf ging, er hielt es sehr gut zurück.

»Du hast den Channel nach dir benannt«, erklärte ich. »Aaron Reid.« Als er nicht reagierte, redete ich einfach weiter. »Ich hab im Internet nach deinem Namen gesucht, weil ich wissen wollte, ob du andere Filme gemacht hast, und dabei Bilder von dir gesehen.«

»Ah.« Er klang resigniert. Als hätte er meine Antwort fast erwartet.

»Reid und Vaughn auf dem Weg an die Spitze«, zitierte ich die Überschrift des Artikels, den ich online gefunden hatte. Er hatte Aaron und seine Eiskunstlaufpartnerin gezeigt. Warum er mir so deutlich im Gedächtnis geblieben war, wusste ich selbst nicht. Ich konnte mich noch genau daran erinnern, wie die beiden auf dem Foto posiert hatten – direkt nach einem Wettbewerb, mit Goldmedaillen in der Hand und so breit grinsenden Gesichtern, dass es fast schmerzhaft ausgesehen hatte.

Irgendetwas an dem, was ich gesagt hatte, musste ihm übel aufgestoßen sein. Er sagte zwar nichts, aber ich spürte es so deutlich, als hätte er es mir ins Ohr geschrien. Seine gesamte Körperhaltung veränderte sich. Wurde angespannter. Abweisender.

Mit jeder Sekunde, die verging, wurde ich unruhiger. Ich schaukelte vor und zurück, versuchte zu überspielen, dass die Stimmung von jetzt auf gleich an einem Nullpunkt angelangt war.

Vielleicht war es egoistisch, aber ich wollte nicht zurücknehmen, dass ich von seinen Filmen wusste. Jedes Mal, wenn er bisher mit mir gesprochen oder mir eine Nachricht geschickt hatte, hatte es sich ein wenig falsch angefühlt. Als würde ich ihn an der Nase herumführen. Als wüsste ich mehr von ihm, als er von mir. Ein unfairer Vorsprung in einer Freundschaft, die noch gar nicht richtig Fuß gefasst hatte.

»Du bist Paarläufer, richtig?«, fragte ich ihn eine gefühlte Ewigkeit später.

Aaron zuckte zusammen. Blinzelte mehrere Male, als bräuchte er einen Moment, um wieder im Hier und Jetzt anzukommen.

»Das stand in dem Artikel. Ich wusste nicht, dass Paarlauf und Eistanz zwei unterschiedliche Disziplinen sind.« Ich hob eine Schulter an. »Ehrlicherweise weiß ich allgemein nicht viel über Eiskunstlaufen.«

»Können wir über etwas anderes reden?« Seine Stimme klang rau.

Ich sah zu ihm auf. Er hielt den Blick zur Straße links von uns gerichtet.

Meine Hände rutschten an den Ketten der Schaukel hinunter. »Ja, natürlich. Sorry.« Ich hakte meine Ellenbogen in sie, um mich festzuhalten, und verschränkte meine Arme vor dem Bauch.

Dann kam die Stille zurück. Ungemütlicher als die letzte. Ich lenkte mich von ihr ab, indem ich mich auf dem Spielplatz umsah. Indem ich zum Himmel hinaufschaute und mir wünschte, die Sterne sehen zu können. Indem ich dem Wind zuhörte, der durch die kahlen Äste der Bäume wehte, meine Haare durcheinanderbrachte und unter meine Strickjacke fuhr und mich frösteln ließ.

»Sollen wir wieder gehen?«, fragte Aaron mich unerwartet – sah mich dabei aber weiterhin nicht an.

»Nein«, entkam es mir sofort, lauter als gewollt. »Können wir noch etwas hierbleiben? Wenn es dir nichts ausmacht.«

Bitte.

Bitte.

Ich will noch nicht zurück in meinen goldenen Käfig.

Es war das erste Mal seit Wochen, dass ich es aushielt – dass es okay war, draußen zu sein. Die späte Uhrzeit half, nicht nur wegen der wenigen Menschen, die unseren Weg kreuzten, sondern weil es sich anfühlte, als hätte jemand die Pausetaste gedrückt und die Welt für ein paar Stunden angehalten.

Ich wollte es auskosten, weil ich genau wusste, dass es das nächste Mal wieder ganz anders laufen konnte. Dafür genoss ich es gerade umso mehr, dass ich unbefangen hier sitzen und mit Aaron sprechen konnte.

Aaron wandte den Kopf in meine Richtung. Was auch immer er für einen Ausdruck auf meinem Gesicht fand – er brachte ihn dazu, zu nicken. Ein neues Gesprächsthema fing er trotzdem nicht an. Die Unterhaltung, die uns eben noch mühelos erschienen war, war plötzlich wieder alles andere als das.

»Es fühlt sich komisch an«, sagte er plötzlich in die Stille.

Meine Schuhe schliffen über den sandigen Boden in dem Versuch, meine Schaukel zu bremsen. »Was denn?«

»Zu wissen, dass andere Leute diese Filme sehen.«

»Hätte ich es dir nicht sagen sollen?«

»Doch«, erwiderte er. »Ich meine, es macht keinen Unterschied. Rein rational weiß ich, dass alle jederzeit darüber stolpern könnten. Hätte ich das nicht gewollt, hätte ich sie nicht auf YouTube hochgeladen.«

»Weshalb fühlt es sich dann komisch an?«

Ich sah aus den Augenwinkeln, wie er die Schultern unschlüssig anhob und kurz darauf wieder senkte. »Weil sie wie ein Tagebuch sind, in dem ich die letzten Monate eingefangen habe. Und es ist merkwürdig, zu wissen, dass jemand, den ich kenne, sie gesehen hat – auch wenn es nur zusammenhanglose Ausschnitte von allen möglichen Orten sind.«

»Ich finde sie nicht zusammenhanglos«, sagte ich. Dafür vermittelte jedes Video viel zu viele Emotionen. Dafür war die Musik zu präzise gewählt.

Ich hatte keine Ahnung davon, wie man solche Filme drehte und schnitt. Was in einem vorging, wenn man darüber nachdachte, welche Teile der Welt man darin verewigen wollte. Aber ich wusste sehr wohl, wie Musik funktionierte. Und dass es diese speziellen Lieder gab, die wir uns zwischen tausend anderen aussuchten, weil sie auf eine Weise zu uns sprachen, wie es kein anderes Medium schaffte.

Aaron lachte leise. Mein Herz machte bei dem Geräusch einen kleinen Sprung. »Ich weiß nicht, ob es das besser oder schlimmer macht.«

»Ich hatte gehofft, besser.«

»Ich sage dir Bescheid, wenn ich Gelegenheit hatte, die Info zu verarbeiten, dass du sie gesehen hast.« Er stockte. »Hast du *alle* gesehen?«

Ich nickte langsam, und Aaron lachte noch einmal ungläubig. »Erzählst du mir zum Ausgleich etwas über dich? Von dem die meisten nichts wissen?«

Im ersten Moment freute ich mich über die Frage – darüber, dass er etwas von mir wissen wollte, das dieses ungewollte Ungleichgewicht zwischen uns wieder in die Waage rückte. Aber je länger ich darüber nachdachte, desto weniger wusste ich, was ich sagen sollte. Mein Leben spielte sich gerade in meiner Wohnung ab. Ich wachte auf, hielt mich so lange mit irgendwelchen Dingen beschäftigt, bis es wieder Zeit zum Schlafen war, und wiederholte das Tag für Tag. Woche für Woche.

»Ich liebe Musik«, war das Erste, das mir in den Kopf kam. »So sehr, dass ich es manchmal gar nicht richtig beschreiben kann. Ich bin mit einer Querflöte in meiner Hand aufgewachsen, und ich liebe es mehr als alles andere, sie zu spielen. Aber in letzter Zeit … Irgendwie kann ich es nicht mehr so genießen wie früher.«

Es war kein bewusster Gedanke. Nur diese unterschwellige Panik, die sich manchmal an der puren Freude, meine Querflöte in der Hand zu halten, vorbeischlich. Und wenn ich ehrlich war, machte es mir Angst – die Tatsache, dass meine Liebe zur Musik wegen allem, was passiert war, fleckig war.

Aarons Frage kam vorsichtig. »Warum kannst du es nicht genießen?«

»Das ist mein Eiskunstlaufen«, erwiderte ich.

Ich wusste, dass er es sofort verstand, als er den Mund schloss und nicht weiter nachhakte. Er wollte nicht über sein Päckchen reden. Und genauso ging es mir mit meinem.

14. KAPITEL

Aaron

Das ist mein Eiskunstlaufen.

Wenn es ihr so ging wie mir, war es ein grauer Punkt in ihrem Leben, der früher mal in den strahlendsten Farben geschimmert hatte.

Sie hatte nicht viele Worte über ihre Leidenschaft verloren, aber ihre Stimme war vor Sehnsucht ganz rau geworden. Es erinnerte mich an das Brennen in mir. An den Wunsch, den Emilia und ich teilten: zu gewinnen. Jeden Wettkampf, bis wir es an die Spitze geschafft hatten.

Es war die Art verzweifelter Wunsch, der meine Knochen jedes Mal summen ließ. Meine Muskeln dazu brachte, sich anzuspannen. Sie brannten förmlich mit dem Verlangen, aufs Eis zu treten – und ich wurde das Gefühl nicht los, erst dann wieder richtig Luft holen zu können, wenn es so weit war.

Für ein paar wenige Sekunden war ich davon so abgelenkt, dass ich sogar vergaß, dass Marleigh meine Videos gesehen hatte. Ihr Geständnis hatte mich unerwartet getroffen – und ich hatte mehrere Minuten ernsthaft darüber nachgedacht, ob es eine gute Idee war, hier zu sitzen. Ob ich mich entschuldigen und nach Hause gehen sollte, weil es ein bisschen zu intim, ein bisschen zu persönlich war.

Ich tat es nicht. Ich blieb sitzen. Schaukelte sachte vor und zurück und fragte mich, ob sie es wirklich ernst gemeint hatte, als sie sagte, dass sie die Filme nicht zusammenhanglos fand. Der Gedanke ließ gleichermaßen Sorge und Erleichterung in mir aufkommen.

Weil dort so viel drinsteckte, das ich in den vergangenen Monaten nicht geschafft hatte auszusprechen. Und weil sie es auf eine ganz elementare Art zu verstehen schien.

Sie saß neben mir und betrachtete den dunkler werdenden Himmel mit einer beinahe kindlichen Faszination. Als hätte sie noch nie so etwas Schönes gesehen. Ich stellte mir vor, dass sie gestern genauso ausgesehen hätte, hätte sie ihre Kamera eingeschaltet. Und es fiel mir ganz und gar nicht schwer zu glauben, dass sie meine Videos ebenso anschaute.

Ich fühlte mich nicht eingeengt von dem Wissen, dass sie sie kannte. Ihre Nähe fühlte sich nicht schwer und einengend an wie die meiner Familie, von Emilia oder unserem Coach.

»Das war keine hilfreiche Aussage, um unser Gespräch am Leben zu halten, oder?«, fragte Marleigh. Sie sah mich nicht einmal an, war viel zu gefesselt von dem Farbenspiel des Himmels. In der tief stehenden Sonne wirkten ihre Haare mehr braun als rot und fielen in unordentlichen Locken um ihr Gesicht.

Ich wandte den Blick ab.

»Wir können uns einfach ein neues aussuchen«, erwiderte ich. »Das ist das Schöne daran, neue Leute kennenzulernen: Die Dinge, die man noch übereinander erfahren kann, sind grenzenlos.«

»Okay.« Sie runzelte die Stirn, als würde sie angestrengt nachdenken. »Und was für Dinge gibt es noch über dich zu erfahren?«

Ich stockte. Stieß ein kurzes Lachen aus. »Hättest du lieber eine Liste oder einen Aufsatz?«

»Ist beides eine Möglichkeit?«

»Ich befürchte, damit würde der Reiz des Kennenlernens ein wenig verschwinden.«

Marleigh zuckte mit den Schultern. »Das ist okay. Das Kennenlernen ist immer der anstrengendste Part. Wenn ich den einfach überspringen könnte, würde ich es tun.«

»Warum?«, hakte ich neugierig nach. »Warum findest du es anstrengend?«

Aus den Augenwinkeln nahm ich wahr, wie sie sich zu mir umsah. »Weil ich nicht weiß, welche Scherze ich machen kann, welche Themen in Ordnung sind, welche einen Streit vom Zaun brechen. Womit ich dir auf die Füße trete, worüber du gern redest und mit welchen Gesprächsthemen kein unangenehmes Schweigen eintritt.«

»Du machst dir ziemlich viele Gedanken darüber, wie du es anderen möglichst leicht machen kannst, sich mit dir zu unterhalten, kann das sein?« Ich hatte die Worte ausgesprochen, bevor ich sie wirklich durchdacht hatte. Erst hinterher fiel mir auf, wie anklagend sie sie aufnehmen könnte.

»Ich mache mir Gedanken darüber, wie ich andere Leute kennenlerne, ohne es bereits nach drei Sätzen zu verbocken.«

»Ist das nicht erschöpfend?« Sie hob beide Augenbrauen an. *Sag ich doch*, hörte ich ihre Stimme fast. *Das Kennenlernen ist immer der anstrengendste Part.* »Sich die ganze Zeit zu verstellen, um es Leuten leichter zu machen, mit denen man sich letztlich vielleicht gar nicht versteht?«, erklärte ich, was ich meinte.

Ich sah im Halbdunkeln gerade noch, wie ihre Lippen stumm das Wort »verstellen« formten. Sie schob die Brauen nach vorn, bis eine kleine Falte zwischen ihnen entstand. Kniff die Augen leicht zusammen. Mehrere Herzschläge lang schwieg sie – dann sah sie ruckartig zu mir auf. Ich erstarrte, als sich unsere Blicke trafen und fragte mich im nächsten Moment, weshalb.

»Hast du das Gefühl, dass ich mich gerade verstelle?«, fragte sie mich und hielt meinen Blick fest.

Worte. Ich brauchte Worte. »Ich bin mir nicht sicher, ob ich die Person bin, die du das fragen solltest«, schaffte ich, nach ein paar Sekunden zu sagen.

»Bist du deswegen so angespannt?«, unterbrach sie mich. Ich schloss den Mund. »Weil du das Gefühl hast, ich mache dir etwas vor?«

Es war fast ironisch. Als wollte mein Körper mir das Gegenteil beweisen, löste ich meinen Griff von den Ketten, die die Schaukel trugen. Ich entspannte meinen Kiefer, meine Stirn, meine Zehen und war kurz davor, Marleigh zu sagen, dass sie sich meine Anspannung einbildete.

Aber ihr Blick war entwaffnend. Besorgt, dass es an ihr liegen könnte und nicht an der Tatsache, dass ich im Augenblick neben »angespannt« einfach keinen anderen Modus beherrschte. Ich hatte keine Ahnung mehr, wie es war, morgens aufzuwachen und sich nicht zu fühlen, als wäre man fünfzig Jahre gealtert.

»Nein«, beantwortete ich ihre Frage. »Absolut nicht.«

Sie legte den Kopf schief. Wartete ab.

»Ich bin mir zu neunundneunzig Prozent sicher, dass ich die meisten deiner Regungen und Gedanken und Stimmungen in deinem Gesicht ablesen kann.«

»Meine Mom behauptet immer, ich könnte lügen, ohne rot zu werden.«

»Du hast mich bisher nicht belogen«, sagte ich. »Bis auf … na ja. Die Sache mit den Videos.« Was offensichtlich das falsche Thema war. Marleigh fiel es plötzlich schwer, mir in die Augen zu sehen, und sie zog die Schultern wieder an.

»Tut mir leid«, kam es leise von ihr.

»Schon gut«, erwiderte ich sofort. Ich wollte nicht, dass sie sich dafür entschuldigte. Das störte mich viel mehr als die Tatsache, dass sie sie gesehen hatte. »Angespannt sein ist gerade einfach mein Status quo. Das hat nichts mit dir zu tun. Und nein«, fuhr ich fort, bevor sie etwas sagen konnte. »Ich habe nicht das Gefühl, dass du mir etwas vormachst.«

Erleichtert schenkte sie mir ein Lächeln.

»Wobei ich auch nicht der beste Menschenkenner bin«, fügte ich noch hinzu.

»Ich verstecke keine Waffe in meinem Kleid, wenn du darauf anspielst.« Sie stand kurz auf und breitete den Rock nach links und rechts aus. »Keine Taschen, siehst du?« Dann setzte sie sich wieder hin. »Und irgendetwas an meinen Beinen festzuschnallen ist etwas umständlich. Ich müsste den Rock erst bis zu meinem Po raffen, um an irgendeine Waffe ranzukommen.«

Sie hob beide Beine vor sich an und betrachtete ihre Schuhe. »Turnschuhe eignen sich auch nicht wirklich, um ein Messer darin zu verstecken. Ich glaube, mein Outfit ist also allgemein eine Null von zehn auf der Skala passender Outfits für Assassinen.«

»Das …« Ich verschluckte mich fast bei dem Gedanken daran, dass sie Waffenholster an ihren Beinen tragen könnte. Die Vorstellung war … unerwartet faszinierend. Und ich tat mein Bestes, es nicht weiter zu hinterfragen. Vermutlich hatte ich als Teenager einmal zu viel Lara Croft in *Tomb Raider* angeschaut.

Ich räusperte mich. »Das ist beruhigend.«

Marleigh grinste mich an. Breiter als sonst. Mit roten Wangen und einer roten Nase – und ich bemerkte, wie ich unwillkürlich zurücklächelte. Kurz darauf drehte sie den Kopf in die andere Richtung, weil sie irgendetwas zwischen den Bäumen und Sträuchern wahrgenommen hatte, das ich nicht sah. Oder vielleicht waren es auch die Pflanzen selbst, die sie faszinierten.

Sie sah sich stumm um, und ich tat es ihr gleich. Marleigh schien sich nicht zu langweilen, und ich hatte in den letzten Monaten gelernt, mich mit meinem Schweigen zu arrangieren.

Mit der Zeit wurde es dunkler. Die Sonne versank immer weiter hinterm Horizont und der Himmel nahm einen tiefen Blauton an, der mehr und mehr Sterne hervorbrachte. Der Wind nahm zu, fuhr unter meine Kleidung und gefühlt auch unter meine Haut. Eine Gänsehaut breitete sich auf meinen Armen aus.

Marleigh schüttelte sich, rieb sich über die Arme und dann die Oberschenkel. »Ich sage es nur ungern, aber vielleicht ist es tatsächlich Zeit, den Rückzug anzutreten.«

Ihre Formulierung ließ mich schmunzeln. »Dir ist doch kalt?«

»Nein«, sagte sie sofort. Als wäre es ein Wettstreit. Dann zögerte sie. »Doch.«

Mit den Füßen stoppte sie den Schwung ihrer Schaukel und stand auf. Sie griff nach einer der Flaschen, die neben ihr im Sand standen, und trank einen Schluck daraus. Zwar wandte sie sich ab, um zu schlucken, aber ich sah trotzdem, wie sie das Gesicht verzog und die Sprite sofort wieder zudrehte.

Ich rieb mir über den Mund und das Grinsen, zu dem er sich verzog. Als sie sich zu mir umdrehte, senkte ich meine Hand. »Zurück nach Hause also?«

Sie nickte. »Meine Bettdecke ruft meinen Namen.«

15. KAPITEL

Marleigh

»So schnell lernst du Teile der Stadt kennen«, sagte Aaron, als wir anfingen, in Richtung meines Wohngebäudes zu laufen. »Ehe du dich versiehst, bist du diejenige, die andere durch die Gegend führt.«

Meine Antwort kam mit einiger Verspätung. »Ja.«

Ich versuchte mich an einem Lächeln, spürte aber, dass es mehr als wacklig war. Die Euphorie des Abends nahm ab, je näher wir meiner Haustür kamen. Am liebsten hätte ich die ganze Nacht draußen gesessen. Aber meine Finger waren bereits Eiszapfen und meine Zehen waren davon auch nicht mehr weit entfernt.

»Was ist der nächste Punkt auf deiner Liste?«

»Ich hab bisher keinen nächsten Punkt«, antwortete ich.

»Hm«, machte Aaron nachdenklich. Seine Augen glänzten, als er mich ansah. »Das klingt, als wäre es Zeit für die versprochenen Zimtschnecken.«

Und mein Hirn … mein Hirn brauchte unbedingt eine Pausetaste. Statt mich darüber zu freuen, dass der Abend gut gelaufen war und auf dieser positiven Welle weitermachen zu können, schob es ein »Aber was, wenn …?« hinterher. Was, wenn das hier nicht die Regel, sondern die Ausnahme war? Was, wenn … wenn irgendwas an mir kaputt war und ich einfach nie mehr funktionieren würde wie ein normaler Mensch?

»Ja«, sagte ich. Betete, dass er nicht hörte, dass meine Begeisterung verschwunden war. »Zimtschnecken klingen gut.«

Ich sah, wie er stockte. Wie er meinen Ton wahrnahm und langsam verarbeitete und Fragezeichen in seinen Augen erschienen, die ich nicht ausgesprochen hören wollte. »Ich hab gelesen, dass das Café Postal im French Quarter gut sein soll«, sagte er schnell. »Das war vermutlich nicht das, was du meintest, aber dort war ich auch noch nie.«

Ich atmete leise aus, als er sich von der Frage ablenken ließ.

»Ich habe einen Freund, der ungefähr jeden dritten Tag dort ist«, sagte er. »Er hat eine ungesunde Obsession mit Croissants und Pain au Chocolate.«

Ich runzelte die Stirn. »Obsessionen mit Gebäck sind nie ungesund.«

»Ich habe fast Angst, nachzufragen.«

»Ich sehe in deiner Zukunft, dass du es trotzdem tun wirst.«

»Oh.« Er blieb ein paar Meter von meiner Haustür entfernt stehen, eine Hand in der Hosentasche, die andere locker an seiner Seite. »Eine Hellseherin. Sekunde, ich wollte schon immer wissen, ob ich mal berühmt werde.«

»Berühmt und reich.« Ich wedelte mit der Hand in der Luft zwischen uns, als ob ich diese Frage ständig zu hören bekommen würde. »Alle werden dir zu Füßen liegen.«

»Ich muss wirklich aufpassen, dass mir die Aussicht nicht zu Kopf steigt.«

Vorsichtshalber machte ich einen Schritt von ihm weg – und amüsierte mich viel zu sehr über seinen verwirrten Blick. »Falls dein Ego mehr Platz braucht«, erklärte ich.

»Haha.« Er schloss die Distanz zwischen uns wieder. Warum fiel meinem Herz erst jetzt auf, wie nahe er mir dadurch stand?

»Ich werde es im Zaum halten. Aber um noch einmal auf das Gebäck zu sprechen zu kommen …«

»Donuts«, sagte ich, bevor ich wirklich darüber nachdenken konnte.

»Donuts?«

»Donuts.«

»Nicht das, was ich erwartet habe.«

Ich runzelte die Stirn. »Mir war nicht bewusst, dass man nur durchs Ansehen die Gebäckvorlieben anderer Menschen herausfinden kann.«

»Das ist eine Subkategorie des Hellsehens.« Ein Grinsen zeichnete sich auf seinem Gesicht ab.

»Verstehe.«

»Und mein Gefühl hat mir bei dir eher Eclairs zugeschrien.«

Ich verzog den Mund.

»Okay, keine Eclairs«, korrigierte er sich.

»Die Füllungen sind langweilig.«

»Sie sind wie Donuts, nur länglicher.«

»Donuts bestehen aus Hefeteig oder Rührteig.«

»Und Eclairs?«

Ich blinzelte. Holte mein Handy aus meiner Rocktasche und suchte im Internet nach einem Rezept für Eclairs. »Brandteig«, sagte ich, ohne von dem Bildschirm aufzusehen.

Ein Lachen entkam Aaron – und es klang so losgelöst und amüsiert, dass ich merkte, wie ich ebenfalls kicherte.

»Was hättest du gemacht, wenn dort Hefe- oder Rührteig gestanden hätte?«

»Gelogen, um trotzdem recht zu behalten.«

Er starrte mich sprachlos an, schüttelte auf mein Grinsen hin den Kopf und strich sich über die kurzen Haare. Seine Hand verweilte eine, zwei, drei Sekunden an seinem Hinterkopf, ehe er sie zurück an seine Seite fallen ließ.

»Und hier dachte ich, du wärst ein ehrlicher, vertrauenswürdiger Mensch.«

»Bin ich.« Ich sagte es mit mehr Nachdruck, als gut war. Ein Hauch Verzweiflung schwang darin mit und das stechende Bewusstsein, dass ich es offensichtlich nicht war. Nicht, wenn mich jemand fragte, wie es mir ging. Nicht, wenn ich mit meiner Mom redete.

»Ich glaub dir.«

Ich wollte schon lächeln, aber Aaron war noch nicht fertig. »… wenn du es mir überlässt, zu entscheiden, in welches Café wir gehen.«

»Warum die Bedingung?«, wollte ich wissen. »Was hat es mit meiner Vertrauenswürdigkeit zu tun, dass du entscheidest, wohin wir gehen?«

»Gar nichts. Ich habe einfach nur eine Idee, von der ich mir sicher bin, dass du sie großartig finden wirst.« Er hob die Schultern an – die Geste war beinahe ein wenig schüchtern. »Und ich würde dich damit gern überraschen.«

»Kannst du mir nicht sagen, welchen Ort du im Kopf hast? Du weißt schon … Damit ich mich wenigstens dem Dresscode anpassen kann und nicht völlig falsch gekleidet auftauche?«

Sein Blick glitt kurz über mich. »Das, was du anhast, ist perfekt. Aber wenn du dich darin wohlfühlst, kannst du auch ein Ballkleid oder eine Jogginghose anziehen. Ich glaube, dir würde alles stehen.«

Eine verräterische Hitze kroch in meine Wangen. »Wenn du im Anzug kommst und ich mit einer Jogginghose neben dir in einem Vier-Sterne-Café sitzen muss …«

»Können Cafés Sterne bekommen?«

»Es gibt Sternerestaurants. Warum nicht auch Sternecafés?«

»Auch wieder wahr«, sagte Aaron. »Aber werde ich nicht. Versprochen.« Er hob seine Schultern an. Lächelte schief. »Es ist ein kleines Café, und wenn du möchtest, schicke ich dir ein Foto von meinem Outfit, bevor ich das Haus verlasse.«

Sei mutig. Sei mutig, Marleigh. Ich wollte sehen, was er für eine Idee hatte. Wovon er dachte, dass es mir gefallen könnte. Und wenn der heutige Abend auch nur ein kleines Indiz dafür war, wie es sein konnte …

Vielleicht würde dann alles gut gehen – heute war es das immerhin auch. Selbst wenn ich ein paar Zügel aus der Hand gab.

»Das heißt … du holst mich ab?«

Er nickte. Lächelte. Mein Herz war für den Anblick nicht gewappnet. »Wenn du übermorgen Zeit hast?«

»Ja. Das passt perfekt«, sagte ich, ohne über meine Antwort nachzudenken.

»Ich bin gegen Mittag hier.« Er machte einen Schritt von mir weg, drehte sich bereits zur Straße um, an der er sein Auto geparkt haben musste. Er hob eine Hand, um mir zum Abschied zu winken. »Bis dann, Marleigh.«

In mir kam das Bedürfnis auf, ihm nachzulaufen. Ihn am Arm festzuhalten, weil ich Angst hatte, dass er meinen gesamten Mut in seiner Jackentasche trug und mit sich nehmen würde, sobald er ging. Aber meine Arme und Beine waren festgefroren.

Stattdessen blieb ich direkt vor der Haustür stehen und sah ihm hinterher. Wartete, ob er sich noch einmal umdrehte. So lange, bis er in sein Auto gestiegen, am Haus vorbeigefahren war und ich ihn nicht mehr sah. Erst dann ging ich hoch in meine Wohnung und versuchte, den Abend zu verarbeiten.

Ich spielte Aarons und meine Gespräche vorwärts, rückwärts, in Zeitlupe und zweifacher Geschwindigkeit durch, während ich mir etwas zum Abendessen machte, meinen Schlafanzug anzog, die Zähne putzte und mich ins Bett legte. Zu keinem Zeitpunkt kam es mir vor, als hätte ich es wirklich selbst erlebt.

Wie ein kurzer Sonnenstrahl zwischen endlos grauen Wolken.

Am nächsten Morgen hatte ich den Abend so oft durchgespielt, dass er sich fast unecht anfühlte. Was eine großartige Eigenschaft meines Hirns war – und der einzige Ausweg daraus waren Ablenkungen.

Während ich also am Schreibtisch saß und überlegte, unter welchem Vorwand ich Aaron schreiben konnte, spielte Netflix im Hintergrund zum zweihundertsten Mal die zweite Staffel *The Seven Deadly Sins*.

Ich: Diese Liste mit den Top Fünf Animes … Möchtest du die tatsächlich haben?
Aaron: Ich hab die ganze Zeit darauf gewartet.
Ich: Du hättest mich auch noch mal danach fragen können.
Aaron: Ich wollte dich nicht unter Druck setzen. Ich weiß, dass solche Dinge ihre Zeit brauchen. Immerhin sprechen wir hier von den besten Animes aller Zeiten.
Ich: *In meiner subjektiven Sicht. – Das würde ich als Disclaimer gern hinzufügen, für den Fall, dass der Chat mal an die Öffentlichkeit gerät und Leute aus den einzelnen Fandoms mit Mistgabeln vor meiner Haustür stehen.
Aaron: Wie wahrscheinlich ist es, dass das passiert?
Ich: Das ist nicht wichtig.
Aaron: Verstehe.
Ich: Okay, also, die Top Five.
Aaron: Sortiert nach Unterhaltsungsgrad?
Ich: Natürlich.
Aaron: Alles klar.
Ich: Platz 1: Attack on Titan, Jujutsu Kaisen, My Hero Academia, Jeanne, die Kamikazediebin …
Ich: …
Ich: Ich befürchte, ich kann es nicht sortieren. Ich liebe sie alle.
Aaron: Okay, also würfle ich einfach und gucke das dann.

Ich: Oder du schaust von jedem Anime die erste Folge und entscheidest dann …
Aaron: War das ein Seitenhieb?
Ich: Eher ein Wink mit dem Zaunpfahl.
Aaron: Ich bin mir zu 100% sicher, dass du auch merkwürdige Angewohnheiten hast.

Wenn du wüsstest, dachte ich. Mehr als mir lieb waren – nicht, dass ich ihm hier und jetzt davon erzählen würde.

Ich: Keine, die mir spontan einfallen.
Aaron: Mir war auch nicht bewusst, dass nur die ersten Folgen einer Serie zu schauen ein Staatsverbrechen ist, bis du es mir gesagt hast.
Ich: Vielleicht habe ich ein bisschen übertrieben.
Aaron: Sagen wir … du hast eher sehr leidenschaftlich gewirkt.
Aaron: Aber gut – dann erzähle ich dir morgen einfach, welchen ich mir ausgesucht habe.
Ich: Perfekt.

Er reagierte darauf vorerst nicht. Und ich hatte plötzlich keine Ahnung mehr, was ich bis morgen mit mir anfangen sollte. Ich lief Kreise durch meine Wohnung, räumte meine Küche auf, staubsaugte und aß hier eine Banane und da ein paar Weintrauben.

Ich wollte nicht die ganze Zeit auf mein Handy starren, als würde ich nur auf seine Nachrichten warten. Auch wenn es ehrlicherweise genau das war, was ich tat. Nicht das Starren – das hielt ich mit dem Putzen gut unter Kontrolle. Dafür waren meine Ohren gespitzt, sodass ich manchmal sogar das Gefühl hatte, den Ton einer eingehenden Nachricht auf meinem Handy zu hören, obwohl mir niemand geschrieben hatte.

Als es dann doch passierte, ließ ich den Staubsauger fallen und stürmte zu meinem Handy. Aber statt Aaron hatte Romie mir geschrieben.

Romie: Hi du! Ich weiß, der Tag ist noch nicht vorbei (und Kuchen schmeckt immer besser, je länger er einfach rumstehen und etwas ziehen kann), aber weißt du schon, wann du Zeit zum Kuchenessen hast?

Am liebsten hätte ich mein Handy wieder weggeworfen. Ich hatte Romie und den Kuchen völlig vergessen.

Nein. Das war nicht ganz die Wahrheit. Ich hatte es verdrängt, weil ich nicht wusste, was ich tun sollte. Und statt eine Entscheidung zu treffen, hatte ich es den halben Nachmittag über vor mir hergeschoben.

Es war nicht so, als hätte ich nicht sofort zu ihr rübergehen können. Ich war angezogen, hatte keine wichtigen Termine. Ich hätte mir nur meine Schuhe anziehen und die Wohnungstür hinter mir schließen müssen.

Ich: Hey. ☺ Wenn es dir in einer halben Stunde passt, komm ich dann vorbei?
Romie: Na klar! Du erlöst mich von meinen Hausarbeiten, die ich prokrastiniere.

Man kennt es – das Leiden von Studierenden. Es fühlte sich wie ein anderes Leben an.

Ich räumte schnell den Staubsauger zurück in die Abstellkammer und fasste meine Haare in einem lockeren Zopf zusammen. Dann wechselte ich meine dicken Socken gegen ein paar Schuhe, richtete mich auf und öffnete die Wohnungstür und sah auf der anderen Seite des Flurs eine Traube von Leuten stehen, die sich unterhielten.

Ich zögerte. Und ich ärgerte mich sehr darüber. Aber mein Herz pochte laut, und was, wenn ich zu Romie ging und Probleme mit dem Magen bekam? Was, wenn ich den Kuchen nicht vertrug, nicht wusste, über was ich mit ihr reden sollte. Was, wenn dieser Schwindel, der mich schon seit dem Aufwachen begleitete, schlimmer würde und ich umkippte, bevor ich es zurück in meine eigene Wohnung, in Sicherheit, schaffte?

Die »Was wäre, wenn …?«s schossen mir in Sekundenschnelle durch den Kopf. Ich war auf sie vorbereitet gewesen – ich hatte gewusst, dass sie kommen würden. Wie auch nicht, wenn sie das immer taten, sobald ich meine Wohnung verließ?

Aber das hieß nicht, dass sie mir weniger Angst machten.

Es hieß nicht, dass ich auf einmal mit ihnen umgehen konnte.

Ich bemühte mich, meinen Atem zu beruhigen. Konzentrierte mich darauf, doch ein Zwicken in meinem Magen reichte, um meine Aufmerksamkeit wieder in eine andere Richtung zu ziehen.

Das Licht im Flur war zu grell.

Die Stimmen der Leute gegenüber zu laut.

Der Kragen meines Kleids zu eng. Ich schob meine Finger darunter und zog ihn von meinem Hals weg, um besser Luft holen zu können.

Die Tür war so schnell wieder zu, wie ich sie aufgezogen hatte. Ich eilte zurück zu meinem Bett, setzte mich darauf und atmete und atmete und atmete, bis mir nicht mehr schwindlig war, bis ich Luft holen konnte und nicht Gefahr lief, mich vor lauter Anspannung gleich zu übergeben.

Ich ließ mich rückwärts in die Kissen fallen, drückte meine

Handflächen auf die Augen, so fest, bis ich Sterne sah und Farben unter meinen Lidern tanzten. Ich rieb über mein Gesicht, zog an meinen Haaren, weil ich einfach nicht wusste, wie ich diese Wut, diesen Hass, diese Angst, die Frustration loswerden konnte.

Ich atmete und atmete und atmete und erlaubte mir nicht, die Tränen aus meinen Augen entkommen zu lassen, weil es einfach keinen Grund für sie gab. Weil sie fehl am Platz waren und ich es doch eigentlich schaffen konnte und musste und wollte, diese verdammte Wohnung zu verlassen, um etwas *Kuchen zu essen*.

Keine Ahnung, wie viel Zeit verging.

Keine Ahnung, wie lange ich brauchte, bis ich so oft in meinem Kopf im Kreis gerannt war, dass ich vor lauter Erschöpfung gar nicht mehr denken konnte.

Meine Arme fielen zurück an meine Seite. Ich lag schlaff und fast leblos auf meinem Bett und hätte gelacht, wäre ich nicht so ausgelaugt gewesen.

Schwerfällig drehte ich mich auf die Seite. Holte mein Handy hervor und las die Mitteilungen durch. Romie hatte mir einige Nachrichten geschickt.

Romie: Der Kuchen steht bereit und wartet auf uns.
Romie: Klingel einfach, wenn du so weit bist.
Romie: Hey, alles okay?
Romie: Marleigh?

Für ein paar Sekunden vergrub ich das Gesicht in meinem Kissenberg. Am liebsten hätte ich ihr gar nicht geschrieben. Schrödingers Katze. Wenn ich ihr nicht antwortete, würde ich niemals herausfinden, ob sie sauer oder enttäuscht war oder nicht.

Allerdings würde ich dann auch die erste eventuelle Freundschaft, die ich hier in Winnipeg schloss, in den Wind schießen. Und das – weiterhin allein zu sein – machte mir viel mehr Angst, als jemanden enttäuscht zu haben.

Ich: Tut mir leid, Romie. Ich hab Magenschmerzen bekommen und vergessen, dir dabei zu schreiben. Ich glaube, das mit dem Kuchen wird heute nichts. ☹

Romie: Oh nein!!! Mach dir keine Sorgen, Marleigh. Mein Dad backt ständig welchen, das können wir jederzeit nachholen. Brauchst du denn irgendwas? Hühnersuppe, Möhrensuppe, Reissuppe? Ich hab auch ein riesiges Wärmekissen und eine Heizdecke, wenn dir danach gerade ist.

Vor Erleichterung hätte ich doch fast etwas geweint. Ich wollte mir nichts mit Romie verbauen, aber ich schaffte es heute einfach nicht vor die Tür. Und wie sollte ich das anders erklären? Mein Kopf brannte und setzte meinen Körper gleich mit in Flammen.

Ich: Nein, danke. Das ist lieb, aber ich brauch nichts.

Ich: Außer ganz viel Tee und etwas mehr Schlaf.

Romie: Das klingt ehrlicherweise traumhaft. Ich glaub, ich mache mit.

Ich: Prokrastinierst du deine Hausarbeiten damit nicht noch weiter?

Romie: Genau das war der Plan.

Romie: Okay, nein, ehrlicherweise ist mein innerer Workaholic im letzten Semester durch die Decke gegangen. Wenn ich eine Pause mache, denke ich an die Arbeit und habe ein schlechtes Gewissen, weil ich nicht arbeite. Und wenn ich arbeite, kriege ich nichts zustande, weil ich mir wünschte, eine Pause machen zu können.

Ich: Das klingt … na ja. Nicht gut.
Romie: Ungesund. Ich weiß. Wie ein teuflischer Kreislauf, der mich irgendwann völlig aus der Bahn werfen wird, wenn ich nicht bald lerne, dass Pausen gut für mich sind.
Romie: Übrigens, das wollte ich dir gestern schon sagen, ich mag deinen Stil mega! Die Kleider, die du trägst, sehen immer wie von Prinzessinnen aus.
Romie: Weil sie so schön sind, meine ich. Nicht, weil man als Frau Prinzessinnen mögen muss.
Ich: Ich mag sie.
Ich: Ich gucke Barbie-Filme und die der Disney-Prinzessinnen gucke ich mir immer an, wenn es mir schlecht geht.
Romie: Ehrlich?
Romie: Okay, ernst gemeinte Frage: Was genau gefällt dir an den Filmen? Mein Geschmack bei Filmen geht in eine völlig andere Richtung, deswegen bin ich neugierig.
Ich: Die Musik vor allem. Ich liebe es, dass die Lieder so ein wichtiger Part der Filme sind. Dass sie die Geschichte voranbringen, Motive erklären oder Charaktere dazu bringen, Mut zu fassen.
Ich: Stell dir vor, sie hätten *Kann es wirklich Liebe sein* gesprochen, statt es in einem Song zu verpacken. Es hätte nicht mal annähernd den gleichen emotionalen Effekt.
Romie: Du erinnerst mich ein bisschen an meine Cousine. Sie ist ein großer Fan von Musicals und jedes Mal, wenn man ihr den Raum gibt, darüber zu reden, kriegt sie so ein Glitzern in den Augen, wie du es gerade hast.
Ich: Wohnt deine Cousine in der Nähe?
Romie: Nein, leider nicht. Wir kommen eigentlich beide aus Toronto, aber sie macht gerade ein Auslandsjahr in Norwegen.
Romie: Na ja, und allem Anschein nach wird aus dem Auslandsjahr bald eine neue Heimat.

Ich: Oh. Möchte sie dort hinziehen?

Romie: Ja. Sie hat sich verliebt – in das Land selbst und eine Person dort. Ihr Auslandsjahr wäre zwar in zwei Monaten um und sie sagt, sie kommt auf jeden Fall nach Hause, aber ich sehe es ehrlicherweise nicht passieren.

Ich: Tut mir leid, falls ich da zu viel in eine Textnachricht interpretiere, aber … du wirkst nicht sehr glücklich darüber? Kann das sein?

Romie: Ja, bin ich tatsächlich nicht.

Romie: Sie ist meine beste Freundin, und der Gedanke, dass ich sie ab sofort mit ganz viel Glück nur noch einmal im Jahr sehe, ist … na ja. Scheiße.

Romie: Wir wollten eigentlich zusammen nach Norwegen.

Ich: Wieso hat das nicht geklappt?

Drei Punkte tauchten links unten im Messenger auf und verschwanden kurz darauf wieder. Mehrere Minuten vergingen auf diese Weise – und ich war kurz davor, ihr zu sagen, dass sie das nicht beantworten brauchte. Es war das erste längere Gespräch, das wir führten. Ich wollte ihr nicht jetzt schon zu nahetreten.

Bevor ich die Nachricht allerdings tippen konnte, schickte sie ihre doch noch ab.

Romie: In meiner Familie sind ein paar Dinge passiert. Ich konnte und wollte ehrlicherweise nicht einfach gehen, wenn alles so zwischen den Stühlen hängt, zumal meine Dads außer mir keine andere Familie haben, die in der Nähe wohnt.

Ich: Tut mir leid. Das war bestimmt nicht einfach.

Romie: Schon gut.

Romie: Okay, nein, war es nicht. Ist es immer noch nicht. Ich hab so lange davon geträumt und so hart dafür gearbeitet, dieses Auslandsjahr finanzieren zu können, und jetzt … Jetzt lebt meine Cousine ihn allein. Und ich fühl mich, als wäre ich zurückgelassen worden, obwohl es meine eigene Entscheidung war.

Romie: Ich bin mir nicht mal sicher, warum ich mich so fühle. Es ist nicht so, als wäre ich schon super alt. Und selbst wenn, könnte ich es trotzdem noch tun, sobald die Lage besser ist. Aber ich hab die ganze Zeit darauf hingearbeitet, und jetzt …

Romie: Jetzt texte ich dich mit Romanen zu. Entschuldige.

Ich: Nein, schon in Ordnung.

Ich: Ich glaube, ich kann verstehen, was du meinst.

Ich: Jetzt … fühlt es sich an, als wäre die Zukunft grau und irgendwo hinter einer dicken Nebelwand versteckt.

Romie: Ja. Das trifft es sehr gut.

Romie: Danke fürs Zuhören, Marleigh. Ich lass dich jetzt mal etwas in Ruhe, damit du dich auskurieren kannst.

Nein, wollte ich schreiben. *Red noch etwas mit mir.*

Aber stimmt – in Romies Augen war ich krank. Und obwohl alles in mir danach schrie, noch ein paar Sätze mit ihr auszutauschen, sie noch ein klein wenig besser kennenzulernen und der Stille in meiner Wohnung zu entgehen, verabschiedete ich mich erst mal von ihr.

Ein Seufzen entkam mir. Vielleicht wäre es doch nicht so schlimm gewesen, zu Romie zu gehen? Ein Stück Kuchen klang gerade auf jeden Fall himmlisch. Nur dass ich diese Chance für heute vertan hatte.

Ich streckte die Hand aus. Zur Tasche meiner Querflöte, die wie immer neben meinem Bett lag. Zog sie zu mir aufs Bett, weil ich dieses Loch, diese Leere in mir irgendwie füllen wollte und Musik – meine eigene Musik – immer der Weg dafür war.

Ich setzte mich aufrecht hin. Öffnete den Reißverschluss. Holte das Etui daraus hervor, klappte es auf und fühlte mich ein Stück ruhiger. Etwas klarer.

Ich nahm das Fußstück aus dem Etui, dann das Mittelstück. Setzte die beiden zusammen und steckte dann noch das Kopfstück drauf. Meine Finger fanden ihren Platz auf den Klappen ganz automatisch – die Erinnerung, wie es sich anfühlen sollte, schon lange in meinen Muskeln gespeichert.

Ich hob die Querflöte an meinen Mund. Holte Luft, um einen Ton zu spielen.

Und erstarrte, bevor ich dazu kam.

Oh je, bei so einem einfachen Stück verspielst du dich?

Lachen folgte den Worten.

Ganz schön schwach für eine Streberin.

Meine Hände fingen an zu zittern. Mein Brustkorb war schrecklich eng. Ich ließ die Querflöte sinken. Baute sie auseinander. Verstaute die Einzelteile zurück im Etui und das dann in der Tasche. Ich stellte sie zurück an ihren Platz neben meinem Bett, legte mich mit dem Gesicht zur Wand und schloss die Augen.

Bitte. Mach, dass es aufhört.

3. TEIL
Bargaining

16. KAPITEL

Marleigh

Alles war schwer.

Ein Gewicht lastete auf mir, noch bevor ich die Augen öffnete. Meine Glieder fühlten sich schwer an – als wären sie aus Blei und mit dem Bett verschmolzen – und mein Kopf drehte Kreis um Kreis um Kreis. Es war, als wäre meine Welt auf die wenigen Quadratmeter meiner Wohnung zusammengeschrumpft.

Ich merkte, dass heute so ein Tag war, als ich meinen Wecker hörte und der Ton an mir zu reißen schien.

Steh auf! Steh auf!, schrie er – nur hatte ich keine Ahnung, wie ich meine Beine benutzen sollte. Wie ich sie aus dem Bett schieben und auf ihnen stehen sollte, wenn sie sich selbst im Liegen schwach anfühlten.

Natürlich kündigten diese Tage sich nicht an. Sie winkten nicht aus der Ferne und riefen mir zu, dass ich schon mal einen Tee aufsetzen sollte. Dass ich es mir mit meiner Wärmflasche auf dem Bett bequem machen konnte, weil ich zu mehr ohnehin nicht fähig sein würde, sobald sie da waren.

Nein. Sie … kamen einfach. Schlugen die Tür ein, wenn ich gerade das Gefühl hatte, mal wieder aufwärtszusteigen. Und richteten sich dann für eine Weile häuslich ein.

Ich hasste das Gefühl – als hätte mich etwas im Nacken gepackt und wollte nicht mehr loslassen. Ich konnte mich ablenken, wie ich wollte, die Empfindung ging nicht weg. Und je länger sie blieb, desto panischer wurde ich. Desto weniger verstand ich, warum mein Körper mich hinterging, wenn ich alles getan hatte, um mich in ihm wieder wohler zu fühlen.

Nicht alles, rief mein drückender Brustkorb mir zu.

Nicht alles, stimmte mein Magen mit ein.

Und sie hatten recht. Die letzten Tage über hatte ich das Ziehen in meinem Bauch ignoriert, um mit Aaron zu sprechen. Ich hatte meinen stolpernden Herzschlag beiseitegewischt, um mit Romie zu schreiben. Ich hatte meinen Körper ignoriert, um nach draußen zu gehen und so zu tun, als wäre meine Maske noch genauso intakt wie die aller anderen.

Ihr habt recht, flüsterte ich meiner Lunge zu.

Ihr habt recht, dem Blei in meinen Armen.

Ich stieß erleichtert die Luft aus, als die Bauchschmerzen daraufhin ein wenig abnahmen. Ich zog mein Donut-Kissen an mich heran, schlang meine Arme darum und hielt es so fest wie möglich umklammert. Mein Handy leuchtete auf dem Nachttisch mit einer eingehenden Nachricht auf, aber meine Hand auszustrecken kostete zu viel Anstrengung.

Ich vergrub das Gesicht in meinem Kissen. Zog die Decke fast vollständig über meinen Kopf und schloss die Augen.

Der Schlaf wartete nur ein paar Meter entfernt.

Ich verbrachte den gesamten Vormittag irgendwo zwischen Wachsein und Träumen. Immer, wenn ich das Gefühl hatte, kurz davor zu sein aufzuwachen, kniff ich die Augen zusammen und wartete so lange mit angehaltenem Atem ab, bis ich wieder einschlief.

Es war nicht sonderlich erholsam. Ich schlief nicht wirklich tief, aber es war besser als nichts.

Besser, als wach zu sein und meinen Gedanken zuhören zu müssen.

Besser, als die letzten zwei Jahre an der Uni in meinem Kopf hin und her zu wälzen.

Besser, als jedes geflüsterte Wort, jedes Lachen, jeden Kommentar wieder und wieder zu hören und dabei durchzudrehen, weil mein rationaler Teil sich durchgehend mit Ängsten und Sorgen stritt.

Manchmal bildete ich mir ein zu hören, wie mein Handy einen Laut von sich gab. Dann drehte ich mich einfach auf die andere Seite und ignorierte es. Mit Leuten zu sprechen war ein Ding der Unmöglichkeit.

Wirklich aufwachen tat ich erst, als die Sonne durch das Fenster genau auf mein Bett fiel und mich blendete. Ich fühlte mich ein bisschen besser – größtenteils, weil mein Kopf wie in Watte gepackt war und sich alles ein wenig unecht anfühlte. Als hätte mich jemand von meinem Körper losgelöst und eine Wand zwischen all den Sinneseindrücken und mir hochgezogen.

Dementsprechend lange dauerte es auch, bis ich verarbeitet hatte, was genau mich geweckt hatte. Ein Klingeln. Ein Klopfen. Eine Stimme.

Nicht irgendeine – Aarons Stimme.

Die Realisierung war so merkwürdig … so unerwartet, dass sie mich aus dem Bett trieb. Meine nackten Füße schleiften über den kühlen Boden des Flurs. Unter meiner warmen Hand wirkte die Türklinke eisig kalt. Ich war mir sicher, dass ich es mir einbildete. Dass ich noch schlief und träumte zu hören, wie Aaron meinen Namen sagte.

Aber meine Haustür ging auf und er stand tatsächlich vor mir. Die Hand erhoben, als wollte er noch einmal klingeln. Den Mund geöffnet, als läge mein Name ihm noch auf der

Zunge. Sein Blick glitt über mich. Verwirrt. Verwundert. Irgendwie erleichtert. Mein Gedächtnis versuchte, sich aus dem Nebel zu entwirren.

Aaron trug ein weites weißes Hemd, das er vorn in seine helle Jeanshose gestopft hatte. Der Stoff sah so weich aus, dass meine Fingerkuppen mit dem Bedürfnis kribbelten, darüberzustreichen. Seine Augen wanderten fragend an mir auf und ab – und plötzlich wurde mir bewusst, weshalb er aussah, wie er aussah. Weshalb er vor meiner Tür stand.

»Tut mir leid«, sagte ich. Hoffte, dass meine Stimme nicht so tonlos war, wie sie in meinen Ohren klang. In mir wütete ein Monster und ich hielt es viel zu fest in meinem Griff, damit es nicht nach außen gelang.

»Mir geht es nicht so gut und … Ich hab vergessen …« … *dir abzusagen.* Bauchschmerzen vorzuschieben, wie ich es mit Romie gestern getan hatte, weil ich nicht wusste, wie ich sagen sollte, dass mein Kopf es war, mir Schmerzen bereitete.

Ich umklammerte die Türklinke fester. Hielt mich daran aufrecht, weil der Nebel sich ein wenig verzog und sich alles plötzlich wieder schwerer anfühlte.

»Können wir es vielleicht verschieben?«, brachte ich hervor, schaffte es dabei aber nicht einmal, ihm in die Augen zu sehen. An seinem Hals war mein Blick sicher. Dort bemerkte ich es nicht, falls er mich anklagend ansah.

Das Verlangen, hier und jetzt in Tränen auszubrechen, überkam mich mit einer solchen Wucht, dass meine Augen brannten.

Weinen? Warum denn, Marleigh? Du wurdest nicht versetzt.

»Ich mach es wieder gut, okay?«, zwang ich mich zu sagen. »Heute ist … kein guter Tag. Tut mir leid.«

»Ist alles in Ordnung?« Das waren die ersten Worte, die er zu mir sagte.

Ich nickte ganz automatisch. War alles in Ordnung? Ja, war es. Ich hatte mich nicht verletzt. Ich hatte keinen Unfall gehabt. Nichts war passiert, das mich in eine Schockstarre hätte versetzen können. Alles *war* in Ordnung.

Aaron rührte sich nicht von der Stelle. Und ich hatte keine Ahnung, wie ich ihm vermitteln sollte, dass es mir gut ging, ich nur einen Tag brauchte, vielleicht zwei, um wieder auf die Beine zu kommen. Ohne, dass er sich Sorgen machte. Ohne, dass er mich weiter ansah, als könnte er den Sturm sehen, der in mir wütete.

»Bist du dir sicher?«, hakte er nach. Seine Stimme war sanft und fest. Etwas, woran ich mich festhalten wollte, um nicht weggeweht zu werden.

Ich brachte es nicht über mich, noch einmal zu nicken. Brachte es nicht über mich, den Kopf zu heben und starrte stattdessen den Boden und meine Füße an.

»Möchtest du allein sein?«

Allein. Das Wort tat mir beinahe körperlich weh. Ich wollte in meinem Bett liegen und abwarten, bis die Uhren auf null umsprangen. Ich wollte den Tag vorbeiziehen lassen und mich nicht darum kümmern müssen, was morgen sein würde.

Aber vor allem wollte ich, dass mich jemand dabei in die Arme nahm. Mir sagte, dass alles in Ordnung wäre, weil ich es nicht schaffte, mir zu glauben, wenn ich es mir selbst einredete. Ich fühlte mich so entsetzlich allein, dass ich mich genauso gut hätte auflösen können.

Mein Schweigen dauerte zu lang. Aaron sagte etwas, das ich nicht wirklich wahrnahm – und zu sehen, wie er sich abwendete, löste mich aus meiner Starre. Ich wollte nicht sehen, wie er mir den Rücken zukehrte.

»Ich hab nicht aufgeräumt«, sagte ich leise. Es war das Erste, was mir in den Sinn kam.

Aaron blieb stehen. Ich spürte seinen Blick auf mir.

»Ich hab nur Tee da«, fuhr ich fort. »Und keinen Fernseher. Wir könnten auf meinem Laptop etwas gucken, wenn du möchtest. Wir brauchen nicht zu reden, wenn dir nicht danach ist. Aber wenn du nichts vorhast …«

»Marleigh«, unterbrach er mich sanft. Ich konnte nicht anders. Sah zu ihm auf, direkt in warme, blaue Augen. »Tee klingt perfekt.«

Ich fiel in mich zusammen. Aaron konnte es nicht sehen, aber innerlich rissen bei seinen Worten alle Stricke, die mich aufrecht gehalten hatten – und das Einzige, das dafür sorgte, dass ich nicht einfach auf dem Boden landete, war mein Griff um die Klinke.

Ohne etwas zu sagen, öffnete ich die Tür weiter und ließ Aaron in meine Wohnung. Eine Sekunde lang flackerte Sorge in mir auf, jemand Fremdes in meinem jetzigen Zustand in meine Komfortzone zu lassen. Pure Dankbarkeit überschattete es allerdings, noch bevor die Angst Fuß fassen konnte.

Aaron ließ seine Schuhe neben der Tür stehen und folgte mir in Socken in mein großes Zimmer. Sie waren weiß mit kleinen gelben Smileys darauf, die lächelten. Ich war so fokussiert auf sie, dass ich nicht sofort etwas sagte, als wir mitten im Raum stehen blieben.

»Du hast eine schöne Aussicht von hier oben«, kommentierte Aaron den Blick aus einem meiner Fenster. Er riss mich damit auch aus meiner Starre – und sorgte dafür, dass ich meine gesamte Wohnung unbewusst aus seiner Sicht betrachtete.

Die Klamotten, die ich seit Tagen nicht in meinen Kleiderschrank gehängt hatte, weil ich zu faul war. Stattdessen legte ich sie jeden Abend auf meinen Schreibtischstuhl und jeden Morgen auf die äußerste Kante meines Betts. Die zerwühlte

Bettdecke und das Donut-Kissen, das halb versteckt darunter lag. Die halb volle Tasse mit kaltem Tee auf meinem Nachtschrank …

»Hast du die selbst gemalt?«, fragte Aaron mich.

Ich löste meinen Blick von der vertrockneten Pflanze auf meinem Fenstersims, die ich schon ewig wegwerfen wollte, und sah nach, wohin er deutete. Die Wildblumen an meiner Wand. »Das sind Wandtattoos«, erklärte ich. »Von meiner Mom, als ich hier eingezogen bin.«

Aaron nickte verstehend, betrachtete sie noch einen Augenblick länger und wandte sich dann mir zu. »Sie sehen schön aus.«

Ich nickte. Sah zu Boden. Ich hatte in seinen Augen kein Urteil lesen können, aber so eingehend, wie er mich betrachtete, fühlte ich mich entblößt. In jedem Winkel dieser Wohnung waren Teile von mir zu finden. Dinge, die mir Trost spendeten, mir Freude bereiteten oder mich an etwas Schönes erinnerten. Es war meine unverfälschte Persönlichkeit auf einen Blick – und Aaron stand mittendrin.

»Tee«, entkam es mir plötzlich in dem Versuch, mich selbst abzulenken. »Was für welchen möchtest du?«

»Was immer du hast«, sagte er. Seine Stimme hielt er dabei gesenkt, und mir fiel auf, wie er bewusst leise und sanft redete. Als würde er ahnen, dass meine Emotionen heute so dicht an der Oberfläche schwammen, dass jedes zu laute Wort, jeder falsch interpretierte Ton, Schaden anrichten konnte.

»Ich habe alles.« Statt ihm die Teesorten aufzuzählen, zeigte ich sie ihm in meiner Küche. In dem Schrank stapelten sich mindestens ein Dutzend unterschiedlicher Tees – alle möglichen Sorten, die ich jemals ausprobiert hatte.

Aaron hob die Augenbrauen staunend an. »Du hast wirklich alles.«

»Wenn es um Tee geht, mache ich keine Scherze.«

Ein Schmunzeln wollte sich auf seinem Gesicht ausbreiten, aber er rang es nieder, als ihm mein ernster Gesichtsausdruck auffiel. »Du hast nicht zufällig britische Wurzeln?« Er deutete auf eine Packung mit Schwarztee, die auf dem oberen Regalbrett lag.

»Nein. Nur eine Mom, die mir ihre Leidenschaft vererbt hat«, erklärte ich und streckte mich, um den Tee zu erreichen. Der Nachteil kurzer Arme.

Aaron griff an mir vorbei nach der Packung und reichte sie mir. Seine Fingerspitzen streiften meine Hand dabei ganz kurz. Ich hielt den Tee einen Augenblick zwischen beiden Händen fest, ehe ich mich zum Wasserkocher umdrehte, ihn anstellte und zwei Beutel in zwei Tassen hängte.

»Wie bekommst du deinen Tee normalerweise vom obersten Regal?«, fragte Aaron neugierig. Meine Küche war so klein, dass er im Türrahmen zwischen ihr und dem großen Raum stehen musste.

Ich tippte mit dem Zeigefinger auf die Tischplatte. »Ich klettere hier drauf.«

Ihm war geradezu anzusehen, dass er sich vorstellte, wie ich mich durch meine Küche hangelte, um die Dinge zu erreichen, die ich in den Hängeschränken ganz oben verstaut hatte. Er biss sich sogar leicht auf die Unterlippe, um ein Grinsen zu unterdrücken – obwohl es nicht nötig gewesen wäre. Seine Augen sprachen Bände.

»Lachst du über meine Größe?«

Er versuchte, sein Lächeln hinter einer Hand zu verstecken. »Nein.« Um vom Thema abzulenken, drehte er den Oberkörper leicht zu meinem Schlaf- und Wohnzimmer um, seine Hand sank dabei zurück an seine Seite. Ich verfolgte die kleine Bewegung aus den Augenwinkeln. Wie er die Fingerkuppen übereinanderrieb, während er nachdenklich meine Wohnung betrachtete.

»Du hast nicht gelogen, als du von einer Obsession mit Donuts gesprochen hast«, merkte er an. Vermutlich, weil ihm das Kissen auf meinem Bett aufgefallen war.

Der Wasserkocher ging aus und ich füllte beide Tassen bis obenhin. »Hast du keine merkwürdigen Leidenschaften?«

Ein nachdenklicher Ausdruck schlich sich kurz auf sein Gesicht. »Keine, die mir gerade einfallen. Außer, na ja, du weißt schon. Erste Folgen.«

Meine Lippen verzogen sich zu einem schwachen Lächeln. Selbst das war unglaublich anstrengend.

Ich nahm beide Tassen und ignorierte, wie er die Hand ausstreckte, um sie mir abzunehmen. Ich schob mich an ihm vorbei und stellte sie auf Untersetzern auf meinem Couchtisch ab, ehe ich mich auf den Boden davor setzte. Die Sitzmöglichkeiten in meiner Wohnung waren begrenzt, und mein Bett kam mir plötzlich zu persönlich … zu intim vor.

Aaron setzte sich mit etwas Abstand neben mich und streckte die langen Beine an dem Couchtisch vorbei aus. Meine hatte ich vor mir gekreuzt, die Finger im Schoß verschränkt. Ich rieb meine Daumen nervös gegeneinander, jetzt, wo ich nichts mehr zu tun hatte, das mich von Aarons Präsenz ablenkte.

Er lehnte sich mit dem Rücken gegen mein Bett und schien sich nicht im Mindesten daran zu stören, dass ich mich nur ein wenig nach rechts hätte bewegen müssen, damit unsere Schultern sich berührten.

»Ich hab mich übrigens für einen Anime entschieden«, sagte er da.

»Ehrlich?«

»Ja«, bestätigte Aaron. »*Jujutsu Kaisen.* Ich hab Jean die Liste gezeigt und er meinte, dass er den schon ewig sehen möchte. Danach hat er mich auf der Couch im Wohnzimmer festgehalten und gezwungen, fünf Folgen ohne Unterbrechung zu gucken.«

Ich zog meine Beine an die Brust. Schlang die Arme darum. »Klingt anstrengend.«

Aus den Augenwinkeln bekam ich mit, wie Aaron die Schultern anhob und wieder fallen ließ. »Es war ziemlich gut. Ich hatte nicht das Bedürfnis, etwas anderes zu tun.«

Das sorgte nun doch dafür, dass ich den Kopf leicht in seine Richtung drehte. »Und so was aus deinem Mund.«

Seine Mundwinkel zuckten, und in mir regte sich hinter all den Schichten aus Nebel und Eis ein kleiner Funken Wärme. Er verschwand so schnell, wie er aufgetaucht war – und ließ mich kälter zurück.

Ich schlang meine Arme fester um meine Beine.

»Ich möchte dich nicht enttäuschen, aber ich bin mir fast sicher, dass es nicht jedes Mal so laufen wird. Leider ist Jean nicht immer da, um mich ans Sofa zu ketten.«

»Dein Stiefbruder«, setzte ich an. Mein Kopf war so schwammig, dass die Frage mir entglitt, bevor ich sie aussprechen konnte.

»Das ist wirklich kein adäquates Wort, um ihn zu beschreiben«, fing Aaron meinen halben Satz auf. »Aber ich befürchte, es könnte etwas schnulzig sein, wenn ich durch die Gegend laufe und ihn meinen Seelenverwandten nenne.«

Ich schüttelte den Kopf. Strich mir eine Haarsträhne hinters Ohr. »Es klingt nach etwas, das sich alle wünschen, aber nicht viele tatsächlich erleben.« Ich wusste, dass ich es tat. Jemanden, der mein Innerstes verstand. Bei dem ich mich nie verstellen musste, weil ich ganz genau spürte, dass diese eine Person mich niemals verurteilen würde.

»Ja, ich hab ziemlich Glück«, sagte Aaron. Er machte eine Pause. Setzte ein nachdenkliches Geräusch hinterher.

»Was ist?«

»Die letzten Wochen … Ich hab mich nicht wirklich wie eine Person gefühlt, der viel Glück widerfährt.«

»Weshalb?«

Er öffnete den Mund und schien drauf und dran zu sein, mir etwas erzählen zu wollen. Aber seine Augen fanden zu mir. Unsere Blicke kreuzten sich. Und er schluckte die Worte herunter, bevor er sie aussprechen konnte. Danach sah er in eine andere Richtung, als wäre nichts gewesen. »Nur so.«

Es war offensichtlich, dass mehr dahintersteckte. Ich drängte ihn nicht, mir davon zu erzählen. Ehrlicherweise war ich überrascht, dass ich es überhaupt schaffte, dem Gespräch zu folgen.

Ich löste eine Hand von meinen Beinen und rieb mir damit über die Nasenspitze. Aus irgendeinem Grund war sie an Tagen wie heute immer eiskalt. Ich spürte, dass Aaron mich dabei beobachtete, auch wenn er versuchte, es unauffällig zu tun.

Ich fühlte mich unter seinen Blicken nach wie vor nicht unwohl. Etwas, das ich sicher weiter überdenken würde, wenn ich mich wieder etwas besser fühlte.

Falls ich mich wieder besser fühlte.

17. KAPITEL

Aaron

Marleigh war neben mir still geworden. Fast so, als wäre sie innerlich irgendwo versunken. Es war die Art von Stille, bei der ich mich fragte, ob es besser war, sie mit ihr auszusitzen oder ihr zu helfen, sie zu füllen.

Die Art von Stille, die ich allein nur schwer aushalten konnte. Die mit Marleigh aber ein klein wenig leichter wirkte.

Ich sah immer wieder zu ihr. Meinen Blick zog es ganz automatisch in ihre Richtung. Zu den schmalen Fingern, die ihre Ellenbogen umfasst hielten. Ihr Kinn, das auf den verschränkten Armen lag, als wäre ihr Kopf zu schwer, um ihn ohne Hilfe aufrecht zu halten.

Sie wirkte müde. Nicht, weil es ihr wirklich anzusehen war, sondern weil sie sich wie eine Person hielt, die seit Wochen keine Ruhe fand. Wie jemand, bei dem Schlaf kaum noch half, weil sich immer mehr Erschöpfung anstaute, die über pure Müdigkeit hinausging.

Ihr Schweigen war laut.

Nicht, weil etwas in der Luft hing oder ungesagt zwischen uns stand. Nein. Es lag daran, dass ihre leise Stimme fehlte, wenn sie nichts sagte. Ich erwischte mich dabei, wie ich nach Themen suchte, die ich in den Raum werfen konnte – nur, um sie wieder sprechen zu hören.

»Ist alles in Ordnung?«, hörte ich mich fragen, ohne es vorher wirklich gedacht zu haben. Mein Mund war schneller als mein Hirn gewesen. Aber konnte ich es ihm verübeln? Wie sie vorhin die Tür geöffnet hatte – mit diesem halb verängstigten, halb abwesenden Blick. Die Frage schwirrte mir die ganze Zeit im Kopf herum.

Es dauerte etwas. Dann blinzelte sie mehrmals hintereinander. Sah zu mir auf. Ihre Haare fielen ihr über die Schultern. »Die Ablenkung hilft.«

Ablenkung wovon? Ich traute mich nicht, es zu fragen. »Möchtest du darüber reden?«

Sie drehte meine Frage gedanklich hin und her, bis sie den Kopf schüttelte. »Aber wenn du möchtest, kannst du mir sagen, wohin du mich heute bringen wolltest.«

Oh. Richtig – kurz hatte ich vergessen, dass ich nicht einfach so vor ihrer Tür aufgetaucht war. Der Moment, in dem ich ihre Wohnung betreten hatte, hatte die Außenwelt in einige Ferne gerückt. »Willst du dir die Überraschung wirklich verderben?«

Ihre Augen weiteten sich kaum merklich. »Möchtest du denn trotzdem noch mit mir dort hingehen?«

»Trotzdem?«, wiederholte ich verwirrt. »Trotz was?«

Sie machte eine Bewegung mit ihrer Hand, die vermutlich alles in diesem Raum einschließen sollte. Vor allem sie selbst.

»Marleigh«, begann ich vorsichtig. »Nur weil du einen Tag Ruhe brauchst, müssen wir unsere Pläne nicht völlig über den Haufen werfen. Der Ort wird morgen nicht plötzlich verschwunden sein.«

»Und wenn ich mehr als einen Tag brauche?«

»Solange der Donut-Laden nicht zumacht, ist es mir egal, wie lange es dauert. Wir gehen, wenn du dich gut genug fühlst.«

Ein Glänzen trat in ihre Augen. Sie richtete sich etwas auf. »Ein Donut-Laden?«

» … ups.«

Ihre Lippen verzogen sich zu einem Lächeln. Dann zu einem Grinsen. »Ein Donut-Laden. Die Überraschung ist ein Donut-Laden.«

Ihre Freude war bunt und ehrlich. Ich räusperte mich, ein bisschen verlegen. »Erwischt.«

»Verrätst du mir, welcher es ist?«

Statt ihr zu antworten, lehnte ich mich kurz nach rechts und zog mein Handy aus der Hosentasche. Ich brauchte es nur zu entsperren und wurde von dem Anfahrtsplan des Cafés begrüßt, den ich auf deren Website geöffnet hatte.

Ich reichte Marleigh mein Handy, und sie nahm es mit beiden Händen entgegen und hielt es so vorsichtig, als hätte sie Angst, es zu zerbrechen – dabei war sie es, die auf mich zerbrechlich wirkte.

Marleigh scrollte langsam durch die Seite und machte bei jedem Bild ein Geräusch, als wäre Weihnachten und sie ein Kind direkt vor der Bescherung. »Der Donut sieht aus wie eine Blume«, sagte sie und kippte den Bildschirm so, dass ich ihn sehen konnte.

Ich beugte mich nach vorn, um das Bild erkennen zu können – die Baiserhaube auf dem Donut erinnerte an Rosenblüten.

»Fast ein bisschen zu schön zum Essen, oder?«, kommentierte ich es. Ich war mir nicht mal sicher, ob ich die Worte richtig aussprach. Ein süßer Geruch stieg mir in die Nase. Vanille.

Ich lehnte mich unauffällig zurück. Das Wissen, dass ich ihr nah genug war, um ihr Shampoo oder Parfüm riechen zu können, ließ mein Herz unerwartet höherschlagen.

»Vielleicht für die ersten drei Sekunden«, antwortete sie. »Lange genug, um Fotos davon zu machen und meiner Mom zu schicken. Sie wird so neidisch sein.«

»Wenn das Café den Härtetest besteht, kannst du sie ja mal mit dort hinnehmen.«

Ihr Scrollen wurde langsamer und stoppte schließlich gänzlich. Sie starrte eines der Bilder an, ehe sie den Kopf anhob und mir das Handy zurückreichte. »Ja, vielleicht.«

Irgendetwas daran, wie bemüht neutral ihr Gesichtsausdruck war, stieß mir übel auf. Aber bevor ich es benennen konnte, hatte sie sich zurückgezogen, die halb volle Teetasse zwischen beiden Händen haltend, die Knie wieder an den Brustkorb gedrückt.

Ich betrachtete ihr Profil schweigend, während sie meinen Blick mied. Fragte mich, welche Marleigh die echte war: die, die mit großen Augen staunend den Sonnenuntergang betrachtete und sich über Donuts mit Rosenblüten freute – oder die, die still neben mir saß und völlig in ihrem Kopf zu verschwinden schien?

»Donuts und Musik«, sagte ich, um das Schweigen zu durchbrechen. »Was gibt es sonst noch, das ich über dich wissen sollte?«

Sie runzelte die Stirn, als verstünde sie die Frage nicht. Als wäre sie sich nicht sicher, wie sie sie beantworten sollte. Ihr Blick glitt suchend durch ihre Wohnung und blieb schließlich an ihrem Nachttisch hängen.

»Ich schlafe immer ein, wenn ich im Bett ein Buch lese«, sagte sie. »Von uns beiden ist meine Mom die größere Leseratte. Sie hat sogar ein Tattoo aus *Stolz und Vorurteil* auf ihrem Arm.«

»Hast du auch Tattoos?«

»Nein, leider nicht. Nadeln machen mir Angst und sobald ich einen Tropfen Blut sehe, wird mir jedes Mal schwindlig.«

»Das heißt, du hättest eigentlich gern welche?«

Marleigh beugte sich ein Stück zu mir – so als wäre die Antwort ein Geheimnis, das niemand sonst hören durfte. »Ich hab sogar einen ganzen Ordner voller Ideen auf Pinterest.« Sie lehnte sich zurück. »Und du?«

Ich schüttelte den Kopf. »Angst vor Nadeln.«

»Ehrlich?«

»Nein, nicht wirklich«, gab ich grinsend zu. »Aber dafür Angst davor, mich festzulegen und in zwei, drei Jahren das Motiv grauenvoll zu finden.«

»Du könntest es dir wieder weglasern lassen.«

»Ist ein semi-permanentes Tattoo dann nicht sinnvoller, billiger und vor allem weniger schmerzhaft?«

»Mag sein. Aber es ist nur semi-permanent.«

»Eben.«

»Ja. Eben – das ist doch spätestens nach zwei Wochen wieder weg.«

Ich hob eine Augenbraue an. »Argumentierst du gerade für dich oder für mich?«

Sie ging ihre Aussage im Kopf noch einmal durch und zog die Nase kraus. »Ich bin mir nicht sicher. Ich glaube, dass der Grund, weshalb du es ausschließt, der ist, weswegen ich gern eins hätte. Also vermutlich für uns beide.«

»Hm«, neckte ich sie. »Das heißt, eigentlich brauchst du mich für dieses Gespräch gar nicht mehr.«

Stille. Sekunden vergingen, in denen sie mir weder zustimmte noch widersprach.

»Autsch«, sagte ich. »Okay, ich verstehe, wenn ich überflüssig bin.« Ich machte Anstalten, aufzustehen, aber Marleighs Hand hatte sich so schnell um meinen Unterarm gelegt, dass ich nicht weit kam.

»Bist du nicht.« Sie sagte es nachdrücklich und sah mich dabei unverwandt an. »Ich kann wirklich gut Selbstgespräche führen, aber mit dir zu sprechen ist interessanter.«

Sie hielt meinen Blick fest. Mit diesen leuchtend grünen

Augen, die ihr Gesicht einnahmen, während ich dem Kribbeln auf meinem Arm nachspürte, das ihre Berührung hinterlassen hatte.

Du freust dich über ihre Aussage, stellte ich mit etwas Verspätung fest.

Es hinterließ eine ganz unscheinbare Wärme, die sich direkt in meinen Brustkorb setzte und von dort aus in meinen ganzen Körper ausstrahlte.

»Ich finde die Gespräche mit dir auch interessanter als die mit mir selbst«, sagte ich und kam mir dabei so unbeholfen vor, dass ich mich innerlich wand. Aber Marleigh lächelte – zaghafter und ein bisschen schief. Und genau deswegen so einnehmend.

Sie beugte sich nach vorn, um ihre Tasse abzustellen, nachdem sie sie leer getrunken hatte. Ihre Haare hielt sie dabei mit einer Hand fest, damit sie ihr nicht ins Gesicht fielen. Eine Strähne befreite sich aus ihrem Griff, lockte sich direkt neben ihrem Nacken und lenkte meinen Blick dorthin. Auf den eleganten Schwung und die blasse Haut, die hier und da rot gefleckt war.

» … trinken?«

Erst mit einiger Verspätung registrierte ich, dass sie mit mir sprach. Ich schüttelte den Kopf leicht und hob den Blick an, um ihr ins Gesicht zu sehen. Ich hatte kein einziges Wort von dem wahrgenommen, was sie gerade gesagt hatte.

»Wie bitte?«

Sie deutete auf meine Tasse. »Möchtest du noch etwas trinken?«

Ich folgte ihrem Zeigefinger – als müsste mein Hirn erst sehen, was sie meinte, bevor es die Frage verarbeiten konnte. »Oh. Nein. Nein, danke.« Ich warf einen Blick auf meine Uhr. »Vermutlich sollte ich eh bald nach Hause.«

Täuschte ich mich oder sackten ihre Schultern vor Enttäuschung ein klein wenig ab? Sie überspielte es gut, falls es so war.

»Stimmt, es ist schon spät«, erwiderte sie, drückte sich vom Boden hoch und hielt mir die Hand hin, um mir ebenfalls aufzuhelfen. Sie war warm und verschwand beinahe in meiner. Trotzdem half sie mir mit aller Kraft auf die Beine.

Marleigh war mir so nah, dass ich meine Arme nicht einmal völlig hätte ausstrecken müssen, um sie um sie zu legen. Und der Gedanke – der Wunsch, es zu tun, weil ich wissen wollte, wie sie sich in meiner Umarmung anfühlte – erschreckte mich in seiner Intensität.

Schaffte ich es, mich einen Schritt zurückzubewegen? Nein. Ich blieb einfach stehen und wartete darauf, dass Marleigh es tat, weil ich ganz offensichtlich nicht dazu in der Lage war.

Sie tat mir den Gefallen – nach mehreren Sekunden brachte sie etwas Distanz zwischen uns. Nur zwei, drei Schritte, aber es half, um mich aus meiner Starre zu wecken. Sie wandte den Oberkörper leicht von mir ab und drehte eine Locke um ihren Finger.

Ich zwang mich dazu, mich zu bewegen. Mein Handy vom Boden aufzuheben und in meiner Hosentasche verschwinden zu lassen. Einige Herzschläge lang stand ich unschlüssig mitten im Raum, bis Marleigh und ich uns gleichzeitig in Bewegung setzten und in den Flur liefen. Ich zog meine Schuhe an und warf ihr dabei immer wieder Blicke zu, von denen ich hoffte, dass sie sie nicht bemerkte.

Als ich mich schließlich aufrichtete und meine Hand an die Türklinke legte, zögerte ich kurz. »Also … Schreib mir, wenn du …« Ich machte eine Handbewegung, von der ich selbst keine Ahnung hatte, was sie bedeuten sollte.

Marleigh senkte den Kopf für einen Moment. Als sie ihn wieder hob, bemühte sie sich, ein Lächeln zu unterdrücken. Sie nickte. »Komm gut nach Hause.«

»Du auch.« Ich zog die Tür auf und trat auf den Flur, als mir mein Fehler auffiel.

Du auch?

Was war nur los mit mir? Ich drehte mich zu ihr um. »Vergiss das. Du bist schon zu Hause.«

Sie sagte nichts. Ihr Lächeln wurde nur noch breiter. Bevor ich noch etwas Sinnfreies sagen konnte, winkte ich ihr zu und lief eilig auf das Treppenhaus zu.

Du auch.

Innerlich stöhnte ich laut.

Ich stellte den Motor aus, als ich meinen Wagen neben unserem Haus geparkt hatte, blieb aber noch einige Minuten sitzen. Ich brauchte sie, um das Gespräch mit Marleigh noch mal durchzuspielen. Zu hinterfragen, was genau seit vorgestern passiert war, dass sie heute so niedergeschlagen gewirkt hatte.

Allerdings konnte ich unsere Gespräche noch so viel vor- und zurückspulen. Eine Antwort fand ich nicht.

Das waren die Momente, in denen ich normalerweise mit Emilia redete. Sie kannte mich so gut, dass sie mir vermutlich sofort hätte sagen können, weshalb es mich überhaupt interessierte. Aber kaum hatte ich mein Handy hervorgeholt, blieb mein Blick an der dick gedruckten Zahl stehen, die Emilias und meinen Chat zierte.

Ich tippte ihn an. Und musste unwillkürlich grinsen, weil jede einzelne Nachricht, die sie mir in der letzten Woche geschickt hatte, so durch und durch »Emilia« rief.

Em: Wusstest du, dass Hummer sich gegenseitig ins Gesicht pinkeln, um zu flirten?
Em: Ich befürchte, das ist keine Strategie, die sich auf Menschen übertragen lässt.

Ein Lachen entkam mir. Emilia und ihre skurrilen Fakten über Meereslebewesen.

Em: Coach Roy hat übrigens gesagt, dass er fest davon überzeugt ist, dass wir keinen Wettkampf aussetzen müssen.
Em: Etwas davon, dass deine Muskeln sich schon immer gut an Schritte erinnert haben und wir eh nie mehr als zwei Stunden brauchen, um wieder zusammenzufinden.
Em: (Er hat recht. Wir sind großartig.)

Die Nachrichten gingen immer so weiter. Ein merkwürdiger Mix aus wahllosen Fakten und Aufmunterungen, die sie mir schickte, wenn sie ihr gerade in den Sinn kamen.

Mein Cursor blinkte. Wartete darauf, dass ich zurückschrieb. Und ich wollte es so dringend. Ich vermisste Em. Zeit mit ihr zu verbringen war so leicht, völlig unbeschwert. Sie hatte diese Fähigkeit, jedes Problem kleiner wirken zu lassen.

Aber egal, wie ich meine Nachricht anfing, es lief immer darauf hinaus, dass ich sie löschte. Weil es sich immer falsch anfühlte. Weil ich wusste, dass ich ihr etwas verheimlichte und meine Nachrichten sich für mich immer lasen, als könnte man die Schuldgefühle zwischen den Zeilen hervorquellen sehen.

Mein Daumen schwebte über den Buchstaben. Ich war so unendlich feige.

Nicht heute.

Ich sperrte den Bildschirm meines Handys. Ließ zu, dass das schlechte Gewissen über mich hinwegspülte, ehe ich es wieder unter die Oberfläche drückte und aus dem Auto ausstieg. Meine Beine trugen mich von selbst zum Haus, durch die Tür, und statt die Treppenstufen hinauf zu meinem Zimmer zu laufen, wie ich es vorgehabt hatte, fand ich mich kurz darauf in die Richtung des Wohnzimmers gehen.

Ich wollte nicht allein sein. Und ich wusste genau, wo ich meine Familie um diese Uhrzeit fand.

Filmgeräusche drangen an mein Ohr. Ich blieb im Türbogen stehen, von wo aus ich den Fernseher sehen konnte. Er war das einzige Licht im Raum und flackerte mit jeder neuen Szene.

Anya und Dad saßen auf dem Sofa mit dem Rücken zu mir, Jean schaute von dem Sessel rechts von ihnen aus zu. Der andere Sessel direkt neben seinem war meiner. Schon merkwürdig – wie jede Person ihren eigenen Platz in dieser Familie hatte.

Jean streckte sich auf dem Sessel und schwang die Beine, die bisher über der Armlehne gehangen hatten, über die andere. Dabei hob er den Blick und sah mich unschlüssig im Türrahmen stehen.

»Du bist zu spät«, war seine Begrüßung. »Thanos hat schon alle Infinity-Steine.«

Ich stieß ein Lachen aus und schob mich um das Sofa herum. Anya winkte mir zu, als ich mich hinsetzte, und stieß Dad dann mit dem Ellenbogen in die Seite. Er war so in den Film versunken, dass er ihr Winken nur kurz erwiderte und sich dann wieder auf den Fernseher konzentrierte.

»Daran hätte meine Anwesenheit auch nichts geändert«, flüsterte ich Jean zu, um unsere Eltern nicht zu stören.

»Viel zu lernen du noch hast, junger Padawan.« Er grinste. »Wo kommst du eigentlich her? Hast du neue Orte entdeckt?«

»Nein, ich war …«

»Schht!«, machte Dad von seinem Platz aus. Er musste *Infinity War* mittlerweile auswendig können und schaute den Film trotzdem mit einer Konzentration, die erstaunlich war. Er war wirklich durch und durch ein Film-Nerd.

Jean unterdrückte ein Lachen, hielt aber den Mund und lehnte sich in seinem Sessel zurück, die Arme vor dem Brustkorb verschränkt. Er wirkte völlig entspannt, und ich versuchte, ihn nachzuahmen. Es funktionierte sogar – bis Anya und Dad sich nach den Post-Credit-Szenen in ihre eigenen Zimmer verabschiedeten.

Kaum waren ihre Schritte im Flur verklungen, schwang Jean die Beine wieder über die Armlehne und damit fast direkt in mein Gesicht. Ich drehte den Kopf zur Seite, um meine Nase zu schützen, und drückte seine Beine nach unten, bis sie in meinem Schoß lagen. Es wäre nicht das erste Mal, dass er mir die Nase fast brach.

Jean unterschätzte die Länge seiner Gliedmaßen prinzipiell immer, als wäre er ein Teenager, der erst noch in seinen Körper wachsen musste.

Er starrte mich neugierig an, beide Augenbrauen fragend in die Höhe gezogen.

»Was?«

»Ich warte darauf, dass du deinen Satz zu Ende sprichst.«

»Hast du gehofft, mir das per Telepathie mitteilen zu können?«

»Es hat funktioniert, oder nicht?«

Ich wollte ihm sagen, dass das vor allem daran lag, dass ich mich mit seinem starren Blick unwohl gefühlt hatte, aber ich sparte mir die Energie auf. »Ich war bei einer Freundin.«

Sein Gesicht leuchtete auf wie eine Discokugel.

»Nicht«, stoppte ich ihn, bevor er etwas sagen konnte. »Wenn du sagst, was ich denke, das dir auf der Zunge liegt, stehe ich auf und sage Anya, dass dein Ex-Freund ihren Schmuck geklaut hat.«

Er kniff die Augen leicht zusammen. »Es war meine Ex-Freund*in*. Versuch wenigstens, dich an die Details zu erinnern, wenn du jemanden verpfeifen willst.«

»Ich will niemanden verpfeifen, ich will dich davon abhalten, etwas zu sagen, was mir potenziell peinlich sein könnte.«

»Ahh.« Er nickte verstehend. »Keine Sorge. Ich wollte dich nur höflichst fragen, wer die ominöse Freundin ist, bei der du den Abend verbracht hast.« Ein Stocken. »Außer du meinst Emilia. In dem Fall frage ich mich allerdings, warum du es so geheimnisvoll formulierst. Ich kenne ihren Namen, weißt du. Obwohl sie schon ewig nicht mehr hier war.«

»Nicht Emilia«, erwiderte ich. »Ich habe sie erst neulich kennengelernt.«

Jean schwieg und wartete darauf, dass ich weiterredete.

»Mehr gibt es dazu nicht wirklich zu sagen.«

»Keine stürmische Romanze?«

»Gar keine Romanze.« Ich runzelte die Stirn. Die Worte fühlten sich in meinem Mund merkwürdig an. Trocken. Grau.

»Hm«, machte Jean. »Enttäuschend.«

»Sie trägt ein riesiges Päckchen mit sich herum«, sagte ich ausweichend.

»So wie jeder Mensch, meinst du?«

Ich begegnete Jeans Blick wortlos.

Ein Schulterzucken. »Ich mein ja nur.« Er drückte mir seine Zehen in die Seite. »Ich kenne da noch jemanden, der versucht, im Päckchentragen olympisches Gold zu gewinnen.«

»Eigentlich nur im Paarlauf«, erwiderte ich ausweichend.

»Haha.« Jean zog seine Beine zurück und schwang sich aus dem Sessel. Die Hände in die Hüften gestemmt, stand er vor mir. »Was ich damit sagen möchte: Verurteile eine Person nicht so schnell für das, was sie mit sich herumschleppt. Die wenigsten können etwas dafür, dass die Welt ihnen mehr auflastet, als sie tragen können.«

»Ich habe nicht …« Meine Stimme verklang am Ende, der Satz unbeendet zwischen uns.

Ich habe niemanden verurteilt, wollte ich sagen. Dann erinnerte ich mich allerdings an die wenigen Treffen mit Marleigh. Daran, dass ich sie vermutlich in einem ihrer hilflosesten Momente gesehen hatte – und dass ich mich unterbewusst besser gefühlt hatte, weil ich offensichtlich nicht die einzige Person war, für die jeder Tag im Augenblick schwer zu sein schien.

»Jetzt, wo ich dich zum Nachdenken angestiftet habe, kann ich beruhigt ins Bett gehen«, holte Jean mich aus meinen Gedanken. Er streckte eine Hand aus, als wollte er meine Haare durcheinanderwuscheln, so wie er es früher ständig getan hatte, stockte dann aber. »So macht das keinen Spaß«, kommentierte er meine kurzen Haare und schob die Hand in seine Hosentasche. Kurz darauf saß ich allein im Wohnzimmer.

Ich lehnte mich im Sessel zurück. Rutschte im Sitz so weit nach unten, bis ich meinen Kopf auf der Rückenlehne ablegen und die Decke anstarren konnte. So lange, bis das Vibrieren meines Handys die Stille zerriss. Ich holte es aus meiner Hosentasche und öffnete die Nachricht.

Marleigh: Danke, dass du vorhin bei mir geblieben bist.

Ich stieß ein leises Lachen aus. Stellte mir vor, wie sie extra nach ihrem Handy griff, um mir das mitzuteilen – und fuhr mir mit der Hand übers Gesicht, als etwas in meinem Brustkorb erst zwickte und dann warm wurde.

Widerspenstige, rote Haare. Ein herzförmiges Gesicht. Warme Augen und weiche Lippen, von denen ich bis eben nicht einmal gewusst hatte, dass sie mir aufgefallen waren. Die Kleider, die sie die letzten Male getragen hatte, hatten in allen möglichen Farben des Regenbogens geleuchtet. Fast so sehr wie ihr Lächeln, das hier und da versteckt zum Vorschein kam.

Ich beugte mich nach vorn, stützte meine Ellenbogen auf den Beinen ab und las ihren kurzen Text noch einmal, bevor ich anfing, eine Antwort zu tippen.

Ich: Dafür musst du dich wirklich nicht bedanken.
Marleigh: Ich weiß.
Marleigh: Aber ich wollte es.
Ich: In dem Fall: Sehr gern.

Ich hätte es dabei belassen können, aber …

Ich: Der Tee war übrigens sehr gut. Falls du jemals Teepartys organisieren möchtest, schreib mich bitte auf die Gästeliste.
Marleigh: Nur, wenn du Kuchen mitbringst.
Ich: Ich könnte Donuts kaufen.
Marleigh: Sekunde, das muss ich erst mit der Jury besprechen …
Ich: Die Jury?
Marleigh: Ich hab nicht wirklich eine Jury, um ehrlich zu sein.
Ich: Sag bloß.
Marleigh: Das heißt nicht, dass ich es nicht trotzdem innerlich mit mir selbst ausdiskutieren kann, bevor ich zustimme.
Ich: Aber du wirst zustimmen?
Marleigh: Das muss ich erst mit mir selbst ausdiskutieren.
Marleigh: Wobei es nicht viele Argumente gibt, die gegen Donuts ankommen könnten.

Ich: Welche wären es denn zum Beispiel?
Marleigh: …
Marleigh: Wobei es gar keine Argumente gibt, die gegen Donuts ankommen könnten.

Ich schmunzelte unwillkürlich.

Ich: Ich mache mir ein bisschen Sorgen.
Marleigh: Weshalb?
Ich: Falls jemals jemand aus einem weißen Van mit einer Packung Donuts winkt …
Marleigh: Oh, deswegen brauchst du dir keinen Kopf zu machen.
Ich: Ach nein?
Marleigh: Ich hab viel zu viel Angst vor unbekannten Menschen, als dass ich jemals zu einer fremden Person ins Auto steigen würde.
Ich: Ich hatte nicht das Gefühl, dass du vor mir Angst hattest, als du mich das erste Mal gesehen hast.
Marleigh: Du hast recht.
Marleigh: Hmm.
Marleigh: Vielleicht bist du besonders.

»Vielleicht bist du besonders«, las ich mir ihre Worte laut vor. Noch mal und noch mal, weil es sich schön anfühlte. Warm und hell und einzigartig.

Vielleicht bist du auch besonders, Marleigh.

Ich sprach es nicht laut aus, geschweige denn tippte ich es als Nachricht in mein Handy. Nein. Ich drehte meine eigenen Worte hin und her, betrachtete sie aus allen Ecken und Winkeln und hätte sie am liebsten Buchstabe für Buchstabe auseinandergenommen, um zu verstehen, was sie bedeuteten. Um zu verstehen, woher sie kamen. Sie waren so leise und heimlich in meine Gedanken geschlichen, dass ich sie vermutlich überhört hätte, wäre ich nicht so überrascht von ihnen.

Ich: Was sagst du dazu, wenn wir unser Date nachholen?

Ich las die Nachricht noch einmal, nachdem ich sie abgeschickt hatte, und spürte, wie mir beinahe die Augen aus dem Kopf fielen.

Date.

Date?

Ich starrte meine Finger an – wie die Verräter, die sie waren.

Nervös tippte ich auf den Rand meines Handys. Es kam mir vor, als vergingen Stunden statt ein paar Sekunden, bis sie endlich etwas erwiderte – und mich damit in Erklärungsnot brachte.

Marleigh: Date?
Ich: Also
Ich: Date wie in: Treffen. Sich mit jemandem treffen.
Ich: Unverbindlich. Um die Stadt weiter kennenzulernen.

Ich schüttelte den Kopf über mich selbst. Mit jeder Nachricht, die ich abschickte, wurde es schlimmer und der Wunsch, dass sich ein Loch unter mir auftat, reizvoller.

Marleigh: Ah. Ja, verstehe.

Tust du nicht, wollte ich sagen. Ich stieß einen frustrierten Laut aus und rang mit mir, weil diese merkwürdigen Ausreden nicht das waren, was ich hatte schreiben wollen.

Was war es dann? Bevor ich wirklich darüber nachdenken konnte, vibrierte mein Handy wieder.

Marleigh: Aber vielleicht, wenn du nichts dagegen hast, kann es ein Date sein.
Marleigh: Ein richtiges Date, meine ich.
Marleigh: Nicht nur, um die Stadt kennenzulernen.

Ich las ihre Nachrichten und war so erleichtert, dass sie mich aus meinem Fettnäpfchen gerettet hatte. Und dann auch noch den Mut gehabt hatte, das zu sagen, was ich nicht geschafft hatte. Die Antwort lag ganz offensichtlich vor mir – von Marleigh auf einem Silbertablett serviert.

Ich: Okay.
Marleigh: Okay?
Ich: Ja.
Ich: Sobald du dich besser fühlst, haben wir ein Date.

18. KAPITEL

Marleigh

Ein Date.
Ein Date.
Ein Date!

Klang es nur in meinem Kopf so komisch?

»Ein Date«, flüsterte ich. Nein. Ausgesprochen wirkte es genauso surreal. Ich schwang irgendwo zwischen Euphorie und Panik hin und her. Vor allem nach diesem Tag heute fühlte ich mich wacklig und zittrig und absolut nicht bereit dazu, nach draußen zu gehen.

Ich wollte Aaron sofort zusagen. Stellte mir vor, wie ein richtiges Date aussehen würde. Aber ich fühlte mich immer noch schlapp und träge. So erschöpft, als hätte ich mich den ganzen Tag körperlich verausgabt. Und was, wenn es nicht wegging? Was, wenn ich mich mit diesem Gefühl aus der Tür schleppen musste und alles nur noch schlimmer wurde?

Es machte mich verrückt. Das ganze Hin und Her in meinem Kopf stahl mir alle Kraft. Dabei wollte ich es. Ich wollte so dringend zusagen, nach draußen gehen, in einem Café sitzen und ein Kribbeln in meinem Bauch fühlen, das nichts mit der Panik, unter Menschen zu sein, zu tun hatte – und dafür alles mit den Schmetterlingen, die gerade darin herumflatterten.

Ich konzentrierte mich darauf. Keine Ahnung wie, aber ich tat es. Und ich antwortete Aaron, dass ich mich darauf freute.

Dass morgen für mich in Ordnung war, weil ich hoffte – betete, dass ein Tag in meinem Bett ausreichte, damit ich mich wieder halbwegs menschlich fühlte.

Und weil ich danach so nervös und unruhig war, tat ich das, was ich immer machte, wenn ich etwas Ruhe brauchte: Ich rief Mom an.

Nach dem dritten Klingeln nahm sie ab. »Hey Schatz«, begrüßte sie mich – ganz offensichtlich aus ein paar Metern Entfernung. Sie musste den Lautsprecher anhaben. Ein Scheppern drang an mein Ohr und ihr leises Fluchen direkt hinterher. Und die Vertrautheit dieser Geräuschkulisse nahm sofort ein wenig Last von meinen Schultern.

»Machst du dir ohne mich einen Mitternachtssnack?«, fragte ich.

»Nur ein paar Cookies mit Milch.«

»Doch keine selbst gebackenen, oder?«

Ihr Schweigen sprach Bände. Ich jammerte, aber alles, was sie an Mitgefühl für mich übrig hatte, war ein Lachen. Eins, das mich so sehr wünschen ließ, jetzt bei ihr in Vancouver zu sein.

Als sie sich beruhigt hatte, kam sie etwas näher an das Telefon. »Wie geht's dir? Hattest du einen schönen Tag?«

»Definiere schön«, sagte ich, in Gedanken die vergangenen Stunden ablaufend. Hätte sie mich vor ein paar Stunden gefragt, wäre mein Antwort eindeutig gewesen. Aber da Aaron hier gewesen war. Allein, ein wenig mit ihm zu reden – es hatte mehr geholfen, als mir währenddessen bewusst gewesen war.

»Wenn du mir drei Sekunden gibst, schaue ich online nach der Definition.«

Ich verdrehte die Augen und lächelte, auch wenn sie es nicht sah. »Das ist zu viel Aufwand. Der Tag war in Ordnung. Ein paar Aufs und ein paar Abs.«

Sie schwieg einen Moment. »Möchtest du darüber reden?«

Ja. Bitte. Ich wollte nichts lieber tun, als mich von ihr trösten zu lassen. Mit ihr all das durchzugehen, was mich belastete und ihr zu erzählen, was wirklich los war.

Aber was, wenn sie enttäuscht war, dass ich sie belogen hatte? Was, wenn sie von meinem Stipendium erfuhr, das ich irgendwie retten musste, jedoch keine Ahnung hatte, wie ich es tun sollte?

Es waren Ausreden, ganz offensichtlich. Aber für mich – in meinem eigenen Kopf – wirkten sie unüberwindbar.

»Es geht schon. Morgen ist ein neuer Tag«, erwiderte ich und legte so viel Selbstbewusstsein wie möglich in meine Stimme. »Erzähl mir lieber, wie es dir geht. Oh, und Frederick natürlich.«

Die Frage lenkte sie zur Genüge ab, obwohl ich mir sicher war, dass sie nicht einfach vergaß, dass ich ihr mit einer fadenscheinigen Antwort ausgewichen war. Natürlich nicht. Sie kannte mich dafür zu gut. Aber sie vertraute darauf, dass ich zu ihr kam, wenn etwas nicht stimmte. Und genau darauf hatte ich gesetzt.

Ich hörte ihr zu, während sie von einem Buchclub redete, den sie diese Woche das erste Mal besucht hatte. Sie erzählte mir von den jungen und alten Leseratten, mit denen sie sich dort unterhalten hatte, und wie rustikal das Café, in dem sie sich getroffen hatten, im Gegensatz zu der romantischen Lektüre gewesen war. Sie redete von Frederick und dass sie vorhin essen gewesen waren, bevor sie sich darüber beschwerte, dass es dort keinen Nachtisch gegeben hatte und ihr deswegen nichts anderes übrig geblieben war, als selbst Cookies zu backen.

Sie redete und redete und ich liebte es, ihr dabei zuzuhören. Meine Gedanken hangelten sich mit ihren Worten von einem Thema zum anderen, bis sie zu müde waren, ihr zu folgen.

Und trotzdem legte ich noch nicht auf.

Ich wollte die Stimme meiner Mom weiter hören, weil sie für mich Heimat bedeutete, obwohl ich mich so ankerlos fühlte. Sie war warm und freundlich und kein bisschen urteilend, egal, worüber sie sprach.

Es war genau das, was ich heute Abend gebraucht hatte. Ein Pflaster für die Wunde, die die letzten Tage aufgerissen hatten.

Mit ihrer Stimme im Ohr schlief ich später ein. Mom musste das Telefonat irgendwann beendet haben, denn als ich aufwachte, lag mein Handy am Fußende meines Betts. Wie auch immer es dorthin gekommen war.

Meine Augen fühlten sich geschwollen an, als ich auf die Uhr auf meinem Nachttisch guckte. Allgemein kam es mir vor, als hätte ich einen Hangover – nur ohne den Alkohol am Tag zuvor. Einen emotionalen Hangover sozusagen.

Ich zog mir eine Jogginghose und einen weiten Pulli an. Bequeme Sachen, in denen ich den Vormittag über versinken konnte. Mit meinem Frühstück in der Hand setzte ich mich in meinen begehbaren Kleiderschrank und starrte auf die Kleider, Röcke, Shirts und vereinzelten Hosen, die an Stangen hingen.

Eigentlich hatte ich mir davon erhofft, dass auf irgendwelche Klamotten ein blendendes Licht scheinen und mir sagen würde, was ich heute tragen wollte. Doch es stellte sich heraus, dass es nur ganz gewöhnliche Klamotten waren und mir der Kosmos nicht den Weg weisen wollte.

Und als kurz vor zwölf die Post klingelte, um mir meine Bestellung von Shampoos und Duschbad zu überreichen, war ich immer noch kein Stück weiter. Außer, dass ich ungefähr ein

Dutzend Kleidungsstücke anprobiert und um mich herum auf dem Boden verteilt hatte.

Ich öffnete die Tür, um das Paket entgegenzunehmen. Unterschrieb mit meinem Namen und wollte mich direkt wieder zurückziehen – nur stürmte genau in dem Moment jemand an uns vorbei.

Ich lehnte mich an dem Postboten vorbei, nachdem er mich verabschiedet hatte, und sah gerade noch, wie Romie in ihrer Wohnung verschwand.

War es … war es merkwürdig, dass sie nicht mal kurz angehalten hatte, um mir »Hallo« zu sagen? Sie musste gesehen haben, dass ich in der Tür stand. Vielleicht hatte sie es einfach eilig gehabt. Einen Skypetermin. Oder sie musste sich für die nächste Vorlesung, ein Treffen, die Arbeit fertig machen.

Trotzdem …

Ich öffnete mein Paket und verstaute alles im Bad, konnte dabei jedoch das Gefühl, dass etwas nicht stimmte, nicht völlig abschütteln. Ich schrieb ihr sogar eine Nachricht, dass ich sie gerade nach Hause hatte kommen sehen. Auch eine halbe Stunde später hatte sie noch nicht geantwortet.

Ging es mich etwas an? Nein. Nicht wirklich. Wir kannten uns noch nicht sehr gut. Bis auf die paar Male, in denen wir miteinander geschrieben oder gesprochen hatten. Aber ich erinnerte mich daran, wie sie bei unserem ersten Treffen erzählt hatte, dass sie in Winnipeg noch nicht wirklich Anschluss gefunden hatte.

Hatte sie jemanden, der nach ihr sah, falls es ihr nicht gut ging? Der Gedanke, dass sie – so wie ich gestern – ganz allein war, falls doch etwas nicht stimmte, lag mir quer im Magen.

Das war es auch, was mich aus meiner Wohnung trieb. Schon merkwürdig: Wie meine eigene Panik in den Hintergrund rückte, wenn ich etwas hatte, auf das ich mich konzentrieren konnte.

In diesem Fall: Den Flur überqueren. Die Klingel drücken. Darauf warten, dass sie die Tür öffnete. Meinen Gesichtsausdruck kontrollieren, als sie es schließlich tat und mir blass gegenüberstand.

»Hey«, sagte ich, als ich meine Stimme wiederfand. Ihre Augen waren gerötet und leicht geschwollen. Sie hatte sich die Haare in einem unordentlichen Zopf aus dem Gesicht gebunden, der bereits halb auseinanderfiel. Und es schien ihr schwerzufallen, meinen Blick zu erwidern.

Es kam mir vor, als stünde ich meinem gestrigen Ich gegenüber.

»Ich hab dich vorhin nach Hause kommen sehen«, setzte ich an, als sie meine Begrüßung nicht erwiderte. »Aber ich glaube, du hast mich gar nicht richtig bemerkt, kann das sein?«

Sie räusperte sich leise. Schob widerspenstige Haarsträhnen hinter ihr Ohr. »Doch. Ich hatte nur … Ich wollte nur …« Sie ließ den Kopf hängen. »Sorry, ich wollte nur schnell nach Hause.«

»Schon gut«, sagte ich sofort. »Dafür brauchst du dich nicht zu entschuldigen. Ich dachte nur – also, vielleicht lehne ich mich etwas zu weit aus dem Fenster, aber ich dachte, ich frag dich lieber, ob alles in Ordnung ist. Weil es nicht gewirkt hat, als wäre es das …« Meine Stimme wurde zum Ende hin leiser. Ich hoffte sehr, dass meine Fantasie nicht wieder zu viel interpretierte.

Oder – doch. Eigentlich hoffte ich genau das. Dass es Romie gut ging und sich mein Bauchgefühl nicht bewahrheitete.

Romie schwieg lange. Und ich wusste allein deswegen schon, dass es gut war, hierhergekommen zu sein. Sie zog die Schultern fast bis an die Ohren und atmete langsam aus. Als machte sie sich bereit für einen Kampf. Als wüsste sie nicht, wie sie aussprechen sollte, was ihr durch den Kopf ging.

Letztlich schien sie sich für etwas Leichteres zu entscheiden. »Möchtest du reinkommen?«, fragte sie mich und öffnete die Tür weiter.

Ich nickte. Und als mir auffiel, dass sie mich weiterhin nicht wirklich ansah erwiderte ich: »Gern.«

Sie führte mich durch ihre Wohnung, die genauso geschnitten war wie meine. Küche, Bad, ein großer Raum, der das Herzstück war. Er sah so aus wie meiner, nur, dass Romie ihn wesentlich minimalistischer eingerichtet hatte. Ein Bett, ein Schreibtisch, ein Fernseher, ein Couchtisch – da hörten die Ähnlichkeiten auch schon auf. Wo meine Wände voller Zeichnungen von Wildblumen waren, hatte sie die eine, an der ihr Bett stand, in einem warmen Grauton gestrichen und den Rest weiß gelassen. Eine große Calathea stand neben ihrem Schreibtisch. Davon abgesehen hatte sie, bis auf ein paar Bilder, die an der Wand hingen, auf Deko verzichtet.

Romie lief mir voraus und ließ sich vor dem niedrigen Couchtisch fallen. Ich folgte ihr zögernd, unsicher, ob sie Nähe brauchte oder lieber etwas Abstand. Letztlich setzte ich mich ihr gegenüber auf die andere Seite des Couchtisches.

Wir verfielen in ein Schweigen, aus dem ich nicht raus wusste. Ich wollte Romie den Raum geben, den sie brauchte, um darüber zu reden oder auch nicht. Aber ich wusste auch, wie schwer es mir selbst fiel, an den Tagen, an denen es mir schlecht ging, von allein zu reden.

»Du hast viel weniger Bücher, als ich erwartet hatte«, sagte ich in dem Versuch, irgendwie ein Gespräch anzuzetteln.

In meiner Vorstellung hatte ich ein volles Regal neben dem anderen an ihren Wänden gesehen – es war das klischeehafte Bild, das ich von ihrem Studiengang in englischer Literatur hatte. Tatsächlich lagen die einzigen Bücher in diesem Raum allerdings auf dem Schreibtisch: *Emma*, *Jane Eyre* und *Persuasion*.

Romie folgte meinem Blick zu dem kleinen Stapel. Sie brauchte einen Moment, um meine Worte zu verarbeiten und darauf zu reagieren. »Ich mag es nicht, Gegenstände anzusammeln«, erklärte sie. »Deswegen ist meine Wohnung so minimalistisch. Wenn ich zu viele Sachen habe, fühlt sich mein Kopf chaotisch an.«

»Und die drei Bücher?«, lenkte ich das Gespräch in eine Richtung, die mir vorerst sicher vorkam. Etwas, was sie vielleicht ablenkte. Worüber sie gern redete.

»Sind meine Lieblinge von allen, die ich gelesen habe. *Emma* ist besonders. Gewöhnungsbedürftig, weil die Protagonistin nicht jeder Person zusagt.« Sie zog einen Mundwinkel in der Andeutung eines Lächelns hoch. »Ich mag sie sehr. *Jane Eyre* ist mein Wohlfühlbuch – was, wenn man den Inhalt kennt, vielleicht komisch klingt. Aber sie ist so ein ungewöhnlicher Charakter für die Zeit, in der sie lebt und …« Sie stockte kurz. »Ich glaube, ich habe einfach eine Vorliebe für ungewöhnliche Charaktere.«

»Meine Mom würde deiner Auswahl auf jeden Fall zustimmen«, sagte ich. »Sie datet sogar seit einer Weile jemanden, der Frederick heißt.«

Romie warf mir einen neugierigen Blick zu. »Jemand mit blonden Haaren? Viel Geld? Einem unglaublich attraktiven Lächeln?«

Ich lachte. »Das attraktive Lächeln möchte ich wirklich nicht bewerten. Was den Rest angeht – ja und ja.«

»Deine Mom lebt meinen Traum.«

»Von uns beiden ist sie auf jeden Fall diejenige, die ihr Leben in allen Zügen genießt.«

Ein Ausdruck stahl sich in Romies Gesicht, den ich nicht richtig einordnen konnte. Ihr Lächeln verblasste langsam wieder und sie machte sich dort, wo sie saß, immer kleiner. Sie wirkte abwesend und verletzlich.

Minuten vergingen. Ich haderte mit mir. Aber letztlich sprach ich die Frage aus, die mir durch den Kopf ging. »Ist alles okay?«

Ich wollte die Worte zurücknehmen, nachdem sie meinen Mund verlassen hatten. Es war so offensichtlich, dass es ihr nicht gut ging.

Danach schwieg ich lange. Überlegte hin und her, wie ich ihr irgendwie helfen konnte. Am Ende nahm Romie mir die Entscheidung ab. Sie setzte sich aufrechter hin, zog die Beine an den Körper und schlang ihre Arme darum.

Sie schwieg, schwieg, schwieg – bis sie den Mund öffnete und die Worte daraus hervorfielen, als hätte sie sie viel zu lange festgehalten.

»Bei einem meiner Dads wurde vor fünf Jahren Alzheimer diagnostiziert«, sagte sie leise. Sie presste die Lippen aufeinander, runzelte die Stirn, als versuchte sie angestrengt, sich zusammenzuhalten.

Ich hielt den Mund. Weil es offensichtlich war, dass Romie noch mehr auf dem Herzen hatte, und weil ich ohnehin keine Ahnung gehabt hätte, was ich hätte sagen sollen.

»Es war wie im Lehrbuch«, fuhr sie leise fort. »Der ganze Verlauf, die Vergesslichkeit, das Verlegen von Schlüsseln und Geldbeuteln. Kleine Dinge, die kaum auffallen, bis sie sich so sehr anhäufen, dass man es nicht mehr ignorieren kann.«

Sie atmete tief ein. Hielt die Luft an und stieß sie dann wieder aus. Es kam mir so bekannt vor – etwas, das die Panik ein klein wenig in Schach hielt. Sie kniff die Augen zusammen. Drückte die Handflächen darauf und schniefte leise.

»Sorry«, sagte sie. Und ihre Stimme klang so zittrig, dass es mir ein wenig das Herz brach.

»Ehrlich. Du brauchst dich wirklich nicht zu entschuldigen.«

Romie ließ die Hände zurück an ihre Seite fallen und sah mich an – das Gesicht verzogen, als hätte sie physische Schmerzen. »Er hat gesagt, dass er mein Gesicht mag, weil es ihn an eine Person erinnert, die er mal sehr geliebt hat.«

Ihr Körper zitterte. Mit ihrem Ärmel wischte sie sich die Tränen aus dem Gesicht. Und ich saß daneben und hatte keine Ahnung, wie ich sie trösten konnte. Ob es überhaupt etwas gab, das sie in dieser Situation trösten konnte.

»Ich hasse es so sehr.« Sie bekam die Worte kaum raus. Schlug die Hände vor dem Mund zusammen und versteckte dann ihr ganzes Gesicht dahinter.

Ich konnte mir nicht vorstellen, wie sehr es schmerzen musste. Ich hatte keine Worte, um es irgendwie besser zu machen. Daher stand ich langsam auf. Lief um den Tisch herum und setzte mich neben sie. Ich streckte die Hand aus, vorsichtig, weil ich sie nicht erschrecken – es nicht schlimmer machen wollte. Ich legte sie auf ihren Rücken und strich beruhigende Kreise darüber.

Romie bewegte sich kaum. Sie suchte keine tröstende Umarmung, schob meine Hand aber auch nicht fort. Mehr und mehr erstickte Laute entkamen ihr. Sie weinte und weinte – und ich hoffte, dass die Tränen ein klein wenig Schmerz mit nach draußen trugen.

Mein Arm fühlte sich schon ganz schwer an, als ihre Atmung sich langsam beruhigte. Die Tränen weniger wurden und sie das Wort ergriff. Ihre Stimme war leise und nasal. »Tut mir leid.«

Ich schüttelte den Kopf, sagte jedoch nichts.

Sie stieß einen langen Atem aus. Rieb sich über das Gesicht und den Nacken. »Das Ganze … hat sich nicht so schwer angefühlt, als meine Cousine noch hier war«, sagte sie. »Das alles«, sie tippte sich gegen die Schläfe, »mit jemandem teilen zu können, macht es leichter. Nicht schöner. Aber leichter.«

»War das der Grund, weshalb du nicht mit ihr nach Norwegen gegangen bist?«, fragte ich leise.

Ein Nicken. »Das war die Zeit, als wir gemerkt haben, dass wir allein nicht mehr klarkommen. Dass er professionell betreut werden muss, weil wir, George und ich, es zu zweit nicht hinbekommen.« Sie seufzte. Schniefte. »Wir haben nicht viel Familie in der Nähe, mit der wir uns verstehen. Meine Dads und ich. Und ich weiß, dass George selbst genügend damit zu kämpfen hat. In seiner Nähe kann ich nicht …« Sie machte eine Handbewegung. Deutete an sich selbst auf und ab.

»Hat er Personen, mit denen er darüber reden kann?«

Romie hob die Schultern an. »Ein paar Freunde. Aber ich bezweifle, dass er ihnen erzählt, wie er sich fühlt.« Sie schüttelte den Kopf. »Es ist ironisch. Er war es immer, der uns davon überzeugt hat, alle Sorgen und Ängste miteinander zu teilen, bevor …« Sie räusperte sich. »Es ist anders, weil Lawrence sein Lebenspartner ist. Weil er ihn mehr liebt als alles andere und jede Person noch so liebe Ratschläge geben kann – sie werden nie helfen, weil sie nichts daran ändern können, dass es passiert. Weil *niemand* das kann. Und die wenigsten eine Ahnung haben, wie es ist, vergessen zu werden.«

Vergessen zu werden. Eine Gänsehaut breitete sich auf meinen Armen aus. Weil ich keine Ahnung hatte, wie Romie es aushielt, wenn allein der Gedanke sich für mich schrecklich anfühlte.

Sie massierte ihre Schläfen. Ein kleines Lächeln breitete sich auf ihrem Gesicht aus. »George macht ihm jede Woche einen neuen Antrag, weißt du? Weil Lawrence sich nicht daran erinnert, mit ihm verheiratet zu sein. Trotzdem sagt er jede

Woche aufs Neue Ja.« Sie kniff die Augen zusammen und schüttelte den Kopf. So als versuchte sie, nicht schon wieder in Tränen auszubrechen. »Jede Woche. Ohne Ausnahme.«

Danach schwieg sie. Ich bezweifelte, dass sie alles gesagt hatte, was ihr durch den Kopf ging. Doch ich drängte sie nicht dazu, mit mir zu sprechen. Ich leistete ihr schweigend Gesellschaft – es fühlte sich nach zu wenig an, aber vielleicht half es ein klein wenig.

19. KAPITEL

Marleigh

Es dauerte eine ganze Weile, bis Romie ruhiger wurde. Ihre Tränen trockneten nur langsam und ließen noch rötere Augen zurück. »Danke, dass du hergekommen bist«, sagte sie, bemüht um einen lockereren Tonfall. »So hattest du dir deinen Nachmittag sicher nicht vorgestellt.«

»Ich hatte nicht wirklich einen Plan für den …« Ich schloss den Mund. Aaron. Ich hatte keine Ahnung, wie spät es war. Mein Handy lag in meiner Wohnung.

Romie sah mich neugierig an.

»Schon gut. Es ist nicht so wichtig.«

»Bist du verabredet?«, wollte sie wissen.

Ich nickte langsam. »Aber ich kann es verschieben.«

Romie betrachtete mich mehrere Sekunden schweigend. Dann hob sie einen Mundwinkel ganz leicht an. »Brauchst du Hilfe beim Aussuchen eines Outfits?«

Ich setzte an, ihr zu widersprechen, aber … so, wie sie mich ansah, war es keine selbstlose Bitte, die sie mir stellte. Sie wollte mich nicht loswerden – sie wollte einfach nur eine Ablenkung.

»Eine zweite Meinung würde mir bestimmt viele Kopfschmerzen ersparen«, antwortete ich.

Romie lächelte. Etwas ehrlicher. Sie drückte sich von ihrem Platz hoch und bedeutete mir dann, ihr zu folgen. Aus ihrer Wohnung und zurück in meine eigene. Das Gefühl von

Angst – weil jemand in meinem sicheren Hafen war – kam nur ganz kurz auf. Ich drückte es beiseite. Konzentrierte mich darauf, Romie irgendwie abzulenken.

Ich zeigte ihr das kleine Zimmer, in dem meine Klamotten hingen. Und sie bekam große, leuchtende Augen. »Oh mein Gott«, murmelte sie. »Wieso hab ich daraus eine Abstellkammer gemacht?«

»Meine Mom hatte die Idee, als ich sie weinend angerufen habe, weil ich nicht wusste, wo ich meine Klamotten unterbringen sollte«, erklärte ich und hob die Sachen vom Boden auf, die ich vorhin nicht zurück an ihre Plätze geräumt hatte. Ich legte sie auf dem kleinen Hocker links in der Ecke ab.

»Irgendwann möchte ich deine Mom kennenlernen und mit ihr ein Eis essen gehen.« Sie nahm jedes Kleidungsstück unter die Lupe. »Hast du schon eine Vorstellung, was du anziehen möchtest?«

»Kein bisschen«, gab ich zu. »Meine Auswahl besteht aus irgendwas zwischen Disney-Prinzessin und Feenkönigin.«

»Und ich liebe es.« Romies Augen leuchteten. Sie nahm ein babyblaues Kleid mit kurzen Ärmeln von der Stange, das über und über mit Spitze verziert war. »Woher hast du die alle? Die können nicht aus den Läden sein, die ich kenne.«

»Second Hand meistens. Aus dem Internet. Oder als Geschenk von meiner Mom – und woher die sie hat, musst du sie dann beim Eisbecher fragen.«

»Du denkst, ich habe Witze gemacht, aber es war mein voller Ernst.«

Ich grinste. »Ich weiß.«

Romie erzählte mir von einem Eiscafé hier ganz in der Nähe, das sie im Sommer jeden zweiten Tag besuchen ging. Von einem anderen, das das ganze Jahr über offen hatte, im

Bonnycastle Park war und damit mitten am Assiniboine River lag. Ihre Ausführung über ihre Lieblingseissorte dort – Peanut Butter Chocolate Pretzel – war ungefähr zwanzig Minuten lang und ließ mich mit dem Wunsch zurück, jetzt sofort hinzustürmen.

In der ganzen Zeit probierte ich so viele Outfits an, dass ich den Überblick verlor. Es schien zu helfen – Romies Blick war nicht mehr ganz so abwesend. Ihr Lachen nicht völlig erzwungen.

Während meiner improvisierten Modenschau hatte sie es sich auf meinem Bett bequem gemacht. Hätte ich sie vorhin nicht selbst so aufgelöst gesehen – ich war mir nicht sicher, ob mir aufgefallen wäre, was in ihr drin los war. Sie hatte auch eine Maske. Eine, die ziemlich gut überdeckte, was sie eigentlich fühlte.

Sie half mir, mich für einen knöchellangen, tief roten Rock mit Stickereien und einer cremefarbenen Bluse, die locker saß, zu entscheiden. Ich setzte mich neben sie, um ein paar Kniestrümpfe dazu anzuziehen, die mich hoffentlich vor der Kälte schützten. Draußen tanzten bereits wieder Schneeflocken durch die Luft.

»Ist es normal, vor einem Date so nervös zu sein, dass man es am liebsten absagen möchte?«, fragte ich sie.

»Sehr normal«, erwiderte sie sofort. »Ich kann natürlich nicht für den Rest der Bevölkerung sprechen, aber wenn ich ein Date habe, möchte ich mich davor immer übergeben. Keine Ahnung, wie manche Leute das Flirten und die Unsicherheiten und die ganzen Elefanten im Raum aushalten.«

»Und auch noch Spaß dabei haben.«

»Spaß!« Sie kreuzte die Beine vor sich und schüttelte vehement den Kopf. »Wenn du Spaß hast, machst du es falsch. Es sollte anstrengend sein und die Gesprächsthemen sollten ständig stocken, weil man sich nur kurze Antworten wie beim Tennis hin und her wirft.«

Ich grinste sie an. »Vielleicht haben wir auch einfach eine verzerrte Ansicht davon, wie es sein sollte.«

»Nein, nein«, entgegnete Romie sofort. »Meine Ansicht ist nicht verzerrt, sie ist nur viel zu romantisch für die Welt.« Sie zögerte kurz. Hob schüchtern die Schultern an. »Ich träume davon, eine besondere Person zu sehen und sofort zu wissen, dass es die richtige ist. Ich will bis mitten in die Nacht mit diesem einen Menschen reden und völlig übermüdet am nächsten Morgen in der Uni oder bei der Arbeit auftauchen. Mit diesem Kribbeln im Bauch, weil ich die Person so bald wie möglich wiedersehen möchte.«

Ich lächelte bei ihrer Beschreibung. Nicht, weil ich sie lächerlich oder kindisch fand. Sondern weil mir ihre Vorstellung so bekannt vorkam. Weil ich es mochte, mich Tagträumen über die große Liebe hinzugeben, auch wenn alle Welt immer zu sagen schien, dass man nicht mit dem Kopf in den Wolken leben sollte.

»Wie habt ihr euch kennengelernt?«, wechselte Romie das Thema. »Du und dein Date?«

»Aaron«, gab ich ihr seinen Namen. Ich zog meine Füße an den Körper, bis ich, wie Romie, im Schneidersitz saß. Strich mein Oberteil glatt. Alles, um etwas Zeit zu schinden. »Es war nicht die Art von Treffen, die du beschrieben hast. Kein Märchen, in dem irgendwer sich Hals über Kopf verliebt hat. Aber ich bin gern mit ihm zusammen. Ich fühle mich … mutiger? Irgendwie?«

Romie hörte mir aufmerksam zu, das Kinn auf ihre Hand gestützt. »Realistisch betrachtet muss es ja auch keine Liebe auf den ersten Blick sein. Manchmal braucht es einen zweiten oder dritten oder vierten.«

»Ich weiß nicht, ob es etwas zu weit vorgreift, wenn ich vor dem ersten Date schon von irgendeiner Art von Liebe reden würde.«

Sie zuckte mit den Schultern. »Leute haben sich für weniger ineinander verliebt. Und ich meine ganz offensichtlich nicht, dass ich Ahnung habe, was zwischen euch ist oder du fühlst – von dem, was du eben erzählt hast, abgesehen. Ich finde nur … Ich weiß nicht. Gefühle haben keinen Zeitplan, an den sie sich halten.«

»Ja, das ist wahr«, stimmte ich ihr zu.

Dankbarkeit überkam mich – weil ich nicht allein hier saß und mir vor dem Date mit Aaron den Kopf zerbrach. Weil Romie sich die Zeit nahm, mit mir über diese Dinge zu sprechen, obwohl sie selbst so viel hatte, das sie beschäftigte.

»Wie gut, dass die Post mein Päckchen bei dir abgegeben hat«, hörte ich mich leise sagen.

Romie schenkte mir daraufhin ein breites Lächeln und stieß mit ihrer Schulter ganz leicht gegen meine. »Siehst du – da haben wir doch unsere schicksalhafte Begegnung.«

Ich kicherte. »Vereint vom Postboten?«

»Ich würde das Buch lesen.«

»Du müsstest es vor allem erst mal schreiben.«

Sie stockte. »Ich befürchte, dafür bin ich die falsche Person. Vielleicht engagieren wir eine Person, die das für uns schreibt.«

»Träumen nicht viele Leute, die es lieben zu lesen, davon, selbst ein Buch zu schreiben?«

»Ich bin mir sogar sehr sicher, dass es so ist«, bestätigte sie meine Vermutung. »Aber ich bin keine davon. Ich schaffe es gerade so, meine Hausarbeiten zu schreiben. Und das auch nur, weil George – mein Dad – mich jeden zweiten Abend anruft und wir über Skype zusammen arbeiten. Er an seinen Sachen und ich an meinen.« Sie fuhr sich durch die kurzen

Haare und strich sie sich dann hinter die Ohren. »Wir können uns beide nicht gut konzentrieren, wenn wir allein sind oder es zu ruhig ist. Es hilft, jemanden dabeizuhaben, der einen motiviert.«

»Das klingt ziemlich cool.«

»Ist es. Wir haben eine ganze Routine. Sie beinhaltet Wein, Schokolade, Tränen und Stress, weil wir notorische Aufschiebende sind. Wenn es eine Deadline gibt, kannst du dir sicher sein, dass wir sie beide nur mit Ach und Krach schaffen«, erklärte sie. »Was merkwürdig ist, weil wir trotzdem nie wirklich Zeit haben, um Pausen zu machen.«

»Ich glaube, ich ziehe mein ›cool‹ zurück. Das klingt anstrengend.«

»Es ist beides, um ehrlich zu sein.« Romie seufzte. »Und es hat mich gerade daran erinnert, dass ich noch einen Essay schreiben sollte.« Sie ließ sich nach hinten auf das Bett fallen und stöhnte wehleidig auf, die Augen an die Decke gerichtet, als würde sie zu einer höheren Gewalt sprechen. »Warum? Warum ich? Warum heute?«

Kurz darauf saß sie wieder aufrecht neben mir, die Lippen zu einem Schmollen verzogen. »Ich glaube, das ist das kosmische Zeichen, dass ich nach Hause gehen und ihn anfangen sollte.«

»Möchtest du … also, soll ich hierbleiben? Ich könnte dir Gesellschaft leisten.« Sosehr sie sich die letzte Stunde über auch auf unsere Gespräche konzentriert hatte – das, was sie mir in ihrer Wohnung erzählt hatte, war nicht einfach verschwunden. »Ich kann das Date verschieben. Wir könnten uns einen Film anschauen und was zu Essen bestellen.«

Romie nahm sich Zeit, um darüber nachzudenken und schüttelte dann den Kopf. »Danke für das Angebot. Aber ich glaube, es tut mir ganz gut, wenn ich ein bisschen Zeit für mich habe. Alles hier drin sortieren.« Sie tippte gegen die Stirn. »Wenn du allerdings an einem anderen Tag Lust auf einen ruhigen Abend hast, sag ich nicht Nein.«

»Da lässt sich bestimmt etwas finden.«

Wir brauchten beide, bis wir uns aufraffen konnten aufzustehen. Ich begleitete Romie zur Tür. Der Boden im Flur war so kalt, dass ich meine Zehen in den Socken anzog und von einem Fuß auf den anderen wippte.

Ich setzte zu einer Verabschiedung an – aber bevor ich dazu kam, etwas zu sagen, hatte sie ihre Arme um mich gelegt und in eine Umarmung gezogen. Ein paar Sekunden nur, aber sie drückte mich dabei fest. Ich spiegelte die Berührung und strich ihr kurz über den Rücken, weil ich das Gefühl hatte, dass sie es brauchte. Weil ich selbst es brauchte. Es war so lange her, seit ich das letzte Mal jemanden wirklich umarmt hatte.

»Danke«, sagte sie, als sie mich losließ. Sie winkte den ganzen Weg über den Hausflur, bis sie vor ihrer eigenen Tür stand und sie aufschloss. »Und schreib mir, wie dein Date gelaufen ist, wenn du wieder zu Hause bist!«

»Versprochen«, versicherte ich ihr. Ich wartete, bis sie in ihrer Wohnung verschwunden war, und schloss meine Tür dann ebenfalls hinter mir. Mit dem Rücken lehnte ich mich gegen das kühle Holz. »Falls mein Herz es überlebt.«

Vorfreude? Angst? Nervosität? Panik?

Es fühlte sich alles ähnlich an, die schwitzenden Hände, die Bauchschmerzen und den flatternden Herzschlag zuzuordnen.

Ich redete mir ein, dass es Aufregung sein musste. Ein gutes Gefühl. Weil ich gern mit Aaron zusammen war, gern mit ihm sprach, ihn in meiner Nähe mochte. Die Wahrheit war allerdings, dass ich keine Ahnung hatte, ob es stimmte. Jedes nervöse Klopfen meines Herzens sorgte dafür, dass ich mich anspannte und meine Konzentration sich völlig darauf verlagerte.

Ich atmete tief durch. Zwang mich, meine Aufmerksamkeit von meinem eigenen Körper auf Dinge um mich herum zu steuern. Das Sonnenlicht, das durch die kahlen Äste der Bäume fiel. Die sanften Schneeflocken, die den Boden nach und nach weiß färbten. Ein pinkes Auto stand auf der anderen Seite der Straße geparkt. Erst, nachdem ich es mehrere Sekunden angestarrt hatte, wurde mir bewusst, dass die Farbe Zuckerguss und die Striche darauf bunte Streusel darstellen sollten.

Der Anblick lenkte mich ausreichend ab, dass ich für eine kurze Zeit vergaß, meinen gesamten Körper zu scannen. Und das wiederum reichte, damit Aaron endlich auftauchte. Er hielt sein Auto direkt vor mir und versperrte mir damit die Sicht auf den pinken Wagen. Ich öffnete die Beifahrertür und kletterte auf den Sitz. Kletterte. Weil es so hoch gelegen war, dass ich mich beim Einsteigen tatsächlich hatte bemühen müssen, um den Sitz zu erreichen.

»Hey«, begrüßte Aaron mich, noch bevor ich richtig saß.

Ich schlug die Tür hinter mir zu, mein Herz im Magen, und drehte mich zu ihm um, um es zu erwidern. Aber aus irgendeinem Grund war es plötzlich schwer, Worte zu formulieren. Das Wort »Date« sprang wie ein übergroßer Flummi in meinem Kopf herum und vertrieb jegliche soziale Fähigkeiten.

Statt zu antworten, betrachtete ich ihn. Er hatte sich für eine schwarze Hose und ein ebenso dunkles Hemd entschieden. Verglichen mit der hellen Kleidung, die er gestern angehabt hatte, war er heute wie die personifizierte Nacht. Der Anblick beruhigte mich aus irgendeinem Grund.

Er trug eine silberne Kette an seinem Hals, die auf Höhe seines Schlüsselbeins unter dem Hemd verschwand. Hatte er die gestern bereits getragen? Oder sie sich heute für das Outfit – für das Date – ausgesucht?

Ich konnte mich beim besten Willen nicht daran erinnern, egal, wie lange ich sie anstarrte. Und das tat ich. Länger als gut war. Bis mein Schweigen zwischen uns in der Luft hing und ich Aarons Blick ganz deutlich auf mir spürte.

Ich quetschte ein »Hi« zwischen den Lippen hervor und hätte fast die Hand ausgestreckt, um seine zu schütteln. Ich hätte heute wirklich nicht die Wohnung verlassen sollen.

Er lächelte mich an, und mein Herz klopfte schneller.

Warum in seiner Nähe?

Was machte ihn besonders?

»Ganz schön kalt«, sagte ich, um ihn und mich aus dieser Stille zu befreien. Ich richtete meinen Blick aus dem Seitenfenster, dann sah ich zurück zu ihm.

»Verschrei es nicht. Sonst haben wir morgen plötzlich dreißig Grad.«

»Dreißig Grad? Mitten im Winter?«

Aaron zuckte grinsend mit den Schultern. »Es sind schon merkwürdigere Dinge passiert«, erwiderte er und fuhr los.

Ich atmete aus – selbst im Auto war Stillstand schwerer zu ertragen als Bewegung. Ich tat es so leise wie möglich, war dabei aber trotzdem laut genug, dass Aaron es hörte.

»Fühlst du dich nicht gut?«, fragte er. Der Hauch Besorgnis, der darin lag, war nicht zu überhören. Und ich fragte mich unweigerlich, ob er an gestern dachte. Ob das Bild, das er bisher von mir gehabt hatte, sich dadurch verzerrt hatte. Schwächer auf ihn wirkte.

»Ich …«, setzte ich an und zögerte. *Wahrheit oder Notlüge? Wahrheit oder Notlüge?* Ich seufzte. »Ich bin nervös.«

Er warf mir einen kurzen Blick zu, bevor er sich wieder auf die Straße konzentrierte. »Weshalb?«

»Wegen … dem hier?«, erwiderte ich. War es nicht offensichtlich? »Bist du es nicht?«

»Nervös?«

Ich nickte.

»Doch«, gab er zu. »Aber positiv nervös. Damit kann ich leben.«

»Es fühlt sich beides gleich an. Ich mag das Gefühl nicht.«

»Ich fände es schlimmer, gar nichts zu fühlen.«

»Warum?«

»Weil die Nervosität nicht grundlos auftaucht«, erklärte er. »Zumindest bei mir nicht. Es passiert, wenn ich vor etwas Angst habe, ja. Und wenn ich mich auf etwas freue. Ich weiß, dass ich nicht nervös bin, weil sich das hier falsch anfühlt, sondern weil ich gespannt bin, worüber du mit mir reden wirst. Weil ich mich gefragt habe, ob ein Hemd für ein Date in einem Donut-Laden zu viel des Guten ist und dich dann in diesem Kleid gesehen habe, neben dem ich eh nicht auffallen werde.« Er grinste, ein bisschen verlegen, ein bisschen verschmitzt. »Ich bin nervös, weil ich nicht weiß, was passieren wird, es aber gern herausfinden möchte.«

Ich strich den Stoff meines Rocks über den Beinen glatt. Er ließ es so einfach wirken.

»Ist das ein zustimmendes oder ein zweifelndes Schweigen?«, fragte er nach einigen Sekunden.

»Ein nervöses«, antwortete ich. Und lachte dann leise über mich selbst. »Ein positiv nervöses.«

»Das ist okay. Was auch immer du fühlst. Solange du mir sagst, falls es zu viel wird.«

»Und dann?«

Er sah mich an. »Und dann schauen wir, was wir tun können, damit es sich wieder besser anfühlt.«

Ich konnte den Blick nicht von ihm abwenden. Selbst dann

nicht, als seine Aufmerksamkeit nicht mehr mir galt. Ich wollte es auskosten – dieses Gefühl, wahrgenommen zu werden. Mit Ecken und Kanten und Brüchen und Narben. Und trotzdem genug wert zu sein, dass meine Empfindungen wichtig waren.

Dass ich wichtig war.

20. KAPITEL

Aaron

Ich schaltete das Radio ein, als unser Gespräch verklang. Leise nur, um ein Hintergrundgeräusch zu haben, während wir unseren Gedanken nachhingen.

Marleigh tat, als würde sie sich auf die Häuser und Autos konzentrieren – aber ich merkte, dass sie mir immer wieder verstohlene Blicke zuwarf.

Und es gefiel mir. Mit ihr in meinem Auto zu sitzen und nichts sagen zu müssen. Nicht das Gefühl zu haben, mich zu verdrehen, zu biegen und zu beugen.

Es war Jahre her, seit ich das letzte Mal bei einem Date gewesen war. Die Unruhe davor hatte mich deshalb überrascht. Mein Kleiderschrank lag zu Hause über mein halbes Bett verstreut, und trotzdem war ich fest davon überzeugt gewesen, nichts zum Anziehen zu haben, bis Jean mich gerettet hatte. Ich hatte ihm nicht erzählt, wohin ich fuhr, aber bei ihm war das auch selten nötig. Sein Grinsen hatte Bände gesprochen.

»Hey Aaron?«, holte Marleigh mich zurück aus meinen Gedanken.

»Ja?«

»Hast du im Moment einen Job?«

Verwirrt runzelte ich die Stirn. »Nein, wieso?«

Sie strich über das Armaturenbrett des Autos und sah sich

schweigend im Innenraum um. Es war nicht schwer, ihren Gedankengang nachzuvollziehen.

»Es war ein Geschenk von meinen Eltern«, erklärte ich ihr.

»Ah, verstehe.« Sie lehnte sich in ihrem Sitz zurück und sah betont ausdruckslos aus dem Fenster, als wäre die Antwort für sie ausreichend.

Ich konnte das Schmunzeln nicht unterdrücken. »Du kannst die Frage stellen, die dir auf der Zunge brennt. Ich hab nichts zu verheimlichen.«

Daraufhin atmete sie tief und lange aus. »Du kannst Gedanken lesen, oder?« Sie wandte mir den Oberkörper zu. Mein Gesicht kribbelte unter ihrem Blick.

»Nein, du bist nur eine unglaublich schlechte Schauspielerin.«

Aus den Augenwinkeln sah ich, wie sie kurz zögerte und dann nickte. Ich hatte ihr also nichts Neues verraten.

»Du hast gesagt, es war ein Geschenk.«

Ich nickte.

»Es ist ein ziemlich teures Auto, oder?«

Noch ein Nicken.

»Das heißt, deine Eltern müssen in der Lage dazu sein, sich so etwas leisten zu können. Und nicht nur als eigenen Wagen, den sie sich gönnen, sondern als ein Geschenk, von dem sie selbst absolut nichts haben. Und, ich meine, selbst wenn du ihr Sohn bist, ist das ein ziemlich großes Ding für die meisten Leute …«

»Möchtest du es noch aussprechen oder soll ich dich erlösen?«

»Haben deine Eltern viel Geld?«, fragte sie vorsichtig. »Und ist das eine sehr unhöfliche Frage, die man jemandem nicht einfach so stellen sollte?«

Ich grinste. »Ja. Und ein bisschen. Aber schon okay, ich hab nichts dagegen.«

»Wie … wie viel Geld ist viel Geld? Für euch? Wenn ich fragen darf?«

Es war nicht das erste Mal, dass mir diese Frage gestellt wurde. Spätestens wenn ich Leute, die ich neu kennengelernt hatte, zu uns nach Hause einlud, war es vorprogrammiert. Die wenigsten taten es mit einem schlimmen Hintergedanken – es war pure Neugier, die aus ihnen sprach.

Bei Marleigh wirkte es ähnlich. Als würde sie Einblicke in ein Leben erhalten, das für sie völlig unbekannt war.

Einblicke in mein Leben. Und ich war nur allzu gewillt, sie mit ihr zu teilen.

»Das Haus, in dem wir leben«, begann ich vorsichtig. Ich war mir nicht sicher, wie sie reagieren würde – ob sie es als Angeben empfand, wenn ich ihr einfach meine Hand reichen und zeigen wollte, dass mich dieses Geld nicht ausmachte. Auch wenn ich mir bewusst war, wie privilegiert ich war, diese Aussage treffen zu können. »Mein Dad hat dafür ein bisschen über zehn Millionen Dollar gezahlt, soweit ich mich erinnere.«

Sie schwieg.

»Marleigh?«, fragte ich unruhig.

Sie hob eine Hand zwischen uns an. »Gib mir einen Moment. Ich versuche herauszufinden, wie viele Nullen die Zahl hat.« Das angestrengte Runzeln auf ihrer Stirn sagte mir, dass sie nicht log.

Ein erleichtertes Lachen entkam mir. »Sieben.«

»Wow. Stell dir vor, was man mit so viel Geld anfangen kann.«

»Ein teures Haus kaufen, zum Beispiel.«

»Haha.« Sie schüttelte den Kopf. Legte ihn schief und betrachtete mich genauer.

»Denkst du darüber nach, wie du mir am meisten Geld abnehmen kannst?«

»Nein.« Sie runzelte die Stirn noch etwas stärker. »Aber ich bestehe darauf, dass du mir einen Donut kaufst.«

»Wir sind auf einem Date«, gab ich zu bedenken. »Ich hätte ihn sowieso bezahlt.«

»Was, wenn ich dich nicht gelassen hätte?«

»Dann hätte ich so getan, als müsste ich dringend aufs Klo und dann die Rechnung bezahlt.«

»Die Rechnung.« Eine ihrer Augenbrauen wanderte nach oben. »In einem Donut-Laden.«

Mein Fehler. »Ich hätte dich vorgeschickt, um uns Plätze zu reservieren.«

»Und nicht mit mir abgesprochen, was ich gern hätte?«

»Doch, natürlich. Ich hätte dich vorher gefragt, was dein liebster Donut ist«, sagte ich und hob fragend eine Augenbraue an.

»Die mit einer Zuckerglasur.« Sie hatte es kaum ausgesprochen, als sie auch schon innehielt. In dem hypothetischen Szenario, in dem sie mit mir um die Bezahlung der Donuts kämpfte, hatte sie gerade verloren. »Du bist gut.«

Ich lächelte zufrieden. »Also mit Zuckerglasur?«

»Aber keine farbigen. Die ganz einfachen mag ich am liebsten.«

»Gut zu wissen.«

»Und deine?«, fragte sie neugierig.

»Ich kann nicht sagen, dass ich darüber bisher nachgedacht hätte.« Ich setzte den Blinker und bog rechts in die Straße ein, in der sich der Laden befand. Dann manövrierte ich das Auto in einen der freien Parkplätze am Straßenrand. »Ich hab eine Schwäche für Schokolade, also alles damit, nehme ich an.«

»Wie du so entspannt bei der Frage bleiben kannst, ist mir ein Rätsel.«

»Du warst auch entspannt.«

»Weil ich mich darauf vorbereitet habe, sie irgendwann beantworten zu müssen«, erklärte Marleigh ernst. »Das ist die offensichtlichste Frage, wenn man was über die Leidenschaft einer anderen Person erfährt. ›Was ist dein Lieblingsbuch?‹, ›Welches Dessert isst du am liebsten?‹, ›Süß oder salzig?‹.«

»Salzig.«

»Süß!« Sie schüttelte den Kopf. »Wir sind absolut nicht kompatibel.«

»Oder vielleicht ergänzen wir uns einfach sehr gut.«

Das nahm ihr den Wind aus den Segeln. Sie senkte den Blick kurz. Schaute mit einem Grinsen wieder zu mir auf. »Ja. Vielleicht.«

Ich stellte den Motor aus und schnallte mich ab. Marleigh saß währenddessen mit kerzengeradem Rücken neben mir und … wartete? Worauf?

Ich streckte meine Hand aus. Zögerte kurz. Berührte sie ganz leicht an der Schulter. »Marleigh?«

Ihr Blick schoss zu mir. Ich sah, wie sich ihr Brustkorb unter ihrer Jacke einmal kräftig hob und senkte. »Das Café ist direkt da vorn, oder?«, fragte sie und zeigte aus dem Fenster. Der Laden war vielleicht zehn Meter entfernt. Dass ich überhaupt einen Parkplatz gefunden hatte, der so nah war, glich einem Wunder.

Ich nickte, woraufhin sie noch einmal durchatmete. Dann schwang sie die Tür auf, um auszusteigen. Ich beeilte mich, ihr zu folgen, und umrundete das Auto, um neben ihr laufen zu können.

Das *Oh Doughnuts* war von außen ein unscheinbarer Laden. Es war tiefer gelegen als die restlichen Geschäfte in der

Nähe – beinahe so, als hätte jemand einen Keller ausgebaut und daraus das Café gemacht. Mit einem weißen Schild, auf dem in schwarzer Schrift der Name stand, einer rostroten Backsteinfassade und einem metallenen Geländer davor, damit niemand aus Versehen den knappen Meter in die Tiefe stürzte, musste man zweimal hinsehen, um den Laden wirklich zu erkennen.

Marleigh lief mir voraus die Treppe hinunter und ging auf den Eingang zu. Ein Klingeln kündigte unser Eintreten an und eine Frau begrüßte uns von ihrem Platz hinter dem Besteltresen aus. Sie reichte einem älteren Herrn sein Rückgeld und brachte dann seinen dampfenden Kaffee und den pinken Simpsons-Donut an einen der drei freien Tische, die direkt neben der Fensterfront standen.

Viel größer war das Café nämlich nicht. Ein paar Sitzmöglichkeiten, ein Gehweg, der gerade breit genug war, damit man sich nicht auf die Füße trat, und die Auslage mit den Donuts, auf die Marleigh zögerlich zulief. Sie sah sich dabei hin und wieder zu mir um, als wollte sie sichergehen, dass sie nicht träumte oder dass ich verschwand.

Ich stellte mich neben sie, wartete, bis sie jeden Donut genau in Augenschein genommen hatte.

»Aaron«, sagte sie leise. Ihre Anspannung hatte sich mit Betreten des Ladens nicht plötzlich in Luft aufgelöst. Sie war ihr immer noch von der Nasenspitze ablesbar, auch wenn die Donuts mehr und mehr ihre Aufmerksamkeit auf sich zogen.

»Anwesend.«

Sie sah über die Schulter zu mir. »Ist es okay, wenn wir das Café nie wieder verlassen?«

»Unsere Auslage wechselt jeden Tag«, verkündete die Frau mit einem professionellen Lächeln. Ich war mir nicht sicher, ob sie es in dem Versuch sagte, mir zu helfen oder Marleigh tatsächlich für immer in diesem Laden festzuhalten. Letzteres schien eher der Fall zu sein, als beinahe buchstäblich kleine Herzen in Marleighs Augen auftauchten.

Sie betrachtete die Auslage noch einmal nachdenklich und deutete dann auf den Donut, der am weitesten rechts lag. »Ich hätte gern den dort.« Wieder sah sie mich an. »Weißt du schon, was du möchtest?«

Dass ich der Auswahl bisher kaum meine Aufmerksamkeit geschenkt hatte, verriet ich ihr nicht. Ich sah kurz über die unzähligen Varianten und wusste sofort, dass mir die Entscheidung Kopfzerbrechen bereiten würde. »Noch nicht. Es wird mich noch ungefähr zwei Stunden kosten, bis ich alle Vor- und Nachteile abgewägt habe und mir sicher bin, dass ich den besten Donut ausgesucht habe.«

Ein Lachen entkam der Bäckerin. »Wenn ihr möchtet, kann ich euch die raussuchen, die am beliebtesten sind.«

»Oder …«, begann Marleigh vorsichtig. »Oder ich suche etwas für dich aus?«

Ich hob beide Augenbrauen an. »Was, wenn du einen aussuchst, der mir nicht schmeckt?«

»Dann esse ich ihn«, sagte sie sofort. »Aufopferungsvoll.«

Ein Schnauben entkam mir, aber ich nickte.

Marleigh deutete auf zwei weitere Donuts, die auf zwei kleinen Tellern und dann mit ihrem Donut direkt auf einem Tablet landeten. Sie entschied sich zusätzlich für einen Kamillentee und ich bat um eine heiße Schokolade.

Wir trugen unser Essen zum hintersten der drei Tische, der fast direkt an der Wand stand. Ich setzte mich mit dem Rücken zum Eingang und Marleigh nahm mir gegenüber Platz. Sie schob sich die Haare über die Schulter und schaute von einer Ecke des Raums zur anderen.

»Ich hatte angenommen, du würdest von jedem einen nehmen«, sagte ich, um ihre Konzentration auf mich zu lenken.

Als meine Worte zu ihr durchdrangen, richtete sie ihren Blick auf mich. Sie hob die Schultern an. »Manchmal bin ich ganz vernünftig.«

Ich stützte mein Kinn auf der Handfläche ab. »Vernünftig, ja?«

Sie nickte und schob zwei Donuts von sich: Auf dem einen lag oben eine einzelne Bananenschreibe und ringsherum Raspeln aus weißer Schokolade. Es war ein dunkler Schokoladenteig der, wenn ich mich nicht täuschte, sogar noch mit Nougat gefüllt war.

Auf dem anderen stand ein Oreo-Keks in einer Sahnehaube, die auf den glasierten Donut gespritzt worden war. Neben den zwei Varianten sah der dritte, der vor ihr stehen blieb, fast traurig aus. Er war nur von Puderzucker eingehüllt.

»Ich finde, drei ist die perfekte Zahl, wenn wir zu zweit sind. Weil wir dann nicht die Hälfte stehen lassen, weißt du?«

»Das muss einem Verbrechen unter Donut-Liebhabern gleichkommen«, erwiderte ich.

Ihre Mundwinkel zuckten leicht. »Ist es wirklich. Der hier ist für dich«, sagte sie und deutete auf den mit der Bananenscheibe. Sie zögerte kurz. Zog ihre Hand wieder zurück und räusperte sich. »Weil du gesagt hast, dass du schokoladige am liebsten magst.«

Kaum ausgesprochen, schien sie sich nicht mehr sicher zu sein, ob sie tatsächlich eine gute Wahl getroffen hatte. Ich nahm den Teller von dem Tablett und stellte ihn direkt vor mir ab. »Ich hatte gehofft, dass du das sagen würdest.«

Ein zufriedenes Lächeln stahl sich auf ihr Gesicht. »Der mit Puderzucker ist für mich. Und den dritten können wir uns teilen.«

»Was, wenn wir dann noch nicht zufrieden sind?«

»Dann können wir uns den ganzen Nachmittag noch durch den Rest probieren. Wenn du Lust hast.«

»Ich hab den ganzen Tag Zeit.« Und nicht einmal annähernd das Bedürfnis, in diesem Augenblick woanders zu sein.

»Woher kennst du den Laden eigentlich?«, fragte Marleigh, als sie ein Stück von ihrem Donut abriss und sich in den Mund schob. Sie wippte auf ihrem Sitz ein wenig hin und her. Ich war mir nicht sicher, ob es ihr überhaupt auffiel – und ich machte auch keine Anstalten, sie darauf hinzuweisen. Es war größtenteils Nervosität, die sie damit zum Ausdruck brachte. Aber die Tatsache, dass ich dazwischen auch ein paar Funken Freude erkannte, ließ den Bissen, den ich von meinem Donut gerade nahm, süßer wirken.

»Eine Freundin hat mich mal hierher entführt«, sagte ich. »Wortwörtlich. Es hätte nur gefehlt, dass sie mir die Augen verbindet. Sie wollte unbedingt feiern, dass wir bei einem Wettkampf letztes Jahr eine Goldmedaille …« Ich unterbrach mich, als mir bewusst wurde, in welche Richtung meine Antwort gerade führte.

Emilia. Emilia hatte mich hierher gebracht, weil sie das Café von ihrer Schwester empfohlen bekommen hatte. Sie hatte sich damals fast so sehr über die Auswahl gefreut wie Marleigh heute – wenn auch nicht ganz so verhalten.

Und das alles nur, um eine Goldmedaille zu feiern. Es war nicht unsere erste gewesen – bei Weitem nicht. Irgendwie hatte sie sich trotzdem besonders angefühlt. Weil wir so gut harmoniert hatten. Weil wir eine unsere besten Leistungen abgegeben hatten und uns beiden das mehr als bewusst war.

»Ich weiß nicht, ob du darüber reden möchtest«, begann Marleigh. »Wenn nicht, ist es auch okay. Aber … Das Eiskunstlaufen. Warum ist es gerade so ein schwieriges Thema?«

Sie sah mich an, als erwartete sie, dass ich bei der Frage aufstand und sie einfach hier sitzen ließ. Und ich erinnerte mich daran, wie unwirsch ich sie in dem Park abgewiesen hatte, als wir darauf zu sprechen gekommen waren.

Es wäre einfach gewesen. Sie auch anzulügen, wie ich es bei Emilia und meiner Familie tat, weil ich nicht wusste, was ich anderes tun sollte. Weil ich keine Ahnung hatte, wie ich mutig genug sein konnte, mit ihnen darüber zu sprechen, dass der Anblick einer Eisfläche mir eine Scheißangst machte.

Ich schaffte es noch nicht, die Wahrheit zu sagen. Aber ihr offener Gesichtsausdruck ließ auch nicht zu, dass ich die Frage einfach ignorierte.

Ich wollte es auch gar nicht. Zumindest nicht so wie beim letzten Mal. Ich wollte … Ich wollte, dass sie mich kennenlernte. Dass sie mich kennenlernte und trotzdem weiterhin so ansah wie jetzt gerade.

»Es sind ein paar Dinge passiert«, sagte ich und verzog über mich selbst das Gesicht. *Ein paar Dinge.*

Ein Unfall. Ein Unfall, Aaron. Es war nur ein Wort.

Sie musste mir ansehen können, wie sehr ich mich innerlich wand – wie schwer es mir fiel, es auszusprechen. Denn sie beugte sich über den Tisch etwas zu mir und versuchte, meinen Blick einzufangen.

»Du brauchst es nicht zu erzählen«, sagte sie. »Egal, was passiert ist, es war bestimmt nicht schön oder leicht.«

Erleichterung durchströmte mich, als sie nicht weiter nachhakte. Gleichzeitig fühlte ich mich elendig. Weil sie mir diesen Raum gab, ihr davon zu erzählen. Und ich es tun wollte, es aber nicht schaffte, mich von diesen unsichtbaren Fesseln zu lösen.

Es kam mir vor, als vergingen Stunden, während ich innerlich mit mir rang. »Ich war schon seit Monaten nicht mehr auf dem Eis«, rang ich mir dann hervor. Es kostete mich bereits alle Kraft, es auszusprechen.

Marleighs Mund formte ein »O«.

Ich hätte sie beantworten können. Es hätte nicht so schwer sein sollen, darüber zu reden. Ich hätte nicht allein bei dem Gedanken in Schweiß ausbrechen sollen.

Stattdessen entschied ich mich dazu, zu tun, als würde ich ihren Blick nicht bemerken. Ich konzentrierte mich auf meinen Donut, als hätte ich noch nie etwas so Spannendes gesehen, und wartete, bis Marleigh das Thema fallen ließ und es mir nachtat.

Sie betrachtete ihren Donut nachdenklich, trotz des Elefanten im Raum ein zufriedenes Lächeln auf den Lippen, nachdem sie einen weiteren Bissen genommen hatte. Ihre Haare hingen ihr wirr über die Schultern. Ihre Wimpern waren hell und aus der Distanz kaum zu erkennen.

Mein Herz machte einen Sprung. Sie war schön. Auf eine Weise, die meine Lungen etwas zu klein wirken ließ, meinen Brustkorb zu eng.

Deswegen fiel es mir auch nicht sofort auf. Die Stille, die plötzlich von ihrer Seite über den Tisch wehte. Die Art, wie ein Vorhang sich über ihr Gesicht senkte und alle Emotionen verdeckte. Das Glänzen ihrer Augen erlosch, die sanfte Röte, die ihre Wangen geziert hatte, verschwand. Wurde ersetzt von einer geisterhaften Blässe.

Ich bemerkte es erst, als jemand an unseren Tisch trat. Zwei Mädchen, die schüchtern in Marleighs Richtung lächelten und mich dabei größtenteils ignorierten.

»Hey Marleigh«, sagte die Blonde. Sie war einen ganzen Kopf größer als das zweite, braunhaarige Mädchen. Ihre Haare gingen ihr gerade bis zum Kinn, und sie trug einen gestreiften Pullover unter ihrer dicken Jacke. »Wie witzig, dass wir uns hier treffen.«

Die Brünette hatte einen breiten Schal mehrmals um ihren Hals gewunden und verschwand beinahe dahinter. Sie warf ihrer Freundin einen nervösen Blick zu, als wollte sie überall sein, nur nicht hier.

Allerdings ignorierte diese sie. Sprach stattdessen mit Marleigh weiter, die noch kein Wort gesagt hatte. »Alle fragen sich, ob du krank bist. Du warst so lange nicht mehr in einer Vorlesung und die Dozenten haben alle nach dir gefragt. Bestimmt vermissen sie ihre Lieblingsstudentin.«

Sie sah zu ihrer Freundin, als erwartete sie eine Bestätigung. Als keine kam, wandte sie sich wieder an Marleigh. »Du siehst gar nicht krank aus.«

Sie unterstrich ihre Aussage mit einem Blick zu mir. Sie schien sich nicht mal etwas dabei zu denken, sprach einfach das aus, was ihr durch den Kopf ging.

»Ich dachte immer, ein Stipendium würde davon abhängen, dass man gute Noten vorweisen kann und immer anwesend ist. Na ja, vielleicht ist das bei hochbegabten Leuten anders als bei uns Normalos, was?«

Sie lachte. *Lachte.*

Ein ungemütliches Gefühl vertrieb das warme Flackern, das sich gerade in meinem Bauch festgesetzt hatte. Ich wollte etwas sagen – sie darauf hinweisen, dass Marleigh und ich zusammen hier waren und das nicht der Zeitpunkt war für ... was auch immer sie mit diesem Gespräch erreichen wollte.

Aber dann sah ich zu Marleigh. Und bemerkte, dass sie ihr nicht mal mehr zuzuhören schien. Sie hatte den Kopf gesenkt, den Blick in ihren Schoß gerichtet. Die Schultern angezogen und versuchte, sich so klein wie möglich zu machen. Als könnte sie auf diese Weise einfach verschwinden.

Als könnten wir auf diese Weise vergessen, dass sie da war.

Unbewusst rieb ich über die Stelle in meinem Brustkorb,

die bei diesem Anblick wehtat. Versuchte, das Gefühl auf diese Weise zu vertreiben, aber es verschwand auch nach mehreren Sekunden nicht. Es setzte sich fest und ließ mich nicht mehr los. Eine Schwere, die schlimmer wurde, je länger ich Marleigh ansah.

»Könnt ihr uns bitte allein lassen?«, unterbrach ich die Blonde mitten im Satz. Sie starrte mich verwirrt an. Überrascht vor allem davon, dass ich ihre Gedanken nicht hören zu wollen schien.

»Ich wollte nur …«

Ich sah zu ihr auf. Bemühte mich, die Sorge, die in meinem Brustkorb steckte und sich immer tiefer zu graben schien, von meinem Gesicht zu wischen. Aber in dem Moment, in dem ihr Satz auf halber Strecke abbrach, wusste ich, dass man mir irgendetwas vom Gesicht ablesen konnte.

Sie richtete sich auf. Der Rücken so gerade, als wollte sie sich für einen Kampf wappnen. Dabei war es das genaue Gegenteil von dem, was mein Instinkt mir zuschrie. Ich wollte Marleighs Hand greifen und sichergehen, dass mit ihr alles okay war – weil ich genau sah, dass dem nicht so war. Ich wollte sie aus dem Restaurant und weit weg von den zwei Mädchen bringen, die so schnell dafür gesorgt hatten, dass sie still und angespannt mir gegenübersaß.

Ich wollte ihr Lachen wieder sehen, das meine Welt für einen kurzen Augenblick angehalten hatte.

Als ich keine Anstalten machte, aufzustehen oder mehr zu sagen, entspannte die Große sich ein wenig. »Ich weiß schon. Vier Personen sind auf einem Date zwei zu viel«, sagte sie und kicherte dabei unbeholfen, als wollte sie unbedingt die lockere Stimmung beibehalten, war sich aber plötzlich nicht mehr ganz sicher, wie es funktionieren sollte. Dabei schien sie völlig zu übersehen, was vor ihrer Nase passierte.

Ihre Freundin zupfte am Jackenärmel des blonden Mädchens. »Lass uns gehen, Lydia.«

»Wir haben nur gefragt, wie es ihr geht«, verteidigte sie sich gegen Vorwürfe, die nie jemand ausgesprochen hatte.

Ich schaffte es gerade so, für mich zu behalten, dass sie Marleigh nie eine direkte Frage gestellt hatte.

Sie zuckte mit den Schultern, als wäre sie sich keiner Schuld bewusst. Als hätte sie ihr Gewissen mit diesem kurzen Gespräch reingewaschen, und grinste noch mal in Marleighs Richtung. »Vielleicht schaffst du es ja bald mal wieder zur Uni«, sagte sie als Verabschiedung und gesellte sich mit ihrer Freundin dann zu einer kleinen Gruppe, die an der Donut-Auslage stand und das Gebäck betrachtete.

Ich wandte mich Marleigh zu, erleichtert, dass sie uns endlich allein gelassen hatten. »Waren das Kommilitoninnen aus deinem …«

Ich brach mitten im Satz ab, als ich sie ansah – richtig ansah. Sie war nicht nur geisterhaft blass, sie zitterte auch am ganzen Körper. Sie saß leicht vornübergebeugt da, die Arme vor dem Bauch verschränkt, und starrte auf den Tisch.

Für einen Moment verschwanden meine Gedanken. Mein Kopf leerte sich, weil ich keine Ahnung hatte, was ich tun sollte. Wie ich sie wieder zu mir zurückholen konnte.

»Können wir nach Hause?«

Ich registrierte ihre leisen Worte nur nach und nach. Als ich ihren Sinn endlich verstand, nickte ich sofort, obwohl sie mich nicht ansah.

»Natürlich«, sagte ich und stand auf. Ich wollte ihr von ihrem Platz helfen, aber bevor ich ihr meine Hand reichen konnte, war sie bereits um den Tisch herumgelaufen und floh Richtung Ausgang. Ich griff nach ihrer Jacke und der Tasche, die über der Rückenlehne baumelten, und folgte ihr.

Den Bürgersteig entlang, zurück zum Auto, vor dem sie hin und her lief, immer zwei Schritte nach rechts und zwei nach links. Bis ich die Türen entriegelte und sie einsteigen konnte.

Es war wie das erste Mal, als ich Marleigh gesehen hatte – an der Bushaltestelle, neben der sie zusammengekauert gehockt hatte. Sie war genauso still. Genauso wenig ansprechbar und in sich zurückgezogen.

Nur eines hatte sich verändert: Die Gedanken, die mir durch den Kopf gingen. Die Sorge, die ich empfand. Der Wunsch, ihr helfen zu wollen – nicht, weil meine Dämonen sich in ihren spiegelten. Nicht, um meine freie Zeit zu füllen. Sondern weil ich wollte, dass sie lächelte und mit mir über Dinge redete, von denen mir nicht bewusst gewesen war, dass sie mich interessierten.

Ich zwang sie nicht dazu. Die gesamte Fahrt über war sie so schweigsam, dass ich alle paar Sekunden in ihre Richtung sah, um mich zu vergewissern, dass sie wirklich neben mir saß. Ihre Nase leuchtete rot von der Kälte, und ich schaltete die Sitzheizung höher. Sie hatte die Arme um den Bauch geschlungen, eine Hand auf dem Bund ihres Rocks liegend. Bei jeder noch so leichten Erschütterung, die den Wagen ruckeln ließ, spannte sie sich an und beugte sich kurz darauf ein Stück weiter nach vorn. Ihre Augen hatte sie schon längst geschlossen.

»Hey Marleigh?« Ich wartete und wartete, bis sie registrierte, dass ich etwas gesagt hatte. Und dann noch einmal länger, bis sie den Kopf kaum merkbar in meine Richtung drehte. »Was siehst du draußen?«

Eins, zwei, drei Sekunden vergingen, bis sie reagierte. Ich spürte ihren Blick, fragend und unsicher. Aber statt meine Bitte zu ignorieren, sah sie aus dem Fenster. Hochhäuser zogen an uns vorbei. Schnee wehte über den Boden, verfing sich in den Haaren und Mänteln der Leute und färbte alles weiß.

Nichts davon packte Marleighs Aufmerksamkeit sofort. Es waren ganz andere, kleinere Dinge, auf die sie sich konzentrierte.

»Ein Handschuh auf dem Gehweg«, sagte sie schwach, als wir an der Kreuzung kurz langsamer wurden.

»Den gelben Bommel an der Mütze«, fuhr sie fort, als wir an einem älteren Herren vorbeikamen, der ein halbes Dutzend Einkaufstüten in den Händen hielt.

»Kahle Bäume. Noch mehr kahle Bäume.«

»Ein grüner Regenschirm mit weißen Punkten.«

Und als wir in ihre Straße einbogen: »Zu Hause.«

Ihre Aufmerksamkeit nach außen zu lenken, hatte sie für den Moment ein wenig beruhigt. Sie sprang nicht sofort aus dem Auto, wie ich es erwartet hatte. Nein – zuerst schniefte sie. Drückte die Handflächen auf ihre Augen und rieb und rieb und rieb darüber. Dann holte sie mehrmals tief Luft, schien sich zu wappnen und drückte die Beifahrertür kurz darauf auf.

Ich lief ihr nach. Sie taumelte mehr den Weg entlang, als dass sie ihn lief – erschöpft von dem, was gerade passiert war. Von dem, wovon ich nicht einmal die Hälfte zu verstehen schien. Ich lief mit ausreichend Abstand hinter ihr, um sie nicht einzuengen. Und nah genug, um ihr im Notfall einen Arm reichen zu können.

Ihre Hand zitterte, als sie versuchte, die Haustür aufzuschließen. Den Schlüssel ließ sie dabei mehrmals fast fallen. Als sie es endlich schaffte, stieß sie sie so ruckartig auf, dass sie beinahe über ihre eigenen Füße stolperte. Sie fing sich an der Wand ab – und blieb dann einfach stehen.

Die Tür fiel hinter uns zu, und ich wollte etwas sagen. Marleigh fragen, wie ich ihr helfen konnte – aber sie kam mir zuvor.

21. KAPITEL

Aaron

»Bitte geh.«

Ihre Stimme war leise, aber bestimmt. Trotzdem war ich mir sicher, mich verhört zu haben. »Was?«

»Geh!«, rief sie. Ihre Stimme hallte durch das Treppenhaus, und ich weiß nicht, wer von ihrer Lautstärke mehr überrascht war: sie oder ich.

»Marleigh«, begann ich. Ich gab mein Bestes, sanft zu sprechen. Beruhigend zu wirken. »Was auch immer im Café gerade passiert ist, du brauchst nicht …«

»GEH!«

Sprachlos starrte ich sie an. Versuchte herauszufinden, was genau es war, das sie wie ein verängstigtes Tier in die Ecke trieb. Denn genau das war sie. Zitternd und angespannt und voller Angst.

»Ich …« Ich stockte. Suchte nach den richtigen Worten, die ausdrücken konnten, dass ich sie nicht einfach hier stehen lassen wollte, wenn es so offensichtlich war, dass etwas nicht stimmte. »Ich möchte nicht gehen, Marleigh.«

Leider schien es alles andere als richtig gewesen zu sein. Sie atmete schnell und schneller, raufte sich die Haare und schien kurz davor zu sein, zu platzen. Mehrere Minuten lang schwieg sie. Atmete bemüht tief und langsam ein und aus, bis sie sich so weit gefasst hatte, um Sätze formulieren zu können.

»Die Dinge, die ich gerade denke, sind so selbstsüchtig, dass ich weiß, dass ich dich damit verletzten würde«, begann sie, die Hände zu Fäusten an ihrer Seite geballt. Sie zitterten. »Ich weiß, dass sie dafür da sind, alle von mir wegzustoßen, weil jede Zelle meines Körpers wehtut. Ich möchte – ich muss es rauslassen. An anderen.« Sie atmete stockend ein. Musste die Worte beinahe hervorpressen. »Jetzt gerade will ich böse sein und … und egoistisch und dass die Welt sich nur um meinen Schmerz dreht, weil es so sehr wehtut, dass ich nicht weiß, wie jemand anderes sich jemals schlimmer fühlen könnte.«

Als ich nichts sagte, wischte sie sich Tränen aus dem Gesicht. Sie sah mich dabei nicht an, sondern starrte auf ihre Füße.

»Bitte, kannst du gehen? Das hier … ist nicht die Marleigh, die ich dir zeigen möchte.« Ihre Stimme brach am Ende des Satzes – und mein Herz gleich mit. Sie versuchte so sehr, sich zusammenzureißen. Aber die Tränen, die unaufhörlich ihre Wangen hinunterrannen, waren stärker.

Zu was für einem Menschen machte es mich, dass ich ihrer Bitte nicht sofort nachkam? Ich wollte meine Füße dazu überreden, ihr den Rücken zuzudrehen. Das Haus zu verlassen, damit sie wenigstens diesen kleinen Funken Stolz behalten konnte, an dem sie sich so sehr festzuklammern versuchte.

Aber es ging nicht. Sosehr ich mich auch dazu ermahnte. Ich konnte es nicht. Wollte es nicht, und ich wusste nicht, ob ich mich dafür hassen sollte, ihr diesen Wunsch nicht erfüllen zu können.

»Wenn du es wirklich möchtest, bin ich sofort aus der Tür«, sagte ich leise. Sie so gebrochen vor mir stehen zu sehen, war kaum zu ertragen. Sie wirkte klein und mutlos, auch hinter der lauten, giftigen Stimme, die aus ihr gesprochen hatte. »Aber wenn du dich in der Sekunde, in der ich dich allein lasse, einsam fühlst und dir Vorwürfe machst, dass du mich weggeschickt hast, bleibe ich, okay? Ich kann auch in meinem Auto warten, wenn du gerade keine Nähe verträgst. Ich möchte nur …« Unschlüssig hob ich die Schultern. Ließ sie fallen. »Ich möchte nur in der Nähe sein, wenn du jemanden brauchst, um zu reden oder zu schweigen oder für eine Umarmung.«

Marleigh senkte ihren Kopf noch weiter, bis ich ihr Gesicht nicht mehr sehen konnte. Eine Träne tropfte auf den Boden. Noch eine und noch eine. Sie rang mit sich. Mit dem Teil von ihr, der ihr sagte, dass ich sie so nicht sehen durfte. Ich war mir sicher, dass sie mich wegschicken würde. Aber schließlich nickte sie – und ich stieß beruhigt den Atem aus.

»Okay.« Ich bemühte mich, meine ruhige Stimme beizubehalten. »Soll ich hierbleiben? Oder dir Raum geben?«

Wir standen in dem kühlen Hausflur, meine Frage zwischen uns. Lange reagierte Marleigh nicht auf sie. Ich drängte sie nicht dazu, weil ich sah, dass sie darüber nachdachte. Ihr Schniefen zerschnitt die Stille. Sie löste die Arme von ihrem Bauch und breitete sie in einer Bitte ganz leicht vor sich aus, ohne mich anzusehen.

»Eine Umarmung?«, fragte ich sie.

Sie nickte – und das reichte mir, um meine Füße endlich vom Boden lösen zu können. Ich überbrückte die Distanz zwischen uns. Legte meine Arme zögernd um sie und spürte ihre Hände kurz darauf auf meinem Rücken. Sie krallte sich in den Stoff meiner Jacke und drückte das Gesicht in meine Brust. Fast so, als versuchte sie, in meinen Armen zu verschwinden.

Mein Herz brach noch mehr. Ich drückte sie fester an mich, legte meinen Kopf auf ihrem Scheitel ab. Und obwohl die Position unbequem war, ich den Rücken auf eine Art beugen musste, die nach Sekunden bereits wehtat, versuchte ich, sie mit meinem Körper zu schützen. Vor der Außenwelt. Vor ihren eigenen Gedanken. Was auch immer ihr solche Schmerzen bereitete.

Wir standen lange in dem Hausflur, und so starr, wie Marleigh wirkte, hätten wir vermutlich noch viel länger dort stehen bleiben können. Erst als sie anfing zu zittern, fragte ich, ob ich sie wenigstens zu ihrer Wohnung bringen konnte, damit sie sich nicht erkältete. Sie ließ sich Zeit, bis sie nickte. Noch mehr, bis sie sich von mir löste und vor mir her zum Fahrstuhl lief.

Meine Hand ließ sie dabei den ganzen Weg über nicht los. Auch nicht, als wir vor ihrer Wohnung standen und sie die Tür mühsam mit einer Hand aufschloss. Ich wollte mich sanft aus ihrem Griff lösen, aber als ich es auch nur versuchte, drückte sie meine Finger so fest, dass ihre Knöchel weiß wurden. Ich war mir nicht mal sicher, ob sie es bemerkte.

Sie wollte in ihre Wohnung treten, sah mich aber vorher über ihre Schulter hinweg an. Fragend. Bittend vielleicht sogar. Und als ich mich nicht von ihr abwandte und den Weg zurück verschwand, den wir gerade gekommen waren, bildete ich mir ein, zu sehen, wie ein wenig Anspannung aus ihren verkrampften Schultern sickerte.

Ich trat mit ihr in die Wohnung, und erst da ließ sie meine Hand schließlich los. Ihre Schuhe ließ sie unordentlich mitten im Eingangsbereich liegen und verschwand dann im angrenzenden Zimmer. Ich stellte sie neben meine direkt neben die Tür und lief ihr dann hinterher.

Die ganze Zeit über beherrschte uns das Schweigen. Es war schwer, keine Fragen zu stellen. Schwer, einfach nur dabei zuzusehen, wie sie durch ihr Zimmer eilte und einzelne Kleidungsstücke in dem Ankleidezimmer neben ihrem Bett verstaute. Wie sie eine Tasse und einen Teller von ihrem

Couchtisch weg und in die Küche räumte, nur, um kurz darauf einen kleinen Berg Zeitschriften von ihrem Bett auf den Tisch zu legen.

Sie lief kreuz und quer durch den Raum, immer wieder an mir vorbei, und wirkte, als wäre ihr nicht einmal bewusst, dass ich die ganze Zeit nur ein paar Meter von ihr entfernt stand. Sie wollte nicht mit mir reden, aber sie wollte auch nicht, dass ich ging. Und sosehr mir ihre Reaktion den zwei Mädchen gegenüber auch durch den Kopf schwirrte – ich wusste aus eigener Erfahrung, dass sie von sich selbst anfangen sollte zu reden.

Daher setzte ich mich einfach an den gleichen Platz, an dem ich auch letztes Mal gesessen hatte. Direkt vor den Couchtisch, die Beine vor mir gekreuzt. Marleigh wütete einige Minuten durch ihre Wohnung, schob Dinge von einem Platz zum anderen und wieder zurück, nur, um sich zu beschäftigen. Aber sie konnte mich nicht für immer ignorieren.

Der Gedanke schien ihr nach einer Weile auch zu kommen. Ihre Bewegungen wurden langsamer, weniger ruckartig, bis sie nichts mehr fand, das sie aufräumen konnte. Irgendwann ließ sie sich neben mich fallen. Mit etwas mehr Abstand als beim letzten Mal, als würde sie die Nähe gerade einfach nicht vertragen.

»Es ist so dumm«, sagte sie plötzlich. Ihre Stimme war überraschend fest. Ich hatte leise Worte erwartet. Etwas, das sie nicht aussprechen wollte, weil es ihr offensichtlich so zusetzte.

Das Gegenteil schien allerdings der Fall zu sein. Sie hatte die Hände zu Fäusten geballt, saß steif und aufrecht neben mir und machte auf mich den Eindruck, als könnte sie nur mit Mühe die Wut unterdrücken, die ihr durch die Adern rauschte.

»*Ich* bin so dumm«, korrigierte sie sich. »Diese ganze Situation … Es ist alles so unnötig. Mein Kopf ist kaputt und dann habe ich ein Mal das Gefühl, es gerade wieder hinzukriegen, da kommen zwei Menschen, die mir nichts bedeuten sollten, und allein deren Anblick macht mich so fertig, dass ich aus dem Café fliehen muss. Wie schwach kann man sein?«

»Marleigh …«

Sie drehte den Kopf in meine Richtung. In ihren Augen brannte ein Feuer – aber je länger sie mich ansah, desto schwacher wurde es. Desto kleiner schien diese Flamme in ihr zu werden. Die Wut löste sich Stück für Stück vor meinen Augen auf – und hinterließ eine Marleigh, die es kaum schaffte, mir ins Gesicht zu sehen.

Marleigh

»Kennst du dieses Gefühl …« Unsicher biss ich mir auf die Unterlippe. Ich merkte, wie verspannt mein Kiefer war, und versuchte, ihn etwas zu lockern, bevor ich noch mal neu ansetzte. »Kennst du das, wenn du das Gefühl hast, nicht gut genug zu sein?«

Ich sah Aaron nicht direkt an. Mein Blick ging durch ihn hindurch, meine Augen nahmen ihn nicht ganz wahr. Es war schwer, sie zu fokussieren. Mich auf meine Umgebung zu konzentrieren. Auf die Worte, die meinen Mund verließen. Sie verschwammen hinter der Anstrengung, die es mich kostete, überhaupt zu reden.

Trotzdem meinte ich zu spüren, wie er den Kopf etwas senkte. Ein kleines, kaum wahrnehmbares Nicken.

»Ich hab angefangen, Instrumente zu spielen, als ich noch ein Kind war«, sprach ich weiter. »In dem Alter ist es nicht schwer, Leute zu beeindrucken. Du lernst laufen und kriegst die größten Komplimente. Du spielst ein paar Töne auf dem

Klavier und bist unglaublich begabt.« Ein leises Lachen entkam mir. »Ich hab es geliebt. Die Aufmerksamkeit. Die Begeisterung meiner Eltern, wenn ich irgendwas getan habe – vor allem, wenn es Musik betraf.«

Als ich nicht weitersprach, half Aaron mir, den Faden wieder aufzunehmen. »Es klingt, als würde noch ein ›Aber‹ kommen.«

Ich warf ihm einen Seitenblick zu. »Gibt es nicht immer eins?«

Seine Mundwinkel hoben sich ein wenig. Ich war mir sicher, dass er das Lächeln vor allem für mich auf seine Lippen zwang.

»Aber … irgendwann geht man zur Schule. Zur Middleschool, zur Highschool. Und plötzlich besteht das Leben nicht mehr nur aus Mom und Dad, sondern aus diesen ganzen Leuten um einen herum, die eine Meinung haben und sich verpflichtet fühlen, sie auszusprechen«, erklärte ich. »Auf einmal sind da diese Erwartungshaltungen und egal, was du machst, nichts ist genug. Da sind Lehrer, die wollen, dass du eine perfekte Schülerin bist. Mitschüler, die es merkwürdig finden, wenn man heraussticht. Freundinnen, die es nicht ertragen, wenn man immer nur über ein Thema reden möchte.«

Ich konnte mich nicht an viele Dinge aus meiner Schulzeit erinnern – an manche Einzelheiten dafür umso intensiver. Unerwartetes Flüstern, wenn ich im Musikunterricht glänzte. Nicht wirklich genervte, aber auch keine interessierten Blicke, wenn ich meinen Freundinnen davon erzählte, dass ich ein neues Stück auf der Querflöte gelernt hatte.

»Und du bist gefangen darin, weil für viel zu viele Jahre dein gesamtes Leben aus diesem Kreis besteht. Du kannst nicht über den Tellerrand gucken, weil hinter dem Tellerrand nur das Schulgelände ist und neben dir Leute stehen, die über deine Leidenschaft lachen.«

Ich rieb mir über die Stirn. Seufzte leise. »Ich weiß, dass das sehr dramatisch klingt. Die meisten Leute sagen immer, dass sie sich ihre Schulzeit zurückwünschen, weil die so unbeschwert war.«

Aaron lachte plötzlich auf. Er hielt sich die Hand vor den Mund, als hätte er es selbst nicht erwartet, und sah mich entschuldigend an. »Tut mir leid. Das war ein leicht hysterisches Lachen. Ich hatte immer einen guten Freund in der Schule – Jules. Aber wenn ich mir vorstelle, die ganze Zeit noch mal durchmachen zu müssen …« Er schüttelte den Kopf. »Ich kann mir nicht vorstellen, wie es gewesen sein muss, wenn man dabei die ganze Zeit das Gefühl hatte, nicht dazuzupassen.«

Nichtdazupassen. Ein dicker Kloß steckte plötzlich in meinem Hals.

»Du hast danach das Studium hier angefangen. Ist es da nicht besser geworden?«, fragte er nach einem Moment.

Ich hatte es mir gewünscht. Ich hatte es mir so sehr gewünscht, aber … »Stell dir vor, du gehst mit sechzehn an die Uni. In deinen Vorlesungen sind Leute, die mehrere Jahre älter sind und das Gefühl haben, dass du von den Dozenten bevorzugt behandelt wirst.«

Aaron verzog das Gesicht.

»Stell dir vor, du bist gut in dem, was du tust. Und diese ganzen Leute sehen in dir ein Kind, das nicht an der Uni sein sollte.« Ich spielte am Saum meines Kleids herum, um meine Finger beschäftigt zu halten. »Stell dir vor, du wirst nie auf Partys eingeladen und hörst Lachen, wenn du dich bei einer Vorführung verspielst. Und irgendwann wird es mit jedem Tag schwerer. Sich dem zu stellen, was andere denken. Zur Uni zu fahren. Das Haus zu verlassen. Aus dem Bett aufzustehen.«

Ich vergrub meine Hand in meinen Haaren. Kniff die Augen zu und senkte den Kopf, weil ich mir wünschte, so weit wie möglich von diesen hässlichen Gedanken entfernt zu sein, die mich Tag um Tag begleiteten.

»Und egal, wie sehr du dir sagst, dass es nur ein paar Leute sind – du fragst dich, warum du schon wieder nicht dazupasst. Und hier drin.« Ich tippte gegen meine Schläfe. Einmal, zweimal. Immer wieder, bis ich meine Faust dagegen drückte, weil ich wollte, dass es verschwand. »Hier drin sagt eine Stimme, dass es an dir liegen muss. Wenn es an der Schule so war und an der Uni auch so ist, dann hat es nichts mit den Leuten zu tun. Dann muss es deine Schuld sein.«

Aaron

»Ich mag Partys nicht mal wirklich«, fuhr sie leiser fort. »Und trotzdem hab ich mir gewünscht, wenigstens auf eine eingeladen zu werden.«

Ich hörte sie kaum. Alles Feuer war aus ihr gewichen – und hatte ein achtzehnjähriges Mädchen zurückgelassen, das von Angst zerfressen wurde. Ich wartete darauf, dass sie von allein weiterredete. Aber ihr Blick ging so ins Leere, dass ich genau wusste, sie verlor sich gerade in ihren eigenen Erinnerungen.

Lange sagte sie gar nichts. Und gerade, als ich den Mund öffnete, um etwas zu sagen, hielt mich ihre leise Stimme zurück.

»Ich wollte nur dazugehören. Nur ein Mal.«

Ich schloss die Augen. Marleigh hatte sich neben mir so klein gemacht, dass ich es kaum ertrug, sie anzusehen.

»Es war so schwer«, sagte sie. »Wegen des Alters. Weil ich jede Minute über die Musik reden könnte und es mich nicht langweilen würde. Weil ich so bin, wie ich bin, und das nie ausgereicht hat. Und ich dachte …« Ich spürte, wie sie neben mir ganz leicht mit den Schultern zuckte. Als ich die Augen öffnete, hatte sie sich noch weiter zusammengekauert.

»… dass sie dich irgendwann akzeptieren.«

Sie musste nichts sagen, damit ich wusste, dass ich recht hatte. Ich stellt sie mir vor – an der Uni, in den Kursen. Lächelnd, weil sie liebte, was sie tat. Lächelnd, weil sie dazugehören wollte. Lächelnd – obwohl sie innerlich schrie.

Wie kann man sie nicht mögen?

Hilflos ballte ich die Hände zu Fäusten.

Wie kann man sie nicht so akzeptieren, wie sie ist – einzigartig und genau deswegen so besonders?

Ich wünschte mir, sie zu der Zeit schon gekannt zu haben. Um ihr sagen zu können, dass sie sich nicht verstellen musste. Dass es der Fehler dieser Leute war, die es verpassten, wenn Marleigh schlechte Scherze machte oder lächelte, als würde sie die Welt zum ersten Mal richtig sehen.

Ich wollte sie zwischen meinen Händen halten. In meine Jackentasche legen und sie vor allem da draußen beschützen, das dafür sorgte, dass sie diese gedimmte, blassere Version von der Marleigh wurde, die in meinen Augen wie ein Feuerwerk brannte.

Nur war die Realität, dass ich nichts anderes tun konnte, als neben ihr zu sitzen. Ihr zuzuhören und ihr jeden Teil meiner Aufmerksamkeit zu geben, den sie verdient hatte.

»Dein Studium …«, begann ich und hielt dann inne. Unsicher, wie ich meine Frage stellen sollte.

»Ich war ewig nicht dort.« Sie schluckte. Sah mich nicht an. »Ein goldener Käfig im Austausch gegen einen anderen.«

Ich betrachtete ihre Wohnung schweigend. Ließ den Blick umherwandern, denn plötzlich wirkte die Luft in dem Zimmer schwerer. Die geschlossenen Fenster bedrückender.

Marleigh sagte nichts. Meine Gedanken wanderten – zurück zu einem unserer ersten Gespräche. Wie sie mich über die Orte ausgefragt hatte, die man sich in Winnipeg ansehen konnte.

Es war mir aufgefallen, hatte mich aber nicht weiter beschäftigt. Vielleicht bildete ich mir auch nur ein, dass mehr dahintersteckte, als mir bewusst war. Aber ich konnte nicht anders, als nachzufragen. »Winnipeg zu entdecken. Die Dinge, die du mit mir unternehmen wolltest …«

»War …« Sie unterbrach sich. Versuchte es noch einmal neu. »War ein Versuch, hier rauszukommen. Ohne dabei ständig in Panik zu verfallen.«

Ich nickte langsam. Versuchte herauszufinden, was ich mit dieser Info anfangen wollte. Ich konnte mir nicht vorstellen, wie viel Überwindung es sie gekostet haben musste, mich zu fragen, ob ich ihr dabei half.

Gleichzeitig hinterließ das Wissen, dass ich ihr anfangs nur geholfen hatte, um meinen eigenen Problemen zu entkommen, einen bitteren Beigeschmack. Es gab ihrer Bitte eine neue Ebene, von der ich mir nicht sicher war, ob sie mir gefiel.

»Marleigh«, fing ich an. Stockte. »Ich weiß nicht, ob es gut ist, wenn ich …«

»Ich brauche dich nicht.«

Ich verstummte. Schaute sie an und sah dabei vermutlich so verwirrt aus, wie ich mich fühlte.

»Ich brauche dich nicht«, wiederholte sie. »Ich weiß, dass ich jetzt nicht die Kraft dazu habe, es aber irgendwann von ganz allein schaffen würde, jeden Winkel dieser Stadt zu entdecken und nach draußen zu gehen und es zu genießen. Ich weiß, dass ich stark genug bin, um das zu schaffen.« Sie zögerte. Konzentrierte sich mehrere Herzschläge lang darauf, wie ihre Finger mit einem losen Faden an ihrer Bluse spielten, ehe sie sich mir zuwandte. »Aber ich weiß auch, dass es leichter ist, wenn ich dabei nicht allein bin.«

Ihr Blick glitt über mein Gesicht und eine Sanftheit schlich sich in ihre Züge. »Wenn du bei mir bist. Weil der Kampf immer viel zu ausgeglichen ist, wenn ich gegen mich selbst in den Ring ziehe. Aber mit dir an meiner Seite?« Ihre Mundwinkel verzogen sich zu einem Grinsen. Es erreichte ihre Augen nicht ganz. Ich konnte die Sorge in ihnen deutlich sehen.

»Ich …« Meine Stimme brach, bevor ich weitersprechen konnte. Ich räusperte mich. Fing von vorn an. »Ich war noch nie sonderlich gut im Boxen.«

Marleigh stieß zittrig den Atem aus – und das Lächeln breitete sich jetzt doch weiter über ihr Gesicht aus. Es war so einfach, ihr die Gefühle von der Nasenspitze abzulesen.

»Das ist okay«, erwiderte sie. »Ich auch nicht, guck.« Sie umfasste meine Unterarme und hob meine Hände zwischen uns, die Handflächen zu ihr gedreht. Dann ballte sie ihre eigenen Hände zu Fäusten und boxte so mickrig und schwach dagegen, dass ich mir das Schmunzeln nicht verkneifen konnte.

Es fühlte sich normal an, nach ihren Händen zu greifen. Vertraut und gleichzeitig auf eine Weise aufregend, die mein Herz schneller in meiner Brust schlagen ließ.

Ich öffnete ihre Faust sanft, um ihren Daumen zu befreien. Drückte die restlichen vier Finger wieder zusammen und legte den Daumen darauf. »So. Damit du dir nichts brichst.« Schließlich hob ich meine eigenen Hände wieder vor mein Gesicht. »Versuch es noch mal.«

Sie kam meiner Aufforderung nach – und legte dabei nur minimal mehr Kraft in ihren Schlag.

»Viel besser«, kommentierte ich den Versuch und wartete darauf, dass sie sich wieder zurückzog. Stattdessen verharrte sie in dieser Position, und ich spürte, wie meine Haut begann zu kribbeln, wo wir uns berührten.

Meine Finger legten sich um ihre Faust. Sie lockerte ihre langsam. Ich spürte ihren Blick auf meinem Gesicht – an meiner Nase und meinen Lippen, während Hitze meinen Nacken hinaufwanderte und sich in meinen Wangen ausbreitete. Sie mussten rot glühen, so warm fühlten sie sich an.

Ich wusste nicht, woher die Worte kamen – an welchem Ort sie bisher geschlafen hatten. Noch bevor ich sie bemerkte, sprach ich sie schon aus. »Bei dir sieht es so leicht aus.«

»Was?«, fragte sie leise.

Unsere Blicke trafen sich. Ich strich über ihren Daumen. Schob meine Hand langsam in ihre – nicht Finger neben Finger, sondern so, als wären wir kurz davor, einen Tanz zu beginnen. »Leuten zu vertrauen. Trotz allem, was du erlebt hast.«

Ihr Griff um meine Hand wurde fester und ihre Körpersprache veränderte sich kaum wahrnehmbar. Hätte ich sie nicht so genau betrachtet, wäre mir nicht aufgefallen, wie ihre Schultern leicht nach unten sanken. Wie ein verkniffener Zug sich um ihren Mund legte.

»Marleigh?«

»Ich bin nicht so perfekt, wie du es klingen lässt.« Sie klang traurig dabei. Als könnte sie mit dieser Aussage den Moment zerstören.

»Das habe ich nicht erwartet«, erwiderte ich ehrlich.

Verwirrung trat in ihre Augen. Ihre Verletzlichkeit ließ mein Herz stolpern.

»Keiner von uns ist perfekt.« Ich hob die Schultern, ließ sie wieder sinken. »Wir bestehen alle nur aus Chaos.«

»Sternenstaub.«

»Wie bitte?«

»Wir bestehen aus Sternenstaub. Unsere Zähne, unsere

Knochen, unser Blut. Das ist alles aus kollabierenden Sternen entstanden.«

Ich hatte keine Ahnung, was ich erwidern sollte. Das Einzige, was ich tun konnte, war, sie anzusehen. Abzuwarten, welchen Gedanken sie noch mit mir teilen würde.

Er kam leiser. Schüchterner als der zuvor. »Wir sind Sterne.«

Sie sah mich nicht an, während sie es sagte. So, als schämte sie sich dafür, es ausgesprochen zu haben. Hätte sie es getan – mich angesehen ... Ich war mir nicht sicher, was sie jetzt gerade in meinem Gesicht gefunden hätte. Unglaube. Faszination. Das Gefühl, ein wenig von mir losgelöst zu sein – auf die beste Art.

Wir sind Sterne.

22. KAPITEL

Aaron

Worte fielen uns beiden nach dem Gespräch schwer. Es war, als hätte jemand alle Luft aus Marleigh gelassen. Alles, was sie aufrecht und noch am Laufen hielt, schwebte im Raum zwischen uns und nicht mehr in ihrem Kopf hin und her.

Daher überraschte es mich nicht, als sie mich fragte, ob ich eine Serie mit ihr gucken wollte. Etwas, um abzuschalten und sich einfach berieseln zu lassen. Für mich klang das in diesem Moment nach der perfekten Idee.

»Was schwebt dir vor?«

Sie kramte ihren Laptop unter ihrer Bettdecke hervor und stellte ihn auf den Tisch. Dabei bewegte sie sich unglaublich träge. Als könnte sie jeden Moment einschlafen. Es war ähnlich zu dem, wie ich mich nach einem Wettkampf fühlte. Wenn das Adrenalin den Körper verlassen hatte und erst mal komplett runterfuhr.

»Irgendetwas, wobei ich nicht nachdenken muss«, erwiderte sie und setzte sich wieder neben mich. Näher diesmal – zumindest kam es mir so vor. Vielleicht war meine Aufmerksamkeit auch einfach nur darauf gerichtet und ich spürte ihre Wärme deswegen deutlicher durch den Stoff meines Hemds.

Ihre Hand schwebte unschlüssig über dem Touchpad des Laptops. Auf dem Bildschirm leuchtete uns die Auswahl auf der Startseite von Netflix entgegen.

»Darf ich?«, fragte ich und deutete auf den Laptop. Sie nickte und machte mir etwas Platz, damit ich eine Serie suchen konnte. »Gibt es etwas, das du nicht gern schaust?«

Aus den Augenwinkeln nahm ich wahr, wie sie den Kopf schüttelte. »Ich bin sehr schmerzbefreit, was Serien und Filme angeht.« Sie zögerte kurz. »Warum, sollte ich Angst vor deiner Auswahl haben?«

»Nein, ich wollte nur sichergehen, dass ich nichts aussuche, das dich irgendwie belastet.«

Sie sah mir über die Schulter, während ich mich durch das Angebot klickte und die Serie aufrief, nach der ich gesucht hatte. »*Korra?*«

Ich zuckte mit den Achseln und fing ihren Blick auf. Ihre Augen wirkten bereits lebendiger. Wacher als die letzte Stunde über. »Ich dachte, *Avatar* mag eigentlich jede Person.«

Eine kleine Falte bildete sich zwischen ihren Brauen. »Ich hab *Avatar* nie gesehen. Den mit den vier Elementen meinst du doch, oder?«

»Oh. Dann lass uns doch damit anfangen, noch besser.«

»Besser?«

»Weil ich dabei sein kann, wenn du zum ersten Mal eine der besten Zeichentrickserien siehst, die es gibt.«

»Das ist ein ziemlich hohes Lob«, sagte sie. Sie griff über ihren Kopf und zog das Donut-Kissen, das ich schon beim letzten Besuch bestaunt hatte, auf ihren Schoß. Mit dem Rücken an die Bettkante gelehnt, richtete sie ihre volle Aufmerksamkeit auf den Laptop. »Ich bin gespannt.«

Die erste Folge lief durch, ohne, dass wir uns unterhielten. Katara und Sokka fanden Aang im Eis, befreiten ihn daraus – und währenddessen löste Marleigh den Blick kaum von ihrem Laptop.

Ich versuchte mich ebenfalls auf die Serie zu konzentrieren, aber meine Gedanken schweiften immer wieder ab. Ich fragte mich, was ihr durch den Kopf ging. Was sie fühlte, nachdem sie das alles mit mir geteilt hatte. Ob es ihr schwerfiel, mich anzugucken, oder ob sie sich wohler in meiner Nähe fühlte und deswegen völlig im Film versinken konnte.

Gleichzeitig bildeten sich Worte auf meiner Zunge. Solche, die ich seit Monaten nicht geschafft hatte auszusprechen. Weil es zu schwer war, mein eigener Erwartungsdruck zu groß und sie deswegen fernblieben.

Jetzt gerade überfielen sich mich dafür. In dem Wunsch, sie aussprechen zu wollen, drückten sie gegen meine Lippen. Minute um Minute mehr, als warteten sie nur darauf, endlich freigelassen zu werden.

Ich drängte sie zurück. Versuchte es zumindest. Weil ich keine Ahnung hatte, was passieren würde, wenn sie einmal ausgesprochen waren – und ich mir nicht sicher war, ob ich es rausfinden wollte.

Aber die Serie lief weiter, und keiner von uns machte Anstalten, sie nach fünf Folgen anzuhalten. So lange, bis ein Fenster auftauchte und Netflix fragte, ob wir überhaupt noch zusahen. Die plötzliche Stille, die sich dabei über uns senkte, sollte eigentlich vertraut sein. Wenn ich mit Marleigh zusammen war, war es nur eine Frage der Zeit, bis sie aufkam.

Diesmal war sie allerdings erdrückend. Ich hatte das Gefühl, als würde mein Kopf mir zuschreien, endlich den Mund zu öffnen. Marleigh nicht denken zu lassen, dass mit ihr etwas falsch war, wenn sie mit der Empfindung doch ganz offensichtlich nicht allein war.

Es kam mir vor, als müsste dieser innere Kampf in Wellen von mir ausgehen. Wie Marleigh es noch nicht bemerkt hatte, war mir ein Rätsel.

Und plötzlich … waren sie einfach da. Schwebten bedrohlich

in großen, dicken Blöcken vor meinen Augen. Meine Hände waren schweißnass, und hätte ich meine Stimme nicht selbst gehört, nicht gesehen, wie Marleigh sich zu mir wandte, nachdem sie die Folge pausiert hatte, wäre ich sicher gewesen, dass ich das hier nur träumte.

»Wie bitte?«, fragte sie mich.

»Ich hatte letztes Jahr einen Unfall.« Beim zweiten Mal ergaben sie genauso wenig Sinn. Hörten sich immer noch unecht an.

Marleigh legte die Stirn in Falten – und wer konnte es ihr verübeln, dass sie nicht verstand, wovon ich plötzlich redete?

»Beim Eiskunstlaufen. Der Grund, weshalb ich so lange nicht gelaufen bin«, erwiderte ich. »Ich hatte einen Unfall.«

Sie schwieg. Es war das erste Mal, dass ich mir wünschte, sie würde die Stille füllen. So blieb mir nichts anders übrig, als es selbst zu tun. Ich konnte nicht auf den Worten sitzen bleiben, jetzt, wo ich einmal angefangen hatte. Wie ein Damm, der gebrochen war.

»Ein Muskelfaserriss und eine Gehirnerschütterung. Ein, zwei Monate ohne Training, ohne Zeit auf dem Eis hätten reichen sollen, damit es verheilt, aber …« Ich verstummte. Wusste auf einmal doch nicht mehr weiter.

»Aber?«, fragte sie nach ein paar Sekunden.

Ich öffnete den Mund. Schloss ihn. Öffnete ihn wieder. Kostete die Worte, bevor ich sie aussprach. Sie wogen schwer, als ich es schließlich tat:

»Ich kann nicht.«

Meine Stimme war so leise. Sie klang nicht wie meine.

»Ich kann nicht.«

Ich nahm gerade so wahr, wie Marleigh langsam ausatmete. Meinte zu sehen, wie sie sich über den Brustkorb rieb. »Warum nicht?«

Ich zuckte mit den Schultern. Schüttelte den Kopf. »Ich hab keine Ahnung mehr, wie es geht. Ich sehe das Eis und mein Kopf ist leer. Und irgendwie gleichzeitig so voll, dass ich mich selbst kaum hören kann.«

Auf meinen Armen breitete sich bei der Erinnerung eine Gänsehaut aus. Ich rieb darüber, um sie zu vertreiben, aber sie war hartnäckig. »Es klingt schwachsinnig, es laut auszusprechen.«

»Warum?«, fragte Marleigh sofort. So als könnte sie es wirklich nicht nachvollziehen. Dabei war es für mich so offensichtlich.

»Weil es keinen Grund dafür gibt.« Meine Finger wanderten von selbst zu meinem Hinterkopf. Zu der Narbe. Es tat nicht mal weh, trotzdem zuckte ich zusammen. »Es war ein Unfall, der jeder anderen Person hätte passieren können. Alle Verletzungen sind verheilt. Alles ist gut.« Ich rieb und rieb darüber, konnte einfach nicht damit aufhören. Weil es sich anfühlte, als müsste diese Narbe nur verschwinden und alles wäre wieder in Ordnung.

Eine Berührung riss mich aus diesem Zwang. Marleigh schob ihre Hand unter meine, und ich war so überrascht, dass ich meine Bewegung sofort stoppte.

»Vielleicht ist noch nicht alles verheilt«, sagte sie leise.

Ich hatte nicht erwartet, dass ein kleiner Satz so wehtun konnte – aber genau das tat er. Er schmerzte in meinem Brustkorb und in meinem Kopf, weil ich tief in mir drin wusste, dass er stimmte, es aber nicht wahrhaben wollte.

Daher musste sie auch nicht erklären, was sie meinte. Ich verstand es sofort. Es gab Verletzungen, die niemand wirklich sehen konnte – sogar man selbst nicht. Davon konnten sie und ich wohl Lieder singen.

Ich senkte meine Hand langsam. Statt ihre Berührung hinter

mir zu lassen, erwischte ich mich dabei, wie ich nach ihren Fingern griff und sie umfasste. Unsere Hände kamen zwischen uns auf dem Teppich zum Liegen, und Marleigh machte keine Anstalten, sich von mir zu lösen.

Es war warm. Beruhigend.

Ihr Daumen strich über meinen Handrücken. Sie sagte nichts, wofür ich dankbar war. Dass sie ihre Gedanken für sich behielt und mir den Raum gab, meinen eigenen zuzuhören, die ausgesprochen plötzlich ganz anders klangen.

Marleighs Berührung schaffte es, mich immer wieder zurück in ihre Wohnung zu holen. In dieses Zimmer und auf den weichen Teppich, auf dem wir saßen. Wie ein Anker mitten im tiefen, tiefen Meer, in dem man keinen Grund mehr sehen konnte.

Nach einer Weile lehnte sie sich nach vorn und stellte die Serie wieder an. Meine Hand ließ sie dabei immer noch nicht los.

Glücklicherweise kannte ich den Inhalt bereits – ich bekam nämlich kaum etwas davon mit. Es fiel mir viel zu schwer, mich zu konzentrieren. Meine Aufmerksamkeit war auf tausend Dinge aufgeteilt, mein Kopf fühlte sich neblig an. Und nach zwei, drei, vier Folgen merkte ich langsam, aber sicher, wie die Müdigkeit den Rest tat.

Meine Augenlider wurden mit jeder vergehenden Minute schwerer. Ich zwang mich dazu, sie jedes Mal wieder zu öffnen. Warum, wusste ich auch nicht – vor allem, da Marleigh ihren Kopf bereits auf dem Donut-Kissen abgelegt hatte, das sie auf ihren Knien balancierte.

Sie hatte mir ihr Gesicht zugewandt. Sah entspannter aus als den gesamten restlichen Tag über. Und mir wurde bewusst, dass ich meiner Müdigkeit deswegen nicht nachgeben konnte: weil ich nicht wollte, dass der Tag endete.

So schrecklich und erschöpfend er für Marleigh auch gewesen sein musste – es war das erste Mal seit Monaten, dass ich mich irgendwem anvertraut hatte. Dass ich das Gefühl hatte, leichter atmen zu können, weil Marleigh mir, indem sie ein paar Sätzen von mir zugehört hatte, ein kleines bisschen Last von den Schultern genommen hatte.

Zu wissen, dass sie neben mir saß, war Balsam für meine Seele. Genauso wie dabei zuzusehen, wie das Licht des Laptops mit jeder wechselnden Szene über ihr Gesicht flackerte. Ihre Haare wirkten mal blau, mal hatten sie einen Grünstich. Die Schatten tanzten auf ihren Augenlidern und unter ihrem Mund, der leicht geöffnet war.

Es war gemütlich in ihrer Wohnung. Warm. Einladend. Ein Geruch von Vanille hing in der Luft.

Ich blinzelte. Als ich meine Augen das nächste Mal öffnete, war der Laptopbildschirm dunkel. Der Raum so viel heller, dass ich keine Lichter gebraucht hätte, um mich zurechtzufinden.

Mein Rücken verfluchte mich, als ich mich streckte. Ich rieb mir über die Schultern, weil ich die Verspannung dort schon spüren konnte.

Mein Blick ging automatisch zu Marleigh. Sie hatte sich auf dem Boden zusammengerollt. Das Kissen an die Brust gepresst, die Beine angezogen. Sie hielt meine Hand nicht mehr fest, und ich rieb meine Hände aneinander, weil ich das Gefühl vermisste. Ihren Kopf hatte sie auf den Teppich gebettet, nur ein, zwei Zentimeter von meinem Bein entfernt. Ein paar rote Haarsträhnen lagen auf meinem Oberschenkel.

Ich strich sie beiseite. Vorsichtig, um Marleigh nicht zu wecken. Nur verfingen ihre Haare sich dabei in einem der Knöpfe am Ärmel meines Hemds. Und ich bemerkte es erst, als ich bereits dabei war, meinen Arm zurückzuziehen.

Marleighs Hand flog zu ihrem Kopf. »Au«, murmelte sie leise und rieb sich über die Stelle, an der ich ihr fast ein paar Haare ausgerissen hätte.

»Tut mir leid«, sagte ich und versuchte, ihre Haare aus dem Knopf zu lösen.

Marleigh setzte sich auf, nachdem ich es endlich geschafft hatte. Blinzelte verschlafen. Der Teppich hatte einen Abdruck auf ihrer linken Wange hinterlassen.

»Hast du versucht, mir eine neue Frisur zu verpassen?«, fragte sie.

»Nein, eigentlich habe ich sogar versucht, deine Frisur zu retten«, erwiderte ich. »Es ist mir … fast gelungen.«

Ihre Locken hingen unordentlich über ihre Schultern und in ihrem Gesicht. Marleigh begann, sie mit ihren Fingern zu entknoten, gab es aber auf, nachdem sie das dritte Mal stecken blieb. Ihr Blick wanderte ziellos durch den Raum – ein bisschen wirkte es, als wäre sie noch halb am Schlafen. Bis er an einem der Fenster hängen blieb.

»Wie spät ist es?«, fragte sie.

»Kurz nach sechs.«

Sie sah mich ungläubig an. »Du machst Witze.«

Statt ihr zu widersprechen, griff ich nach meinem Handy, um es ihr zu zeigen.

Sie starrte den Bildschirm mehrere Sekunden lang an, als begreife sie nicht wirklich, was sie sah. Dann schüttelte sie den Kopf. »Weißt du, wie lange es her ist, dass ich mal so früh wach gewesen bin? Es ist noch mitten in der Nacht.«

»Ich korrigiere dich wirklich nur ungern«, meinte ich. »Aber … ich bin mir ziemlich sicher, dass ein großer Teil der Leute gerade aufsteht, um sich für die Arbeit fertig zu machen. Wenn sie nicht sogar schon da sind.«

Marleigh verzog das Gesicht. »Lass mich bloß nie erwachsen

werden. Ich lass mich einfach genauso im Eis einsperren wie Aang … Apropos.« Sie sah sich zu ihrem Laptop um. »Was ist als Letztes passiert?«

»Die drei sind beim nördlichen Lufttempel angekommen.«

»Wie bitte? Waren sie nicht gerade noch in diesem Canyon?«

»Ja, ungefähr fünf Folgen vorher.«

Sie runzelte die Stirn. »Bist du sicher, dass du den Inhalt nicht einfach durcheinanderbringst?«

»Sehr sicher«, log ich. Ich war mir absolut nicht sicher. Ich war zu beschäftigt damit gewesen, den gesamten Tag Revue passieren zu lassen. Mich darüber zu ärgern, dass ich in dem Donut-Laden nichts zu Marleighs Kommilitoninnen gesagt hatte. Wie es sein konnte, dass ich mich nicht ängstlich fühlte, jetzt, wo sie von meinem eigenen großen kleinen Geheimnis wusste.

Vielleicht, weil sie selbst so ehrlich zu mir gewesen war. Ich konnte mir nicht vorstellen, wie viel Überwindung es sie gekostet haben musste, mir davon zu erzählen, nachdem das im Café passiert war.

Gedanklich schweifte ich immer wieder zu diesem Punkt zurück. Zu Marleighs Lächeln, bevor die anderen zwei aufgetaucht waren. Wie sehr sie jeden Bissen dieses kleinen Gebäcks genossen hatte. Wie ihre Augen geleuchtet hatten – genau wie an dem Abend auf dem Spielplatz, als sie den Sonnenuntergang beobachtet hatte.

Als würde sie die Welt das erste Mal erleben. Ich konnte nicht anders, als mich davon anstecken zu lassen. Und der Gedanke, dass sie die kurze Zeit in dem Donut-Laden jetzt mit etwas Schlechtem verband … Es saß mir quer im Magen.

»Marleigh?« Ich wartete, bis ich ihre Aufmerksamkeit hatte. »Was hältst du davon, wenn wir noch mal in den Donut-Laden gehen?«

23. KAPITEL

Marleigh

Mein Gesichtsausdruck war vermutlich eindeutig. Ich starrte Aaron an, als wären ihm drei Köpfe gewachsen. Das »Oh nein, oh nein, oh nein« lief in Dauerschleife durch meinen Kopf.

Statt mich allerdings davon zu erlösen, machte Aaron keine Anstalten, auch nur ein Wort zu sagen. Er wartete einfach ruhig ab, während ich innerlich bereits Gefahr lief, wieder in Panik auszubrechen.

Lydias Worte waren noch so präsent in meinen Gedanken. Nicht nur wegen dem, was sie gestern gesagt hatte. Ich hörte ihre Stimme – in meinen Gedanken oder in der Realität –, und mein Bauch schmerzte. Weil sie nie versucht hatte zu verstecken, dass sie mich nicht leiden konnte. Und weil ich nie den Mut hatte nachzufragen, weshalb es so war.

Du siehst gar nicht krank aus. Es war, als stünde sie neben mir und flüsterte es mir ohne Unterbrechung ins Ohr.

Ich schüttelte langsam den Kopf. Ohne mich bewusst dafür entschieden zu haben.

Aber statt Enttäuschung oder Akzeptanz sah ich Wärme in Aarons Blick. Eine Sanftheit, die den Wind aus den Segeln meiner Panik nahm.

»Ich weiß, dass es gerade vermutlich wie die schlimmste Idee auf dieser Welt erscheint.«

»Des Universums«, korrigierte ich ihn.

»Wie die schlimmste Idee in diesem Universum.«

Seine Aussage beruhigte mich nicht unbedingt. »Ich höre ganz deutlich, dass da noch ein ›Aber‹ kommt. Und ich weiß nicht, ob ich es hören möchte.«

»Darf ich es trotzdem aussprechen?«, fragte er. »Ehrliche Frage. Sag bitte ›Nein‹, wenn es zu viel ist.«

Ich rang mit mir. Letztlich siegte meine Neugier und ich nickte zögernd. Ich klammerte mich an Aarons Lächeln, sanft und verständnisvoll.

»Ich glaube, es könnte gut sein, damit du mit dem Laden nicht für immer das verbindest, was gestern passiert ist. Sondern lieber etwas ... etwas Schöneres.« Er biss sich kurz auf die Unterlippe. »Ich nehme mir damit ziemlich viel heraus, oder?«

Ich löste meine Hände in meinem Schoß. Ballte sie wieder zu Fäusten. Nickte noch einmal, weil – ja. Es war viel. Und nein, er konnte nicht wissen, ob es eine gute Idee war oder nicht. Aber er machte sich Gedanken darüber, wie dieser Nachmittag in meinen Erinnerungen hängen bleiben würde. Und ich kam nicht umhin zuzugeben, dass er sehr nah an der Wahrheit schliff.

Es war meine Entscheidung. So nervös mich diese Tatsache machte – ich hatte das Gefühl, dass Aaron jede Antwort bedingungslos akzeptieren würde.

»Und, ich meine«, fügte er noch leise hinzu. »Wir haben unsere Donuts nicht geschafft aufzuessen. Ich glaube, das kommt einem Staatsverbrechen gleich, oder?«

Unweigerlich entkam mir ein Kichern. Ich nickte, atmete tief durch und nickte noch einmal, während mein Herz versuchte, mir aus der Brust zu springen. »Okay.«

»Okay?«

»Ja«, sagte ich. »Okay. Ich bin mir nicht sicher, ob es eine gute Entscheidung ist, aber ...«

Er wartete kurz, ob ich meinen Satz beenden würde. Als nichts von mir kam, sagte er: »Ich bin bei dir. Du brauchst nur ein Wort zu sagen und wir gehen sofort wieder.«

Ob er ahnte, wie viel Gewicht diese Aussage hatte? Wie viel … handlicher es wirkte, mit dem Wissen, dass ich ein bisschen Last auf ihn abstützen konnte?

Der schlimmste Teil, hatte ich festgestellt, waren die »Aber was, wenn …?«'s, die mein Hirn sich ausdachte. Egal, vor welcher Wahl ich stand. Für mich gab es immer eine Million Dinge, die eine Entscheidung nach sich zogen. Und meistens führte das dazu, dass ich einfror, bevor ich eine treffen konnte, und mich von all meinen Sorgen in hundert Richtungen ziehen ließ, bis ich keine Ahnung mehr hatte, ob mein Bauchgefühl ein Bauchgefühl war – oder doch nur wieder die Angst.

Ich merkte, dass Aaron mich nachdenklich ansah. Meine Wangen kribbelten. Meine Stirn, meine Nase, mein Mund. Zu gern hätte ich gewusst, was ihm durch den Kopf ging. Was er dachte, wenn er mich ansah. Ob er auch erleichtert war, wenn ich in der Nähe war, so wie es mir mit ihm ging.

»Du starrst mich an«, sagte ich, als ich es nicht mehr aushielt.

»Ja, ich …« Er stockte. Sah weg und … war das eine leichte Röte in seinen Wangen? Er schüttelte den Kopf. Stand plötzlich auf und streckte sich. »Also, sollen wir los?«

»Wie bitte?«

»Zum Donut-Laden.«

»Jetzt sofort?«

Er sah mich an, als sollte die Antwort offensichtlich sein. War sie auch. Aber, mein Gott, mein Herz schaffte es, mich glauben zu lassen, dass ich kurz vor einem Herzinfarkt war.

»Aber, ich meine … Was, wenn – also, ich hatte gar keine Zeit, um …« Ich stoppte mich selbst, als mir auffiel, dass ich keinen vollständigen Satz hinbekam.

Aaron hockte sich vor mich. Auf einer Augenhöhe, und ich war froh darum, weil ich mir auf diese Weise nicht noch kleiner als ohnehin vorkam.

Sein Gesichtsausdruck war ernst. Nichts von der Röte oder dem Ansatz eines Grinsens zu sehen. »Wir müssen wirklich nicht gehen. Deine Entscheidung.«

»Ich möchte gehen«, sagte ich ehrlich. »Ich möchte gehen. Aber … vielleicht … Ich glaube, es ist einfacher, wenn ich etwas Zeit habe, mich darauf vorzubereiten.«

Er legte den Kopf etwas schief. Runzelte die Stirn. »Meinst du wirklich, dass es dann einfacher wird?«

»Wenn ich darauf vorbereitet bin«, begann ich. »Auf alles, was passieren könnte – dann kann mich nichts blind erwischen.«

Aaron störte sich daran nicht. Er ließ sich meine Worte durch den Kopf gehen, egal, wie sie sich für ihn anhören mussten. »Ich kann noch mal nach Hause fahren, wenn du willst. Und du schreibst mir, wenn du dich bereit fühlst.«

Nur war die Frage: Würde ich mich jemals wirklich bereit fühlen? Wenn er nach Hause fuhr, gab mir das nur unendlich viele Möglichkeiten, in tausend Gedanken zu versinken. Und ich wusste selbst, dass ich begnadet darin war, mich aus Sachen, die ich eigentlich wollte, herauszureden, wenn ich mir die Gelegenheit dazu gab.

Ich löste meine Hand von meinem Schienbein. »Nein. Schon gut.« Ich wollte überzeugt klingen, aber es war schwer. Anstrengend, meine Gedanken im Zaum zu halten. Anstrengend, mich gegen sie zu wehren.

Alles ist gut. Du bist nicht allein. Du bist nicht mehr allein.

Ich hatte das Gefühl, als würde ich in Zeitlupe aufstehen. Meine Beine fühlten sich wacklig und zittrig an – als könnten sie jeden Moment unter mir zusammenbrechen. Aber sie hielten. Trugen mein Gewicht durch meine Wohnung.

Aaron wartete im Flur, während ich mir einen Mantel überzog und meine Haare zu einem Pferdeschwanz band. Es konnte nicht mehr als fünf Minuten gedauert haben, und trotzdem war ich beim Verlassen der Wohnung bereits so weit in meiner Spirale drin, dass ich am liebsten umgedreht hätte und in mein Bett gestürzt wäre.

Ich tat es nicht. Aus purem, eisernem Willen und weil ich wirklich, wirklich gern mit Aaron in dieses Café gehen und es vor allem genießen wollte. Nur ein Mal. Und wenn es nur ein paar Minuten waren.

Den gesamten Weg dorthin über fühlte ich mich nicht völlig anwesend. Es war ein bekanntes Gefühl. Eins, bei dem ich genau wusste, dass ein paar Sekunden später mein Herz viel stärker pochen würde. Dass mir etwas schwindlig werden und ich ein Pieksen im Bauch spüren würde.

Und das alles passierte auch – aber längst nicht in dem Ausmaß, wie ich es erwartete. Es ließ mich so verwirrt zurück, dass ich kaum bemerkte, wie Aaron sein Auto parkte und ausstieg.

Er wartete neben der Beifahrertür auf mich. Führte uns über die Straße, die um diese Uhrzeit gerade erst voller wurde, zum Café. Die Glocke läutete über der Tür und kündigte uns an. Heute stand eine andere, ältere Verkäuferin hinter der Auslage, die uns mit einem warmen Lächeln begrüßte.

Wir blieben vor der Auslage stehen, allerdings fiel es mir schwer, mich diesmal darauf zu konzentrieren. Immer wieder warf ich Blicke über meine Schulter, um sicherzugehen, dass niemand weiter den Laden betreten hatte. Vor allem niemand, den ich kannte.

»Möchtest du das Gleiche wie gestern noch mal?«

Ich sah zu Aaron auf. Dann zu den glasierten Donuts und zu den bepuderten. Denen mit Füllung und wunderschönem

Design und den ganz schlichten. »Ich weiß nicht.« Ich konnte nicht behaupten, dass ich wirklich hungrig war.

Aaron sah sich die Auswahl ebenfalls an. Die Frau von gestern hatte nicht gelogen – bis auf ein paar Klassiker, waren es wirklich alles andere Donuts.

»Ich glaube, ich hab eine Idee«, sagte er. Er wandte sich der Verkäuferin zu – und bestellte jeden Donut einmal.

Meine Augen fielen mir vermutlich fast aus dem Kopf. Noch mehr, als die Verkäuferin anfing, tatsächlich von jeder Sorte einen auf ein Tablett zu stapeln. »Aaron. Findest du das nicht ein bisschen übertrieben?«

Er drückte mir eins der Tabletts in die Hand. »Ziemlich sogar.«

»Okay.« Ich schaute auf das Gebäck hinunter. »Solange es dir bewusst ist.«

Er bedeutete mir, es zu einem der freien Plätze zu tragen, und ich suchte gleichermaßen bewusst und unbewusst den gleichen Tisch wie gestern aus. Ich setzte mich auf den Stuhl mit Blick zum Eingang, weil ich mir einredete, dass es sicherer war, wenn ich sofort sehen konnte, falls jemand reinkam, den ich kannte.

Aaron folgte mir nur wenige Sekunden später. Er stellte ein zweites Tablett auf dem Tisch ab und holte dann noch zwei weitere Teller, die nicht mehr darauf gepasst hatten.

Unwillkürlich schüttelte ich den Kopf. »Du wirst das so sehr bereuen, wenn du in ein paar Minuten die schlimmsten Bauchschmerzen hast.«

»Wir brauchen ja nicht alles zu essen. Man kann sie sich auch einpacken lassen, weißt du?«, erwiderte er und schnappte sich den Donut mit dunklem Teig, einer Nougat-Füllung und Schokoladenglasur.

»Du magst Schokolade wirklich gern, oder?«

»Eine Schublade in meinem Nachttisch ist voll mit bestimmt zehn unterschiedlichen Sorten. Falls ich nachts aufwache und Appetit darauf habe.«

Spiegelte mein Gesicht meine Verwirrung? »Auf Schokolade?«

»Ja. Hattest du noch nie Heißhunger auf etwas ganz Bestimmtes mitten in der Nacht?«

»Doch, aber … Normalerweise nur, wenn ich noch wach bin. Wenn ich schon schlafe, wache ich höchstens mit einem Verlangen nach Wasser auf, weil ich vergessen habe, die Heizung runterzudrehen und mein Zimmer die Sahara ist.«

»Ein ziemlich spezifisches Szenario. Wie oft ist dir das schon passiert?«

»Zwei- bis zehnmal.«

Er biss grinsend von seinem Donut ab und schloss kurz genüsslich die Augen.

Ich merkte, wie meine Lippen sich ebenfalls leicht verzogen und richtete meinen Blick auf die Auswahl vor mir. Ich musste mich selbst korrigieren: Ich hatte Hunger, nur keinen Appetit.

Trotzdem zog ich einen Teller vor mich und betrachtete den Donut darauf aus allen Winkeln. Mit Erdbeerspalten um eine Sahnehaube herum und Schokoladenraspeln, die es abrundeten.

Ich nahm einen Bissen davon. Die Hälfte fiel zurück auf meinen Teller, weil der Donut so voll beladen war. Und obwohl es sich im ersten Moment nach Pappe anfühlte und auch so schmeckte, weil ich so angespannt war, tat es gut, hier zu sitzen und ihn zu essen.

Es fühlte sich fast … normal an. Aaron saß mir gegenüber und wischte einzelne Krümel von seinem Hemd. Dann suchte er sich den nächsten Donut aus. Er sah mich nur kurz an, als er meinen Blick auf sich spürte – mit ein wenig Schokolade im Mundwinkel und einem fragenden Ausdruck in den Augen.

Ich schüttelte den Kopf. Legte meine Hand unter dem Tisch auf meinen Bauch, weil das Pieksen gar nicht so schlimm war, wie ich befürchtet hatte.

Jeder Bissen brachte mehr Geschmack mit sich. Die Puddingfüllung war süß, die Erdbeeren frisch und fruchtig, die Sahne cremig. Das letzte Mal, als ich es so genossen hatte, einen Donut zu essen, musste mit meiner Mom zusammen irgendwo in Vancouver gewesen sein. Es war so lange her, dass ich mich schon nicht mal mehr richtig daran erinnern konnte.

Es half, dass Aaron mich nicht anders behandelte. Er wusste, was in meinem Kopf vorging. Ich hatte ihm von dem erzählt, was mir Angst machte. Aber weder sah er mich an, als könnte ich jeden Moment zerbrechen, noch sprach er anders mit mir. In seinen Worten lag nicht plötzlich eine Vorsicht, die deutlich gemacht hätte, dass er keine Ahnung hatte, wie er sich mir gegenüber jetzt verhalten sollte.

Ich hätte es ihm nicht übel genommen. Kein bisschen. Trotzdem war ich erleichtert, dass es nicht dazu gekommen war. Dass ich mich hatte öffnen können, und alles, was Aaron getan hatte, war, mir dafür selbst ein Stück von sich zu geben.

Nach dem zweiten Donut war mir warm. Meine Hände und Finger fühlten sich nicht länger steif und ungelenk an. Ich war mir sicher, ich hätte alles auf dem Tisch aufessen können, hätte ich es gewollt. Als hätte ich plötzlich ein Loch im Bauch.

Aaron half mir tatkräftig dabei. Als schließlich nur noch ein halber Donut auf meinem Teller übrig war, lehnte er sich in seinem Stuhl zurück und seufzte zufrieden. »Zuckerkoma in drei … zwei … eins …« Sein Kopf fiel in den Nacken und er tat so, als wäre er eingeschlafen, bis er mein Lachen hörte.

Kaum war es mir entkommen, richtete er sich wieder auf. Spiegelte mein Lächeln auf eine Weise, die das Café noch wärmer wirken ließ.

»Bist du etwa schon satt?«, fragte ich ihn.

Er sah mich gleichermaßen überrascht wie schockiert an. »Du nicht?«

Sein Gesichtsausdruck war Gold wert. Die leichte Panik darin ließ mich nur noch lauter lachen. »Es geht so. Für Süßes gibt es einen zweiten Magen, ich dachte, das wäre allgemein bekannt.«

»Ich befürchte, dann hat man bei mir in der Verteilung einen vergessen.« Er fischte sein Handy aus der Hosentasche hervor und warf einen kurzen Blick darauf, ehe er es wieder einsteckte und die Arme vor der Brust verschränkte.

»Alles okay?«

»Ja, alles gut. Ich hab nur die Uhrzeit gesehen und etwa zehn neue Nachrichten von Jean.«

»Und …?«

»Mich dabei daran erinnert, dass ich mich nicht für immer darum drücken kann, nach Hause zu fahren und von Jean ausgehorcht zu werden, wo ich die Nacht über war.«

So wie er es ausdrückte … Es klang, als wäre mehr passiert, als tatsächlich die Wahrheit war. »Hast du ihm gestern keine Nachricht geschickt?«

»Doch, ich glaube nur ›Ich komme heute nicht nach Hause‹ lässt eventuell etwas zu viel Spielraum für seine Fantasie«, sagte Aaron. »Und davon hat er eine Menge.«

»Tut mir leid, falls das ein ungemütliches Gespräch wird«, sagte ich – aus dem einfachen Grund, dass ich nicht wusste, was ich sonst darauf hätte erwidern sollen.

»Dafür kannst du ja nichts«, erwiderte er. Er löste die verschränkten Arme und fuhr mit seinem Daumen über eine

Kerbe im Tisch. »Und es ist auch nicht so, als hätte ich woanders sein wollen.«

Ob ihm bewusst war, wie das klang, was er sagte? Interpretierte ich zu viel in seine Worte? Vielleicht ging meine Fantasie auch mit mir durch und ich sollte sie etwas zügeln. Aber in diesem Moment fand ich die Kraft nicht in mir, es zu tun. Ich nahm seine Worte und hielt sie fest, weil sie leuchtend waren und warm und sanft und genau das, was mein Herz nach dem gestrigen Tag gebraucht hatte.

»Aber wenn du nichts dagegen hast, würde ich trotzdem gern erst mal nach Hause fahren«, sagte Aaron in meine Gedanken. »Meine Dusche und mein Bett rufen nach mir.«

»Ja, nach mir auch«, sagte ich, stockte dann aber. Es war nicht ganz die Wahrheit. Ehrlicherweise fühlte ich mich gerade so aufgedreht und unerwartet euphorisch, dass ich am liebsten noch stundenlang hier sitzen geblieben wäre. Vorzugsweise mit Aaron.

Trotzdem folgte ich ihm, als er aufstand und das Café verließ. Wir stiegen in sein Auto, und obwohl wir uns auf dem Rückweg nicht sonderlich viel unterhielten, fühlte ich mich wohl. Vielleicht gerade, weil er mein Schweigen akzeptierte. Weil es einfach war, es mit allen möglichen Worten zu füllen – aber schwerer, es einfach auszuhalten.

Es war das erste Mal, seit ich mich erinnern konnte, dass mich beim Anblick meines Wohngebäudes nicht nur Erleichterung überkam. Daneben war auch der Wunsch, das Auto nicht verlassen zu müssen. Nicht zurück in meine Wohnung zu wollen, die ohne Aaron vermutlich viel zu still wirken würde.

»Schreibst du mir?«, fragte er da.

Ich riss meinen Blick von dem Wohngebäude los und sah ihn an. Seine Hände lagen im Schoß, als wollte er die Verabschiedung, ähnlich wie ich, hinauszögern.

»Wann? Was schreiben?«

»Nachrichten«, sagte er. »Wann immer du möchtest.«

»Ich … Hab ich was verpasst? Warum klingt es bei dir, als würden wir uns nie wieder sehen?«

Seine Augen wurden plötzlich größer. »Nein, ich meine … Ich …« Er stockte. »Das war nicht, was ich damit sagen wollte.«

Ich wartete ab, bis er von selbst weitersprach.

»Ich meinte nur – du kannst mir schreiben, wenn du etwas Interessantes siehst. Oder über etwas sprechen möchtest. Oder noch mal was unternehmen möchtest.« Er verzog das Gesicht kurz. Rieb sich über die Stirn. »Bitte unterbrich mich, bevor ich das noch weiter ausführe und mein Loch immer tiefer grabe.«

Ich wollte ihn nicht wirklich unterbrechen. Es war eine neue Seite an ihm, die ich kennenlernen durfte. Eine ungelenke, die mich auf einmal nicht mehr ganz so sehr wie der nervöse, unbeholfene Part fühlen ließ.

Ich gab mir nicht die Zeit, um über meine Handlung nachzudenken, als ich mich über die Mittelkonsole lehnte und ihn auf die Wange küsste. Für den Bruchteil einer Sekunde nur – aber es reichte aus, damit Schmetterlinge in meinem Bauch Loopings schlugen und Aaron still wurde.

Ich sah ihn an. Er mich. Und es brauchte keine Worte, damit ich wusste, was er dachte. Im Gegenteil. Ich lehnte mich noch einmal zu ihm. Zögerte, zögerte, zögerte, weil die Unsicherheit mit dem Mut rangelte. Aber dann legte Aaron seine Hand an meine Wange und nahm mir meine Unsicherheit.

Er kam mir die letzten Zentimeter entgegen. Mein Herz schlug wie wild in meiner Brust – nur dass es mir diesmal keine Angst machte. Es hüpfte und sprang und wartete darauf, dass Aaron diesen Millimeter überbrückte, der mich noch von ihm trennte.

Und dann tat er es. Nachdem er seinen Blick über mein Gesicht hatte gleiten lassen und seine Hand an meinen Hals und dann in meinen Nacken rutschte. Er hielt mich fest und ich ließ mich festhalten, als seine Lippen auf meine trafen und ich das Gefühl hatte, davonzuschweben.

Ich spürte und hörte ihn an meinem Mund seufzen, als ich meine Hand auf seine Brust legte, und dieses winzige Geräusch ließ mich für wenige Sekunden vergessen, woran auch immer mein Kopf sich als Letztes aufgehängt hatte.

Es war ein Rauschen. Ein weißes Rauschen, das mich mit Stille und Sehnsucht erfüllte – und jede Bewegung seiner Lippen an meinen machte es schlimmer und besser zugleich.

Wir lösten uns im gleichen Moment voneinander. An meinen Lippen zupfte ein Lächeln, das tief aus meinem Inneren kam, und ich hatte weder die Kraft noch den Wunsch, es zu unterdrücken.

Aaron lehnte seine Stirn an meine, die Augen geschlossen, als kostete er die Berührung noch etwas aus. Seine Wangen waren leicht gerötet, und er bewegte seine Finger kaum merklich in meinem Nacken. Vielleicht fiel es ihm selbst nicht mal auf. Meine Sinne dagegen waren so geschärft, dass jeder Millimeter, den er sich bewegte, sich in mein Gedächtnis brannte.

Ich war mir nicht sicher, ob er überhaupt atmete, als ich mich zurücklehnte. Sekunden vergingen und alles, was ich sah, war sein verblüffter Gesichtsausdruck.

»Das …«, begann er, verlor sich aber, ehe er den Satz beenden konnte. Oder vielleicht ging es ihm wie mir und in seinem Kopf waren zur Abwechslung mal keinerlei Gedanken, sondern lediglich Emotionen, die strahlten und glänzten.

»Ja«, sagte ich leise, weil ich mir nicht anders zu helfen wusste.

Er biss sich auf die Unterlippe, als er mich ansah. Richtig ansah – mit einer solchen Intensität, dass ich mir nicht anders zu helfen wusste, als das Erste zu sagen, was mir in den Sinn kam. »Du starrst.«

Ein Lächeln breitete sich auf seinem Mund aus. »Ich weiß.«

Er hörte nicht auf, und ich legte meine Hand mitten auf sein Gesicht, um ihn daran zu hindern, mich weiter so anzuschauen. Sein Lächeln wurde zu einem Lachen, das das Auto erfüllte, und zu allem Übel sah ich zwischen meinen gespreizten Fingern trotzdem, wie er mich weiter ansah, als könnte er seinen Blick auch mit Gewalt nicht von mir abwenden.

Irgendwann ließ ich meine Hand fallen. Er fing sie auf, verschränkte unsere Finger miteinander.

»Danke«, sagte er leise und drückte meine Hand.

»Wofür?«

Er zuckte mit den Schultern, als sei er sich dessen selbst nicht ganz sicher. »Es hat sich einfach gerade richtig angefühlt.« Dann zog er mich an der Hand noch einmal vorsichtig zu sich. Mein Gurt schnitt mir in die Brust und den Bauch, aber als er mich noch einmal küsste, war es mir mehr als egal.

Ich wollte den Moment so lang wie möglich hinauszögern. Und das machte ich auch, genauso, wie Aaron es tat.

»Ich glaube, ich sollte jetzt reingehen«, sagte ich irgendwann.

»Nein«, widersprach Aaron. Es wirkte nicht, als hätte er über seine Worte überhaupt nachgedacht.

»Nein?«, wiederholte ich lachend. »Sollen wir für immer in deinem Auto sitzen bleiben?«

Für einen Augenblick sah er so aus, als würde er es tatsächlich in Erwägung ziehen, und ich lachte noch mehr. Losgelöst wie schon ewig nicht mehr.

»Die Antwort ist ›nein‹«, half ich ihm auf die Sprünge.

Er nickte, auch wenn er nicht überzeugt wirkte. Er ließ meine Hand widerstrebend los, damit ich nach meiner Tasche greifen konnte, die zu meinen Füßen stand. Ich öffnete die Tür und wollte gerade aussteigen, als ich seine Berührung an meiner Hüfte spürte. Ich ließ mich zurück in den Sitz sinken.

»Ein Kuss noch?«, fragte er mit großen Augen und hoffnungsvoller Stimme. Es war nicht so, als müsste er mich dazu überreden. Ich ließ mich zurück in seine Arme fallen, weil es einfach war. Weil es sich wie Heimkehren anfühlte, an einen Ort, den ich nie wieder verlassen wollte.

Aarons Hand war auf meinem Rücken und er war sanft mit mir. Seine Berührungen so leicht, dass ein Kloß in meinem Hals auftauchte, der nichts mit Traurigkeit zu tun hatte.

Es waren Sekunden, Minuten, Stunden, von denen ich heute Nacht träumen würde. Küsse auf meinem Gesicht, die ich nie wieder vergessen wollte. Und als ich endlich ausstieg, fühlte ich mich warm – als hätte ich den ganzen Tag vor einem Kaminfeuer verbracht.

»Du kannst mir auch schreiben. Wann immer du möchtest«, sagte ich zur Verabschiedung. Aarons Gesicht leuchtete auf. Seine blauen Augen glänzten und fast tat es weh, ihn anzusehen, weil so viel Zartheit in meinen Gefühlen lag. So viel Zerbrechlichkeit.

»Bis dann, Marleigh«, sagte er, bevor ich die Tür zuschlug. Die Art, wie er meinen Namen sagte, lief in Dauerschleife durch meinen Kopf.

Kurz darauf startete er den Motor. Mein Handy vibrierte einmal kurz, bevor er losfuhr. Als ich ihn nicht mehr sehen konnte, holte ich es aus meiner Tasche und las mir die Nachricht durch, die er mir geschickt hatte.

Aaron: Wann sehen wir uns das nächste Mal?

24. KAPITEL

Marleigh

Ich: Du bist gerade erst weggefahren.

Seine Antwort kam nicht sofort – natürlich nicht. Nicht, wenn er gerade nach Hause fuhr. Umso überraschter war ich, als mein Handy ein paar Sekunden später doch vibrierte.

Aaron: Das ist wahr. Aber ich wollte es aus purer, reiner, unschuldiger Neugier gern trotzdem wissen.
Aaron: Und bin dafür sogar auf den Parkplatz einer Tankstelle gefahren, als ich deine Nachricht gesehen habe. Bitte lass mich hier jetzt nicht hängen.
Ich: Das wäre mir nie in den Sinn gekommen.
Aaron: Dann hast du schon eine Idee?
Ich: Nein, nicht wirklich. Aber ich bin mir sicher, dass uns was einfällt.
Aaron: Perfekt. Ich werde darüber nachdenken, während ich nach Hause fahre. Vielleicht komme ich diesmal sogar bis zur übernächsten Tankstelle.
Ich: Du könntest durchfahren und auf meine Nachricht antworten, wenn du zu Hause angekommen bist. Ich lauf nicht weg.
Aaron: Ich weiß. Darum mache ich mir auch keine Sorgen.
Ich: Sondern?

Aaron: Ich bin einfach zu neugierig. Ich möchte sofort wissen, was du mir schreibst, wenn du es mir schreibst. Für den Fall, dass du sagst, ich soll zurückkommen, kann ich so sofort umdrehen.

Ich wollte darauf reagieren. Wirklich. Aber mein Grinsen war zu breit und mein Hirn schaffte es nicht, eine Antwort darauf zu finden, die über »Hihi« hinausging. Ich dachte so lange drüber nach, bis ich vor der Haustür stand und in meiner Tasche nach meinem Schlüssel kramte.

Kaum hatte ich ihn in der Hand, zögerte ich. Ich war bereit, die Tür aufzuschließen. Bereit, zurück in meine Wohnung zu gehen und mich dort mit irgendwas zu beschäftigen, bis es Zeit zum Schlafen war.

Nur kam es mir auf einmal trostlos vor. Der Gedanke, dort hochzugehen, war kalt und erdrückend. Und die Angst, ich könnte diese Euphorie, dieses schwerelose Gefühl, das ich gerade empfand, verlieren, ließ mich erstarren. Einen Schritt zurücktreten. Und dann eine andere Richtung einschlagen. Von der Straße weg und den Park entlang, den Aaron und ich das letzte Mal zusammen abgelaufen waren.

Ich wollte die Zeit hinauszögern. Nur ein kleines bisschen noch. Und um meine Panik in Schach zu halten, sagte ich mir immer wieder, dass es nur für ein paar Minuten war. Nur ein paar Minuten, die ich frische Luft atmen und Leute sehen und die Sonne auf meiner Haut spüren wollte.

Mein Weg führte mich bis zu einer kleinen, abgelegenen Einkaufsstraße. Ich zwang mich, tief und ruhig zu atmen, senkte den Kopf und eilte an den Leuten vorbei, die sich hier ihre Zeit vertrieben. Es waren mehr, als ich erwartet hatte und mein erster Instinkt schrie bereits wieder: *Flieh! Flieh nach Hause, wo du sicher bist.*

Ich hörte nicht sofort auf ihn. Stattdessen lief ich – oder rannte eher – in das erste Geschäft, das mir ins Auge sprang. Eine winzige Bäckerei, in die ich als einzige Kundin gerade so reinpasste.

Mein Blick flog über die Auslage, weil ich irgendwas mitnehmen wollte – irgendwas, um mir selbst zu beweisen, dass der Tag wirklich passiert und ich tatsächlich draußen gewesen und jetzt noch allein so viel weiter gekommen war, als ich mir vor Wochen hätte träumen lassen.

Mein Hirn war nebelig. Ich hörte, wie ich dem Bäcker etwas nannte und vergaß noch in der gleichen Sekunde, was es war. Ich nahm die Tüte entgegen, drückte ihm mein Geld in die Hand und verabschiedete mich vermutlich noch, ehe ich den Laden verließ.

Ich zog mir die Kapuze meines Mantels über den Kopf und eilte an den Leuten vorbei auf dem gleichen Weg zurück, den ich gerade hergekommen war. Und je weiter ich mich von der Einkaufsstraße entfernte, je weniger Menschen um mich herum waren, desto entspannter fühlte ich mich.

Kurz hielt ich an, um in die Tüte zu schauen. Ein Stück Erdbeertorte, ein Streuselkuchen, ein Croissant. Es war nicht viel. Ich hatte nicht mal annähernd eine Minute in der Bäckerei ausgehalten. Aber, mein Gott. Ich war so stolz auf mich, dass ich weinen wollte.

Ich wollte es mit meiner Mom teilen, aber da sie weiterhin nichts von meiner Situation wusste, fiel die Option weg. Ich schickte ihr trotzdem ein Bild davon – auch wenn es sich etwas falsch anfühlte, nur die Hälfte der Situation mit ihr zu teilen.

Das gleiche Foto leitete ich mit den Worten »Schau mal, wo ich war« an Aaron weiter. Seine Reaktion war genau das, was ich mir gewünscht hatte.

Aaron: Oh! Allein?
Aaron: Und vor allem: ohne mich?
Ich: Ja und ja! Hat dir das Dutzend Donuts nicht gereicht?
Aaron: Bist du dir sicher, dass das in Anbetracht der Situation eine Frage ist, die du stellen solltest?
Aaron: Und nicht eher ich?
Ich: Du hast behauptet, keinen separaten Magen für Süßes zu haben. Ich glaube, in dem Fall ist meine Frage berechtigt.
Aaron: Fair enough.
Aaron: Also: Doch. Es war ausreichend. So ausreichend sogar, dass ich mich jetzt aus meinem Auto und die Treppe hoch in mein Zimmer rollen werde.
Ich: Wolltest du nicht von Jean ausgehorcht werden?
Aaron: Von wollen kann nicht wirklich die Rede sein. Ich rieche seine Neugier bis hierher.
Ich: Oh je.
Aaron: Ein bisschen kann er sich noch gedulden.
Aaron: Wie war es? Und wo ist bei dir in der Gegend eigentlich eine Bäckerei, die solche Tortenstückchen verkauft?
Aaron: Ich frage für Recherchezwecke.
Ich: Was recherchierst du genau?
Aaron: Ähh
Aaron: Torten in Winnipeg. Ein sehr wichtiges Thema für meinen Studiengang.
Ich: Was studierst du noch mal?
Aaron: Biochemie.
Ich: Und … wie kriegst du jetzt die Kurve von Torten dorthin?
Aaron: Na ja, wenn man die einzelnen Zutaten für Torten vermengt, ist das Chemie, und ich habe einen Körper – spezifisch ein Verdauungssystem –, mit dem ich die Torte esse. Das ist Biologie. Voilà, Biochemie.

Ich: Ich hab in meinem ganzen Leben noch nie so eine lieblose Erklärung gelesen.
Ich: Das verdient fast schon einen Preis für die schlechteste Ausrede der Welt.
Aaron: Den könnte ich dann zu meinen anderen Preisen stellen.
Aaron: Neben »schlechtester Small Talk« ist noch ein Platz frei.
Ich: Oh, die Trophäe hab ich auch! Was für ein Zufall.
Aaron: Haha!
Aaron: Aber ehrlich, Marleigh. Wie war es?

Ich ließ mir die Frage durch den Kopf gehen. Versuchte, eine einzelne Stimmung in dem Knäul aus Emotionen herauszufischen.

Es war schwerer, als man meinen sollte. Zumal zwischendrin immer wieder Aarons Berührungen in meinen Erinnerungen auftauchten und eine Gänsehaut auf meine Arme zauberten. Es half nicht sonderlich dabei, mich zu konzentrieren.

Ich: Anstrengend? Gut? Ich weiß nicht, aber die Sonne scheint und der Himmel ist blau und alles sieht so friedlich aus, dass ich gar nicht wirklich nach Hause möchte.
Aaron: Du kannst ja noch ein paar Runden spazieren gehen. Winnipeg ist ziemlich groß. Der Weg geht dir sicher nicht sofort aus.
Ich: Haha. Ja genau, das war meine größte Sorge. Dass Winnipeg der Rand der Welt ist und ich plötzlich irgendwo entlanglaufe und runterfalle.
Aaron: Endlich verstehe ich, warum ich hier immer so schlechten Empfang habe …

Aaron: Das Netz könnten sie ruhig auch am Rand der Welt ausbauen.
Ich: Ich stimme zu. Auch wenn ich immer perfekten Empfang habe, aber das ist vermutlich gerade nicht so wichtig.
Aaron: … der Neid in mir ist groß.
Aaron: Oh, ich sollte jetzt besser reingehen. Jean starrt mich durch die Fensterscheibe böse an.
Ich: Viel Glück!

Ich wartete kurz ab, ob er noch etwas schreiben würde, und steckte mein Handy dann ein. Mittlerweile war ich keine fünf Meter mehr von der Haustür entfernt. Ich kramte meinen Schlüssel wieder hervor – und wurde dann von einer mir bekannten Stimme abgelenkt.

»Oh hey, warst du auch unterwegs?«, fragte Romie mich zur Begrüßung.

Ich hob die Tüte vom Bäcker in die Höhe. »Ein bisschen frische Luft schnappen.«

»Oh.« Mit einem breiten Grinsen schwang sie ihren Rucksack nach vorn und kramte daraus etwas hervor, das meiner Bäckereitüte zum Verwechseln ähnlich sah. »Ich glaube, wir hatten eine ähnliche Idee.«

»Warst du auch in der Einkaufsstraße da vorn?«, fragte ich und deutete in die Richtung, aus der ich gekommen war.

Romie schüttelte den Kopf. »Nein, ich war außerhalb der Stadt.« Sie stopfte die Tüte zurück in ihren Rucksack und zog den Reißverschluss zu. »Mir ist die Decke die letzten Tage etwas auf den Kopf gefallen, deswegen bin ich heute früh aus der Stadt geflohen.«

Unser Gespräch und was sie über einen ihrer Dads erzählt hatte, kam mir in den Sinn.

»Hat es etwas geholfen?«, fragte ich stattdessen.

Sie hob unschlüssig die Schultern. »Ein bisschen? Wenn ich allein unterwegs bin, hab ich immer so viel Zeit zum Nachdenken. Aber allein mal an einem anderen Ort zu sein und die Gedanken irgendwie anders ordnen zu können, tut mir meistens schon ganz gut. Hier«, sie deutete auf das Haus, vor dem wir immer noch standen, »hängen so viele Erinnerungen, dass es manchmal schwer ist, dazwischen klar zu sehen.«

Ich stolperte über ihre Aussage. Sie war Aarons auf eine Weise so ähnlich, dass ich gar nicht anders konnte.

Ich sah an der Fassade des Hauses hoch. All die Gedanken, die ich mir innerhalb dieses Gebäudes gemacht hatte. All die Tage, die ich darin verbracht hatte, ohne auch nur einen Fuß vor die Tür zu setzen.

Es war die gleiche Situation, nicht wahr? Die Tatsache, dass es mir so schwerfiel, gerade wieder in meine Wohnung zurückzukehren. Weil ich genau wusste, dass dort nichts auf mich wartete, außer Kreise, die ich schon hundertmal abgelaufen war, und Gedanken, die ich genauso oft schon gedacht hatte.

»Romie«, fragte ich. »Hast du vielleicht Lust, das Kuchenessen nachzuholen?«

Sie sah mich erst überrascht an. Dann stimmte sie begeistert zu. Wir machten uns auf in ihre Wohnung, es uns auf dem Boden bequem und breiteten das Gebäck zwischen uns aus. Wir aßen und tranken Tee und heiße Schokolade und Romie erzählte mir von ihrem Ausflug nach Winnipeg Beach. Wie sehr sie der Blick aufs Wasser mit Ruhe erfüllte und dass sie sich irgendwo am Meer ein Haus kaufen wollte.

Schwere Themen kamen nicht wirklich zur Sprache. Vermutlich, weil wir beide einfach einen Nachmittag brauchten, an dem wir unsere Probleme nicht zerdachten. Die konnten bis morgen, bis zum Abend oder zumindest bis zur nächsten Stunde auf uns warten.

Deswegen zögerte ich es auch so lange hinaus, zurück in meine eigene Wohnung zu gehen. Erst als alles aufgegessen war und Romie fast im Minutentakt gähnte, verabschiedete ich mich von ihr und lief über den Flur zurück zu mir.

25. KAPITEL

Marleigh

Mein Handy vibrierte, als die Tür zu meiner Wohnung noch nicht mal richtig ins Schloss gefallen war.

Aaron: Ich habe mich von Jean weggeschlichen, als er kurz ins Bad gegangen ist, und erwarte ihn jetzt jede Sekunde meine Tür eintreten.
Ich: Was hast du ihm erzählt?
Aaron: Definiere »erzählt« …
Ich: Bedeutung: 1. auf anschauliche Weise darstellen, 2. berichten.
Aaron: Hast du das gerade online abgeschrieben, ohne eine Quellenangabe zu nennen?
Ich: Quelle: Internet.
Aaron: Damit wärst du bei meinen Dozent*innen so was von durchgefallen.
Ich: Bei meinen auch. Aber da du zum Glück kein Dozent bist, dachte ich, ich kann es mir erlauben.
Aaron: Wenn irgendjemand fragt, würde ich es verneinen, aber eventuell existiert aus meiner Highschool-Zeit irgendwo noch eine PowerPoint-Präsentation, die genau diese Art von kluger Quellenangabe hat.
Ich: Bitte sag mir, dass du die abgeändert hast, bevor du die Präsentation gehalten hast.

Aaron: Nein.
Aaron: Zu meiner Verteidigung: Ich habe die Präsentation allgemein nie halten müssen.
Ich: Wie gemein.
Aaron: Die Freuden einer Erkältung und eines vergesslichen Lehrers.
Ich: Ich glaube, meine hätten mich per Skype angerufen und trotzdem dazu gezwungen, die Präsentation zu halten. Aus dem Bett, mit Haarnest vor der ganzen Klasse und allem.
Aaron: Was war das bitte für eine Schule, zu der du gegangen bist? In Vancouver?
Ich: Nein, die meisten Erwachsenen an der Highschool in Vancouver waren nett.
Ich: Aber davor in Schottland hatte ich einen furchtbaren Lehrer in Sport.
Aaron: Ihr musstet in Sport Präsentationen halten??
Aaron: Ist das nicht verboten???

Mit einem Lachen legte ich meine Jacke und den Schal auf dem Bett ab und setzte mich dann vor den Couchtisch.

Ich: Ich befürchte nicht, nein.
Aaron: Sollte es aber dringend. Wenn ich in Sport auch noch Hausaufgaben hätte erledigen müssen …
Ich: Dann?
Aaron: Ja.
Ich: Hahaha.
Aaron: Erklärst du mir, weshalb ich gerade von meiner Schulzeit rede? Das war nicht mein Plan, als ich dir geschrieben habe.
Ich: Du hattest einen Plan? Wofür? Weshalb?

Aaron: Damit es nicht wirkt, als würde ich dir einfach nur schreiben, weil ich gerade nichts Besseres zu tun habe.
Ich: Hast du denn etwas Besseres zu tun?
Aaron: Na ja, wenn du mich so fragst: nein. Aber mein Hauptgrund war, dir zu schreiben, um mehr mit dir reden zu können.

Wie süß. Es war so unsinnig und dennoch freute ich mich über diese wenigen Worte mehr, als ich beschreiben konnte.

Aaron: Wenn ich die Erklärung so noch mal lese … Irgendwie klingt es dämlich, oder?
Ich: Nein, ganz und gar nicht.
Ich: Nur etwas … unbeholfen.
Aaron: Oh ja, das macht es besser.

Was machte er wohl für einen Gesichtsausdruck, während er das schrieb? Während er seine Worte noch einmal las und sich fragte, wie sie bei mir ankamen? Ich wollte es so gern wissen. Ich wollte seine Stimme hören und fragte mich, ob es gesund war, so zu empfinden, wenn ich bedachte, dass wir uns erst seit ein paar Wochen kannten.

Aber ehrlicherweise … war es mir gerade egal. Die Euphorie des gesamten Tages war noch so präsent in mir, dass ich mich mutiger fühlte. Unerschrockener. So als könnten die Gedanken, die mir immer noch durch den Kopf geisterten, mir gar nichts antun, weil sie nur genau das waren: Gedanken.

Ich dachte nicht darüber nach, als ich auf Aarons Kontakt tippte und den Button für einen Videochat anklickte. Mein Herz donnerte in meiner Brust, während ich mich selbst auf dem Bildschirm sah und wartete, dass er abnahm.

Und dann tat er es. Das Bild brauchte einen Moment, um sich aufzubauen. Ein verzerrter Umriss von Aaron. Eine dunkle

Wand direkt hinter ihm. Nach und nach wurde es klarer und Aaron leichter zu erkennen.

Er saß auf seinem Bett, den Rücken an die Wand hinter sich gelehnt, die in einem Mitternachtsblau gestrichen war, wie ich jetzt erkannte. Er trug einen beigefarbenen Pullover, der selbst durch das Video unglaublich weich aussah, und hatte ein Handtuch um die Schultern gelegt, als wäre er gerade erst aus der Dusche gekommen.

Als er mich sah, legte er den Kopf mit einem Lächeln schief. »Ist das die Rache für das eine Mal, als ich im Park war und dich unerwartet angerufen habe?«

Meine Antwort blieb mir für einen Moment im Hals stecken. Er sah nicht anders aus als noch vor wenigen Stunden. Trotzdem … *trotzdem.* Es war anders, ihn zu sehen. Fühlte sich anders an, nach dem, was im Auto passiert war.

Nach dem Kuss, schoss es mir durch den Kopf. Ich hoffte, dass die Kamera meine roten Wangen nicht auffing.

»Nein«, reagierte ich mit einigen Sekunden Verspätung. »Nein, das hier ist nur eine … Übung.«

»Verstehe«, sagte er. Klang seine Stimme tiefer? Rauer? Überhaupt anders? Oder bildete ich mir das auch nur ein?

»Falls es ein schlechter Zeitpunkt ist …«

»Ist es nicht«, unterbrach er mich sofort. »Oder sieht es für dich nach einem schlechten Zeitpunkt aus?« Er drehte die Kamera einmal im Kreis, damit ich den gesamten Raum in Augenschein nehmen konnte. Nur wenige, sanfte Lichter erhellten ihn.

»Es sieht eher aus, als hättest du gerade vorgehabt, schon schlafen zu gehen. Und ist das ein Poster von *Neon Genesis Evangelion* neben deiner Tür?«

Sein Blick glitt kurz hinter die Kamera. »Ja, ist es. Wie hast du das so schnell erkannt?«

»Für so etwas habe ich einen achten Sinn.«

»Einen achten sogar? Was ist dein siebter Sinn?«

»Für so etwas habe ich einen siebten Sinn.«

Aaron lachte laut auf. Dabei legte er den Kopf etwas in den Nacken, und ich sah ein kleines Muttermal unter seinem Kinn. Wie war mir das bisher noch nicht aufgefallen?

Ein bisschen fühlte es sich an, als würde ich ihn gerade zum ersten Mal sehen. Und gleichzeitig, als würde ich ihn bereits seit mehreren Jahren kennen. Es war eine Mischung, die mein Herz höherschlagen ließ. Aus dem einfachen Grund, dass es sich absolut willkommen anfühlte.

»Um auf deine andere Aussage zurückzukommen«, sagte Aaron da. »Ich hatte noch nicht vor, zu schlafen. Ich lieg nur im Bett, weil es hier am bequemsten ist und deswegen am besten für einen Filmeabend geeignet.«

»Das versteh ich. Ich lebe auch in meinem Bett«, erwiderte ich. »Und meistens verbringe ich meine Zeit dann damit, willenlos durch TikTok zu scrollen.«

»Ich hab mich bisher geweigert, es zu installieren, weil ich die Befürchtung habe, dass ich dann stundenlang nicht davon loskommen würde.«

»Ja, das ist eine sehr realistische Befürchtung.« Ich stellte mein Handy, an einen Kerzenständer gelehnt, auf meinem Tisch ab und zog die Beine an die Brust. »Aber es macht Spaß. Die Leute sind unglaublich kreativ und machen so viele coole Videos, die mich überraschen. In den letzten Monaten waren die Stunden, die ich auf der App verbracht hab, häufig mein Highlight des Tages.« Ich zupfte eine Fussel von meiner Strumpfhose ab. »Ziemlich traurig, oder?«

»Warum findest du es traurig?«

Ich runzelte die Stirn. Wie sollte ich es beschreiben? In dem Moment, in dem ich die Zeit auf irgendwelchen Social-Media-

Seiten verbrachte, fühlte es sich nicht traurig an. Es war eine Art der Unterhaltung, die mich kurzfristig von allen anderen Dingen ablenkte. Nur nagte in meinem Hinterkopf immer etwas an mir. Ein Teil, der sagte, dass ich lieber produktiv sein sollte. Lieber einen Weg finden sollte, mit meiner Angst umzugehen.

»Vielleicht ist ›traurig‹ das falsche Wort«, gab ich zu.

Aaron erwiderte nicht sofort etwas darauf. Er wartete ab, als wüsste er genau, dass ich noch nicht alles ausgesprochen hatte, was ich sagen wollte.

»Es ist nur … Manchmal, wenn ich dann wieder auftauche, fühlt sich die Zeit so sinnlos an. Wobei – ich glaube, das Wort stimmt auch nicht ganz, aber mir fällt gerade kein besseres ein.«

»Aber hast du denn Spaß, während du dir die Videos anguckst?«

Ich nickte. »Es ist eine der wenigen Sachen, die mir Zeit zum Durchatmen geben.«

»Dann ist es doch nicht sinnlos, oder?«, fragte Aaron. Nicht auf eine Weise, als wäre die Antwort offensichtlich, sondern sanft. Als wollte er mir zeigen, dass es nicht schlimm war, auf kurzfristige Dopamin-Schübe auszuweichen, wenn es half, mich für einen Augenblick … unbesorgter zu fühlen.

Er sah nicht aus, als erwartete er wirklich eine Erwiderung darauf. Und ich gab ihm auch keine. Ich hatte nicht das Bedürfnis, zu diskutieren.

Nicht hier.

Nicht jetzt.

Daher schlug ich eine andere Richtung in unserem Gespräch ein. Ich wusste, tief in mir drin, dass Aaron sich auf das neue Thema einlassen würde, ohne sich vorher an das alte zu klammern. Er gab mir den Raum, unsere Gespräche zu verarbeiten. Egal, wie tiefgründig oder oberflächlich sie auch waren.

Er gab mir den Raum, ich selbst zu sein. Und so unbekannt sich das auch anfühlte – ich merkte, wie etwas in mir sich in seiner Nähe sorglos streckte und dehnte. Als wüsste mein Unterbewusstsein bereits, dass ich mich bei ihm nicht kleiner machen musste.

»Was wolltest du gucken?«, fragte ich ihn. »Bevor ich dich angerufen habe?«

»Ich hatte an *Weathering With You* gedacht, weil ich den schon seit Monaten sehen wollte und …«

»Kann ich mitgucken?« Ich fiel ihm ins Wort, bevor ich wirklich darüber nachdenken konnte.

Er schloss den Mund langsam und betrachtete mich ein paar Sekunden schweigend. Zumindest hatte ich das Gefühl, so intensiv, wie er auf den Bildschirm seines Handys schaute. Dann lächelte er. »Hast du denn Popcorn da?«

»Moment.« Ich drückte mich sofort von meinem Platz hoch und ging in der Küche mein Snack-Reservoir durch, bis ich gefunden hatte, was ich suchte. Die Tüte voller Popcorn, die mit Chips und die kleine Packung M&Ms fielen vor mir auf den Tisch.

»Wow«, kommentierte Aaron meine Ausbeute. »Schade, dass ich mir durch das Telefon keine klauen kann.«

»Du musst sie nicht klauen. Würde es gehen, würde ich dir freiwillig von jeder Tüte die Hälfte abgeben.«

»Ich weiß, ich wiederhole mich, aber: wow.«

»Leider geht es nicht«, sagte ich, riss die Tüte mit den Chips auf und schob mir einen in den Mund.

»Das machst du gerade mit Absicht, oder?«

Ich nickte kauend.

»Na gut.« Statt sich zurückzulehnen, wie ich es erwartet hatte, beugte er sich über die Kamera des Handys hinweg und zog etwas zu sich aufs Bett, das mich nach Luft schnappen ließ.

»Du hast Donuts?«, rief ich empört. »Du hast nach heute erst mal genug davon gegessen!«

»Ja, aber es ist etwas ganz anderes, wenn Jean sie frisch backt und mir welche davon abgibt …«

Ich griff mir ans Herz. »Sie sind frisch gebacken?«

Aaron biss nur genüsslich von dem ersten Mini-Donut ab, statt mir zu antworten.

»Ich wusste nicht, dass Jean backen kann.«

»Kann er auch nicht«, erwiderte er und verzog das Gesicht. Er ließ den Donut zurück auf den Teller fallen und machte einen sehr unzufriedenen Eindruck. »Aber er versucht es hin und wieder und so stolz, wie er auf seine Kreationen ist, kann ich ihm nie ausschlagen, sie zu probieren.«

»Ich hätte auch gern jemanden, der für mich Donuts backt.«

»Das nächste Mal packe ich welche für dich ein«, sagte Aaron. »Dann machen wir den Filmeabend live statt über einen Videochat.«

Alles, was ich hörte, war »das nächste Mal« und schon tat mein Hirn so, als hätte er mich auf ein zweites Date eingeladen.

Ruhig, Marleigh, sagte ich mir selbst. *Ganz ruhig.*

Ich holte meinen Laptop aus der Schublade an meinem Couchtisch und beschäftigte mich damit, den Film zu suchen, um damit von meinem fröhlichen Grinsen abzulenken.

Er sah es sicher trotzdem. Und irgendwie machte mir das Wissen nicht mal etwas aus.

»Hast du *Your Name* eigentlich schon gesehen?«, fragte ich, als ich alles vorbereitet hatte.

»Einmal. Ich befürchte, ich müsste ihn noch mal gucken, um ihn richtig zu verstehen. Die Zeitstränge haben mich so aus der Bahn geworfen, dass ich den größten Teil der Zeit über zu verwirrt war, um die Story wirklich wertzuschätzen.«

»Beim zweiten Mal war er auch noch verwirrend«, sagte ich. »Aber beim dritten Mal war er dann wirklich gut, und jedes Mal, wenn ich ihn seitdem geguckt habe, fand ich ihn großartig.«

»Wie oft hast du den Film schon gesehen?«

»So zwei- oder … zwanzigmal.«

»Ich glaube, ich habe nicht einen einzigen Film in meinem Leben so häufig gesehen«, sagte Aaron.

»Ich mag die Vertrautheit, die bekannte Geschichten mit sich bringen. Keine überraschenden Wendungen. Man weiß, dass man sich davon unterhalten fühlt, und am Ende wird alles gut. Es hilft, wenn alles andere so durcheinander ist.« Ich hob eine Schulter. »Ich finde es tröstlich.«

»Vielleicht habe ich auch einfach noch nicht die richtige Geschichte dafür gefunden.«

»Nach einer Folge wirst du das auch nicht«, neckte ich ihn.

»Filme sind zum Glück wie eine einzige, überlange Folge. Und ich denke, *Weathering With You* könnte etwas Besonderes sein.«

»Wie kommst du darauf?«

Er schenkte mir ein Lächeln. Warm und sanft. Und plötzlich fühlte es sich nicht mehr an, als würde er am anderen Ende der Stadt sitzen – sondern direkt neben mir.

»Nur so ein Gefühl.«

Das war alles, was er sagte. Als hätte mein Herz bei seinen Worten nicht einen Schlag ausgesetzt. Als hätte er mich gerade nicht angeguckt, als könnte ich Sterne vom Himmel greifen.

»Bist du bereit?«, fragte er dann. Ich brauchte einen Moment, um mein Hirn zu rekalibieren. Seine Aussage tanzte weiterhin ungehalten darin herum, aber ich schaffte es, seinem Countdown zuzuhören und bei drei auf die Play-Taste zu drücken.

Ich wusste von der ersten Szene an, dass ich mir den Film noch einmal würde ansehen müssen. Die ganze Zeit über wanderte meine Aufmerksamkeit zwischen dem Geschehen der Geschichte und Aaron hin und her. Nach zwanzig Minuten musste ich mir bereits eingestehen, dass ich ihn wesentlich interessanter zu beobachten fand. Dabei war der Film – oder das, was ich von ihm mitbekam – unheimlich gut.

Aber wenn Aaron an den witzigen Stellen lachte, zog mich das in seinen Bann. Wenn er in den stürmischen Szenen die Luft anhielt, verknotete sich mein Magen. Und wenn er mir nebenbei von der Band erzählte, die die Musik für den Film gemacht hatte, verblassten die Charaktere im Hintergrund.

Es war so schön. Den Abend nicht allein verbringen zu müssen. Nicht die ganze Zeit von meinen Gedanken umhergetrieben zu werden. Zu wissen, dass am anderen Ende der Leitung jemand war, der gern freiwillig Zeit mit mir verbrachte. Der mit mir diesen Film schaute und es einfach nur genoss, bei mir zu sein.

Ich dachte immer, ich käme sehr gut ohne andere Leute klar. Bis zu einem gewissen Grad war es sogar die Wahrheit – nur konnte ich mich allein noch so gut beschäftigen. Es ersetzte die Nähe zu Leuten, die mir viel bedeuteten, einfach nicht. Nicht einmal annähernd.

Ich brannte mir dieses Gefühl ins Gedächtnis, während Hina und Hadoka über Teilen Tokios die Sonne scheinen ließen.

Vielleicht verzogen sich die Wolken über mir dann auch irgendwann.

26. KAPITEL

Marleigh

Ich: Ich glaube, die Ente hat mich bis nach Hause verfolgt.
Aaron: Ich bin mir weiterhin nicht sicher, ob Enten überhaupt in Manitoba überwintern.
Ich: …
Ich: Du bringst mich dazu, eine Recherche auf Google starten zu wollen, und das ist einfach viel zu anstrengend.
Aaron: Ich hab nur laut nachgedacht.
Ich: Ja, und damit hast du mich verunsichert, ob mich eine Ente verfolgt oder ein anderes Tier, das sich als Ente verkleidet hat.
Aaron: Vielleicht hat dich auch kein Tier verfolgt und du bildest es dir nur ein?
Ich: Ich hab gesehen, wie es mich angeguckt hat! Es hat mich anvisiert. Ich schwöre dir, wenn ich heute Nacht aufwache und eine Ente mir ins Gesicht guckt, ziehe ich zurück nach Schottland.
Aaron: Wer geht dann mit mir auf tägliche Spaziergänge?
Ich: Nur, weil wir das jetzt die letzte Woche über gemacht haben …
Aaron: Hey, für mich ist das jetzt ein fester Bestandteil meines Tages.
Aaron: Und wenn es dich beruhigt: Ich sehe keine Ente oder etwas im Entenkostüm vor deiner Haustür herumlungern.

Ich: Du bist noch nicht losgefahren?
Aaron: Du hast mir drei Sekunden nachdem wir uns verabschiedet haben geschrieben. Wann genau hätte ich losfahren sollen?
Ich: Ich weiß nicht. Mein Denkvermögen war zu sehr von Enten dominiert.
Aaron: Von imaginären Enten.
Ich: Du legst es wirklich darauf an, von heute an allein spazieren zu gehen, oder?
Aaron: Haha. Nein, tut mir leid. Ich ziehe dich nur auf. Ich hab sie auch gesehen und sie wirkte definitiv blutdürstig.
Ich: Oh Gott, meinst du, es war eine Vampir-Ente??
Aaron: Ähm …
Aaron: Ich bezweifle sehr stark, dass es so etwas gibt. Falls doch haben wir ziemlich sicher größere Probleme als mit einer, die dich nach Hause verfolgt.
Ich: Glaubst du nicht an übernatürliche Wesen?
Aaron: Das kommt drauf an. Übernatürliche Enten? Weniger, um ehrlich zu sein. Alles andere? Na ja, ein großer Teil unserer Welt ist noch unerforscht. Wer bin ich, dass ich die Existenz von übernatürlichen Wesen komplett leugnen kann?
Ich: Das ist eine ziemlich diplomatische Antwort.
Aaron: Weil ich mich nicht festlegen will. Es gibt bestimmt Leute, die mir alle möglichen Theorien erzählen und sie irgendwie auch belegen können. Und falls doch mal eine Zombieapokalypse ausbricht, trifft es mich zumindest nicht völlig unerwartet.
Ich: Bereitest du dich wirklich auf eine Zombieapokalypse vor?
Aaron: Zumindest mental.
Ich: Oh je. Bitte nimm mich mit in deiner Survival-Gruppe auf, falls es jemals so weit kommt, okay?
Aaron: Keine Sorge, ich habe dich schon als festen Bestandteil eingeplant.

Ich: Ach wirklich?
Aaron: Ja, natürlich. Denkst du, ich hab dir die Spaziergänge letzte Woche einfach so vorgeschlagen? Das ist nur ein kleiner Teil der Vorbereitung für den Tag der Tage.
Ich: Ich kann nicht sagen, dass ich mit der Antwort gerechnet habe.
Ich: Aber irgendwie beruhigt sie mich.
Aaron: Sehr gut.
Aaron: Jean ist übrigens auch in der Gruppe. Er hat ein unerwartet breitgefächertes Wissen über die Flora und Fauna Kanadas.
Ich: Wir leben in einer Stadt. Können wir uns nicht einfach mit den Vorräten am Leben halten, die es hier in den Läden gibt?
Aaron: Und Gefahr laufen, immer wieder auf Zombies zu treffen, wenn wir unsere Zuflucht verlassen, um Vorrat zu besorgen? Lieber nicht.
Ich: Das heißt, du willst die Stadt verlassen und als Selbstversorger weiterleben?
Aaron: Das war der Plan.
Aaron: Nein, okay, das ist eine dreiste Lüge. Ich habe keinen Plan, und wenn ich ehrlich bin, hoffe ich auch, dass so etwas niemals passiert, weil ich gerade große Reden schwinge, mir allerdings sicher bin, dass ich im Fall der Fälle die erste Person bin, die draufgeht.
Ich: Hahahah. :D
Ich: Wenn ich es mir recht überlege, war das vorhin vielleicht doch keine Vampir-Ente, sondern nur eine normale.
Aaron: Beruhigend.
Ich: Oh, da fällt mir ein: Morgen um die gleiche Zeit?
Aaron: Ich muss vorher noch beim Training zugucken. Es könnte also sein, dass es etwas später wird.
Ich: Ich könnte dich von der Eishalle abholen.

Aaron: Ehrlich? Kommst du da denn gut hin?
Ich: Oh … Ich weiß gar nicht. Sorry, vielleicht treffen wir uns doch einfach hier bei mir?
Ich: Tut mir leid.
Aaron: Warum entschuldigst du dich?
Ich: Weil ich dich gern abholen würde.
Ich: Nur … Wenn ich darüber nachdenke, dass ich dafür vermutlich in den Bus steigen müsste, krieg ich solche Bauchschmerzen, dass ich das Bedürfnis habe, den gesamten Spaziergang abzusagen.
Ich: Obwohl ich das gar nicht wirklich will.
Ich: Absagen, meine ich.
Ich: Ich mag es, jeden Tag draußen zu sein. Ich mag es, dich jeden Tag zu sehen und mich mit dir zu unterhalten. Ich mag es, dass ich mich fast ein bisschen wie die alte Marleigh fühle.
Aaron: Möchtest du das denn wieder sein? Die alte Marleigh?
Ich: Ich … keine Ahnung. Irgendwie ist ihr vieles leichter gefallen. Ist es nicht normal, dass ich das gern wieder zurückhaben möchte?
Aaron: Doch, schon. Es war auch keine urteilende Frage, sondern nur Interesse. Ich würde mir den Aaron von früher zum Beispiel nicht zurückwünschen. Ja, er hatte es vermutlich an manchen Stellen leichter, aber er war auch nicht sonderlich einfühlsam, um ehrlich zu sein. Ich kann mir nicht vorstellen, dass du so viel Zeit mit ihm hättest verbringen wollen.
Ich: Vermisst du es nicht trotzdem? Unbeschwerter zu sein?
Aaron: Sehr sogar.
Aaron: Ich vermisse es, wie einfach es dem Aaron vor ein paar Monaten noch gefallen ist, aufs Eis zu gehen. So sehr, dass ich nachts davon träume.
Ich: Wann hast du eigentlich damit angefangen? Mit dem Eiskunstlaufen?

Aaron: In der ersten Klasse etwa? Ich war bei einem Turnier und hab einen Eiskunstläufer springen sehen und konnte danach tagelang an nichts anderes mehr denken. Mein Dad hat mich ungefähr eine Woche später für mein erstes Training angemeldet.
Ich: Dann hat es dir sofort gefallen?
Aaron: Nein, im Gegenteil. Es war grauenvoll. Ich konnte mich keinen Schritt auf dem Eis bewegen, ohne hinzufallen. Ich wollte nie wieder hingehen.
Ich: Also hast du es später noch mal versucht?
Aaron: Nicht so richtig. Mein Dad hat mich überredet hinzugehen, weil er das Training »schon für einen Monat im Voraus« bezahlt hatte. Ich meine, er hätte mich nicht gezwungen, hätte ich es wirklich nicht gewollt. Aber ich hab es gemacht, und nach einem Monat war es gar nicht mehr so schwer, über die Eisfläche zu laufen.
Aaron: Und dann kam Emilia dazu und ich habe mit ihr im Paarlauf angefangen. Nach und nach ist es dann einfach zu einem Teil von mir geworden. Wie mein Herzschlag.
Aaron: Aber wenn ich jetzt ans Eislaufen denke … Alles, was ich sehe, ist der Erwartungsdruck.
Ich: Deiner?
Aaron: Meiner. Der meines Coaches, meiner Partnerin. Alle gehen davon aus, dass ich bald wieder aufs Eis trete und normal weitermache.
Aaron: Wie sag ich ihnen also, dass ich keine Ahnung hab, wie das funktioniert? Ich kann mich nicht erinnern, wie der Aaron davor jahrelang zu dieser Eishalle gefahren ist und sich nichts dabei gedacht hat.
Aaron: Wenn ich so darüber nachdenke: Vielleicht wünsche ich ihn mir doch zurück. Nicht in allen Bereichen, aber in diesem einen dafür umso mehr.

Ich: Meinst du, woanders wäre es leichter? Wenn es nicht die Eishalle wäre, wo alles passiert ist?

Aaron: Keine Ahnung. Vielleicht? Vielleicht ist es schwerer, weil dieser Ort mit den meisten Erinnerungen fest verwachsen ist.

Ich: Ja, ich weiß, was du meinst.

Ich: Danke, dass du es mit mir teilst.

Aaron: Danke, dass du mir zuhörst.

Ich: Danke, dass ich zuhören darf.

Aaron: Danke, dass … du dich dafür bedankst, dass ich dir etwas sagen darf, wofür ich mich bedanke.

Ich: …

Ich: Was?

Aaron: Aaron setzt Verwirrung ein.

Ich: Jetzt bist du ein Pokémon??

Aaron: Haha. Nein, ich wollte nur unbedingt das letzte Wort haben und hab uns beide damit verwirrt.

Aaron: Marleigh?

Ich: Sorry, bin wieder da.

Ich: Ich hab mein Handy auf mein Bett geworfen, die Flugkurve allerdings falsch berechnet, deswegen ist es auf dem Boden gelandet und hat sich selbst ausgeschaltet.

Ich: Wundersamerweise ist dem Bildschirm nichts passiert. Was ist das? Ich dachte immer, moderne Handys zerbrechen bei so einem Aufprall direkt in tausend Stücke.

Aaron: »Moderne Handys.«

Ich: Mach dich nicht über meine Wortwahl lustig.

Aaron: Tu ich nicht. Ich fand es süß.

Ich: Du hast eine merkwürdige Definitionen von »süß«.

Aaron: Du bist meine Definition von süß.

Aaron: Uuund jetzt ist der Zeitpunkt, an dem ich wünschte zu wissen, wie man Nachrichten löscht.

Aaron: Das klang in meinem Kopf nicht ganz so schlimm.
Ich: Es klang nicht schlimm.
Ich: Eher süß. ☺
Aaron: Machst du dich gerade über mich lustig?
Ich: Ein bisschen.
Aaron: Das hatte ich befürchtet.
Ich: Aber auf eine gute Weise. Auf eine »Ich-liege-auf-meinem-Bett-und-grinse-die-Leuchtsterne-an-der-Decke-an«-Weise.
Aaron: Das wollte ich schon fragen, als ich das letzte Mal bei dir gewesen bin: Haben die eine besondere Bedeutung? Ich konnte keine Konstellation erkennen, aber ich bin auch nicht sehr versiert in Astronomie.
Ich: Ich wäre überrascht, wenn du etwas entdeckt hättest. Ich hab sie einfach willkürlich an die Decke geklebt, nachdem ich hier eingezogen bin.
Ich: Es ist … hm, wie ein spezielles Nachtlicht.
Aaron: Oh, so eins hab ich auch.
Ich: Ehrlich?
Aaron: Ja. Ich hasse es, wenn mein Zimmer komplett dunkel ist. Ich kann meine Augen auf nichts richtig fokussieren. Ich sehe meine Umgebung nicht. Irgendwie fühlt es sich dann, selbst wenn ich liege, an, als wäre ich im freien Fall.
Ich: Ich weiß, was du meinst.
Ich: Ich kann besser schlafen, wenn ich etwas hab, worauf ich mich konzentrieren kann.
Ich: Hin und wieder häng ich die Sterne um, damit sie ein neues Bild ergeben. Bei manchen ist der Kleber deswegen schon so schwach, dass sie nur noch teilweise an der Decke hängen.
Aaron: Wann hast du Geburtstag?
Ich: Am 21.12.

Ich: Aber wehe, du schenkst mir neue Leuchtsterne.

Aaron: Das hatte ich absolut nicht vor …

Ich: Aaron.

Aaron: Psscht. Du wirst es bis dahin eh vergessen haben.

Ich: Aaron!

Aaron: Die gesellschaftliche Etikette würde dir verbieten, es abzulehnen.

Ich: AARON.

Aaron: Ja?

Ich: Das war nicht ernst gemeint. Ich würde mich für immer über die Leuchtsterne freuen.

Ich: ☺

Ich: Oh, und hast du zufällig übermorgen Zeit?

Aaron: Am Freitag? Ja.

Ich: Sehr gut. Was hältst du von einem kleinen Ausflug an dem Tag?

27. KAPITEL

Marleigh

»Bist du sicher, dass du weißt, wo wir hinfahren?«

»Nein«, sagte ich ehrlich und wackelte mit meinem Handy. »Aber Google Maps weiß es. Hoffe ich.«

»Hoffst du?«

»Es besteht die Möglichkeit, dass die Gegend sich verändert hat und Google ein einziges Mal nicht auf dem neuesten Stand ist und uns deswegen auf eine Klippe manövriert.«

Ein Runzeln erschien auf seiner Stirn. »Wir sind kurz außerhalb von Winnipeg, nicht in den Rocky Mountains.«

»Das steht übrigens auch noch auf meiner Liste.«

»Die Rocky Mountains?«

»Genau.«

Er schwieg für ein paar Sekunden. »Ich befürchte, dahin brauchen wir etwas länger.«

»Nicht, wenn wir ein Warploch nehmen.«

»Weil … du zufällig eins zur Hand hast?«

»*Noch* nicht.«

Aus den Augenwinkeln warf er mir einen Blick zu. »Ich glaube, ich möchte nicht nachfragen.«

»Das ist okay«, erwiderte ich und deutete auf die unscheinbare Abzweigung etwa fünfhundert Meter vor uns. »Ich erzähl dir davon, sobald mein Plan ausgereift ist.«

Aaron nahm es einfach hin. Er bog in die Seitenstraße ein,

und ich sah aus dem Seitenfenster dabei zu, wie die Bäume an uns vorbeizogen.

Ich fühlte mich heute ruhig. Fast schon ausgeglichen, in diesem viel zu großen Auto neben ihm zu sitzen und immer weiter aus der Stadt rauszufahren. Es machte mir nicht ganz so viel Angst, wie ich erwartet hatte. Oder vielleicht täuschte ich mich auch nur und es würde mich in wenigen Minuten überfallen, aber … Für jetzt war das gut genug.

Nervös machte mich ein anderer Grund. Ich war mir nicht sicher, ob Aaron ahnte, wohin wir fuhren. Ich hatte es ihm nicht erzählt, weil … na ja, ehrlicherweise, weil ich mir nicht sicher war, ob die Idee, die in meinem Kopf Gestalt angenommen hatte, wirklich eine gute war. Je länger wir unterwegs waren, desto zweifelhafter kam sie mir vor. Desto verschwitzter fühlte meine Hand sich in seiner an. Am liebsten hätte ich ihn gebeten, wieder umzudrehen. Die andere Richtung einzuschlagen und stattdessen noch mal mit mir Donuts essen zu gehen.

Allerdings hielt er da bereits auf dem Parkplatz.

Jemand hatte den Schnee hier erst vor Kurzem beseitigt – die Schicht war viel dünner als überall um den Parkplatz herum.

Aaron stellte den Motor aus, und ich wartete darauf, dass er etwas sagte. Dass mir einfiel, was ich sagen konnte. Denn alles, was mir durch den Kopf ging, war »oh nein, oh nein, oh nein« – die Sorge, es könnte nicht nur eine zweifelhafte, sondern eine ganz schreckliche Idee gewesen sein, nahm immer mehr überhand.

»Erzählst du mir, was du heute vorhast?«

Ich rieb meine freie Hand über den Stoff meines Rocks. »Ich bin mir nicht mehr sicher, ob ich das wirklich möchte.«

Er betrachtete mich verwirrt. Sah sich auf dem Parkplatz um und dann wieder zu mir. »Möchtest du, dass wir wieder nach Hause fahren?«

»Nein«, erwiderte ich sofort. »Ich meinte eher … Ich weiß nicht, ob ich es *dir* noch erzählen möchte.«

Seine Verwirrung schien damit nur größer zu werden.

»Okay«, sagte ich, um Zeit zu schinden und etwas Mut zusammenzukratzen. Ich deutete aus der Windschutzscheibe auf den kahlen Wald vor uns und den Weg, der dort entlangführte. »Wenn wir da langgehen … Eventuell ist dahinter ein See. Ein zugefrorener. Und eventuell … Also, als du vorgestern gesagt hast, dass es vielleicht einfacher ist, an einem anderen Ort aufs Eis zu gehen, ist mir die Idee gekommen.«

Ich wagte mich, kurz sein Profil anzusehen. Er schaute aus dem Fenster, als könnte er den See in mehreren Hundert Metern Entfernung erahnen, obwohl der Wald die Sicht versperrte.

Aus seinem Gesicht war absolut nichts abzulesen. Vielleicht war er wütend. Wäre es überraschend? Wenn ich ihn damit ohne Weiteres überfiel, eine Entscheidung übernahm, die nicht meine war? Wieso machte ich mir erst jetzt Gedanken darüber?

»Tut mir leid«, sagte ich leise. »Wir brauchen nicht auszusteigen. Wir brauchen auch nicht länger hierzubleiben, um ehrlich zu sein. Du kannst einfach …« Ich unterbrach mich selbst, als er sich abschnallte und die Fahrertür öffnete, um auszusteigen.

Der Schnee knirschte unter seinem Gewicht, als er den Rucksack vom Rücksitz nahm und sich aufrichtete. Ich starrte ihm hinterher, unsicher, ob meine Fantasie nun völlig mit mir durchging.

Aaron neigte den Kopf ein wenig, um mich ansehen zu können. »Kommst du?«

Mir fiel nichts ein, was ich darauf hätte erwidern können. Daher stieg ich einfach aus. Hoffte, dass es kein Scherz war und er zurück ins Auto springen und mich hier stehen lassen würde.

Nicht, dass ich Aaron so einschätzte. Aber wenn ich eins konnte, dann, mir Katastrophenszenarien vorstellen. Und das hier – das hier konnte ganz schnell eins werden.

Ich schob mich um das Auto herum, eine Hand an dem kühlen Metall. Es gab mir zumindest das Gefühl, mich ein klein wenig erden zu können. Ein paar Meter von Aaron entfernt blieb ich stehen. »Du … bist nicht sauer?«

»Sauer?«, fragte er. »Weil du mich hierhergebracht hast, ohne vorher mit mir darüber zu sprechen?«

Ich zupfte die Ärmel meines Mantels weiter über meine Hände. Nickte.

»Marleigh«, sagte er leise. Kam einen Schritt auf mich zu und dann noch einen. So langsam, als würde er mich andernfalls erschrecken. »Warum hast du gedacht, es wäre eine gute Idee, hierherzukommen?«

War das eine Fangfrage? »Weil man manchmal den Wald vor lauter Bäumen nicht sieht. Und weil ich dachte, dass du vielleicht deine Freude daran wiederfindest, wenn du es an einem Ort probieren kannst, der nicht voller Erinnerungen ist.«

Er war mir so nah, dass mir schwindlig wurde. Streckte die Hand aus und umfasste meine. Sein Daumen rieb über meinen Handrücken, als versuchte er, mich aufzuwärmen.

»Ich bin verwundert. Frustriert. Und ja, vielleicht auch ein bisschen sauer.«

Ich zog unwillkürlich die Schultern bis an die Ohren.

»Aber das ist okay. Ich kann sauer auf dich sein und trotzdem wissen, dass du es gut gemeint hast. Meine Emotionen sind selten nur schwarz oder weiß.«

Das Gefühl, etwas falsch gemacht zu haben, war keins, das ich mochte. Keins, von dem ich wusste, wie ich damit umgehen konnte. Und obwohl er gerade noch gesagt hatte, dass in ihm mehrere Emotionen nebeneinander Platz fanden, war alles, woran mein Kopf sich klammerte, die Tatsache, dass er womöglich ein klein wenig sauer auf mich war.

Es legte dieses Wissen unter ein Mikroskop und zoomte übertrieben weit heran, bis kein Platz für andere Dinge übrig war. Ich zog meine Hand aus Aarons. Er ließ es nur widerstrebend zu.

»Marleigh«, sagte er noch einmal. Beugte sich nach vorn, um mir ins Gesicht sehen zu können. Ich verkroch mich nur noch tiefer in meinem Schal.

Ein sanftes Lachen drang an meine Ohren. Ein Gewicht landete auf meinem Kopf – seine Hand, wurde mir ein paar Herzschläge später bewusst. Ich hob den Kopf an, sah ihm direkt in die Augen und wartete. Bis er meinen Blick bemerkte. Bis er ihn interpretierte und seine Hand über meine Haare an meinen Hinterkopf glitt.

Er zog mich so nah an sich, dass ich mich auf die Zehenspitzen stellen musste, um ihn küssen zu können. Ich ließ das Kribbeln bereitwillig durch meinen Körper ziehen – ein Gefühl, das süchtig machen würde, passte ich nicht auf. Da war ich mir sicher.

Es fühlte sich an, als wäre überhaupt keine Zeit vergangen, bis er sich von mir löste und mir etwas Platz gab. Nur war das das genaue Gegenteil von dem, was ich wollte. Seine Wärme, seine Nähe, seine leise Stimme. Sie hatten mich beruhigt. Ich wollte nicht, dass er Abstand nahm.

Bevor ich mich dazu überwinden konnte, etwas zu sagen, hielt er mir die Hand hin. Als hätte er meine Gedanken gelesen. Er wartete geduldig. Und verschränkte seine Finger mit meinen, als ich sie schließlich ergriff.

»Also«, begann er. »Eislaufen, ja?«

Ich nickte langsam, und er seufzte leise. Er murmelte ein kaum hörbares »Okay«. Eins, das wirkte, als wäre es mehr für ihn als für mich bestimmt. Dann bedeutete er mir, ihm den Weg zu zeigen.

Ich setzte nur langsam einen Fuß vor den anderen. Hatte das Gefühl, etwas sagen – mich weiter erklären – zu müssen, aber ich tat es nicht. Ich drängte es zurück und hoffte, dass Aarons Schweigsamkeit nichts von den Dingen bedeutete, von denen mich mein Hirn überzeugen wollte.

Als wir nach einigen Minuten auf den zugefrorenen See stießen, war mein Hirn glücklicherweise vom Anblick, der sich mir bot, leer gefegt. Das Eis war kaum zu erahnen, verschwand größtenteils unter einer weißen Decke. Aber ein paar Meter von uns entfernt hatte jemand die Bahn freigeschaufelt. Sie war zu allen Seiten von Hügeln aus Schnee umgeben, die bei jedem Sonnenstrahl, der durch die Wolken drang, um die Wette glitzerten.

Am Horizont streckten sich Berge dem grauen Himmel entgegen. Die Spitzen verschwanden zwischen den Wolken. Es war eine beinahe farblose Aussicht – grau und weiß und ein helles, helles Blau, wo man den Himmel aufblitzen sah.

Es war wunderschön. Und so schlecht ich mich auch noch fühlte, ich wollte gerade nirgends lieber sein. Ich wollte den Anblick in mich aufsaugen und die kleinen Risse in meinem Herzen stopfen. Ich wollte genau auf dieser kleinen Eisbahn stehen und den Moment festhalten.

Ihn festhalten. Ich drehte mich zu Aaron um – mir war nicht mal aufgefallen, dass ich ihn überholt hatte. »Du hast nicht zufällig deine Kamera dabei, oder?«

Er riss seinen Blick vom See, stellte den Rucksack auf dem Boden ab. Holte eine große Tasche daraus hervor und daraus dann die Kamera, die er sich wortlos um den Nacken hängte.

»Heißt das, ich darf heute live dabei sein, wenn ein neues Video entsteht?«, neckte ich ihn. »Ich bin zwar keine begnadete Eiskunstläuferin, aber wenn du ein Model brauchst, biete ich mich selbstlos an.«

Ein Lächeln umspielte seine Mundwinkel. Und obwohl seine Augen immer wieder zum See zuckten, zu dem Eis darauf, wirkten seine Züge einen Moment lang weicher. »Du brauchst keinen dreifachen Toeloop, um mich zu beeindrucken.«

Meine Wangen wurden unter seinem Blick warm. Ich schob mir die Haare aus dem Gesicht und erwiderte sein Lächeln zögernd.

Dann stapfte ich auf den See zu, bevor er noch etwas sagen konnte. Wegen des Schnees bemerkte ich kaum, wo der erdige Boden aufhörte und das Eis begann. Das Knirschen veränderte sich nicht, bis ich an den kleinen Schneehügeln ankam und über sie hinwegstieg. Mein Fuß landete auf der glatten Oberfläche – und hätte ich nicht damit gerechnet, dass es passieren könnte, wäre ich mit dem Gesicht voran im Schnee gelandet. Ich fing mich gerade so. Mit wild rudernden Armen, um das Gleichgewicht zu halten.

Ich richtete mich auf, schob mich Zentimeter für Zentimeter über das Eis und schaute mir immer wieder über die Schulter, um zu sehen, wie Aaron mir folgte.

Auf wackeligen Füßen drehte ich mich zu ihm um – sicher, dass er nur ein paar Schritte von mir entfernt sein würde. Stattdessen fand ich ihn kurz hinter dem Schneeberg stehen, beide Füße fest auf dem Eis, verharrte er dort.

Er stand wie erstarrt an dem Punkt, der Rücken gerade, die Knie leicht gebeugt. Die Arme hatte er links und rechts ein Stück von sich ausgestreckt, als hätte er Angst, hinzufallen. Der Anblick kam so unerwartet, dass ich nicht sofort wusste, wie ich reagieren sollte.

Doch der angsterfüllte Ausdruck auf seinem Gesicht sorgte dafür, dass ich mich in Bewegung setzte, noch bevor ich mich wirklich dazu entschlossen hatte. Ich versuchte, so schnell wie möglich zu ihm zu kommen – was mit meinen wackeligen Beinen und auf dem rutschigen Eis eine Herausforderung war.

Ein paar Meter von ihm entfernt verlangsamte ich meine Schritte. Er wirkte wie ein aufgeschrecktes Tier. Vermutlich hatte ich für ihn vorhin genauso ausgesehen. Ich streckte meine Hand aus, hielt sie ihm entgegen – und er klammerte sich sofort daran wie an eine Rettungsleine.

»Sollen wir vom Eis gehen?«, fragte ich ihn.

Er schaffte es kaum, mich anzusehen. Immer wieder zuckten seine Augen über meine Schulter, und ich war mir so sicher, dass er nur hier fortwollen würde, dass ich mich bereits an ihm vorbeischieben wollte.

Er schüttelte den Kopf.

Überrascht hielt ich inne.

Ich sah, wie sein Brustkorb sich mehrmals langsam hob und senkte. Er versuchte, sich selbst zu beruhigen. Ich gab ihm die Zeit, die er brauchte. Wackelte mit meinen Fingern, weil sie langsam taub wurden, so fest hielt er sie fest. Er lockerte seinen Griff sofort.

»Als hätte ich noch nie einen Schritt auf dem Eis gemacht«, sagte Aaron. Er bemühte sich, die Situation aufzulockern. War es ihm peinlich, dass ich ihn so sah?

»Nein, nein. Schau mich an, dann weißt du, wie es aussieht, wenn man tatsächlich noch nie einen Schritt auf dem Eis gemacht hat«, sagte ich und rutschte ein Stück vorwärts. »Du siehst aus wie jemand, der professionell Eiskunstlaufen trainiert und jetzt so tut, als wäre er supermies darin, damit mein Ego nicht so viel abkriegt.«

Er stieß ein Lachen aus. Ein angestrengtes, angespanntes Lachen. Aber so oder so war es eins. Und als hätte er Kontrolle über das Wetter, kam die Sonne hinter den Wolken hervor und fiel auf uns.

Ich drehte das Gesicht zum Himmel. Genoss die Wärme und sog das Gefühl in mich auf. Ich wollte Aaron nach seiner Kamera fragen. Hiervon ein Foto schießen und es einrahmen, weil Momente wie diese immer viel zu schnell vorbeizogen. Sie hatten die Angewohnheit, zwischen all dem, was wehtat, zu verschwinden und zu verblassen, als wären sie nicht mindestens genauso wichtig.

Aber ich kam nicht dazu.

Es passierte so schnell, dass ich nicht mal reagieren konnte. Eine Unebenheit im Eis, vielleicht etwas Schnee – was auch immer es war, es sorgte dafür, dass Aaron stolperte.

Ich umfasste seinen Oberarm, bevor ich wirklich darüber nachdenken konnte. Ich wollte ihn auffangen. Verhindern, dass er auf dem Eis aufkam. Aber in Aarons Panik riss er sich ruckartig von mir los. Sein Gewicht verlagerte sich nach vorn, sein Bein rutschte unter ihm weg, und mir entkam ein Keuchen, als er fiel.

Es passierte in Zeitlupe. Trotzdem konnte ich mich nicht bewegen. Und auch erst wieder Luft holen, als ich sah, dass er sich mit beiden Händen abgefangen hatte.

Ich stieß meinen angehaltenen Atem aus. Schob mich zu Aaron, hockte mich neben ihn, um sicherzugehen, dass er sich nicht verletzt hatte.

»Aaron, hast du dir …«

Er stieß sich vom Eis ab, weg von mir, bevor ich meinen Satz beenden konnte. Versuchte, auf die Beine zu kommen, die so sehr zitterten, dass sie immer wieder unter ihm nachgaben.

Ich lief ihm hinterher. Wollte ihm helfen. Aber er ignorierte mich völlig. Bekam nicht mal mit, dass ich hinter ihm stand.

Aaron schob sich auf Händen und Knien bis zum Rand des Sees. Er stieg über die kleinen Hügel aus Schnee und brachte so schnell so viel Distanz zwischen sich und das Eis, wie ihm möglich war.

Ich hatte Mühe, ihm zu folgen. Das Bild, wie er über den See gekrochen war, wollte mir nicht aus dem Kopf gehen. Das Wissen, dass er gerade in purer Panik versinken musste.

Meine Beine trugen mich zurück zum Parkplatz, so schnell, dass ich anfing zu rennen, als ich Aaron aus den Augen verlor. Ich hörte ein Knallen, bevor ich sah, wie er in das Auto gesprungen war und die Tür hinter sich zugeworfen hatte.

Meine Schritte wurden langsamer, als ich dem Auto näher kam. Ich ging zur Beifahrerseite. Öffnete die Tür vorsichtig und sah Aaron, wie er die Stirn gegen das Lenkrad presste, die Augen fest geschlossen.

Brauchte er Raum? Brauchte er Nähe? Ich kannte meine eigene Panik so gut – aber wenn es um die einer anderer Personen ging, war ich hilflos.

Ich bewegte mich langsam. Setzte mich auf den Beifahrersitzt und ließ die Tür etwas offen, weil ich dachte, dass frische Luft vielleicht guttat.

Keine Ahnung, ob Aaron sich meiner Anwesenheit bewusst war. Er machte nicht den Eindruck – aber er bewegte sich allgemein kaum. Nur seine Hände umfassten den unteren Teil des Lenkrads immer fester und fester, bis die Haut über seinen Knöcheln sich spannte und weiß wurde.

Ich trat mir die Schuhe von den Füßen und zog die Beine an die Brust. Trotz meines Mantels und des dicken Schals war mir auf einmal eiskalt.

Minuten vergingen.

»Möchtest du reden?«, fragte ich irgendwann.

Von Aaron kam nur ein freudloses Schnauben.

»Ich hör dir zu. Falls das hilft.«

Er drehte den Kopf nach links und nach rechts, als versuchte er, seine Stirn auf diese Weise zu passieren. Seine Stimme war rau, als er endlich etwas sagte. »Was willst du hören?«

Überrascht wandte ich mich ihm zu. »Nichts. Ich dachte nur ... Vielleicht hilft es, wenn du ... Du weißt schon, wenn du darüber sprichst.«

Ein Lachen. Es war kurz und alles andere als warm oder fröhlich. Ganz anders als das Lachen, das ich bisher von ihm gehört hatte.

Er drückte sich vom Lenkrad ab. Lehnte den Hinterkopf an die Stütze seines Sitzes und starrte – wohin genau, wusste ich nicht.

»Worüber sprechen?« Er wandte sich mir zu ... und ich hatte auf einmal das Bedürfnis, mich auf meinem Sitz klein zu machen. »Darüber, wie unfähig ich bin? Wie ich keine fünf Minuten auf dem Eis aushalte und bei dem kleinsten Anzeichen eines Stolperns in Panik ausbreche?«

»Das macht doch nichts«, beruhigte ich ihn. »Du bist nicht unfähig, weil es heute nicht geklappt hat. Du kannst es morgen noch mal versuchen oder übermorgen oder nächste Woche. So wie ich. Mit Babyschritten.«

Er kniff die Augen zusammen und schüttelte den Kopf. »Ach komm schon, Marleigh. Babyschritte. Du hast gesehen, wie ich über das Eis gekrochen bin. Wie ein elendiger Versager.«

»Aber das hat doch nichts mit Versagen zu tun. Du hast es versucht.«

»Ja. Ich hab es versucht. Etwas, das ich seit Jahren mache. Seit JAHREN.« In seiner Wut schlug er gegen das Lenkrad.

Das Hupen, das darauf die Luft durschnitt, dröhnte in meinen Ohren. »Ich hatte vorher haufenweise Unfälle beim Training. Ich hatte in der ganzen Zeit so viele blaue Flecken und Prellungen, dass es schon lachhaft ist. Und dann falle ich einmal hin und plötzlich geht gar nichts mehr?«

»Es ist nicht lachhaft.« Er redete sich in eine Spirale, aber ich wusste nicht, wie ich ihm dort raushelfen konnte. »Es ist nicht lachhaft, sondern anstrengend und du hast heute so viel geschafft.« Keine Ahnung, was ich überhaupt sagte. Ich hörte die Worte nicht wirklich. Das Klingeln in meinen Ohren war zu laut. »Schau – vor ein paar Tagen hab ich es nicht mal richtig aus dem Haus geschafft und jetzt bin ich hier und ich wette, dass du auch …«

»Deine Probleme sind nicht der Standard, Marleigh. Nur weil du damit plötzlich klarkommst, schaffen andere das nicht auch.«

»Das hab ich nie behauptet.«

Er schüttelte den Kopf.

»Aaron.« Meine Stimme war fast ein Flehen. Mein Magen tat weh und verknotete sich nur immer weiter. »Denkst du, ich kann plötzlich aus der Wohnung und alles ist gut? Denkst du, das passiert über Nacht? Denkst du, du bist der Einzige, der sich wünscht, dass es auf Knopfdruck ginge?«

Er sagte nichts. Ignorierte mich völlig. Es fachte eine Wut in meinem Bauch an, von der ich nicht wusste, dass ich sie besaß.

»Du musst mit jemandem reden, Aaron.«

»Was? Weil du dich deinen Ängsten bisher mutig gestellt hast? Weil du deine Wohnung endlich verlassen kannst? Wie steht es denn mit deiner Uni? Wann hast du vor, wieder zu studieren?«

Mein Herz machte einen schmerzhaften Sprung. »Das ist nicht fair.«

»Ja, na ja. Vielleicht bin nicht ich es, der mit jemandem reden sollte.«

Ich öffnete den Mund, aber meine Stimme war nicht zu finden. Mein Brustkorb zog sich zusammen. Drückte und drückte und drückte, bis ich keine Luft mehr bekam.

Aber Aaron sagte noch etwas. Etwas, das einen Teil in mir zum Zerspringen brachte.

Ich hörte es. Immer wieder.

Immer wieder.

Immer wieder.

Tu nicht so, als wärst du besser.

28. KAPITEL

Aaron

Es war leise. So leise, dass es mich wahnsinnig machte.

Meine Augen auf die Straße gerichtete, meine Hände fest am Lenkrad.

Und Marleigh. Direkt neben mir.

Schweigend, wie sie es so häufig war, und trotzdem fühlte es sich anders an.

Ich schaffte es nicht, in ihre Richtung zu sehen. Mein Kopf war voll und laut und schwer und einnehmend. Ich verlor mich darin. In dem Fall, im Aufprall auf dem Eis, im gleißenden Schmerz.

Nein. Sekunde. Das war nicht die Erinnerung von heute.

Ich spannte die Muskeln in meinen Beinen an. In meinem Bauch, meinen Armen.

Nichts tat weh.

Das Auto wurde in Marleighs Straße langsamer. Wie waren wir hierhergekommen? Die Fahrt war an mir vorbeigezogen.

Eine Tür ging auf. Fiel wieder zu. Ich drehte mich zu Marleigh, wollte sie fragen, ob … Der Gedanke verschwand. Marleigh saß nicht mehr neben mir. Stattdessen sah ich durch das Seitenfenster, wie sich glühend rote Haare immer weiter entfernten.

Ich wollte ihr nachlaufen, aber mein Körper bewegte sich

nicht. War das ein Traum? Seit wann fühlte die Realität sich so unecht an?

Minuten vergingen. Vielleicht waren es auch nur Sekunden. Irgendwann schaffte ich es, den Motor zu starten und die Straße hinter mir zu lassen.

Ich dachte darüber nach, wohin ich fahren sollte, aber der Gedanke entglitt mir sofort.

Ich fuhr umher. Vielleicht im Kreis. So lange, bis es dunkler und dann ganz dunkel wurde. Wenn alles zu viel wurde, hielt ich an. Wartete, bis das Zittern abgeklungen war. Setzte mich wieder ziellos in Bewegung.

Ich wollte nach Hause, schlug den Weg sogar ein. Aber sah die Einfahrt nur aus der Ferne und spürte schon, wie mir übel wurde. Ich wollte mit niemandem reden, wollte bei niemandem sein, nicht hören, nicht fühlen, nicht denken müssen.

Als der Motor des Wagens erstarb, kam ich zu mir. In den Händen hielt ich meinen Autoschlüssel. Es dauerte, bis ich realisierte, wo ich war.

Ein leerer Parkplatz.

Ein niedriges, graues Gebäude vor mir.

Mein Herz schlug dumpf in meiner Brust. Meine Hände ballten sich um den Schlüssel, und aus irgendeinem Grund war der Schmerz das Einzige, was sich real anfühlte.

Ich hasste diesen Ort. Ich hasste ihn, weil ich ihn so sehr liebte. Mein Leben steckte hier drin, meine Leidenschaft, meine pure Liebe. Aber er hielt auch die Panik fest, als hätte sie hier Wurzeln geschlagen.

Warum stieg ich aus, als hätte jemand meinen Körper auf Autopilot gestellt? Warum lief ich die Treppen hoch und durch die Tür, wenn alles in mir dagegen anschrie, überhaupt einen Schritt weiterzugehen? Es fühlte sich an, als würde mein Blut mehr und mehr gefrieren, je näher ich dem Eis kam.

Kaum jemand außer mir war hier. Keine Ahnung, wie spät es war, aber es schien, als wäre die Eishalle kurz davor zu schließen. Zwei Frauen saßen noch auf den Besucherbänken und unterhielten sich leise, während sie ihre ausgeliehenen Schlittschuhe aufschnürten.

Ich wartete, bis sie weg waren, bevor ich zur Bande ging. Legte meine Hand darauf und spürte die Kratzer unter meinen Fingern. Bekannte Gefühle, bekannte Gerüche, bekannte Aussichten. Und dennoch fühlte es sich alles andere als vertraut an.

Im Gegenteil. Neu und aufregend, aber statt der Vorfreude, die ich gespürt hatte, als ich vor Jahren das erste Mal auf dem Eis gestanden hatte, war das hier pures Herzstottern. Schweiß. Zittern.

Ich versuchte, die Leidenschaft zu greifen zu bekommen. Diese Liebe zu etwas, das mehr als drei Viertel meines Lebens einnahm. Sie konnte nicht einfach verschwunden sein. Ich wusste, dass sie es nicht war. Wenn ich an das Training dachte, an Emilia, an die Wettkämpfe, die uns bevorstanden, kam immer dieser Funke in mir auf. Nur wurde er jedes Mal im Keim erstickt.

Ich trat einen Schritt um die Bande herum. Setzte einen Fuß auf das Eis, die Finger fest um den Rand geklammert. In mir tobte die Angst mit der Wut. Mit dem Willen, es einfach zu tun, einfach durchziehen zu wollen. Wenn ich es nur ein einziges Mal schaffte, konnte ich mir sagen, dass es besser werden würde, richtig?

Ich brauchte nur eine Figur, nur einen Sprung – irgendwas, um mir selbst beweisen zu können, dass ich nicht wirklich den Kopf in den Sand steckte.

Meine Beine wackelten so stark, dass ich kaum vorwärtskam. Es half nicht dabei, dass ich mich sicherer fühlte, als ich mich von der Bande abstieß und weiter in die Mitte der Bahn rutschte.

Innerlich stritten zwei Teile mit mir. Der eine, der mir zuschrie, zurück zur Bande zu gehen, mich dort festzuklammern, als würde mein Leben davon abhängen, denn irgendwie schien es das zu tun.

Und dann der andere. Der, der hierbleiben wollte.

Der, der frei sein und fliegen wollte, wie ich es nur auf dem Eis tun konnte.

Es dauerte, bis ich es schaffte, diesem Teil zuzuhören. Neben dem anderen war er so leise, dass es leicht war, ihn zu ignorieren. Er ging unter, wenn ich mich selbst mitten auf dem Eis fallen sah. Wenn der Phantomschmerz an meinem Hinterkopf durch meinen Körper strahlte oder meine Füße an irgendeiner Unebenheit im Eis hängen blieben.

Aber ich schaffte es irgendwie. Weil ich mir keine andere Wahl gab. Weil ich keine andere Wahl *hatte,* als zu hoffen, dass es etwas brachte, wenn ich mich durch diese Panik hindurchzwang. Im Glauben, dass auf der anderen Seite mehr auf mich wartete.

Ich drehte kleine Kreise auf dem Eis, dann etwas größere. Meine Arme und Beine zitterten, aber ich versuchte, es abzuschütteln, versuchte, wenigstens eine kleine Pirouette hinzubekommen. Allerdings waren meine Bewegungen so schwach, dass ich nicht mal eine halbe Umdrehung schaffte, bevor ich auf wackeligen Beinen zum Stehen kam, mein Herz irgendwo in meinem Magen.

Es war lachhaft neben den Himmelspirouetten und dreifachen Sprüngen, die ich sonst schaffte. Trotzdem konnte ich kaum atmen. Aber das war okay, oder? Das hier war der Beweis, dass ich es noch konnte – und für irgendwas musste das gut sein … richtig?

Ich richtete mich auf, ein wenig erleichtert und gleichzeitig voller Adrenalin. Mein Instinkt trieb mich vom Eis runter, und jetzt, wo ich wenigstens den Sprung versucht hatte, konnte ich mein schlechtes Gewissen zumindest für eine kurze Zeit damit beruhigen.

Ich drehte mich um. In Richtung Ausgang, schon halb in der Bewegung, die mich näher dorthin bringen würde. Und mir fiel auf, dass die Eishalle nicht völlig leer war. Dass jemand an der Bande stand und zu mir sah.

Plötzlich wurde mir so viel kälter. Das Zittern aus meinen Gliedmaßen ging in meinen gesamten Körper über, und auf einmal war mir so schwindelig, dass ich mich hier am liebsten direkt hinsetzen wollte. Mitten auf dem Eis. Es fühlte sich an, als käme in meinen Lungen nicht genügend Sauerstoff an, denn diese Person dort war genauso schmerzlich vertraut wie der Rest der Eishalle.

»Em?« Ich hörte meine Stimme über das Rauschen in meinen Ohren fast nicht. Ich betete, dass es ein Traum war, dass ich es mir einbildete und all meine Ängste gerade nicht vor mir Gestalt annahmen.

Sekunden vergingen, bis ich es schaffte, einen Schritt in Emilias Richtung zu machen. Ihr Gesicht war unleserlich, und meine Panik schoss immer weiter in die Höhe. Mittlerweile zitterte ich so sehr, dass jeder Schritt eine Qual war.

»Em, ich kann das erklären«, versuchte ich es, nur, um dann stumm zu bleiben, weil ich keine Ahnung hatte, wie ich das tun sollte.

Ich öffnete und schloss den Mund wie ein Fisch an Land – und fühlte mich auch genauso hilflos.

Die ganze Zeit über sagte Emilia nichts. Und fast hätte ich mir eingeredet, dass sie nur eine Halluzination war. Eine Situation, die meinen Albträumen entsprungen war.

Dann bewegte sie sich. Sie trat auf das Eis und kam langsam näher, und ich wollte wegrennen, aber meine Beine waren festgefroren. Mit dem Eis verwachsen, und ich war mir sicher – so sicher, dass ich zerbrechen würde, wenn ich mich zu ruckartig bewegte.

Emilia kam näher und näher. Ich senkte den Kopf, weil ich es nicht ertrug, ihr ins Gesicht zu sehen.

»Es tut mir so leid«, presste ich hervor. »Es tut mir leid, Em.«

Ich wiederholte die Worte. Gedanklich oder laut ausgesprochen – ich hatte keine Ahnung. Es war ein Mantra, weil ich nicht wusste, was ich sonst sagen sollte. Weil diese Schuld, die ich mit mir rumtrug, über mir zusammenzubrechen schien und ich nicht sicher war, wie ich unter ihrer Last überhaupt aufrecht stehen sollte.

Ich ballte die Hände zu Fäusten. Schloss die Augen, entschlossen, alles hinzunehmen, was Emilia zu mir sagte.

Stattdessen fühlte ich ihre Hände an meinem Rücken. Ihren Kopf an meiner Brust. Sie drückte so fest zu, dass ich kaum noch Luft bekam. Nur war es diesmal nicht, weil die Angst meinen Brustkorb zuschnürte. Ich traute mich nicht mal wirklich, zu atmen.

»Aaron«, sagte sie leise. Mehr nicht. Es war nur mein Name, aber darin schwang so viel mit, dass meine Sicht auf einmal verschwamm.

Ich hörte keine Wut in ihrer Stimme. Keine Enttäuschung. Da war nur … Mitgefühl. Ein Schmerz, der mir galt.

Ein Laut entkam mir. Gepresst und verweint, weil mir Tränen über das Gesicht rannen und ich keine Ahnung hatte, ob sie jemals wieder aufhören würden. Meine Beine gaben unter mir nach und statt mich loszulassen, sank Emilia mit mir auf das kalte Eis.

Meine Finger krallten sich in ihre Jacke. Ich vergrub das Gesicht an ihrem Hals, hörte, wie sie ebenfalls leise weinte. Für mich oder mit mir, vielleicht beides.

Tränen rannen heiß über meine Wangen, verloren sich irgendwo an ihrem Hals. Emilia hielt mich fester und noch etwas fester, als wollte sie mich mit aller Macht zusammenhalten.

Es war das erste Mal.

Das erste Mal seit langer Zeit, dass ich keine Angst davor hatte, zu zerbrechen.

29. KAPITEL

Marleigh

Es war laut. Alles war zu laut.

Ich taumelte in meine Wohnung, die Tür schlug hinter mir zu. Das Geräusch vibrierte durch meinen Kopf, ließ mich durchdrehen. Es war kein Platz mehr dort drin. Kein Platz neben den ganzen Stimmen, neben den Gedanken und der Panik und der Angst.

Ich schaffte es gerade bis zum Ende des Flurs, als es zu viel wurde. Hockte mich hin, presste meine Hände auf die Ohren.

Geh doch, Marleigh.

Wach auf.

Nimm dich nicht so wichtig.

Wach auf wach auf wach auf.

Ein Schrei durchschnitt die Stille. Meiner. Mein Hals tat weh, der Rest meines Körpers auch.

Ich schleppte mich zu meinem Bett. Setzte mich darauf, zog die Decke über meinen Kopf. Ich verschwand in der tröstenden Dunkelheit darunter und schaukelte mich vor und zurück. Immer im gleichen Takt, weil es das Einzige war, was mich irgendwie beruhigte. Was auch nur ansatzweise half.

Ein Pingen ertönte. Nur ein paar Zentimeter hinter mir. Und ich wusste nicht, warum ich es tat. Warum ich mich danach umdrehte und meine Finger nach dem Laptop ausstreckte, als könnte es eine Rettungsleine sein, die dort auf mich wartete.

Etwas, das mich ablenkte, das alles leiser werden ließ, das mich endlich aus dieser Hölle befreite.

Es war nicht realistisch. Nicht annähernd wahrscheinlich. Aber es war alles, was ich gerade hatte. Alles, woran ich mich gerade klammern konnte.

Ich sah ein Wort. Ein einziges nur. Ein Wort, das die Welt auf mich niederfallen ließ.

Jeder Atemzug tat weh.

Jeder Herzschlag war einer zu viel.

Alles in mir schrie. Ich tat es auch.

Ich warf den Laptop zu Boden.

Fegte alles vom Tisch.

Riss die Decken, die Kissen vom Bett.

Und als nichts mehr in meiner Reichweite war, das ich kaputt machen konnte, sackte ich auf meine Knie. Ich beugte mich nach vorn über und kam mit der Stirn auf dem Boden auf.

»Wach auf.« Ich schlug mir gegen die Schläfen, zog an meinen Haaren, aber nichts half. *Nichts half.*

Wie lange lag ich dort? Wie lange brauchte ich, bis ich mich wieder bewegen konnte? Ich suchte blindlinks nach meinem Handy. Meine Sicht war völlig verschwommen und Tränen brannten auf meinen Wangen.

Ein Freizeichen ertönte an meinem Ohr. Dann ein Klicken.

»Mama. Ich brauche dich.«

30. KAPITEL

Aaron

Emilia saß lange mit mir auf dem Eis. Bis unsere Hosen an den Knien und Schienbeinen nass waren. Bis meine Fingerspitzen glühend rot waren und wir beide froren.

Es fühlte sich wie eine Ewigkeit an und trotzdem viel zu kurz. Wie lange war es her, seit ich sie das letzte Mal richtig umarmt hatte? Wie lange, seit ich zugelassen hatte, dass *mich* jemand wirklich umarmt?

Ich ließ mich fallen, und es tat gut. Weil ich ausnahmsweise nicht die Person war, die mich selbst wieder auffangen musste. Weil ich mein ganzes Gewicht auf Emilia stützte und sie mich hielt, ohne mir Vorwürfe zu machen.

Ihre Augen waren glasig, als ich mich von ihr löste. Rot umrandet, als hätte sie die ganze Zeit mit mir geweint. Ich wusste nicht, ob ich mich dafür entschuldigen oder ihr danken sollte.

Ihre hellen Augen glitten über mein Gesicht. So vertraut – und weiterhin ohne Urteil.

»Ist es immer so, wenn du aufs Eis gehst?«, fragte sie leise.

Ich musste nicht nachhaken, um zu wissen, was sie meinte. Das Zittern. Die Panik. Ich nickte zögernd.

»Seit wann?«

Die Worte steckten in meinem Hals und wollten mir die Luft zum Atmen nehmen. Ich presste sie irgendwie hervor. »Seit dem Unfall.«

Lange sagte sie nichts. Dann stieß sie ihren Atem in einem ungläubigen Seufzen aus. »Warum hast du nichts gesagt?«

»Was hätte ich sagen sollen?«, erwiderte ich. Meine Stimme war rau, als hätte ich minutenlang geschrien. »Dass ich schon längst wieder eislaufen könnte, wenn nicht irgendetwas falsch mit mir wäre?«

»Ja!« Sie legte ihre Hände auf meine Schultern und schob mich ein Stück von sich. Sah mir ernst in die Augen. »Ja, das. Oder was auch immer dir sonst durch den Kopf geht.«

Ich wollte den Blick abwenden – ausgesprochen klang meine Begründung plötzlich mehr als dürftig.

»Egal was«, fuhr sie fort. »Alles ist besser, als es für dich zu behalten. Alles ist besser, als hier aus Versehen auf dich zu treffen, weil ich meinen Wohnungsschlüssel vergessen habe, und zu sehen, wie du so sehr zitterst, dass du dich kaum aufrechthalten kannst.«

Ich konnte nicht anders – ich senkte den Kopf bei dem Bild, das sie mit ihren Worten zeichnete. Es war kein schönes. Keins, auf das ich stolz war.

Und nicht nur das: Ich schämte mich. Das Gefühl war die ganze Zeit da gewesen, aber jetzt gerade überrannte es mich mit einer Wucht, die mich atemlos zurückließ. Ich schämte mich für mein Schweigen. Für meinen grauenhaften Sprung. Für die Angst, die mich jetzt gerade trotz allem dazu drängte, das Eis so schnell wie möglich zu verlassen.

»Aaron.«

Emilia sagte meinen Namen sanft. Mit Verständnis und Zuneigung. Der Kloß in meinem Hals wurde dadurch nur wieder größer.

Sie beugte sich nach vorn, um mir in die Augen sehen zu können. »Wir sind ein Team, hörst du? Was auch passiert, daran wird sich nichts ändern.«

Als ich es endlich schaffte, zu ihr aufzusehen, war mein Sichtfeld verschwommen. Und selbst Emilias Augen füllten sich bei dem Anblick mit Tränen.

Es war so unsinnig. Die Sorgen, die ich die letzten Monate mit mir herumgetragen hatte, waren nicht einfach verschwunden. Natürlich nicht. Aber auf einmal … wirkte es so unwahrscheinlich, dass ich Emilia mit dem, was mir durch den Kopf ging, verärgern konnte. Dass meine Partnerin – die Person, die mir jeden Tag unzählige Nachrichten schrieb, weil sie an mich dachte und wissen wollte, wie es mir ging – mir ins Gesicht sehen und sagen würde, dass ich ihr ein Klotz am Bein war.

Ich erstickte nicht mehr völlig an meinem Geheimnis.

Mit den Handrücken rieb ich mir die halb getrockneten Tränen von der Wange und wischte sie aus meinen Augenwinkeln.

Meine Wangen, Nase und Ohren mussten genauso rot leuchten wie Emilias. Mitten auf der Eisbahn, spät am Abend. Mit ihr an meiner Seite wirkte diese Situation so viel weniger dramatisch, als ich sie mir ausgemalt hatte. So viel kleiner, als sie in meinem Kopf bisher gewesen war.

Ich legte meine Arme um meine Partnerin. Zog sie in eine feste Umarmung. »Danke.«

Emilia erwiderte sie, ohne zu zögern. »Immer«, sagte sie und löste sich dann von mir. »Und jetzt lass uns vom Eis gehen, ja? Ich friere mir gerade den Hintern ab.«

Ein Lachen entkam mir. Trotz der Situation. Trotz dieses Tages, der sich anfühlte, als wäre er viel länger als vierundzwanzig Stunden. Es war erleichternd zu wissen, dass ich das nach heute überhaupt noch konnte.

Wir halfen uns gegenseitig vom Eis. Stützten uns aufeinander, wobei Emilia mehr Gewicht trug als ich, und verließen die

Eisbahn. Wir liefen an der Aushilfe hinter der Kasse vorbei, die ich nicht mal wahrgenommen hatte, als ich hierhergekommen war, und dann nach draußen, wo uns kalte Luft entgegenschlug.

Emilia zog ihre Jacke fester um sich, einen Arm in meinen gehakt, und begleitete mich über den Parkplatz bis zu meinem Auto.

»Bist du sicher, dass du allein nach Hause fahren willst?«, fragte sie, nachdem ich meinen Autoschlüssel gefunden und die Fahrertür entriegelt hatte. »Ich kann dich bringen, wenn du möchtest. Dein Auto können wir morgen noch holen.«

»Es ist nicht weit«, lehnte ich ihr Angebot ab. »Und es geht mir gerade wesentlich besser als in dem Moment, in dem ich hierhergefahren bin.«

Sie runzelte unglücklich die Stirn. Verschränkte die Arme vor der Brust. »Wenn das beruhigend gemeint ist, muss ich dir leider sagen, dass es den gegenteiligen Effekt hat.«

»Tut mir leid«, sagte ich – und meinte es auch so. Die Tatsache, dass ich mich an die Autofahrt quer durch die Stadt kaum erinnern konnte, war ein deutliches Zeichen dafür, wie schlimm der Sturm in meinem Kopf gewesen war.

Ich umarmte Emilia ein letztes Mal, bevor ich mich ins Auto setzte.

»Schreib mir, wenn du zu Hause bist?«

Ich nickte. Startete den Motor.

»Und wenn du was brauchst.«

Noch ein Nicken.

»Und wenn du bereit für einen Kaffee bist, um mich Schritt für Schritt durch die gesamten letzten Monate zu führen, okay? Du bezahlst.«

Ich setzte dazu an, ein drittes Mal zu nicken, stockte mittendrin aber. »Schritt für Schritt?«

»Mit jedem Detail«, sagte sie, ein sanftes Lächeln auf den Lippen. »Bis du das Gefühl hast, ich wäre die ganze Zeit dabei gewesen.«

Bei ihr klang es fast wie eine kleine Drohung. Die Tatsache, dass sie alles wissen wollte, was mir seit dem Unfall durch den Kopf gegangen war. Und für mich? Für mich war es pure Erleichterung. Vielleicht war sie sauer, dass ich ihr so etwas Wichtiges verheimlicht hatte. Aber nicht so sehr, dass sie mir das nahm, was ich gerade am dringendsten brauchte: Jemanden, der mir zuhörte.

So wie Marleigh es getan hatte, flüsterte eine leise Stimme. Ein Stechen fuhr durch meinen Brustkorb, und ich rieb darüber, während ich mich von Emilia verabschiedete. Ich wartete, bis ich sah, dass sie in ihrem Auto saß, und fuhr dann vom Parkplatz.

Den gesamten Weg nach Hause über spielte sich das letzte Gespräch mit Marleigh vor meinem inneren Auge immer wieder ab. Meine Hände umfassten das Lenkrad fester, wenn ich meine eigene Stimme hörte. Die ablehnende Haltung. Die Wut, die nicht mal annähernd gegen sie gerichtet war und sie trotzdem traf.

Es fühlte sich an, als durchwühlte ich die Erinnerungen einer anderen Person. Einer Person, die jemandem wehtat, der versuchte zu helfen. Und das nur, weil sie mit ihren eigenen Emotionen nicht umzugehen wusste.

Es lag schwer in meinem Magen – und ich konnte mir nicht vorstellen, wie viel schlimmer es Marleigh getroffen haben musste. Nachdem sie sich mir anvertraut hatte. Nachdem sie mir erzählt hatte, wie groß ihre Angst war, nirgends wirklich dazuzugehören.

Ich atmete tief aus, als ich die Auffahrt zu meinem Zuhause hoch fuhr. Der Motor erstarb, nachdem ich das Auto geparkt hatte. Ich griff nach meinem Rucksack, schwang ihn mir über eine Schulter. Allein der Weg bis zum Eingang kam mir so anstrengend vor, als hätte ich den ganzen Tag ohne Pausen beim Training verbracht.

Ich ging ins Haus, die Treppe hoch und war auf halbem Weg zu meinem Zimmer, als ich meine Schritte verlangsamte.

Ich konnte dort reingehen. Die Tür hinter mir zumachen und mich mit den Geistern, die in meinem Kopf herumschwirrten, allein rumschlagen. Aber ich bildete mir ein, noch Emilias Nähe zu spüren. Ihre Wärme, als sie mich umarmt hatte. Wie viel angenehmer es gewesen war, nicht allein sein zu müssen – wenn auch nur für ein paar Minuten.

Ich drehte um, bevor ich wirklich darüber nachgedacht hatte. Lief den Flur hinunter, an der Treppe vorbei zur anderen Seite des Gangs und bis nach ganz hinten durch, wo Jeans Zimmer war. Ich klopfte an seine Tür und stieß sie nach seinem »Herein« auf.

Jean saß an einem Schreibtisch über ein Notizbuch gebeugt. Er legte den Bleistift daneben, als er mich in seiner Tür stehen sah, und beugte sich in seinem Stuhl zurück. Die Lehne knackte unter seinem Gewicht.

»Hey Fremder«, begrüßte er mich.

»Wir haben uns heute Morgen erst gesehen«, erwiderte ich und trat ein paar Schritte in sein Zimmer.

»Ich weiß.« Er klappte sein Notizbuch zu und drehte sich auf dem Stuhl in meine Richtung. »Es kommt mir vor wie ein halbes Leben.«

Ich spürte, wie mein Mund sich unwillkürlich zu einem Lächeln verzog. Jeans ausgeprägte dramatische Ader war genau die gleiche wie immer.

»Was gibt's?«, wollte er von mir wissen, als ich keine Anstalten machte, irgendetwas von mir zu geben.

»Ich wollte nur … reden.« Unsicher hob ich die Schultern und ließ sie wieder fallen. Ich schaffte es dabei nicht ganz, ihn anzusehen.

Mehrere Sekunden lang war es still. Es hätte mich nicht gewundert, wenn er mich weggeschickt hätte. Nur war Jean nicht ich. Er war noch nie nachtragend gewesen – ehrlicherweise war ich mir nicht mal sicher, ob dieses Wort in seinem Vokabular überhaupt einen Platz hatte.

»*Nur reden*?«, wiederholte er und stützte den Ellenbogen auf seinem Schreibtisch ab. »Weißt du, was du immer tust, wenn dich was belastet?«

Ich runzelte Stirn. Unsicher, wie ich die Frage beantworten sollte. Es gab einige Dinge, die ich in solchen Momenten tat.

Jean lächelte sanft. »Du kommst zu mir und sagst, dass du ›nur reden möchtest‹. So wie damals, als Timothy mit dir Schluss gemacht hat. Oder als unsere Eltern diese Phase hatten, in der sie sich so viel stritten. Oder als du einen Kratzer in den Wagen deines Dads gefahren hast, weil du im Einparken wirklich mies bist.« Mit einem Nicken deutete er auf den Nachttisch neben seinem großen Bett. »Ich hab nicht umsonst eine Schublade voll mit Süßkram dort drin.«

Es war ein purer Reflex, dass ich mir über den Hinterkopf rieb. Ein nervöser Tick, der sich in den letzten Monaten eingeschlichen hatte. »Ich *war* mies im Einparken.«

»Sag das dem Briefkasten, den du letzte Woche umgefahren hast.«

Ich konnte nicht mal widersprechen. Daher setzte ich an einer anderen Stelle an. »Vielleicht ist heute der Tag, an dem ich wirklich nur hier bin, um zu reden.«

Statt darauf einzugehen, schwieg Jean. Er sah mich geduldig an, und ich wand mich unter seinem Blick. Mehrere Sekunden lang versuchte ich, mir eine neue Ausrede einfallen zu lassen – weil ich es schwerer fand, die Wahrheit zu sagen.

Dabei sollte das Erlebnis mit Emilia doch eigentlich eine gute Erfahrung sein. Etwas, das mich positiv stimmte. Die Wahrheit war allerdings, dass es nicht plötzlich alles besser gemacht hatte. Sosehr ich es mir auch wünschte.

Ich sah mich in Jeans Zimmer um, das meinem so ähnlich war. Groß genug, dass man bequem ein Sofa, ein Bett, einen Schreibtisch und Fernseher und alle möglichen Spielekonsolen hier unterbringen konnte.

Bevor ich anfing zu sprechen, setzte ich mich auf das Ecksofa rechts neben seinem Schreibtisch. Es war ein kläglicher Versuch, etwas Zeit zu schinden und meine Gedanken zu sortieren.

»Ich kann schon wieder zum Training gehen«, begann ich leise. »Aber dann auch wieder nicht.«

Er runzelte die Stirn. Natürlich. Ich sprach in Rätseln.

»Erklär es mir?«, bat er – und ich versuchte es, so gut ich konnte. Ihm die Angst zu erklären, die Sorge, der Unfall könnte bei einem nächsten Mal schlimmer enden. Es war schwer, es in Worte zu fassen. Und mir fiel auf, wie viel einfacher es in Marleighs Gegenwart gewesen war. Weil sie diese Dämonen verstand, ohne dass ich sie erklären musste.

Im Gegensatz zu Emilia blieb Jean völlig ruhig. Vielleicht, weil ihn das Eislaufthema nicht so sehr tangierte wie mich und meine Partnerin. Trotzdem stolperte ich darüber, dass er nicht verwundert war.

»Du wirkst nicht überrascht.«

»Weil du wirklich nicht so gut im Lügen bist, wie du vielleicht glaubst«, sagte er sofort. Seine Stimme war nicht anklagend. »Du hast vor vier, fünf Wochen aufgehört zu humpeln. Deine letzte Physio war vor drei Wochen. Und jedes Mal, wenn die Sprache aufs Training oder das Eislaufen kam, hast du das Thema gewechselt.« Er grinste leicht. »Normalerweise kaust du mir immer ein Ohr ab, wenn es darum geht. Egal, ob ich es hören möchte oder nicht.«

Ich runzelte die Stirn. »Bin ich immer so ein offenes Buch für dich?«

»Meistens, ja.«

Ich konnte nicht sagen, dass ich mich über diese Aussage sonderlich freute. Aber der Gedanke ging in all den anderen, die gerade an vorderster Front meines Hirns miteinander kämpften, unter.

Jeans Gesichtsausdruck war offen. Seine Körperhaltung auch. Es machte nicht den Anschein, als störte es ihn überhaupt, dass ich ihm jetzt erst davon erzählte. Und dass sowohl er als auch Emilia auf diese Weise reagierten, war … merkwürdig. Nicht direkt enttäuschend, aber es kam dem, was ich fühlte, am nächsten.

»Bist du nicht sauer?«, fragte ich Jean und fühlte mich dabei daran erinnert, wie Marleigh mir vorhin die gleiche Frage gestellt hatte.

»Weil du mir von deinen Problemen erzählst?« Er wirkte ehrlich verwirrt.

»Weil ich dir *jetzt erst* davon erzähle.«

Jean öffnete den Mund und schloss ihn direkt wieder. Eine Falte erschien zwischen seinen Augenbrauen und er drückte die Lippen aufeinander – so, wie er es immer tat, wenn er über etwas nachdachte. Dann lehnte er sich in seinem Stuhl zurück. Drehte sich etwas nach links. Nach rechts.

»Wenn ich zu dir kommen und dir erzählen würde, dass ich seit Wochen nicht mehr bei der Arbeit war, weil ich Angst davor habe, dass mir dort etwas passiert – wie würdest du reagieren?«

»Ich würde mir Sorgen machen«, sagte ich sofort.

Jean breitete die Hände aus, als wollte er sagen: *Da hast du es.*

»Aber … das ist eine imaginäre Situation. Und dazu noch eine ganz andere als meine.«

»Egal, in welcher Situation ich so etwas zu dir sagen würde, es würde nichts an deiner Reaktion ändern, oder?«, fragte er. »Du würdest dir trotzdem als Allererstes Sorgen machen.«

»Ja, aber …« Ich verstummte. Warum hatte ich das Bedürfnis, dagegen zu argumentieren? Weil ich wollte, dass er sauer war? Weil ich das Gefühl hatte, dass er sauer sein musste, damit ich dieses schlechte Gewissen ablegen konnte?

»Du hast kein Verbrechen begangen, Aaron.« Er sagte es mit so viel Nachdruck, als wollte er, dass ich die Worte spürte. »Du hast etwas erlebt, das sich in dein Gehirn gebrannt hat – nicht auf eine gute Weise. Und du hast es für dich behalten, weil du dieses Gefühl nicht kanntest und nicht wusstet, wie du irgendwem davon erzählen sollst. Jetzt weißt du es.« Er deutete auf mich. »Jetzt bist du hier und teilst das, was dir durch den Kopf geht, mit mir. Wie könnte ich deswegen sauer sein?«

So, wie er es sagte, konnte ich nicht anders, als ihm zuzustimmen. Ich schaffte es kaum, einen der Gründe zu greifen zu bekommen, die vorher für mich so präsent und allgegenwärtig gewesen waren.

Das Wissen rückte irgendetwas in mir neu. Weil darüber reden nur halb so schwer war, wie mich die ganze Zeit mit diesen Sorgen allein rumzuschlagen. Es war der erste Schritt, der am meisten wehgetan hatte. Obwohl ich wusste, dass alle danach nicht plötzlich leichter sein würden, brachte es mir bereits mehr Erleichterung, als ich mir zu wünschen gewagt hätte, dass Jean neben mir saß.

Mir zuhörte.

Und einfach für mich da war.

31. KAPITEL

Marleigh

»Trink etwas.«

Mom hielt mir eine heiße Tasse Tee entgegen und riss mich damit aus meinen Gedanken. Ich schloss meine Finger darum und versuchte, die Wärme in mich aufzusaugen. Mir war seit vorgestern so eisig kalt, dass selbst mehrere heiße Duschen nur für einen kurzen Moment halfen.

Mom setzte sich neben mich auf das Bett. Ihre roten Haare waren so lang wie meine und hingen ihr in einem tiefen Zopf auf dem Rücken. Sie hielt ebenfalls eine Tasse in der Hand.

Jedes Mal, wenn ich sie ansah, war es, als würde ich in einen Spiegel schauen. Einen, der mir zeigte, wie ich in sechzehn Jahren aussehen würde. Mit grauen Strähnen hier und da in den Haaren und ein paar Lachfalten am Mund und in den Augenwinkeln. Ich war mir zwar sicher, dass man bei mir stattdessen Sorgenfalten auf der Stirn finden würde, aber davon abgesehen, glichen wir uns sehr.

Mom stellte ihre Tasse kurz ab und zog ihren Rucksack mit dem Fuß näher ans Bett. Sie kramte darin, bis sie eine braune Papiertüte hervorzauberte. Noch bevor sie sie öffnete, war mir klar, was sich darin befinden würde.

Sie reichte mir einen bepuderten Donut. Und trotz allem stahl sich ein Lächeln auf mein Gesicht. Für Mom und mich waren Donuts Allheilmittel. Dass sie daran gedacht hatte, auf dem Weg hierher welche mitzubringen, ließ die Tränen, die ich die ganze Zeit nur mit Mühe zurückhielt, wieder in meine Augen treten.

Meine Sicht verschwamm. Ich schniefte, als ich ein Stück von dem Donut abriss und es mir in den Mund schob. Es schmeckte nicht wirklich nach etwas. Als wären meine Geschmacksknospen betäubt. Dennoch tat es gut – genauso wie der Tee, von dem ich hinterher einen Schluck nahm.

Mom biss ebenfalls von ihrem Donut ab und schaute ihn dann nachdenklich an. »Du hast mir gar nicht erzählt, dass es hier so gute Donuts gibt.«

»Das sind noch nicht mal die besten«, erwiderte ich. »In der Stadt gibt es einen Laden, den ich gar nicht mehr verlassen wollte …« Ich verstummte. Der Gedanke an Aaron ließ mein Herz schwer werden.

Ich traute mich nicht, auf mein Handy zu sehen. Traute mich nicht, nachzuschauen, ob er mir geschrieben hatte oder nicht. Es lag ausgeschaltet auf meinem Nachttisch, weil ich wusste, dass es mir noch mehr das Herz brechen würde, wenn ich daraufsah und keine Nachricht von ihm fand.

Ich zog meine Decke fester um mich.

»Du hast mir gar nicht erzählt, dass du in so einem Laden warst«, sagte Mom. Sie klang dabei nicht anklagend. Nur neugierig. »Mit den Leuten von der Uni, von denen du erzählt hast?«

Ich wollte mich unter meiner Decke verstecken und nie wieder darunter hervorkriechen. Mom hatte keine Ahnung, dass es diese Leute nie gegeben hatte. Nachdem ich sie angerufen und ihr gesagt hatte, dass ich sie brauchte, hatte ich es nicht geschafft, noch viel mehr zu erklären.

Für Mom war das in dem Moment auch nicht nötig gewesen. Ich konnte mich nicht erinnern, wann sie mich das letzte Mal so aufgelöst erlebt hatte. Seit ich in Winnipeg lebte, sorgte ich immer dafür, dass sie diesen Teil nicht mitbekam.

Es war leicht. An den schweren Tagen sagte ich ihr, dass ich zu beschäftigt war, um zu telefonieren. An den leichten redete ich dafür umso länger mit ihr.

Jetzt, wo sie hier war, funktionierte das nicht. Ich konnte ihr nicht ins Gesicht lügen. Und ich wollte es auch gar nicht. Die Kraft, die es mich gekostet hatte, das jedes Mal zu tun, war nicht mehr vorhanden.

Es dauerte eine Ewigkeit, bis ich mich dazu überwinden konnte, ihr auf die Frage zu antworten.

»Nein«, sagte ich leise. »Ich ... Ich war mit jemandem dort, den ich vor ein paar Wochen kennengelernt habe. Niemand aus meinem Studiengang.«

Mit jedem Wort machte ich mich kleiner. Ich war mir so sicher, dass man mir von der Nasenspitze ablesen konnte, was ich nicht schaffte auszusprechen.

»Oh, wirklich? Jemand, von dem du schon erzählt hast?«, fragte sie und ich schüttelte den Kopf. »Wie habt ihr euch kennengelernt?«

Ich wollte die Frage nicht beantworten. Ich wollte nicht sprechen, nichts sagen, nichts erklären müssen. Der Kloß in meinem Hals war so groß, dass er mir selbst die Luft zum Atmen abdrückte.

Warum tat ich es trotzdem? Ich konnte es mir nicht erklären.

»Auf dem Weg zur Uni«, begann ich vorsichtig. Die Worte kratzten in meinem Hals. »Ich hatte dort einen Termin, weil ... weil ...«

Weiter kam ich nicht. Es ging einfach nicht. Und ich sah die Fragezeichen über Moms Kopf schweben. Sie hatte keine

Ahnung, und es kostete mich so unglaublich viel Überwindung, überhaupt etwas zu sagen.

Mein Blick fiel auf meinen Laptop. Mitten auf dem Couchtisch. Ich hatte ihn seit vorgestern nicht angerührt. Jetzt tat ich es doch. Zog ihn auf meinen Schoß und klappte ihn auf. Ich wartete, dass er hochfuhr und strich über den Sprung im Bildschirm, den er bekommen hatte, als der Laptop vorgestern auf dem Boden aufgekommen war.

Ich öffnete mein E-Mail-Programm. Suchte die Mitteilung meiner Uni heraus und reichte ihn dann Mom, ihren fragenden Blick ignorierend.

Mein Herz donnerte in meiner Brust, während sie die Mail las. Ich zog mir die Ärmel meines Pullovers über die Hände, nur, um sie dann wieder nach oben zu schieben. Mein Körper wechselte die ganze Zeit von heiß auf kalt, ohne ersichtlichen Grund.

Es kam mir wie eine Ewigkeit vor, bis sie wieder aufsah. Mein Blick klebte am Boden fest und ich wartete darauf, dass das Damoklesschwert, das die ganze Zeit über mir schwebte, auf mich runterfiel.

»Exmatrikulation?«

Es war alles was sie sagte. Ein Wort nur. Aber es hatte auch heute noch den gleichen Effekt. Es bohrte sich in mein Hirn, bis ein stechender Schmerz sich hinter meinen Augen breitmachte.

Ich spürte, wie Mom mich ansah. Ich fühlte es körperlich, weil jeder Millimeter meines Wesens sich darunter wand.

»Marleigh«, sagte sie. »Wie lange warst du nicht mehr an der Uni?«

Ich kniff mir in den Unterarm, um mich davon abzuhalten, wieder zu weinen. »Seit Anfang des Semesters.«

Schweigen. Es erdrückte mich.

Warum habe ich sie angerufen? Warum habe ich gedacht, das hier sei eine gute Idee?

Die Gedanken kamen auf und wollten meine gesamte Aufmerksamkeit beanspruchen. Sie wollten mir weismachen, dass es die falsche Entscheidung gewesen war. Dass es bisher doch gar nicht so schlecht gelaufen war und ich mit jedem Tag einen Schritt weiter nach draußen gekommen war.

Nur war die Hilflosigkeit diesmal noch zu präsent. Die pure Ohnmacht, als ich nach Aarons und meinem Streit nach Hause gekommen war. Ich redete dagegen an. Versuchte, meinem Kopf klarzumachen, dass es das hier war, was ich tun musste. Dass es nur besser werden konnte, wenn ich endlich, endlich anfing, ehrlich zu sein. Nicht nur zu meiner Mom.

Auch zu mir.

Denn die Wahrheit war: Es ging mir nicht gut. Und jedes Mal, wenn ich nach draußen ging oder darüber nachdachte, die Wohnung zu verlassen, fühlte es sich an wie ein Kampf. Wie Krieg mit mir selbst, weil ich es einerseits so dringend wollte und andererseits panische Angst hatte.

Ich blinzelte die Tränen aus meinen Augen – in der Hoffnung, dass Mom sie nicht mitbekam. Versuchte, sie von meinen Wangen zu wischen, nur, um meine Handflächen dann auf meine Augen zu drücken. Es war so viel. Das Licht so hell und die Worte, die ich als Nächstes aussprach, taten beinahe mehr weh, als ich aushalten konnte.

»Ich schaffe es nicht an die Uni«, stieß ich hervor. »Ich schaffe es gerade so aus dem Haus. Und ich weiß nicht … Ich weiß nicht, wie …«

Meine Stimme brach ab. Der nächste Laut, der mir entkam, war schmerzerfüllt. Es dauerte nur ein paar Sekunden, bis ich Moms Arme um mich spürte. Sie hielt mich fest. Und ich klammerte mich an sie wie an eine Rettungsleine. Es war das

Einzige, das mich gerade über Wasser hielt und dafür sorgte, dass ich zwischen meinen Tränen nicht ertrank.

Mom rieb mir beruhigend über den Rücken. In kleinen, dann in großen Kreisen. Sie sagte Dinge, die ich zwar hörte, aber nicht wirklich wahrnahm – die Worte waren ein einziges Rauschen in meinem Ohr. Manchmal summte sie ein bisschen. So wie früher, wenn es mir schlecht ging.

Es war lange her, seit ich mich das letzte Mal so sicher gefühlt hatte. So unendlich lange.

Und irgendwie ... brach es da aus mir hervor. All die Monster und Dämonen, die in meinem Kopf saßen. Die kleinen Sticheleien, die abgewandten Blicke, wenn ich in der Uni war. Das Gefühl, nicht dazuzupassen, zu jung zu sein, zu anders. Und die Angst, dass es immer so sein würde.

Dass die Welt noch so groß sein konnte und trotzdem keinen Platz für mich hatte.

Ich erzählte Mom alles. Aus dem einfachen Grund, dass es jetzt gerade schwerer war, es in mir zu behalten. Alles, was ich in den letzten Monaten nicht sagen konnte. Alles, was sich in den vergangenen Jahren in mir angestaut hatte und letztlich kollabiert war.

Ich fühlte mich nicht gut dabei. Vielleicht war es auf irgendeine Weise befreiend, darüber zu reden – aber vor allem tat es jetzt gerade einfach weh. Es war anstrengend und schmerzhaft und zeigte mir, wie viel nicht stimmte. Wie sehr ich litt, obwohl ich versuchte, mutig zu sein.

Mom wog mich hin und her. Sie hörte zu, bis es nichts mehr gab, das ich sagen konnte. Und selbst dann ließ sie mich nicht los.

Ich atmete ihren Geruch tief ein. Versuchte, mich daran zu klammern und nur darauf zu konzentrieren. Die Umarmung war tröstlich. Wärmer als jeder Tee. Süßer als jeder Donut.

Und als Mom schließlich sprach, war mein Kopf ein kleines bisschen weniger voll. Meine Gedanken ein winziges Stück weniger erdrückend.

»Danke, dass du mir davon erzählst«, war das Erste, was sie sagte.

Ich drückte mein Gesicht an ihren Hals, weil die paar Worte ausreichten, um meine Emotionen wieder überquellen zu lassen.

»Ich kann mir nicht vorstellen, wie schwer die letzten Jahre hier gewesen sein müssen«, sagte sie. »Und es tut mir leid, dass ich es nicht gemerkt habe.«

»Wie hättest du es merken sollen?«, erwiderte ich. »Ich hab nie etwas gesagt.«

»Ich bin deine Mom.« Ihre Hände strichen über meine Oberarme. »Mütter haben Superkräfte und spüren immer, wann es ihren Kindern schlecht geht. So steht es in der Anleitung.«

Ich sah ihr Gesicht nicht, aber das sanfte Lächeln darauf konnte ich in ihrer Stimme hören. Ein erschöpftes Schnauben entkam mir, bevor Mom wieder ernst wurde.

»Auf die Gefahr hin, dass ich damit genau das Falsche für die Situation sage«, begann sie. »Aber Marleigh – was du erzählt hast. Wie es dir geht, was in deinem Kopf los ist.«

Ich ahnte, worauf sie hinauswollte. Etwas, das hin und wieder zwischen meinen Gedanken aufgetaucht war. Das ich bis heute ständig von mir geschoben hatte, weil es zu anstrengend wirkte, zu … echt.

»Ich glaube, das ist mehr, als wir beide allein hinbekommen«, sagte sie. »Und vielleicht ist es besser, dafür professionelle Hilfe zu suchen.«

Da war es. Eine Kleinigkeit, die mir nicht solche Angst machen sollte. Etwas, von dem ich wusste, dass es helfen konnte. Und trotzdem spürte ich, wie ich mich unwillkürlich anspannte.

Mom fiel es auch auf. Sie nahm mich fester in den Arm, legte ihr Kinn auf meinen Scheitel. »Was geht dir durch den Kopf?«

Es dauerte, bis ich hervorgegraben hatte, was mir wirklich Sorgen bereitete. Ich hatte es so tief vergraben, dass ich es selbst kaum wiederfand.

»Was, wenn eine Therapie nicht hilft?«, sprach ich es aus. Leise, so leise, dass ich mich selbst kaum hörte. »Was, wenn … Wenn schon zu viel kaputt ist?«

Mom löste sich ein Stück von mir. Sie legte eine Hand an meine Wange und sah mich mit so viel Liebe an, dass ich den Moment einfangen und in meinem Herzen verstauen wollte.

Mit dem Daumen wischte sie eine einsame Träne von meiner Wange. »Du bist nicht kaputt, Marleigh. Nichts an dir ist das. Vielleicht bist du krank, ja. Aber du bist nicht die Krankheit. Und wenn eine Therapie nicht hilft, versuchen wir es mit einer anderen. Mit der Hilfe von Medikamenten oder womit auch immer du dich wohlfühlst.«

Ich atmete zitternd aus. Keine Ahnung, wie ich die Kraft aufbrachte, zu nicken. Am liebsten hätte ich wieder geweint.

Mom zog mich noch einmal an sich, und ich war froh, meine Augen einfach für einen Moment schließen zu können.

»Es wird anstrengend sein«, sprach sie meine Gedanken aus. »Es wird nicht sofort besser werden. Aber ich kenne dich, Marleigh. Ich weiß, dass du das schaffst. Weil der Teil in dir, der mit mir durch die Highlands wandert und für ein Studium allein nach Winnipeg zieht, insgeheim ganz dringend heilen möchte.«

Mom kannte mich wirklich besser als jede andere Person. Besser, als ich mich manchmal selbst kannte. Denn sie hatte recht: Das, was sie meinte, war dieser kleine Funke, der mich nach draußen gebracht hatte. Der dafür gesorgt hatte, dass ich noch mal zu dem Café gefahren war. Dass ich bei Romie gewesen war, mich mit Aaron angefreundet hatte.

Trotz der Angst. Mit der Angst. Wegen der Angst.

Auf gewisse Weise war es das alles gleichzeitig.

»Und du bist dabei auch nicht allein«, fügte sie hinzu. »Solange ich da bin, bist du niemals allein.«

Ich nickte an ihrer Schulter. Legte meine Arme um sie und drückte sie so fest ich konnte. Bemühte mich, diese Wahrheit in meinen Kopf zu drücken, damit sie mich niemals verließ.

Ich war nicht allein. Auch wenn es sich in dieser Wohnung manchmal danach anfühlte. *Ich war nicht allein.*

Es waren Worte, an die ich mich verzweifelt klammerte. Die mir jetzt gerade Luft zum Durchatmen gaben. Zum Anhalten und Ausruhen, bevor mein Kopf mich wieder mit sich zog.

Ich drehte meinen Kopf an Moms Schulter. So, dass ich den Laptop hinter ihr auf dem Bett liegen sah. Er war noch halb offen, der Bildschirm leuchtete auf die Tastatur. Ich war so erschöpft, dass ich meine Augen kaum noch offen halten wollte, aber der Gedanke an die E-Mail, die Mom gelesen hatte, ließ mein Herz ungemütlich stark in meiner Brust schlagen.

»Die Uni«, begann ich. Zögerte, zögerte, zögerte. »Ich weiß nicht, wie ich das Studium weitermachen soll.«

Mom schwieg mehrere Sekunden lang. Sie legte ihre Hand an meinen Hinterkopf und strich mir durchs Haar. »Nach allem, was du erzählt hast – warum hast du das Gefühl, das Studium weitermachen zu müssen?«

Ich runzelte die Stirn. Löste mich von ihr, weil ich ihr jetzt doch ins Gesicht sehen wollte. »Ich bin extra dafür hierhergezogen. Ich kann das Stipendium nicht einfach in den Sand setzen. Das ist so viel Geld und ich bin doch schon halb durch und …«

»Und?«, war alles, was sie fragte. Nicht, weil sie versuchte, gemein zu sein. Sondern weil sie mich dazu bringen wollte, diesen Gedanken bis zum Ende durchzudenken.

Zwischen hundert offenen Tabs in meinem Hirn war es schwer, einen einzelnen Gedanken zu fassen zu bekommen und ihn komplett durchzudenken.

Wenn ich nicht mehr zu Uni ging, verlor ich das Stipendium. Wenn ich das Stipendium verlor, dann … dann was? Konnte ich arbeiten. Oder versuchen, in eine andere Uni zu kommen. Ein neues Studium anfangen. Mich darauf konzentrieren, zu heilen.

»Eine Entscheidung bedeutet nicht ›alles oder nichts‹. Da sind hundert Nuancen dazwischen.« Sie stoppte sich für einen kurzen Moment. »Spielst du denn noch Querflöte? *Möchtest* du noch spielen?«

Ich nickte. Natürlich wollte ich das. Mehr als alles andere. Es war das Einzige, was mich bei Verstand hielt, wenn nichts mehr Sinn ergab.

Ich brauchte nichts zu sagen – Mom spürte meine Bewegung. »Was denkst du, wie hoch ist dann die Wahrscheinlichkeit, dass du nie wieder ein Stipendium bekommst, nachdem du letztes Mal dank deinem Können und deiner Leidenschaft für Musik und die Querflöte sogar zwischen dreien aussuchen konntest?« Sie erwartete keine Antwort von mir. Vermutlich konnte sie mir von der Nase ablesen, wie sehr es gerade in meinem Kopf arbeitete.

Wie viel leichter ich mich fühlte, als ich darüber nachdachte, nicht mehr an die WCU gehen zu müssen. Nicht jeden Tag mit dem Gedanken aufzustehen, dass ich mich eigentlich dorthin zwingen sollte, eigentlich ein Seminar hatte, eine Vorlesung, ein Gespräch.

Der Gedanke war befreiend. Fast noch mehr, als Mom endlich von allem erzählt zu haben.

»Es ist nur ein Studium, Marleigh. Genauso wie ein Job nur ein Job wäre.« Mom strich mir eine Haarsträhne hinters Ohr. »Ich versteh, dass es dir viel bedeutet. Aber die Entscheidung, es nicht mehr zu tun, heißt nicht, dass du aufgibst. Es heißt nur, dass es jetzt nicht mehr das Richtige ist. Und das ist völlig in Ordnung. Egal, wie viel du ausprobierst. Egal, woran du letztlich deine Freude findest oder ob du entscheidest, nur für das Geld zu arbeiten und deine Freizeit dafür auszufüllen. Das ist alles in Ordnung.«

Ihre Worte waren Balsam. Für mein Herz, meine Seele, meine tobenden Gedanken. Sie legten sich darüber und gaben mir das Gefühl, nicht jegliche Kontrolle aus der Hand geben zu müssen. Sie zeigten mir, dass ich Spielraum hatte. Dass ich mich vor einer Entscheidung nicht verstecken musste, so viel Angst sie mir auch machte.

Weil danach immer noch etwas kam.

Weil die Wolken kamen und gingen und die Sonne dazwischen immer wieder scheinen würde.

Es fühlte sich an, als würde ich das erste Mal seit Monaten richtig ausatmen. Und ich hoffte, dass ich mich an dieses Gefühl immer wieder würde erinnern können.

32. KAPITEL

Aaron

Emilia saß bereits in der hintersten Ecke des Cafés, als ich den Laden betrat. Es war ein Mary-Poppins-Geschäft: Von außen wirkte es winzig klein, aber sobald man einen Fuß durch die Tür setzte und die Glocken darüber leise klingelten, reihte sich Tisch an Tisch so weit das Auge reichte.

Ich brauchte mich nicht einmal umzuschauen. Ich wusste auch so, dass Emilia niemals einen Tisch in der Nähe des Eingangsbereichs aussuchen würde – dafür war sie eine viel zu große Frostbeule. Passierte es doch mal, beschwerte sie sich jedes Mal lautstark, sobald die Tür aufging und frische Luft mit nach innen trug. Bei solchen Dingen hatte sie plötzlich keinen Filter mehr.

Ich schlängelte mich an den Sitzplätzen entlang, lief den schmalen Gang hinunter, an der Treppe vorbei, die in den ersten Stock führte, und zu einer winzigen Nische, in die gerade so ein Tisch und zwei Stühle passten.

Emilia hatte sich den Platz an der Wand ausgesucht. Ihre Wange hatte sie gegen die Faust gelehnt und mit der freien Hand scrollte sie durch ihr Handy.

»Ich hatte kurz Angst, dass mein Pinterest-Feed endet, bevor du kommst«, begrüßte sie mich, ohne aufzusehen. Sie zoomte das Foto eines koreanischen Sängers heran, den ich nur erkannte, weil sowohl Jean als auch Emilia mir immer wieder

Bilder von ihm ins Gesicht hielten. »Außerdem hätte ich wirklich gern die Hautpflegeroutine von jedem einzelnen Mitglied von NXT.«

Damit steckte sie ihr Handy weg und verschränkte die Arme vor sich auf der Tischplatte. Ihr Gesichtsausdruck war offen. Zugänglich. Nichts an ihr sagte aus, dass sie von dem, was vor zwei Tagen passiert war, schockiert war. Und es beruhigte mich merkwürdigerweise. Vielleicht, weil es genau im Gegensatz zu dem stand, was ich erwartet hatte, wenn sie jemals von meinen Halbwahrheiten erfuhr.

»Ich hätte nicht gedacht, dass du mir heute schon schreibst«, sagte Emilia. »Eigentlich hatte ich damit gerechnet, die restliche Woche in Fragen zergehen zu müssen.«

Ich ließ meinen Rucksack von den Schultern rutschen und stellte ihn neben dem Stuhl ab. Meine Jacke hängte ich über die Rückenlehne, bevor ich mich ihr gegenüber hinsetzte. »Wir wissen beide, dass du spätestens morgen Abend spontan geplatzt wärst.«

Sie nickte mehrmals hintereinander. »Zu meiner Verteidigung: Als deine Partnerin im Eiskunstlaufen und langjährige enge Freundin steht es mir irgendwie zu, zu erfahren, was dir durch den Kopf geht.«

Ich griff nach der Karte, auch wenn wir in dem Café schon so häufig gewesen waren, dass ich nicht wirklich nachsehen musste, um zu wissen, was ich wollte. Es war pures Zeitschinden. Der Versuch, einen roten Faden zwischen all dem Chaos zu finden, das die letzten Monate bildete. Ich war mir nicht mal sicher, ob es einen gab.

Emilia drängte mich nicht dazu, darüber zu reden. Sie ging die Karte durch, als könnte sie sie nicht ebenfalls seit Jahren in- und auswendig.

»Hast du dich schon mal gefragt, ob die anderen Gerichte

genauso gut sind wie das, was wir jedes Mal bestellen, wenn wir hier sind?«, wollte Emilia von mir wissen.

Meine Antwort war ein »Nein«, das aus den Tiefen meines Herzens kam.

Emilia verdrehte daraufhin die Augen und klappte ihre Karte schwungvoll zu. »Du könntest wenigstens so tun, als würdest du darüber nachdenken, mal etwas anderes zu nehmen.«

»Warum sollte ich?«, gab ich zurück. »Ich bin kein Fan von Ei in irgendeiner Ausführung, außer es ist in Gebäck verarbeitet, also fällt ein Drittel der Karte weg. Frühstück hatte ich heute schon – ich brauche nicht noch ein zweites. Damit ist das zweite Drittel der Karte weg.«

Emilia gab einen empörten Laut von sich. Sie war eine starke Verfechterin der »Frühstück-ist-zu-allen-Zeiten-des-Tages-großartig«-Fraktion. Ein Thema, über das wir schon viele Diskussionen geführt hatten.

»Also bleibt es bei Pommes und Chicken Nuggets mit einem Salat, damit ich wenigstens so tun kann, als hätte ich etwas Nahrhaftes zu mir genommen«, führte ich meine Erklärung zu Ende.

»Ja. Nur damit ich dann den Salat esse, weil du ihn eh immer stehen lässt. Du bist seit deinem zehnten Geburtstag echt nicht älter geworden«, sagte sie und drückte sich von ihrem Platz hoch, um nach vorn zu gehen und unsere Bestellung aufzugeben. Meistens vergaßen die Leute, die in dem Café arbeiteten, selbst, dass hier hinten noch ein einzelner Tisch stand.

Ich wartete, bis sie außer Sichtweite war, und warf dann einen schnellen Blick auf mein Handy. Mehrere unbeantwortete Nachrichten blinkten mir entgegen.

Heute Morgen nach dem Aufwachen hatte ich mehrere Minuten lang nur an die Decke meines Zimmers gestarrt. Das erste Mal seit fast drei Monaten hatte ich dabei nicht das Gefühl gehabt, mit jeder Sekunde mehr aus meiner Haut zu fahren. Nein. Es war, als hätte der Bienenschwarm in meinem Kopf für ein paar wertvolle Minuten Ruhe gegeben.

Eventuell waren das auch nur die Nachwirkungen der letzten zwei Tage. An dem Abend, nachdem ich Jean alles, was mir auf dem Herzen lag, erzählt hatte, hatten wir nicht mehr sonderlich viel miteinander geredet. Brauchten wir auch gar nicht. Stattdessen hatten wir uns die letzten Folgen von *She-Ra* angesehen und dann eine andere Serie angefangen, die uns bis mitten in die Nacht wach gehalten hatte.

Es war ein beruhigendes Ende für einen viel zu erschöpfenden Tag. Ich war so fertig gewesen, dass ich mich den gesamten nächsten Tag kaum aus dem Bett bewegt hatte und immer wieder eingenickt war. Und als ich mich heute morgen endlich wieder wie ein Mensch gefühlt hatte, war es Emilia gewesen, der ich zuerst geschrieben hatte.

Dieses Treffen hatte ich viel zu lange vor mir hergeschoben – wie so vieles in den letzten Monaten.

Es war … als würde ich gerade aus einem langen Schlaf aufwachen. Nach und nach und nur ganz langsam kam der Frühling zurück und ließ das Eis schmelzen. Ich merkte, dass ich ein wenig mehr Energie dazu hatte, all die Leute, die ich in den vergangenen Wochen so rigoros gemieden hatte, ein wenig mehr in meinen Alltag zurück zu lassen.

Ich schob mein Handy in meine Hosentasche, als ich sah, dass Emilia kam. Hörte der Diskussion, die sie vorn mitbekommen hatte und gerade wiedergab, mit halbem Ohr zu, während ich nur daran denken konnte, dass etwas fehlte.

Dass jemand fehlte.

Ein Chat in meinem Messenger war so still, dass es mir den Magen verdrehte. So still, dass ich nicht anders konnte, als ihn jedes Mal anzuklicken, wenn ich mein Handy in der Hand hielt. Hoffend, dass mir die richtigen Worte kamen. Betend, dass Marleigh sie fand.

Bisher war nichts von beidem passiert. Und wenn ich an unser letztes Treffen zurückdachte, frustrierte mich die Tatsache, dass ich nicht wusste, was ich sagen sollte, mehr als alles andere.

»Was ist los?«, fragte Emilia, nachdem sie sich wieder hingesetzt hatte.

Ich versuchte, meinen Gesichtsausdruck zu glätten. »Nichts.«

»Ah«, machte sie und nickte. »Das berühmte ›Nichts‹. Stimmt. Das ist es meistens, wenn du so eine große Falte zwischen den Augenbrauen hast, dass ein Flugzeug darauf landen könnte.«

»Deine Scherze sind genauso grandios wie Jeans«, sagte ich trocken. »Ihr solltet euch zusammentun.«

»Mit dem Unterschied, dass ich keine Scherze mache.« Sie beugte sich ein Stück über den Tisch, näher zu mir. Das Lächeln verblasste und machte Platz für Emilias ernstes Gesicht. »Ich weiß, wie du aussiehst, wenn du was mit dir rumschleppst. Glaub mir, ich habe es in den letzten drei Monaten mehr als genug gesehen.«

Sie sah mich dabei entschlossen an. So als würde sie mir meine Geheimnisse ab sofort aus der Nase ziehen, sollte ich sie nicht freiwillig daran teilhaben lassen.

Es hätte wie eine Drohung wirken können – aber um ehrlich zu sein, war es der Ansporn, den ich brauchte, um meine Zunge zu entknoten. Von allein über etwas zu sprechen, fiel mir schwer. Unendlich schwer, wenn die Zeit seit dem Unfall ein Maßstab war.

Es war einfacher, wenn jemand nachfragte. Wenn jemand die Hand ausstreckte und mir über die erste Hälfte der Brücke half. Meine Energie reichte noch nicht aus, um mich selbst vorwärtshangeln zu können.

Aber mit Emilias Hilfe war es etwas leichter, ihr von dem Unfall zu erzählen, den sie miterlebt und trotzdem ganz anders in Erinnerung hatte.

Von den Tagen und Wochen danach, in denen alles so fürchterlich beängstigend gewesen war.

Und dann, schließlich, von Marleigh. Weil sie – ihr Lachen, ihr Charakter, ihre großen und kleinen Macken – mittlerweile so mit meinem Alltag verwoben war, dass ich nicht wusste, wie ich sie hätte auslassen können.

Mein Herz wurde leichter, wenn ich an das Funkeln in ihren Augen dachte. An ihre wirren Haare, die ihr ständig ins Gesicht fielen, und wie sie sich über Donuts freute, als wäre es das größte Geschenk, das man ihr machen konnte.

Wie gut sie verstand, was in mir vorging. Und wie sie um jeden Schritt, den sie tat, kämpfte, als wäre sie eine Kriegerin.

In meinen Ohren hallten die Worte nach, die ich ihr ins Gesicht geworfen hatte. Ich sprach sie aus, weil ich Emilia daran teilhaben lassen wollte. Damit sie wusste, dass meine Geister, auch jetzt, wo sie von ihnen wusste, nicht einfach verschwinden würden.

Emilia verzog das Gesicht mitfühlend, als ich bei Marleighs und meinem Ausflug zum See ankam. Wegen dem, was ich gesagt hatte. Wegen dem, was Marleigh gesagt hatte. Vielleicht auch einfach wegen der gesamten Situation.

»Ich hatte mich schon gewundert, weshalb du vorgestern überhaupt in der Eishalle gewesen bist«, kommentierte sie. »Vor allem um die Uhrzeit.«

Sie zog ihren Teller mit Pancakes, die in Ahornsirup schwammen, zu sich heran. Während meiner Erzählung hatte ich nicht mal richtig wahrgenommen, dass unser Essen gekommen war.

Ich schob die Pommes auf meinem Teller von einer Seite zur anderen. »Nennen wir es eine Kurzschlussreaktion.«

»Und ich dachte immer, ich übernehme den temperamentvollen Part in unserer Beziehung.«

»Vielleicht ist es Zeit, dass wir unsere Rollen neu verteilen.«

Emilia nickte, wirkte dabei aber abwesend. Tief in Gedanken versunken. Ich nahm an, dass sie alles verarbeitete, was ich ihr erzählt hatte, und gab ihr den Raum, den sie brauchte.

Ich aß meine Pommes und die Nuggets schweigend. Und war mir nicht sicher, woran es lag: Sie schmeckten nicht wie früher, sondern fad. Fast langweilig. Als hätten sich selbst meine Geschmacksnerven seit dem letzten Mal, als wir hier gewesen waren, verändert.

»Ich bin froh, dass ich zur Eishalle gefahren bin«, sagte ich nach ein paar Minuten.

Emilia hob den Blick von ihren Pancakes, sagte aber vorerst nichts.

»Nicht so sehr über alles, was davor passiert ist. Aber wenn es bedeutet, dass ich endlich wieder mit dir hier sitzen kann, ist es das vielleicht wert gewesen.«

»Du sagst das, als würdest du Marleigh jetzt nie wiedersehen.«

»Ich hab … einige gemeine Dinge gesagt.«

»Ich hab dich schon hundertmal grundlos angefahren, wenn ich vom Training frustriert war. Trotzdem hast du mich nie einfach so fallen lassen.«

Es ist nicht das Gleiche, wollte ich sagen. Aber Emilia kam mir zuvor.

»Vertrau darauf, dass die richtigen Beziehungen mehr aushalten als einen Streit«, sagte sie – mit so viel Überzeugung in der Stimme, dass ich ihr nicht *nicht* glauben konnte.

Ich hob meine Mundwinkel leicht an. »Wir haben wirklich die Rollen vertauscht. Plötzlich gibst du Ratschläge.«

»Die Rolle hat schon immer mir gehört. Du hattest bisher nur noch nicht die Gelegenheit, mich in meinem Element zu erleben.«

»Heißt das, du hast auch eine Idee, wie ich das alles wieder geradebiegen kann?«

Sie legte den Kopf schief. Ihr Essen hatte sie in der Zwischenzeit vergessen. »Manchmal siehst du den Wald vor lauter Bäumen nicht, kann das sein?«

Ich schaffte es kaum, etwas darauf zu erwidern. Sie hatte nicht wirklich unrecht.

»Hast du schon mal daran gedacht, dich bei ihr zu entschuldigen?«

»Was, wenn eine Entschuldigung nicht reicht?«

»Was, wenn doch?«

Wie unsinnig – die Tatsache, dass meine Sorge mir vorgaukelte, eine Entschuldigung wäre nicht genug.

Ich sah Marleigh vor mir. Wie blass und still sie neben mir im Auto geworden war, und mein Herz verkrampfte sich. Ich stach mit der Gabel ein paar Pommes auf, während in meinem Kopf eine Idee Gestalt annahm.

Vielleicht war eine Entschuldigung nicht genug. Aber ich würde es erst herausfinden, wenn ich es versuchte.

33. KAPITEL

Marleigh

»Dein Handy vibriert schon wieder.«

Mom sagte es, als täte es das nicht schon die ganze Zeit. Ich war noch keine Stunde wach, und in der Zeit war ich so oft deswegen zusammengezuckt, dass ich aufgehört hatte, zu zählen. Ich hätte es stumm gestellt, allerdings schien es mir zu anstrengend, mich aus meinem Deckenberg zu bewegen.

»Ich weiß«, sagte ich, rührte mich aber keinen Zentimeter. Mom saß vor dem Bett auf dem Boden, einen dampfenden Tee in der Hand, und las auf meinem Laptop die Nachrichten der letzten Tage. »Existiert die Außenwelt noch?«

»Man munkelt, die Katzen hätten die Weltherrschaft an sich gerissen.«

»Endlich.«

Über die Schulter warf sie mir ein Lächeln zu. Sie wirkte genauso erschöpft, wie ich mich fühlte. Erschöpft … aber irgendwie auch leichter. Ich hatte noch nicht die Energie aufgebracht, um das Durcheinander an Gefühlen, das durch mich hindurchjagte, zu entwirren.

Ich wollte sie fragen, was ihr durch den Kopf ging – aber genau da vibrierte mein Handy wieder. Einmal. Zweimal. Und die Neugier streckte sich in mir.

»Ich bin mir nicht sicher, aber ich habe das Gefühl, jemand möchte dich sehr verzweifelt erreichen«, sagte sie.

Ich rutschte über das Bett, um mein Handy vom Nachttisch zu nehmen. Romie hatte in den vergangenen zwei Tagen mehrmals versucht, mich zu erreichen. Ich wollte mich schuldig fühlen, weil ich es nicht geschafft hatte, ihr auf eine Nachricht oder einen Anruf zu antworten, aber selbst dafür fehlte mir die Kraft.

Diesmal war es allerdings nicht sie, von der ich eine neue Nachricht in meinem Messenger fand. Stattdessen leuchtete Aarons Name mir dick gedruckt entgegen.

Ich zögerte kurz. Seit unserem Ausflug an den See waren fast drei Tage vergangen. Meine Fantasie hatte die Lücke in unseren Gesprächen sehr gut allein gefüllt – und zwar mit den anstrengendsten Katastrophenszenarien, die man sich vorstellen konnte.

Ich öffnete den Chat genau in dem Moment, in dem Aaron eine weitere Nachricht hinterherschickte. Einen Link. Ohne Vorschaufenster oder Erklärung, was es war. Er führte zu YouTube, so viel konnte ich erkennen. Und in meiner Neugier konnte ich nicht anders, als ihn sofort anzuklicken.

Ein kleines Fenster öffnete sich. Ich brauchte nicht auf den Namen des Kanals gucken, um zu wissen, dass es ein Video war, das Aaron gedreht hatte. Die ersten Bilder verrieten seinen Stil bereits. Und das, obwohl sie anders wirkten als sonst.

Ich konnte es nicht genau definieren, aber das Video war nicht wie seine bisherigen. Die Musik war nicht unbedingt fröhlicher – das wäre das falsche Wort gewesen. Sie wirkte … einladender. Offener. Ähnlich wie die Videoausschnitte, die er ausgesucht hatte. Die Farben strahlten heller und wirkten weniger entsättigt. Ich war so damit beschäftigt, die Unterschiede wahrzunehmen, dass ich dabei den wichtigsten Teil fast nicht mitbekam.

Die Ausschnitte zeigten nur Orte, die wir zusammen besucht hatten. Der Spielplatz hier in der Nähe – aber er musste es an einem anderen Tag aufgenommen haben, denn ich erinnerte mich nicht daran, dass er seine Kamera oder sein Handy je hervorgeholt hätte.

Das Bild zeigte im Zeitraffer den Weg zum Café. Die Donut-Auswahl, die eine andere war als an den beiden Tagen, an denen wir dort gewesen waren.

Als er das Café verließ, richtete er die Kamera nach oben zum blauen Himmel und der strahlenden Sonne. Zoomte heran. Das Bild war völlig überbelichtet – und im nächsten Schnitt sah die Aussicht anders aus. Wolkiger und wesentlich weiter. Keine Hochhäuser versperrten die Sicht. Stattdessen waren es Berge, die den Hintergrund erfüllten.

Sie wurden kleiner, als er wieder herauszoomte. Schnee war zu erkennen, dann ein zugefrorener See.

Ich stockte.

Nein. Nicht irgendein See. Der, den wir vorgestern erst zusammen besucht hatten.

Ich stoppte das Video, um sicherzugehen, dass ich mich nicht täuschte. Dass Aaron wirklich noch mal dorthin gefahren war, nur, um dieses Video aufzunehmen. Trotz der Panik, die er vorgestern gespürt haben musste. Ich konnte mir nicht ausmalen, wie viel Überwindung es ihn gekostet haben musste.

Zehn Sekunden waren in dem Video noch übrig. Ich startete es und sah dabei zu, wie er einmal die komplette Aussicht aufnahm. Wie er die Kamera dann schließlich auf den See gerichtet hielt. Wie es für den Bruchteil einer Sekunde dunkel wurde – und Aaron dann plötzlich vor der Kamera stand. Aus der Entfernung konnte man nicht viel erkennen. Aber ich war mir sicher: Er stand auf dem Eis. Am Rand und damit nah genug, um es sofort wieder zu verlassen.

Er stand darauf. Damit endete das Video.

Als ich mich zurück in den Chat klickte, wartete noch eine neue Nachricht von ihm auf mich.

Aaron: Du hast recht, Marleigh. Mein Kopf ist so tief im Sand, dass ich es schon gar nicht mehr mitbekomme. Und es tut mir leid. Was ich gesagt habe, tut mir so leid. Egal, wie panisch ich war – es war nicht in Ordnung.

Ich sah, dass er schrieb. Immer noch oder schon wieder. Daher wartete ich ab, was er noch zu sagen hatte.

Ich spürte, wie Mom mir hin und wieder einen Blick zuwarf. Hatte sie mitbekommen, was ich mir angeschaut hatte? Für ein paar Minuten war ich damit in meiner ganz eigenen Welt versunken und hatte sie völlig ausgeblendet. Bevor ich erklären konnte, wer Aaron überhaupt war, kam seine zweite Nachricht.

Aaron: Das Video ist keine Entschuldigung, ich weiß. Aber als ich den Kopf kurz aus dem Sand gehoben habe, ist mir aufgefallen, wie anders meine Aussicht seit ein paar Wochen ist. Bunter? Irgendwie. Ich glaube, du machst mich ein bisschen mutiger, Marleigh. Und wenn es okay ist … Wenn du möchtest … Ich würde sie dir gern noch mal persönlich sagen. Die Entschuldigung, meine ich.

Ich musste unwillkürlich lächeln. Weil er so ehrlich war. Und ich mir vorstellte, wie er über sein Handy oder seinen PC gebeugt saß, die Stirn gerunzelt, und unbeholfen versuchte, zu formulieren, was er dachte.

Ich war verletzt von seinen Worten. Mehr als das. Sie hatten eine Wunde aufgerissen, mit der ich mich lieber nicht auseinandergesetzt hätte.

Aber selbst wenn ich es gewollt hätte – ich konnte es ihm nicht vorhalten. Wie auch, wenn ich selbst nur zu gut wusste, wie es war, wenn man sich selbst plötzlich nicht mehr kannte? Wenn man Dinge aus Angst oder Sorge oder Wut oder Panik tat, die man nie tun würde, wenn man völlig gesund wäre? Völlig rational dachte?

Es tat deswegen nicht weniger weh. Das wusste Aaron genauso gut wie ich. Es war keine Entschuldigung, es war kein wirklicher Grund. Es war die Wahrheit. Und manchmal war die alles andere als schön.

Ich stieß ein Seufzen aus. Rieb mir über die Stirn, weil mein Kopf seit dem Aufwachen schon pochte, und drehte mich zu Mom um.

»Mom?« Sie klappte den Laptop zu und sah zu mir auf. »Ist es okay, wenn jemand kurz hierherkommt?«

Es war die einzige Möglichkeit, die mir gerade einfiel. Ich wollte die Wohnung wirklich nicht verlassen. Aber noch weniger wollte ich das Gespräch mit Aaron aufschieben.

Mom betrachtete mich mehrere Sekunden schweigend. Dann klappte sie den Laptop zu, stand auf und streckte sich einmal ausgiebig. »Ich wollte mir Winnipeg sowieso ansehen, wo ich schon mal hier bin. Wo finde ich den Donut-Laden noch mal?«

Ich schüttelte den Kopf, grinste, weil ich nicht anders konnte. Mein Herz war voll und tat gleichzeitig weh. »Ich zeig es dir sofort.«

Bevor ich Google Maps aufrief, schickte ich Aaron eine Nachricht. Fragte, ob er Zeit hatte, vorbeizukommen. Und seine Antwort kam so schnell, als hätte er nur auf mich gewartet.

Aaron: Ich bin sofort da.

Ich klingelte an Marleighs Tür. Außer Atem, mit meinem Herz im Magen, weil ich mich so beeilt hatte, zu ihr zu kommen, und so nervös war. Es war das erste Mal, dass ich diese Nervosität in ihrer unmittelbaren Nähe verspürte – nur lag es nicht an ihr, sondern an all den Dingen, die ich zu ihr gesagt hatte. Sie schwammen mir immer noch durch den Kopf.

Nach meinem Treffen mit Emilia gestern war ich den ganzen Tag durch die Gegend gefahren. Hatte kurze und lange Videos aufgenommen, weil ich nicht wusste, was ich sonst tun sollte. Weil ein einfaches »Es tut mir leid«, sosehr Emilia auch darauf bestand, sich nicht richtig angefühlt hatte.

Umso fahriger fühlte ich mich gerade, während ich darauf wartete, dass Marleigh aufmachte. Ich strich mir über die Haare, die in den letzten Wochen gewachsen waren, fühlte diesmal aber nicht das Bedürfnis, sie wieder abzurasieren. Irgendwie vermisste ich meine langen Haare sogar.

Ich ließ meine Hände fallen, als ich ein Geräusch hinter der Tür hörte. Verschränkte sie vor meinem Körper, hinter meinem Körper und ließ sie dann locker an meine Seite fallen, als die Tür aufging.

Marleigh stand mir gegenüber. Eingehüllt in eine Kuscheldecke mit Kapuze, die ihr tief ins Gesicht hing und ihre Augen fast verdeckte. Sie blinzelte darunter hervor. Blass und erschöpft, mit geschwollenen Augen und einer roten Nase.

Ich machte einen halben Schritt auf sie zu, bevor es mir bewusst wurde. Weil das Bedürfnis, sie in die Arme zu nehmen, so stark war. Dann bemerkte ich, was ich tat, hielt inne und kniff mir hinter dem Rücken in die Handfläche, um mich davon abzuhalten.

Marleigh machte stattdessen den ersten Schritt. Zur Seite,

um die Tür freizumachen. Sie bedeutete mir, dass ich reinkommen sollte, und ich trat an ihr vorbei. Mein Rücken war ihr nur kurz zugewandt, als sie die Tür schloss. Aber bevor ich mich zu ihr umdrehen konnte, spürte ich sie an meinem Rücken.

Sie lehnte ihre Stirn zwischen meine Schulterblätter. Atmete tief aus und schob ihre Arme unter meine, um meine Hüfte und umarmte mich auf diese Weise.

Sie sagte nichts, und es war für diesen einen Augenblick auch nicht nötig. Ich wusste, wie es ihr ging. Sie suchte meine Nähe, so wie ich ihre. Und wenn ich gekonnt hätte, hätte ich ihr meine Energie abgegeben. Sie wirkte, als könnte sie sie gebrauchen.

Ich legte meine Hand auf ihre. Strich über ihre Finger, die Knöchel, die Nägel. Über die rauen Fingerkuppen und den weichen Handballen, bis sie meine Hand kurz abschüttelte, nur, um unsere Hände dann miteinander zu verschränken.

»Wenn ich hier einfach für immer bleiben könnte, würde sich alles nur halb so schlimm anfühlen«, sagte sie.

Ich setzte zu einer Antwort an, schaute dabei über meine Schulter zu ihr. Ich sah nur das Blau der Decke, die ihren Kopf weiterhin bedeckte. Und plötzlich fehlten mir die Worte.

Marleigh wirkte nicht, als erwartete sie welche. Sie löste ihre Arme von mir, hielt nur meine Hand weiterhin fest – als wäre sie noch nicht bereit, mich loszulassen. Ich drückte kurz zu. Wollte ihr auf diese Weise zu verstehen geben, dass es mir nicht anders ging.

Sie zog mich hinter sich her in ihr großes Zimmer, direkt zum Bett, und ließ sich darauf fallen. Dann schob sie sich die Kapuze tiefer in die Stirn und kniff ihre Augen leicht zusammen, weil das Licht hier heller war und sie zu blenden schien.

Ich setzte mich neben sie, immer noch ihre Hand haltend. Ein kleiner Koffer in der Ecke des Zimmers fiel mir ins Auge. Ich deutete darauf. »Deiner?«

Marleigh schüttelte ihren Kopf. »Von meiner Mom.«

»Sie ist hier?«

»Draußen unterwegs gerade. Aber ja, seit ein paar Tagen. Ich hab sie angerufen, nach dem …« Schweigen. *Nach dem, was am See passiert war.* Ich verstand sie auch so. »Sie ist, ohne zu fragen, in den nächsten Flieger gesprungen und bleibt erst mal etwas hier.«

Ich hatte keine Ahnung, wie ich meine Fragen aussprechen sollte. Wenn sie in meinem Kopf bereits so unbeholfen klangen, wie sollten sie dann ausformuliert besser sein?

Marleigh schien mir meinen inneren Zwiespalt allerdings ansehen zu können. Sie sprach weiter, ohne dass ich das Thema in die Richtung lenken musste.

»Was du gesagt hast«, begann sie. »Es hat mich an ein paar Dinge erinnert, die in den letzten Jahren passiert sind. Und dabei hat es irgendwas getriggert, das …« Sie stoppte. Schauderte und verkroch sich tiefer in ihrer Decke. »Es hat sich angefühlt, als würde ich die Kontrolle verlieren. Mehr noch als sonst, und ich konnte nichts dagegen tun. Das Gefühl hat mir solche Angst eingejagt. Ich erinnere mich nicht mal richtig an das Gespräch mit meiner Mom. Nur, dass ich sie ganz unbedingt sofort bei mir haben wollte.«

Ich holte tief Luft. Ich war nicht dumm. Natürlich wusste ich, dass meine Worte wunde Punkte getroffen haben mussten. In dem Moment war es das gewesen, worauf ich – worauf dieser panische Teil in mir – abgezielt hatte. Trotzdem war ich nicht darauf vorbereitet gewesen, zu hören, wie sehr ich sie verletzt hatte.

»Es tut mir leid«, sagte ich. Betrachtete unsere Hände, ineinander verschlungen, und aus irgendeinem Grund brannte sich das Bild in mein Gedächtnis. Ich wollte noch mehr sagen, hielt mich aber zurück. Keine Erklärung würde es ungeschehen machen.

»Ich weiß«, sagte sie. Lehnte ihren Kopf an meinen Oberarm. Sie zog unsere verschränkten Hände auf ihren Schoß und legte einen Zipfel ihrer Decke darüber, als wollte sie sie auf diese Weise aufwärmen.

Ihre Berührungen wirkten leicht. Vertraut und geübt, als säßen wir öfter so da. Als wäre es nicht das erste Mal. Und mir fiel auf, dass es mit Marleigh von Anfang an so gewesen war. Das Gefühl, mich fallen lassen zu können, war schon die ganze Zeit da gewesen.

»Kann ich dich umarmen?«, fragte ich sie leise. Unsicher, obwohl sie in ihren Berührungen so selbstbewusst wirkte. Es war eine Seite, die ich an mir selbst nicht kannte.

Sie nickte an meiner Schulter. Das Rascheln meiner Kleidung erfüllte den stillen Raum, als ich mich bewegte. Ihre Decke war im Weg und in der Position konnte sie meine Umarmung nicht richtig erwidern. Aber es war in Ordnung. Es war alles in Ordnung, solange ich sie so nah bei mir spüren konnte und mein Herz endlich verstand, dass es nicht mehr in einem halsbrecherischen Tempo in meiner Brust schlagen brauchte.

Sie befreite sich halb aus ihrer Decke. Legte sie um mich und dann die Arme wieder um meine Hüfte. Ihr Atem strich über die Haut an meinem Hals. Schaffte eine Gänsehaut auf meinen Armen. Ich meinte, ihren Mund ebenfalls fast an der Stelle spüren zu können, und mir wurde um einiges wärmer.

»Ich korrigiere mich«, murmelte Marleigh in meinen Pulli. »Hier möchte ich für immer bleiben.«

Ich zog sie fester an mich. »Das lässt sich einrichten.«

»Du klingst so sicher.«

»Wir ernähren uns vom Lieferdienst. Dann sollte es gehen.«

»Irgendwann hast du den auch über«, sagte sie. »Glaub mir, ich hab es ausprobiert.«

»Sogar Pizza?«

Sie nickte.

»In dem Fall ziehe ich meinen Vorschlag zurück.«

»Es war auch nicht völlig ernst gemeint«, gab sie zu. »Zu fünfzig Prozent vielleicht.«

»Und die anderen fünfzig Prozent?«

»Die setzen jeden Tag neue Punkte auf eine Liste voller Dinge, die ich sehen und erleben möchte.« Sie kuschelte sich näher an mich. »Dabei ist sie schon ziemlich lang.«

»Was steht alles drauf?«

»Alles.« Sie sagte es mit einem unerwarteten Nachdruck. Lehnte sich in meinen Armen leicht nach hinten, um mich ansehen zu können. »Ich möchte alles machen. Ich will rausgehen und die Welt sehen, selbst wenn diese Welt erst mal nur der Kiosk nebenan ist.« Ein sehnsüchtiger Ausdruck schlich sich in ihr Gesicht. »Ich will den Sternenhimmel sehen und Sonnenuntergänge und …«

»Sonnenaufgänge?«

»Nur ein paar. Ich bin wirklich nicht gut darin, früh aufzustehen.«

Ich lachte. Nickte, weil ich das so gut verstand. »Okay, ja. Ich stimme zu.«

Sie lächelte. Ganz kurz nur, bevor sie wieder ernst wurde. Löste eine Hand von meiner Hüfte und drückte sich die Faust gegen die Brust. »Es fühlt sich einfach an … als würde da so viel in mir stecken. So viel Leidenschaft und Leben, aber ich kriege sie einfach nicht zu fassen.«

Es erinnerte mich daran, wie ich mich momentan auf dem Eis fühlte. Wie ich wusste, dass meine Freude da war, ich sie aber nicht erreichen konnte. Weil etwas mit aller Macht zu versuchen schien, mich daran zu hindern, diese Losgelöstheit zu spüren, die mich auf dem Eis sonst immer überkam.

»Ich will einfach … Ich will …« Sie hob eine Schulter an. »Ich will nicht jede Konsequenz abwägen müssen, nicht zwanghaft darüber nachdenken, ob ich es schaffe, rauszugehen, schaffe, zu diesem Café zu laufen, schaffe, Einladungen von Freunden anzunehmen und es dort auszuhalten, bis die Panik mich überrennt. Ich will alles erleben. Mit der Angst auf der Rückbank und nicht länger am Steuer.«

Es war ihr so deutlich anzusehen. Dieser Wunsch, der tief in ihr steckte. Sie trug ihr Herz gerade in ihren Händen und präsentierte es mir.

Sie ließ ihre Faust sinken. Den Kopf ebenfalls. Ein Runzeln erschien auf ihrer Stirn.

Ich strich mit dem Finger darüber. Als könnte ich, was auch immer ihr durch den Kopf ging, auf diese Weise vertreiben. »Was ist?«

»Wenn ich über so etwas rede, kommt immer die gleiche Angst hoch.« Sie zog an einer ihrer Haarsträhnen. Ein nervöser Tick. »Dass es nicht besser wird. Dass das hier das Leben ist, das ich für den Rest meiner Zeit durchstehen muss, und nicht mehr für mich drin ist.«

Wie sehr wollte ich ihr versichern, dass es nicht so war. Wie sehr wollte ich mit voller Überzeugung das Gegenteil behaupten, aber … »Ich glaube, die Sicherheit kann dir niemand geben.«

»Ja. Das hatte ich befürchtet.« Sie schwieg einen Moment. Dann fuhr sie leiser fort. »Ich möchte es trotzdem probieren. Mom und ich haben darüber geredet, ob eine Therapie sinnvoll ist.«

»Und?«

»Ich weiß nicht.« Sie zögerte. Dachte über ihre Worte nach. »Ich glaube schon. Aber die Perfektionistin in mir sagt, dass sie es allein schaffen möchte.«

Ich rieb meine Handfläche über ihren Rücken. »Ich glaube, die Perfektionistin in dir hat da eine Kleinigkeit missverstanden.«

Das Stirnrunzeln vertiefte sich.

»Egal, wer dir eine Hand reicht: Die Arbeit machst immer noch du. Und selbst wenn du dich eine Zeit lang mehr auf andere stützt, ist das nichts Verwerfliches. Das heißt nur, dass du den Mut hattest, andere in dein Leben zu lassen.«

Sie sah nicht sofort überzeugt aus. Aber sie nickte langsam. Nahm die Worte an und überdachte sie. Das war ein Anfang.

»Das klang, als wüsste ich selbst, wovon ich rede, oder?«, versuchte ich, die Situation etwas aufzuheitern.

»Nein. Nur, als wäre es leichter, Ratschläge zu geben, als sie tatsächlich selbst in die Tat umzusetzen.«

Ein Lachen entkam mir. »Ja, das kommt hin.«

Sie schwieg einen Moment, tief in Gedanken versunken. »Du bist noch mal auf dem Eis gewesen«, sagte sie dann unvermittelt. »Für das Video?«

»Ich habe es versucht«, erwiderte ich ehrlich. »Und es circa zwei Schritte lang ausgehalten.«

»Das nächste Mal sind es dann drei Schritte.«

»Und das Mal danach vier?«

»Und danach fünf, dann sechs, dann zehn, zwanzig, dreißig …«

»Klingt, als könnte es viel Zeit in Anspruch nehmen.«

Ihr leises Lachen strich über meinen Hals. »Weil es das vermutlich auch wird.« Sie stockte. »Schau. Jetzt gebe ich dir Ratschläge, obwohl ich selbst Sorge habe, dass der Berg aus Schritten vor mir zu steil ist.«

»Und wenn … wenn ich ihn an deiner Seite gehe?« Hitze kroch meinen Nacken hinauf und in meine Wangen. Es klang in meinen Ohren kitschig.

»Würdest du?«

Ich musste nicht mal darüber nachdenken. »Wenn du mich lässt.«

Sie sah zu mir auf. Lächelte mich auf diese Weise an, die mein Herz höherschlagen ließ. Ihre Augen glänzten, ihr Haar sah aus wie Feuer und ihr süßer Geruch war in meiner Nase. Ihr Gesicht meinem so nah.

Sie kam mir noch näher. Streckte den Oberkörper, bis ihre Nase meine berührte und sie die Augen schloss.

Mein Herz setzte einen Schlag aus.

Einen zweiten, als ich ihre Lippen an meinen spürte.

Sie hielt sich an meinem Pullover fest – ganz leicht nur, als wäre sie sich nicht sicher, ob sie es durfte. Es waren nur ein paar Herzschläge, die währenddessen vergingen. Dennoch fühlte es sich wie eine kleine Ewigkeit an.

Ich löste mich etwas von ihr. Lehnte meine Stirn gegen ihre und nahm ihre Hand zwischen meine, weil ich selbst das Gefühl hatte, mich irgendwo festhalten zu müssen.

»Ich kann dir nicht versprechen, dass ich dich immer auffangen werde, wenn du stolperst«, sagte ich leise. Mein Herz rutschte mir in den Magen, als sie sich nach hinten lehnte, um mich ansehen zu können. »Ich glaube, ich tue das gerade selbst so häufig, dass ich mich die ganze Zeit auf andere stütze, um überhaupt gehen zu können.«

Marleigh antwortete nicht sofort darauf. Sie strich mit ihren Fingerspitzen über meine Wange und legte ihre Arme dann wieder um mich. Sie hielt mich fest. Hielt sich an mir fest. Ihr Ohr legte sie an meine Brust – vermutlich hörte sie laut und deutlich, wie aufgeregt mein Herz darunter schlug.

»Es reicht, wenn du da bist«, erwiderte sie. Zögerte kurz. »Das klang kitschiger, als ich beabsichtig hatte.«

Ihre Ohren färbten sich rötlich, und ich gab dem Bedürfnis nach, sie auf den Scheitel zu küssen. Auf die Stirn, die Augenlider, die Wange.

»*Das* ist auch kitschig.« Sie lachte und schob mich halbherzig von sich.

»Schlimm?«

»Nein«, entkam es ihr sofort. »Genau richtig.«

Ihr Grinsen war breit. Sie wirkte immer noch erschöpft, aber gleichzeitig etwas hoffnungsvoller. Das Leuchten hatte sich während unseres Gesprächs in ihre Augen zurückgeschlichen und machte es mir schwer, den Blick abzuwenden.

Es fiel mir schwer, überhaupt etwas zu tun, während sie mir so nah war. Weil sich das hier neu anfühlte. Anders als unsere Gespräche bisher. Etwas zwischen uns hatte sich auf eine Art verschoben, die mich neugierig machte, wohin es führen würde. Wie der nächste Monat, das nächste Jahr aussehen würde, wenn Marleigh ein wichtiger Teil dieser Rechnung war.

Ich konnte mich nicht erinnern, wann ich das letzte Mal über irgendeine Art von Zukunft nachgedacht hatte. Dafür steckte ich seit meinem Unfall viel zu sehr in der Vergangenheit fest.

Ich wollte herausfinden, was passieren würde. Wie mein Weg weiterging, der im Augenblick so nebelig und verhangen wirkte.

Und obwohl ich nicht in die Zukunft sehen konnte, machte Marleighs Nähe es leichter. Ihr Lachen. Ihre Gedanken. Ihr Mut und ihre Entschlossenheit, auch wenn sie selbst so selten daran zu glauben schien – ich hatte die Person schon gesehen, die sie vorhin beschrieben hatte. Eine voller Leidenschaft und mit staunendem Blick.

Und ich wollte dabei sein, wenn sie die selbst entdeckte.

EPILOG

Marleigh

Elf Monate später

Ich steckte noch im Halbschlaf, als ich sanfte Berührungen an meiner Schulter spürte. Meine Augen weigerten sich, sich zu öffnen. Am liebsten hätte ich noch mehrere Stunden Schlaf nachgeholt.

Aaron strich mir sanft die Haare aus dem Nacken und küsste mich dort. »Ich weiß, dass du wach bist.«

Ein Grummeln entkam mir. Ich versuchte, mir die Decke über den Kopf zu ziehen, lag aber zur Hälfte darauf und gab es irgendwann einfach auf. »Ich will noch nicht wach sein.«

Ein leises Lachen entkam ihm. »Wie geht's dir?«

Ich lehnte meinen Rücken gegen seine Brust. Kniff die Augen zusammen und atmete tief durch. Ich spürte seinen Fingern nach, die Kreise an meiner Hüfte zogen. »Halb halb.«

Er drückte einen weiteren Kuss auf meinen Kiefer. Seine Haare fielen nach vorn und kitzelten mich an der Wange. »Von welchen Hälften reden wir?«

»Vorfreude und Nervosität«, sagte ich ehrlich. »Wobei ich mir sicher bin, dass die immer irgendwie Hand in Hand gehen, also vielleicht eher Vorfreude und Aufregung.«

»Hast du ›Nervosität‹ gerade einfach mit einem Synonym ersetzt?«

»Ja. Ich befürchte, mein Hirn möchte heute nicht mehr tun als das absolut Nötigste.«

Ein weiteres Lachen entkam ihm. Ein paar Minuten lang lagen wir schweigend nebeneinander, bis er beschloss, sich von mir zu lösen und aus dem Bett aufzustehen. Ich sah ihm hinterher. Wie er in die Küche ging, ein Glas mit Wasser füllte und dann wieder zurückkam. Er reichte es mir und die Dose mit den Tabletten von meinem Nachttisch direkt hinterher.

Ich nahm eine daraus. Spülte sie schnell runter, weil ich das Gefühl, Medikamente zu schlucken, immer gehasst habe. Aaron stand währenddessen vor mir, zwischen meinen Beinen, und fuhr mir mit den Fingern durch die Haare.

»Sind die besser als die letzten?«

»Die letzten waren nicht schlecht«, erklärte ich. »Die Müdigkeit war nur nervig. Aber ja, zumindest fühle ich mich nicht ganz so erschöpft.«

Vor drei Monaten hatte ich das erste Mal Medikamente ausprobiert, die meinen Angstattacken helfen sollten. Weil ich nach einem Dreivierteljahr, in dem ich mich einfach nur darauf konzentriert hatte, dass es mir besser ging, plötzlich vor der Entscheidung gestanden hatte, wie es weitergehen sollte. Nicht, weil mich jemand dazu gedrängt hatte. Sondern weil die Frage in meinem Kopf aufgetaucht war und mich nicht mehr losgelassen hatte.

Die Antwort war mir schwergefallen. Wobei – nein, nicht die Antwort. Die Entscheidung. Tagelang hatte ich hin und her überlegt. Mit Aaron gesprochen, mit meiner Mom, mit Romie. Und irgendwann waren so viele Stimmen und Meinungen und Gedanken in meinem Kopf gewesen, dass ich mich nur noch in meinem Bett verkriechen und darin verstecken wollte, bis irgendjemand für mich entschied.

Es war schwer gewesen. Mir einzugestehen, dass ich Fortschritte gemacht hatte. Mit Aaron draußen sein konnte, mit einer gewissen Nervosität in den Knochen, aber ohne diese erdrückende Panik wie noch Monate zuvor.

Und von dort wieder den Komfort meiner Wohnung als einzig sicheren Platz zu empfinden. Ich hatte nicht mal richtig mitbekommen, dass ich in diese Muster zurückgefallen war. Erst, als ich zu einer Therapiestunde hatte gehen wollen und nach dem Aufwachen bereits Sorge hatte, das Haus zu verlassen, war es mir bewusst geworden.

Die Medikamente halfen, während ich versuchte, wieder einen Fuß in die Tür zu bekommen. Während ich die Entscheidung traf, noch einmal ein Studium zu probieren – wieder Musik, aber diesmal an einer anderen Uni, der, an der Romie auch war. Es machte mir nicht einmal etwas aus, dass die Fakultät nicht so renommiert war wie die der WCU. Solange ich mehr lernen konnte, war mir nicht mehr wichtig, wo ich studierte. Und der Start des Semesters rückte immer näher.

Aaron war der zweite große Punkt, der mir half. Die ganze Zeit, die er bei mir und mit mir verbrachte. Die Aufmunterungen, die Geduld, die Zuneigung, die er mir entgegenbrachte.

Ich war dankbar. Zwischen all dem Stress war das die Emotion, die trotzdem am meisten herausstach.

Er nahm mein leeres Glas mit zurück in die Küche. Hielt auf dem Rückweg an seinem Rucksack, der direkt neben der Trainingstasche stand, und legte einen Stapel frische Sachen auf den Boden, während er nach etwas suchte.

»Du könntest auch einfach Klamotten hierlassen, weißt du.«

»Du meinst, wie den einen Hoodie, den ich mal hier vergessen und seitdem nicht wiedergesehen habe?«

Ich gab ein nachdenkliches Summen von mir. »Merkwürdig. Den müssen die Elfen mitgenommen haben.«

Er grinste mir über die Schulter hinweg zu. »Ja. Eine rothaarige Elfe, ich weiß schon.«

Ich schaute unschuldig in eine andere Richtung, und Aaron stand mit einem Lachen vom Boden auf. »Wann kommen die anderen?«

Ich warf einen Blick auf meinen Wecker. »In zweieinhalb Stunden.«

»Gut.« Er warf sich neben mich auf das Bett, zog mich mit sich und schlang seine Arme und Beine um mich, als wäre er ein Oktopus.

»Wolltest du nicht rausgehen und eine Wagenladung Donuts holen? Deine Worte, nicht meine.«

»Ich brauche höchstens dreißig Minuten insgesamt, um die zu holen. Das ist mehr als genügend Zeit, um noch mal nichts zu tun.«

»Okay.« Ich legte eine Hand an seine Brust und strich abwesend über den weichen Stoff seines Shirts. »Ich bin ziemlich gut im Nichtstun.«

Aaron erwiderte nichts darauf. Brauchte er auch nicht. Es reichte, hier zu liegen und dem warmen, kribbeligen Gefühl nachzuspüren, das sich in letzter Zeit immer weniger ignorieren ließ.

Ich wusste genau, dass Aaron es auch fühlte. Es steckte in den kleinen Gesten. In dem Glas Wasser, das er mir jeden Morgen brachte, wenn er hier übernachtete. In den Umarmungen und langen und kurzen Küssen.

»Alles Gute zum Geburtstag, Marleigh«, sagte er da. Gerade so laut, dass ich ihn verstehen konnte. Er hielt eine Faust zwischen uns, die Finger fest um etwas geschlossen, und öffnete sie nur langsam einen Finger nach dem anderen.

Ein silbernes Armband kam zum Vorschein. Er ließ es zwischen uns in der Luft baumeln, damit ich mir die zwei kleinen Anhänger ansehen konnte, die daran hingen.

»Ein Donut und eine Querflöte?« Ich verkniff mir ein fröhliches Lachen.

»Deine Mom hat gesagt, dass du dir die bei deinen Shoppingtouren früher immer angeguckt hast«, erwiderte Aaron. Auf einmal wesentlich schüchterner als noch Sekunden zuvor. »Um Erinnerungen zu sammeln.«

Ein Grinsen breitete sich über mein gesamtes Gesicht aus. Ich hielt ihm meinen Arm hin. »Legst du es mir an?«

Er kam der Bitte sofort nach. Und tat es so konzentriert, als wäre es eine Kunst, die beiden Enden des Armbands um mein Handgelenk festzubinden. Die Anhänger klimperten leise, als ich sie über mich hielt, um sie aus einem anderen Winkel zu betrachten.

»Ich liebe es«, sagte ich. Als ich mich zu Aaron umdrehte, hatte er ein sanftes Lächeln auf den Lippen. Er rückte näher an mich heran, die Stirn an meiner Schläfe, und mein Herz stolperte, weil ich dachte, dass er es jetzt sagen würde. Diese Worte, die uns beiden auf der Zunge lagen.

Aber er tat es nicht. Stattdessen hielt er mich fest. Küsste mich und zeigte mir auf diese Weise, was er empfand. Bis wir beide bereit waren, es in Worte zu fassen.

Sein Kopf lag auf meiner Schulter, sein Arm über meinem Bauch. Meine Augen fielen von ganz allein zu. Und hätte Aaron sich ein paar Minuten später nicht bewegt – ich war mir sicher, dass ich wieder eingeschlafen wäre.

»Komm«, sagte er und half mir mit viel Jammern auf meiner Seite in eine sitzende Position. »Sonst schaffe ich es wirklich nicht mehr, Donuts zu holen.«

Genau zwei Stunden später klingelte es an der Tür. Ich warf die letzte Serviette an ihren Platz auf dem kleinen Tisch, den wir neben meinen normalen Couchtisch geschoben hatten, und folgte Aaron dann in den Flur. Er öffnete die Tür, über der ein großer, bunter Flyer mit der Aufschrift »HAPPY BIRTHDAY« hing, und machte Platz für alle, die im Hausflur standen.

Romie drängelte sich zwischen allen hindurch, warf ihre Arme um mich und zog mich so fest an sich, dass sie mir die Luft damit fast abdrückte.

»Alles Gute zum Geburtstag!«, rief sie – und alle anderen stimmten mit ein.

Jean schob sie zur Seite. So schwungvoll, dass Emilia sie auffangen musste, damit sie nicht zu Boden ging. Jean streckte ebenfalls seine Hände aus, ein besorgter Ausdruck auf dem Gesicht. Erst, als er sah, dass alles in Ordnung war, wandte er sich mir zu. Er überreichte mir ein kleines Päckchen und wuschelte mir durch die Haare. »Das Geschenk darfst du erst nach allen anderen aufmachen. Das Beste kommt immer zum Schluss.«

Eine kleinere Person schob sich an Jean vorbei. »Meins ist das beste«, sagte Mika – Jules' Bruder. Die Tüte, die er mir gab, war mit einer schiefen Schleife versehen.

Jules räusperte sich und Mika korrigierte seine Aussage sofort. »Unseres ist das beste. Ist das eine Torte aus Donuts?« Er wartete die Antwort nicht ab, sondern verschwand sofort in dem angrenzenden Zimmer, um die großzügige Auswahl, die Aaron gekauft hatte, zu betrachten.

Lucy winkte mir zu. Von allen hier war sie am stillsten und zurückhaltendsten. Als ich alle kennengelernt hatte – vor ein paar Monaten, als Aaron nach fast einem Jahr seinen ersten Wettkampf mit Emilia gelaufen war –, war sie es gewesen, bei der ich mich in der lauten Halle am wohlsten gefühlt hatte.

Sie war mir ähnlich. Wir hatten uns verstanden, ohne wirklich miteinander reden zu müssen.

Während alle vom Flur langsam in das andere Zimmer liefen, blieb sie zurück, um sich mit mir zu unterhalten, ohne zwischen all den lauten Stimmen unterzugehen.

»In der Verpackung steckt eine Visitenkarte von Eiza«, sagte sie. »Von der ich erzählt hatte? Meine eine Freundin, die so gern ein Kleid für dich nähen würde?«

»Ich erinnere mich. Du hättest ihr auch meine Telefonnummer geben können.«

Lucy grinste und hob die Schultern. »Sie wollte es unbedingt super professionell wirken lassen, damit du ein gutes Gefühl bei ihr hast. Hannah, ihre Freundin, hat ihr extra das Design für die Karte entworfen.«

Ich hatte die beiden bisher noch nicht kennengelernt – nur in Lucys Erzählungen. Und auf gewisse Weise reichten die schon aus, dass ich mir sicher war, wir würden uns gut verstehen, wenn es mal dazu kam.

Wir folgten den anderen danach. Bis zum Couchtisch, an dem jede Person sich schon einen Platz gesucht hatte. Die Gespräche verstummten, als ich das Zimmer betrat, und alle schauten mich mit erwartungsvollen Blicken an.

»Oh bitte«, sagte ich sofort und setzte mich schnell neben Aaron. »Bitte guckt mich nicht an, als würdet ihr eine Rede erwarten. Ihr könnt einfach anfangen zu essen.«

Alle kamen meiner Bitte nach. Mika als Erster, der schon länger auf einen ganz bestimmten Donut gelauert haben musste. Die Gespräche wurden wieder aufgenommen und der Berg aus Donuts verschwand von Sekunde zu Sekunde mehr. Ich konnte nicht anders, als schweigend dazwischenzusitzen und alle zu beobachten.

Jean, der zwischen Romie und Emilia saß. Wie alle drei miteinander umgingen und lachten, als kannten sie sich schon eine Ewigkeit und nicht erst seit ein paar Monaten in dieser Konstellation.

Lucy, die Jules eine Serviette reichte, mit der er Mika die Schlagsahne von der Nase wischte.

Ein Lachen setzte sich bei dem Anblick in meiner Brust fest. Mein Lächeln fühlte sich echt an. Kein bisschen anstrengend.

Es war nicht perfekt. Es ging mir nicht plötzlich jeden Tag blendend. Im Gegenteil. Es gab noch mehr als genügend Momente, in denen ich voller Frust und nagendem Selbstzweifel nicht aus dem Bett aufstehen wollte.

Dennoch. Es hatte eine ganze Zeit gedauert – aber langsam fing ich an zu verstehen, dass das Auf und Ab in meinem Leben kleine Momente wie diese hier wertvoller machte.

Aarons kleiner Finger schloss sich unter dem Tisch um meinen. Er machte keine Anstalten, unsere Hände miteinander zu verschränken. Hob nur eine Augenbraue an – die stumme Frage, ob alles in Ordnung war.

Ich lächelte. Lehnte mich an ihn. »Danke, dass du an der Bushaltestelle angehalten hast.«

Seine Augen leuchteten verstehend auf. Er legte eine Hand an mein Gesicht, strich mit dem Daumen über meinen Wangenknochen. »Danke, dass du mir meinen Mut zurückgegeben hast.«

»Der war immer da.« Ich tippte mit dem Zeigefinger gegen seine Brust. »Hier drin.«

Für einen Moment sah es aus, als wollte er widersprechen. Er tat es nicht. Stattdessen führte er meine Hand zu seinem Mund und drückte einen Kuss auf meine Finger. Dann ließ er sie in seinen Schoß sinken. Er spielte mit den Anhängern des Armbands, während Jules ihn in ein Gespräch verwickelte.

Ich schloss die Augen für einen Moment. Ganz kurz nur, um das Gefühl auszukosten. Um der kleinen Marleigh in mir zu sagen: *Der Weg hierher tut weh. Mehr, als du dir vorstellen kannst.*

Aber hier bist du endlich angekommen. Hier gehörst du dazu.

Halte durch, bis der Sturm vorbeigezogen ist.

Ich öffnete meine Augen wieder. Sah mich in meiner kleinen Wohnung um, mit all den Leuten, die mir so sehr ans Herz gewachsen waren. Mit Lachen und Gesprächen und voller Akzeptanz zwischen jeder einzelnen Person.

Und ich konnte fühlen, wie in mir die Sonne schien.

DANKSAGUNG

Ich weiß noch, wie ich die Danksagung von »Right Here« damit angefangen habe, zu schreiben, wie ungläubig ich bin, dass das Buch bereits fertig ist. Und jetzt sind wir hier – mit »Right Now« schon beim 5. Buch, das irgendwie zum Leben erweckt wurde. Ich benutze »irgendwie«, weil ich zwischendurch wirklich Zweifel hatte, ob es jemals dazu kommen würde. An mir selbst, an der Geschichte, den Charakteren. Nicht zuletzt, weil Marleigh und Aarons Story sehr viel Ehrlichkeit von mir gefordert hat. Wir alle wissen, dass die immer am meisten wehtut, nicht wahr?

Trotzdem ist es jetzt fertig. Und das natürlich mit der Hilfe von unzähligen Händen, die sich mir auf dem gesamten Weg entgegen gestreckt haben.

Vielleicht ist es etwas ungewöhnlich, aber je länger ich vor der Danksagung und dem blinkenden Cursor sitze, desto mehr habe ich den Wunsch, allen Leuten zu danken, die sich jemals eine Geschichte ausgedacht haben. Ich weiß, wie schwer es sein kann (oh, und wie). Wenn ich könnte, würde ich all den Erschaffer*innen von Welten und Charakteren, die mir den Raum geben, mich selbst zu entdecken, mir mein Herz brechen und es dann wieder zusammensetzen, persönlich danken. (Ehrlich. Danke, dass ihr eure Zeit darin investiert, Geschichten zu erzählen. Wie großartig ist das bitte?)

Natürlich gibt es aber auch genügend Leute, die mir geholfen haben, meine eigene Story in Worte zu fassen:

Steffi, mir gehen wirklich langsam die Worte aus, mit denen ich mich bedanken kann. Marleigh und Aaron gibt es, weil du an sie und mich glaubst. Weil du mir die Zeit gegeben hast, die ich für die beiden brauchte. Danke. Tausendmal.

Simone und Fay – meine Güte, was hätte ich die letzten Jahre ohne euch getan? Ich kann mit euch lachen und weinen und mich ärgern und einfach … sein. Es tröstet mich mehr als alles andere, zu wissen, dass ich Freundinnen habe, die immer irgendwie zu wissen scheinen, wann sie mich ermutigen sollten, wann in den Hintern treten und wann einfach nur umarmen.

Danke an Stefanie Röder. Dass du noch die kleinsten, geschichtlichen Unklarheiten gefunden hast und »Right Now« den verdienten Feinschliff gegeben hast.

Danke an alle Lesenden, die »Right Here« in die Hand genommen und jetzt auch zu »Right Now« gegriffen haben. Für alle, die es zwischen unzähligen anderen Büchern auf Wunschlisten stehen, auf dem SuB liegen, in die ersten Seiten reingelesen oder – wenn ihr das hier lest – vielleicht schon völlig verschlungen haben.

Und danke auch, wie immer, an meine gesamte Familie. Meinen Bruder, meine Eltern, meine Cousine, Tante und Großeltern, die meine Bücher förmlich aufsaugen und mich gefühlt drei Stunden nach dem Erscheinen schon fragen, wo der Nachschub bleibt. (Ich arbeite daran, ich schwöre. Ich habe schon die viereckigen Augen, von denen ihr alle früher immer gesagt habt, dass ich sie bekomme, wenn ich zu lange Fernsehen schaue.) ♥

Was, wenn mein Herz für das Eiskunstlaufen gemacht ist – aber der Rest von mir nicht?

Anne Pätzold
RIGHT HERE
(STAY WITH ME)

496 Seiten
ISBN 978-3-7363-1585-3

Es gibt nichts auf der Welt, das Lucy mehr liebt als das Eiskunstlaufen, jedoch haben ihre Eltern ihr jetzt ein Ultimatum gesetzt: Wenn Lucy beim nächsten Wettkampf nicht gewinnt, muss sie das verhasste Marketingstudium wieder aufnehmen. Ein einziger Monat bleibt Lucy, um ihre Kür zu perfektionieren. Doch ausgerechnet da lernt sie Jules kennen, der ihr Herz schneller schlagen lässt als jemals irgendjemand zuvor. Eigentlich darf Lucy sich jetzt keine Ablenkung erlauben – zumal sie schnell bemerkt, dass Jules mit seinen ganz eigenen Dämonen zu kämpfen hat …

»Ich habe die LOVE-NXT-Trilogie verschlungen und geliebt.«
KIELFEDER

LYX

ANNE PÄTZOLD
When We
DREAM
LYX